Erika Kernrebe muß von frühester Kindheit an lernen, das, was sie hat, wieder zu verlieren: die Mutter, die Ersatzmütter, den lieben Gott, das Zuhause, die großen Lieben, sich selbst, die Karriere, die Wohnung, die Verwandten, das Geld, den Besitz, den Ehemann und endlich die Heimat. Scheinbar wurzellos treibt sie im Strudel der geschichtlichen Ereignisse. Dann aber wächst ihr allmählich durch die Sorge um ihre Kinder und durch die Verantwortung für viele hilflose Menschen in großen Notzeiten die Kraft zu, sich zu behaupten und gegen den Strom zu schwimmen.

Ihre spannende Lebensgeschichte, beispielhaft für diese Frauengeneration, führt durch die Weimarer Republik, durch Nazideutschland und die Deutsche Demokratische Republik bis zum Jahr 1952. Sie führt zwischen Berlin, München, Pommern und Mecklenburg in das Milieu fast aller Schichten: der Gutsbesitzer und der Landarbeiter, der Groß- und der Kleinbürger, der Schauspieler und der Dienstmädchen, der Juden und der »Arier«, der Gastwirte und der Bettler, der Soldateska und der Flüchtlinge. Am Ende steht sie mit vier Kindern, zwei Koffern, fünf Rucksäcken, ohne Geld in der Bundesrepublik und fängt, 38 Jahre alt, noch einmal ganz von vorn an.

Agnes-Marie Grisebach wurde 1913 in Berlin-Grunewald geboren. Sie besuchte die Schauspielschule in München und arbeitete dort und in Breslau am Theater. 1936 heiratete sie und lebte als Hausfrau und Mutter in Rostock. 1942 wurde sie auf die Halbinsel Zingst (damals Pommern) evakuiert. Nach Krieg und Scheidung brachte sie als Alleinernährerin ihre vier Kinder und sich mittels unterschiedlichster Arbeiten durch, zuletzt wieder in Rostock. 1952 floh sie mit den Kindern in den Westen und arbeitete bis 1973 in einer Bremsenfabrik. Seitdem ist sie Rentnerin. Der Nachfolgeband zu diesem autobiographischen Roman ist unter dem Titel »Eine Frau im Westen« ebenfalls im Fischer Taschenbuch Verlag erschienen (Bd. 10467).

Agnes-Marie Grisebach

Eine Frau Jahrgang 13

Roman
einer unfreiwilligen
Emanzipation

Fischer
Taschenbuch
Verlag

Limitierte Sonderausgabe
Veröffentlicht im Fischer Taschenbuch Verlag GmbH,
Frankfurt am Main, Januar 1994

Lizenzausgabe mit freundlicher Genehmigung des
Quell Verlages, Stuttgart

Umschlaggestaltung: Balk/Gelberg/Heinichen
Foto: Ullstein Bilderdienst
Druck und Bindung: Clausen & Bosse, Leck
Printed in Germany
ISBN 3-596-12118-3

Gedruckt auf chlor- und säurefreiem Papier

Denen,
die unter Einsatz von Freiheit und Leben
vergeblich versucht haben,
der deutschen Geschichte
einen anderen Verlauf zu geben.
A.-M. G.

Inhalt

Erster Teil

Zweiter Teil

Erster Teil

Kindheit

Herbst 1918

Die Großmama hat immer behauptet, sie habe Annemarie und mich an die Leiche unserer Mutter geführt und uns von ihr Abschied nehmen lassen. Nur Karl-August mit seinen zwei Jahren habe sie das nicht zugemutet. Annemarie sagt, sie erinnere sich, die von der Mutter zurückgelassene Hülle gesehen und geglaubt zu haben, ihre Seele schwebe jetzt unsichtbar im Zimmer. Sie verkroch sich unter der Bettdecke, um ihr ganz nah zu kommen. Ich schwöre, ich habe nur ein Laken auf einem leeren Bett gesehen. Großmama hatte mir gesagt: »Der liebe Gott hat Mutti zu sich in den Himmel geholt.« Also war sie nicht mehr hier, sondern ganz weit weg da oben. Ich schrie tagelang, um sie zurückzurufen, bis ich die Stimme verlor. Ich seh's noch vor mir wie heute. Ich stand nackt im Bett, ließ keinen Menschen an mich heran und brüllte und brüllte. Nur Rosa hätte mich beruhigen können, aber die lag auch hochrot, schwitzend und keuchend in ihrem rotkarierten Bettzeug in der Mansarde. Die erkannte mich gar nicht.

Es war Oktober 1918. Annemarie war sechs, ich fünf Jahre alt. 20 Millionen Menschen sind damals an der spanischen Grippe gestorben, und die meisten waren schwangere Frauen.

Man erzählte damals, in Spanien habe ein Arzt Bakterien als Kriegswaffe gezüchtet. Eine Angestellte habe zufällig das Glas umgestoßen. Ob Gott sich um die Zufälle vielleicht mehr kümmert als um die Einzelfälle? Irgendwo zerbricht ein Glas, und schon ist auf der Welt das Gleichgewicht zwischen Männern und Frauen wieder hergestellt.

Annemarie und ich bekamen schwarze Samtkleider, Karl-August ein schwarzes Samtkittelchen. Mutter und Großmama hatten schon lange Schwarz getragen, auch der Großvater hatte den schwarzen Flor am Arm, noch ehe Mutter starb. Innerhalb von drei Jahren waren die zwei ältesten Söhne gefallen, der dritte mit dem Flugzeug abgestürzt, der jetzt schwer verwundet hier in Berlin im Krankenhaus lag, und der Jüngste war vermißt. Nun starb die erst siebenundzwanzigjährige Tochter.

Das war eine Frau, die Großmama! Wie sie das getragen hat! Natürlich, sie wurde allmählich opiumsüchtig, aber daran war der Arzt schuld, der ihr die Tabletten und Tropfen immer wieder verschrieb.

Dann kam der Tag der Revolution, der 9. November 1918. Am Morgen war ein Stein durch das Fenster ins Kinderzimmer geflogen. Rosa hatte die Scherben aufgekehrt, erklärt, das sei nun die Revolution, und vor sich hingesungen: »Siehste woll, da kimmta, große Schritte nimmta, siehste woll, da kimmta schon, der verfluchte Schwiegasohn.«

Am Nachmittag hatte ich den schwarzen Strohhut auf, den Rosa mit mir zusammen gefärbt hatte und der so gut roch. Großmama hatte mich in einer Mietkutsche zu Onkel Otto ins Krankenhaus mitgenommen. Plötzlich rannten die Leute, und es knallte. »Das ist die Revolution«, sagte Großmama und riß mich vom Sitz auf den Boden der Kutsche. Ich wollte sehen, wie die verfluchten Schwiegersöhne aussehen, aber Großmama hielt mich fest, und dabei flog der schwarze Hut weg. Zu Hause sagte dann Fräulein Pinkus, unser neues Fräulein, zur Großmama: »Ihr Herr Schwiegersohn ist heimgekommen. Er ist oben in seinem Zimmer und weint.«

»Warum weinen denn Schwiegersöhne«, dachte ich.

»Erst werfen sie Steine, dann schießen sie auf der Straße rum, und nun weinen sie, die Verfluchten?«

Wer weinte, war mein Vater. Ich hatte keine Erinnerung an ihn. Er war ahnungslos nach Hause gekommen, keine Depesche hatte ihn erreicht. Voller Vorfreude, Frau und Kinder endlich wieder in die Arme schließen zu können, war er am Stettiner Bahnhof ausgestiegen. Dort standen Haufen von jungen Männern ohne Uniformen, spuckten ihn an und rissen ihm die Leutnantsklappen von der Schulter. Das hatte ihn sehr beleidigt, denn er war ungern Soldat geworden, nur gezwungen, genau wie die Revolutionäre. Daß er als Einjähriger eingezogen worden war und nicht als Rekrut, mein Gott, wer hatte Schuld daran, in welchen Stand einer hineingeboren wurde? Zu Fuß lief er stundenlang auf Seitenwegen in den

Grunewald. Und dann empfing ihn in der hochherrschaftlichen Villa seiner Schwiegereltern nur dieses schreckliche, fremde Fräulein Pinkus.

Das muß ein Schock gewesen sein. Ich kann's nachfühlen. Jahrelang ging er immer plötzlich aus dem Zimmer. Er genierte sich, vor uns die Tränen fließen zu lassen.

Hinter den Türen hörte ich häufig heftige Auseinandersetzungen. Einmal war es der Großvater, der sehr laut und böse sprach, einmal war es mein Vater. Großmama sprach immer ganz leise. Aber wenn sie allein war, hörte ich sie hinter verschlossenen Türen weinen und jaulen wie einen geschlagenen Hund. Ich fürchtete mich dann vor ihr und vermutete, ein Zauberer habe sie kurzfristig in einen Wolf verwandelt.

Später hat sie sich oft bei mir beklagt, ihr Mann und ihr Schwiegersohn hätten ihr Vorwürfe gemacht, daß sie im Sommerhaus in Henkhof an der Ostsee war, um die Gartenernte einzubringen, das Schwein schlachten zu lassen und das Haus für den Winter zu versorgen, während in Berlin die Grippe wütete und die Frauen wie die Fliegen starben. Dabei hatte sie doch vorgesorgt und schon eine Krankenschwester vor ihrer Abreise ins Haus geholt, als nur die Kinder krank, die Erwachsenen aber alle noch gesund gewesen waren. Hermine war dann so schnell, nach nur drei Tagen, gestorben. Großmama konnte nichts dafür, daß sie nicht dabei war. Sie konnte auch nichts dafür, daß die vier Söhne Soldat werden mußten! Doch, sagten ihr Mann und ihr Schwiegersohn! Die beiden Jüngsten hätten zurückgestellt werden können wegen ihrer Jugend. Es war alles in die Wege geleitet. Aber sie hatte dem Betteln und Drängen der Buben nachgegeben. Oh, diese dumme Kriegsbegeisterung!

Und mein Vater war ihr böse, weil wir jetzt bei ihr und nicht bei ihm lebten. Gegen seinen Willen war unsere Mutter zu ihren Eltern gezogen, als die Brüder gefallen waren. In Halensee war das Leben so mühsam geworden mit drei kleinen Kindern, nur mit der Rosa und ohne Mann. Im Grunewald war so viel Platz, war Personal. Großmama und sie gingen immer in die Lazarette und gaben Konzerte für die verwundeten Soldaten. Mutter spielte wundervoll Geige, und Großmama war Pianistin. Sie spielten auch für sich selbst zum Trost. Annemarie durfte dabei immer zuhören. Sie konnte stillsitzen. Ich und Karl-August waren zu unruhig. Wir waren meist bei der Rosa, und die nahm uns mit in die Küche zum Personal. In der Küche fand ich es gemütlicher als in der riesigen Villa mit den vielen leeren Zimmern.

Komisch, manche Leute schimpfen auf andere, manche auf sich selbst, manche auf den lieben Gott, wenn sie das Schicksal trifft. Nur Tiere brauchen keine Schuldigen. Sie nehmen es einfach hin und jaulen, und dann hören sie wieder auf.

Drei Jahre dauerte es noch, bis mein Vater sein Ziel erreicht hatte, einen eigenen Hausstand mit Hausdame und Dienstmädchen zu gründen. Anders ging's ja nicht in unseren Kreisen. Nach vier Jahren Krieg dauerte es lange, bis er als freier Architekt genügend Aufträge bekam. Solange befanden wir Waisen uns in der Situation von Kindern geschiedener Eltern, die sich um sie streiten. Die Konflikte wurden nicht offen ausgetragen. Die Erwachsenen glaubten, wir kriegten nichts mit, aber ich kriegte alles mit.

Ich liebte die Großmama sehr, sie tat mir so leid, und ich war unglücklich darüber, daß ich unserer Mutter so gar nicht ähnlich sah! Der wieder genesene, aber humpelnde Onkel Otto und sie sahen mich oft prüfend und erwartungsvoll an, seufzten dann, schüttelten die Köpfe und meinten: »Nein, sie sieht ihr nicht ähnlich, kein bißchen.« Auch mit anderen Frisuren und anderen Kleidern wurde das nicht besser. Onkel Otto hielt zur Großmama und war ihr ein Trost. Auch Annemarie war ihr ein Trost. Dieses Kind war zwar nicht äußerlich, aber im Wesen der Verstorbenen ähnlich. Sie lernte leichter und schneller Klavierspielen als ich, hatte keinen störrischen kleinen Finger, der sich nicht hochheben ließ, war viel leiser, viel stiller und konnte viel länger aufmerksam zuhören, wenn die Großmama redete oder Klavier spielte. Ich spürte, daß Großmama und Onkel Otto in Annemarie einen Ersatz für die Verstorbene fanden. Die Schwester spielte gar nicht mehr mit mir oder Karl-August. Sie mußte ja immer Hermine sein. Und ich wollte meistens, daß sie beim Mutter-und-Kind-Spielen für mich die Mutter ist. Das wollte sie natürlich nie. Meine Ansprüche waren ihr lästig.

Annemarie wußte immer genau, was Erwachsene freut oder kränkt. Ich wußte das nie. Ich sagte zum Beispiel entsetzt zur Großmama: »Wie siehst du denn aus!«, als diese das erste Mal seit fünf

Jahren wegen der Hitze ein helles Kleid angezogen hatte. Als ob es ihre Pflicht gewesen wäre, lebenslänglich Schwarz zu tragen! Sie mußte darüber weinen, und abends kam die Nachricht, daß Großvater in Mailand auf einer Dienstreise am Herzschlag gestorben war.

Eine Nachricht, daß der vierte Sohn, der Vermißte, ebenfalls tot sei, kam nie, aber dafür der Bescheid, daß man die weitere Suche nach ihm eingestellt habe.

Großmama

Daß die Großmama eine außergewöhnliche Frau mit einem außergewöhnlichen Schicksal war, erfuhr ich von meiner Rosa. Rosa war meine Rosa, weil sie für mich und Karl-August zuständig war.

Ich sehe vor mir, wie Rosa in ihrem guten Unterrock über dem festgeschnürten Korsett vor dem Spiegel stand und sich die kurzen schwarzen Locken kämmte, die ihr nach der Grippe wieder gewachsen waren.

»Erikachen«, sagte sie zu mir, »ick muß fortmachen. Meine Mama braucht mir, die is krank.«

Ehe ich zu brüllen anfing wie beim Tod der Mutter, nahm sie mich auf den Schoß, wiegte mich in ihren Armen und sagte: »Du kannst deine Großmama bestellen, ick trach ihr nischt nach nich. Die is 'n armet Schwein, wirklich 'n armet Schwein. Und so klein, wie se is, so 'ne große Frau isse auch, ick kann dir sagen, ne große Frau. Im Moment isse ja nich mehr das, wasse mal war. Aber se wird wieder, verlaß dir drauf, Erikachen. Sie hat dir ja irgendwie ooch lieb, kannse ja garnich anders, aba wennse die Tabletten nimmt, und dat musse ja, dat hat ja der Arzt gesacht, siehtse dir und den Karl-August ebend janich, dann siehtse ebend nur die Annemarie, weilse in der die Frau Kernrebe sieht, was deine Mutti jewesen is. Weeßte, dat die Frau sich trotz allem jetzt noch Jedanken um unsereenen macht! Ick glob, ick hätt mir uffjehängt bei dem Schicksal!«

1918 war die Großmutter erst 48 Jahre alt! Für jedes Schicksal, das sie traf, war sie eigentlich zu jung gewesen. Sie war erst 16, als ihr Vater sie in den Salon rief, ihr einen schönen, würdigen Herrn vorstellte und sagte: »Herr Daubler hat um deine Hand angehalten, und wir haben ihm das Jawort gegeben.« So hat sie es mir jedenfalls immer erzählt, sie liebte Anekdoten. Mit 17 hatte sie dann geheiratet, war in der Hochzeitsnacht außer sich vor Entsetzen über die Natur zu den Eltern gelaufen, hatte aber mit 18 ihr erstes Kind bekommen, Hedwig, die jetzt als Gutsbesitzersfrau in Hinterpommern lebte, und mit 27 Jahren waren es sieben Kinder. »Wie hast du denn verhütet, daß es 17 wurden mit der Zeit?«

»Da ließ man sich dann sterilisieren«, sagte sie, »aber das hab ich teuer bezahlen müssen, denn gleich danach starb meine kleine Annemarie, nach der deine Schwester heißt. Die war erst sieben. Die starb bei einer Operation auf dem Küchentisch am durchgebrochenen Blinddarm. Ich hab sie festhalten müssen. Der Arzt hatte in der Eile nicht mal richtige Narkosemittel dabei.«

Großmama hatte die frühe Heirat eigentlich nicht bereut. Sie schätzte und verehrte ihren Mann, der als Tiefbauingenieur reich wurde. Sie durfte nach Herzenslust leben, widmete sich der Musik, veranstaltete Kammermusikabende und andere Konzerte, war unermüdlich für die Emanzipation der Frauen tätig, indem sie Kunstgewerbeschulen gründen und finanzieren half, verehrte in aller Öffentlichkeit die umstrittene Amateurtänzerin Isadora Duncan, begeisterte sich heimlich an den ungezogenen Tagebüchern der verwerflichen und begabten Franziska von Reventlow und führte ein großes Haus als charmante, gescheite, kunstverständige Hausfrau. Eine beinahe geniale Fähigkeit für Organisation und Ordnung, die beiden Eheleuten gemeinsam war, half ihr, ein beachtliches Arbeitspensum zu bewältigen. Das Wort »Streß« war noch nicht erfunden. Sie hat geschuftet in ihrem Leben, aber es machte ihr auch alles Spaß, was sie tat. Sie hat's ja nie gemußt. Auch meine junge Mutter Hermine *mußte* wohl lebenslänglich nie etwas. Die brauchte in keine öffentliche Schule zu gehen, die durfte Geige üben, soviel sie wollte, der nahmen Dienstmädchen die unangenehmen Arbeiten ab, vor der wurde alles verheimlicht, was es Übles in der Welt gab. Sie brauchte nicht einmal im Schatten ihrer Schwester Hedwig zu stehen, die viel klüger und tüchtiger war als sie; denn sie war ja zum Ideal der damaligen Jugend herangereift: »...wie das Veilchen im

Moose, bescheiden, sittsam und rein...« Tante Hedwig hat mir oft erzählt, daß sie in Wahrheit im Schatten des Veilchens stand.

Ebenso, wie die Großmama Rentenversicherung für Quatsch und es für selbstverständliche Pflicht der Herrschaften hielt, alte, unverheiratete Dienstmädchen lebenslänglich zu versorgen, zog sie auch uneheliche Kinder ihrer Mädchen im Hause auf. Vom niederen Stand durfte man nicht die gleiche Moral erwarten wie von den höheren Töchtern. Sie lehrte uns, wie man mit diesen Kindern sehr freundlich, aber distanziert umging, damit sie wußten, wo sie hingehörten. Selbstverständlich klammerte sich jedes von uns mutterlosen Kindern an die Person, von der es die meiste Wärme, Liebe und Geborgenheit zu erhalten hoffte: Karl-August an den Vater, Annemarie an die Großmama und ich hing wie eine Klette an Rosas Schürze und wich nicht von ihrer Seite. Dadurch ergab sich, daß ich lernte, mich als Rosas Kind von niederem Stand zu verstehen, während Annemarie mich freundlich, aber distanziert von oben herab behandelte. Ich lehnte mich nie gegen Annemarie auf. Wir zankten uns nicht wie normale Schwestern. Klassenkämpferische Impulse gewöhnte mir meine geliebte Rosa schnell ab. Für sie und für die Mädchen in der Daublerschen Küche galt ganz genau wie für die Großmama, was alle gleichermaßen in Schule, Kirche und später im Leben lernten und für wahr hielten: In welchen Stand ein Mensch hineingeboren wird, bestimmt ausschließlich der liebe Gott, und jeder hat sich mit dem zufriedenzugeben, was er durch seine Geburt ist. Wie oft sagten die Mädchen, nicht für alles in der Welt wollten sie mit der Großmama tauschen!

Komisch, ich hab doch neulich geträumt, ich sei als alte Frau in den Himmel gekommen, und meine Mutter in Gestalt des Kindes Annemarie sei mir lächelnd entgegengegangen. Ich wollte ihr um den Hals fallen und mich ihr auf den Schoß setzen, aber sie hat mich peinlich berührt weggeschoben, als verletze ich Klassenschranken.

Die Großmama hielt sich für fortschrittlich. Sie verachtete Revolutionäre keineswegs. Sie fand, die reichen Leute hätten ihre Pflichten gegenüber der Unterschicht derartig verletzt, daß diese mit Recht dagegen rebellierten. Deshalb ging sie immer in die Armenviertel Berlins und brachte Notleidenden Speisen und Geschenke. Sie sah viel Elend und geriet darüber in gleichen Zorn wie die

Betroffenen. Sie hatte sich auch mit den neuen sozialistischen Ideen beschäftigt. Übereinstimmend mit den ebenso bürgerlich erzogenen ersten Sozialisten wie Engels, Marx oder auch später Brecht, glaubte sie daran, die von ihr erlebte Unterschicht unterscheide sich von der Oberschicht, der sie selbst angehörte, wie Walderdbeeren von Gartenerdbeeren, das heißt, wenn man ihr ausgebeutetes, unkultiviertes Schattendasein änderte, ihnen mehr »Sonne und Dung« zuführte, würden daraus eines Tages viel kostbarere Gartenerdbeeren werden, als es bisher gab. Der so veredelte neue Mensch würde dann die Untugenden der bisherigen Oberschicht nicht mehr haben.

Bis es aber soweit war, gab es bei ihr in Grunewald und in Henkhof, wo sich das Sommerhaus unserer Familie befand, in den Gärten und im Haus vor den Augen der Herrschaften versteckte Auf- und Eingänge: »Nur für Lieferanten«. Das herrschaftliche Auge würde ja beleidigt durch den Anblick schwitzender Lastenträger. Auch die Dienstboten durften nicht die gleichen Gänge benutzen. Kam ein Fremder zu Besuch, fragte die Großmama: »Ist das ein Herr, oder ist das ein Mann?« Sie sagte: »Ich kann jedem Kind bei seiner Geburt ansehen, ob es der Ober- oder der Unterschicht angehört!«

Rosa

Meine Rosa zum Beispiel hieß gar nicht Rosa. Sie hieß Martha. Da es aber bereits eine Martha im Haus gab, bestimmte die Großmama: Wir werden dich Rosa nennen. Rosa nahm das gottergeben hin, weil sie sich wirklich für geringer hielt als die besseren Herrschaften. Dennoch war sie ein selbstbewußter Mensch; sie wußte, wer sie war und daß sie in ihrem Stand auch wer war. Sie erkannte genau, wer es verdiente, zu den »Gartenerdbeeren« zu gehören. Oft wurde in der Küche von den Neureichen gesprochen, die es jetzt nach dem Krieg gab. Oh, was wurde über die hergezogen! Arrogant, hochnäsig, beleidigend, herrschsüchtig, kapitalistische Ausbeuter waren das! Denen würde man es zeigen, wenn man bei denen in Dienst gehen müßte! Die Großmama war da anders. Die war durch und durch eine Dame. Die vergab sich nichts, auch nicht, als sie opiumsüchtig war.

Ich lernte die Welt mit Rosas Augen zu sehen. »Guck mal die Vettel, jeht halbnackt«, sagte sie von einem Dämchen, das es wagte, die Waden unter dem Kleid zu zeigen. Sie hielt mir zwar den Mund zu, wenn ich sie auf der Straße »Scheißrosa« rief, lachte aber dabei. »Das Kind hat einen schrecklichen Hang zum Volk«, bemerkte die Großmama bis ins hohe Alter.

Großmama spielte oben Chopin, Brahms und Bach, ich sang unten mit Rosa und den anderen Mädchen die gräßlichen Gassenhauer, die nach dem Krieg in Mode gekommen waren, von Hamann, dem Massenmörder, der in die Häuser stieg und dann »Kopp ab, rin in Sack, runter vom Balkon« machte, oder von der gruseligen »Holzauktion im Grunewald«. Um die Wette versuchten wir die quäkenden Grammophonstimmen nachzuahmen, von denen wir glaubten, so sängen die neuen Kabarettsängerinnen in Wirklichkeit.

Rosa hat mir keine Ideale eingeimpft. Sie lutschte in der Küche die Dorschköpfe aus, weil es Verschwendung gewesen wäre, sie zum Abfall zu werfen. Dabei hat sie sich einmal an einem Angelhaken verschluckt. Seitdem fühle ich mit jedem Fisch mit, der an einem Angelhaken sitzt! Rosa war ganz realistisch. Sie sah alles, wie es ist, ohne Drumrum. »Der Kallaugust hat wieder in die Hose geschissen.« So was entsetzte die Großmama. Auch der Dorschkopf entsetzte sie mehr, als daß er ihr Mitgefühl mit Rosa geweckt hätte. Ich hab das Drumrumreden, das die Verwandten so perfekt beherrschten, nie gelernt.

Man konnte Rosa arglos nennen, arglos nach dem Motto: Wer mich liebt, den lieb ich wieder, wer mich nicht mag, den mag ich auch nicht. Am Tisch oben bei der Großmama wurde viel über Leute gesprochen. Man klatschte nicht, aber man kritisierte und analysierte die Charaktere, hielt sich etwas auf seine Menschenkenntnis zugute. In der Küche wurde geklatscht, haste schon gehört, die hat mit dem, und was die neulich anhatte und so weiter, aber die Menschen wurden nicht in annehmbare und nicht annehmbare eingeteilt. Sünden waren Sünden, klar, aber die Sünder blieben, was sie waren, Leute, die man mochte oder nicht mochte. Man machte seine Zuneigung nicht von Tugenden abhängig.

An Mutters Gesicht habe ich keinerlei Erinnerung, trotz der Fotografien, Rosas habe ich heute noch vor Augen.

Unser Vater wohnte, solange wir bei der Großmama blieben, im Westend bei seinem alten Vater, der von zwei unverheirateten Töchtern betreut wurde. Er war ehemaliger Kammerpräsident in Wernigerode am Hof des Fürsten von Stolberg-Wernigerode, hatte einen schwarzen Vollbart, in dem die Fadennudeln hängenblieben, die er dann sorgfältig einzeln aufschlürfte. Von mir sagte er: »Aus der wird mal was, die setzt sich mal durch«, obwohl gerade ich mich so verschüchtert und weinerlich gab. Nach dem Essen mußten wir Kinder ihm einen Kuß geben, was mir wegen der Nudeln im Bart äußerst unangenehm war. Die beiden Tanten zankten sich ständig. die Ältere fühlte sich als die biblische Martha, »die alles anpackte« und alle Arbeit leistete. Sie war praktisch, fleißig und pflichtbewußt. Sie kochte hervorragend. Die andere fühlte sich als die »Maria«, die das bessere Teil erwählt hat, lieber zu den Füßen des Herrn sitzt und auf seine Stimme lauscht. Sie hatte es allerdings weniger mit dem Herrn als mit diesen oder jenen Politikern, denen sie jeweils blind vertraute. In meiner Kindheit hatte sie es vor allem mit Hugenberg und predigte mit Leidenschaft dessen rechte Parolen, die Hitler den Weg bahnten. Ich sehe sie noch, wie sie aufstand, den Zeigefinger belehrend erhob und ihn mit Nachdruck in ein Likörglas stieß: »Und Hugenberg hat doch recht!« Der Finger war aus dem Glas nicht mehr herauszubringen. Gut und recht sein war für sie gleichbedeutend mit gut und rechts sein. So hatte sie es gelernt.

Der Großvater Kernrebe wohnte in einer der geräumigen hochherrschaftlichen Wohnungen des Berliner Westends, dessen Häuser für die Ewigkeit gebaut zu sein schienen. Ein Drahtkäfig führte als Fahrstuhl hinauf in den vierten Stock, in dem ein Schild hing: »Für Lieferanten und Hunde verboten.« Was die nur immer gegen die Lieferanten hatten? Wir Kinder wurden aus ihm vertrieben, wenn uns der Hausmeister ohne Begleitung erwischte. Kinder gehörten nämlich zur Unterschicht. Sie hatten allen Erwachsenen zu gehorchen, auch den Dienstmädchen und Lieferanten.

In der Grunewaldvilla war die teppichbelegte Eingangsdiele klein und ließ nur ahnen, zu wie vielen prächtigen Räumen die geschnitzte Holztreppe nach oben und unten führte. In dieser Wohnung im Westend umfing einen sofort aller Glanz des in einem langen hohen Beamtenleben erworbenen Reichtums. Im Parkett der Diele spiegelte sich ein Lüster mit unzähligen, leise klirrenden Kristallen, die Barockstühle waren so edel, daß uns ein für allemal verboten war, darauf zu sitzen. Hinter einer verschlossenen Vitrine standen wertvolle Folianten, welche die Tanten nur nach langem Bitten und Betteln zur Ansicht herausgaben. Ein prächtiger Band gesammelter Werke von Wilhelm Busch verursachte mir heimliche Schauer. Den Witz bei der Sache verstand ich nicht, aber es war aufregend, sich zu schämen.

Zwei Türen dieser blinkenden Diele führten in das Speisezimmer und in den Salon, wo gedunkelte Ölgemälde hingen und alles auf Repräsentation eingerichtet war. Die dritte Tür ging in einen langen, dunklen Gang mit einem verschlissenen Läufer, an den unzählige Schlaf- und Haushaltsräume grenzten. Hier roch es nach Zwiebeln und gebratenem Fett, nach Schlafzimmermief und dem ungewaschenen, schlampigen Dienstmädchen, das sich nur widerwillig von den Tanten herumkommandieren ließ. In deren Schlafräumen hingen unter Glas farblose Drucke berühmter Gemälde. Ich staunte immer, wie die Tanten es fertigbrachten, daß es in der Empfangsdiele stets so angenehm roch und hinten so schlecht.

Der Herr wurde in dieser Wohnung auf andere Weise verehrt als im Grunewald. Das Tischgebet »Komm, Herr Jesus, sei unser Gast und segne, was du uns bescheret hast« empfand ich stets als peinlich angesichts des Anspruchs der fleißigen Tante, daß sie es war, welche die köstliche Mahlzeit beschert hatte, und nicht irgendein Herr Jesus. Wer war denn das? Zu Hause wurde nie von ihm gesprochen, nur vom lieben Gott und vom Christkind, und wenn das Christkind lieb war, dann konnte es nur ein Mädchen sein. Jungen, außer Karl-August, waren immer böse. Ich glaube, ich fand das Tischgebet hier peinlich, weil ich sah, daß es meinem Vater peinlich war.

Im Schlafzimmer der Hugenbergtante hing ein Druck der Raffaelischen Madonna mit den Engelsköpfen auf den Wolken. Das soll wohl Mutti im Himmel sein, dachte ich, aber das ist ja ganz falsch gemalt! So sieht sie doch nicht aus! Und wir! Wir haben ja nur Köpfe und gar keine Bäuche und Beine! Ich holte mir eine Zahnbürste der Tante und steckte den Stiel in den Bauchnabel, um zu fühlen, daß ich doch einen Körper hatte. Das fühlte sich lustig an, aber was hatte nur die Tante? Warum schimpfte sie so fürchterlich, als hätte ich eine teure Vase zerbrochen? Warum war das denn unanständig? Auch Annemarie tat in dieser Wohnung Dinge, die sie zu Hause nicht tat, und wurde dafür gescholten. Was war denn so Schlimmes dabei, wenn sie unter einen Teppich kroch und sich heimlich mit einer Schere die Haare von den Beinen schnitt, die sowieso nur andeutungsweise zu sehen waren?

Komisch, im Grunewald, bei der Großmama, roch es in allen Zimmern gut und nach Lavendel, und da hatte nie jemand das Bedürfnis, irgend etwas heimlich zu tun. Unten nicht und oben nicht. Hier jedoch schien in allen Ecken und Nischen der Herr Jesus aufzupassen, zu lauschen und zu spähen, daß niemand etwas tat, was unanständig war. Was war denn das für einer, der alles verbot, was Spaß machte?

Ich hab's als Kind nicht verstanden, aber doch instinktiv gefühlt, daß der »Herr« deshalb überall herumschnüffelte und allen die Lebensfreude verdarb, weil mein Vater und mein Großvater keine Frau und die beiden Tanten keinen Mann hatten.

Vater wollte so gern, daß wir zu ihm in diese Wohnung kommen. Der Großvater sagte nicht nur von mir, aus der wird mal was, er sagte auch, Erika hat Eberhards klassische Nase. Eberhard war des Vaters berühmter Bruder, der Philosoph, auf den die ganze Familie Kernrebe sehr stolz war. Die vier Söhne des Großvaters hatten wohl alle daran zweifeln gelernt, daß die Obrigkeit von Gott eingesetzt war, denn keiner von ihnen hatte die jahrhundertealte Tradition der Familie fortgesetzt, Jura zu studieren und sich den Obrigkeiten, den Fürsten oder den Militärs zur Wahrung ihrer Rechte zur Verfügung zu stellen. Alle waren, wie der alte Kernrebe bedauerte, Opfer der Aufklärung geworden und verweigerten der Kirche ihr Vertrauen. Es tat mir sehr wohl, daß die Kernrebes mich alle genauso gern hatten wie Annemarie, und daß meine Nase hier nicht die Wirkung einer Tarnkappe hatte, die bewirkte, daß die Großmama mich oft nicht sehen konnte, aber auf keinen Fall wollte ich von Großmama und dem lieben, lustigen Onkel Otto weg in die Wohnung des Großvaters Kernrebe ziehen. Angst hatte ich überall. In der Daublerschen Villa war es der Zauberer, der die arme Großmama hinter verschlossenen Türen gelegentlich in einen Wolf verwandelte, der jaulen mußte, aber da gab's die Zuflucht in der Küche, auch nachdem Rosa fort war. Im Westend bei Kernrebes gab's nirgendwo Zuflucht vor dem gespenstischen »Herrn Jesus«.

Die armen Tanten im Westend. Diesen typischen Bürgern hat man Heuchelei aus niederen Beweggründen vorgeworfen, dabei taten sie doch nur, was alle sozial angepaßten Leute aller Stände, Klassen und Nationen tun. Sie befolgten die »guten Sitten«, auch wenn's noch so schwer fiel, weil sie Sitten für göttliche Gebote hielten. Welch ein armseliges Leben mußten die beiden alten Jungfern führen, lebenslänglich Sklavinnen des Vaters!

Henkhof

Ich schlief gern bei der Großmutter, auch wenn sie schnarchte. Nicht nur den Lavendel- und Seifengeruch mochte ich, ich mochte auch am Baldrian und an den Opiumtropfen schnuppern. Großmama fand es entsetzlich, daß sie schnarchte, ich fand es lustig. Es machte sie so menschlich. Sonst gab es ja nichts, was ich nicht staunend bewunderte. Einmal so ordentlich sein können, das blieb mein Traum. Ich weiß nicht, wie sie es machte, aber wo sie auch immer übernachtete, bei sich daheim, im Hotel, in Henkhof oder in Stubbenhof bei Tante Hedwig von Stubben, und wenn sie sich noch so kurz irgendwo aufhielt, in kürzester Zeit hatte der Raum ihre ganz persönliche Atmosphäre. Mit leichter Hand ordnete sie ein paar Dinge um und hin und weg, und schon war nicht nur Ordnung, sondern auch Schönheit um sie. Es war bestimmt nicht nur meine Nase, mit der sie Schwierigkeiten hatte, es war auch meine Schlampigkeit, mein fehlender Sinn für die äußeren Schönheiten, mein stets nur nach innen, nie nach außen gerichteter Blick.

Da Großmama öffentliche Schulen für alle trotz ihrer Sympathien für Sozialisten als »Unsinn« verurteilte, fuhren wir, solange Hauslehrer bezahlt werden konnten, von Mai bis Oktober nach Henkhof.

Eine dieser Hauslehrerinnen fragte Annemarie und mich, wie

denn das Henkhofer Haus aussähe, in das sie mitfahren sollte. Unsere Antworten faßte sie in Reime, die wir zu Großmamas Geburtstag aufsagten, Annemarie in einem roten, ich in einem blauen Kleid, beide mit Strohkränzen auf dem Kopf. Annemarie fing an, ich sagte die jeweils folgende Zeile:

In Henkhof haben wir ein Schloß,
so klein wie eine Hütte.
Es ist sehr schön und riesig groß,
mit Säulen in der Mitte.
Es hat ein Dach aus dunklem Reet,
nein, aus sehr hellem Stroh.
Nun, je nachdem die Sonne steht,
scheint es mal so, mal so.
Aus roten Ziegeln ist's gebaut,
aus blauen Klinkersteinen.
Und wenn man aus dem Fenster schaut,
muß man vor Freude weinen.

Im Grunewald gab es viele Villen, die wie Schlösser aussahen. Wie bei uns gab es darin für meinen Geschmack zu viele ungenutzte Räume. Seit dem Tod des Hausherrn und vier seiner Kinder waren manche Türen geschlossen. Das machte mir »Schlösser« unheimlich. Ein Haus wie in Henkhof, in dem alle Zimmer bewohnt und offen waren, das ganz schlicht eingerichtet war, das nur eine Treppe vom Parterre in den ersten Stock hatte und das sich mit seinem tief herabgezogenen Strohdach über der darunterliegenden Fensterreihe duckte wie friesische Bauernhäuser, erinnerte mich an Hütten in Märchenbüchern, nicht an Schlösser. Annemaries weltoffener Blick hatte die roten Ziegelsteine in Erinnerung, aus denen es gebaut war. Ich sah wohl immer nach unten, auf den Sockel, den Klinkerweg, den Fußboden der Halle mit den Säulen.

Ach, dieser blumenumrandete blaue Klinkerweg mit seinen Stufen, die zum Paradies hinaufführten! Ehe wir das geschnitzte weiße Gartenpförtchen aufschwingen ließen, standen wir noch einmal andächtig davor und sogen den Anblick dieser geliebten eigentlichen Heimat tief ein.

Vom Gartenpförtchen aus führte nicht nur der Klinkerweg zum

Haus hinauf. Links, verborgen hinter Hecken, war noch ein Weg, der in die Küchenräume führte, nur für Lieferanten. Der war viel zu schmal, in ihm wurde man immer von den Hecken zerkratzt und von den Mücken gestochen.

Hinter dem Haus waren vier orangeleuchtende, sechseckige Blumenbeete um einen runden, flachen Gießbrunnen angeordnet, und da gab es ebenfalls eine Säulenhalle an der Ostseite, die zum Spielen für die Kinder gedacht war. Nach einer abschließenden Buchsbaumhecke ging es dann hügelabwärts in den großen Obst- und Gemüsegarten und endete beim Waschhäuschen, das ebenfalls Strohdach und Säulchen besaß. Hier gab es den Hühner- und den Schweinestall und unter dem Dach ein Zimmer für den Gärtner. Ich war überzeugt, es handle sich im Schweinestall immer um dasselbe Schwein Esau, das jedes Jahr umgetauft wurde, mal hieß Esau Rosinante, mal Ringelnatz usw.

Ich hätte ja an Großmamas Stelle auf die Einheimischen in Henkhof gehört. Ihr ging eben Ästhetik über alles, und sie kam auch niemals auf die Idee, daß irgend jemand hier mal würde wohnen müssen, wenn die Stürme und der Winter kamen. Schließlich lag Henkhof auf einer schmalen Halbinsel. Im Westen war die Ostsee, im Osten der Bodden, dieses große Stück Meer von der Halbinsel umrundet und halbsalzig. Auch mein Vater hätte als Architekt eigentlich wissen müssen, daß man hier kein Haus oben auf einen Hügel bauen darf, wo es den Winden von allen Seiten schutzlos ausgeliefert ist! Und wenn man überall die Windflüchter sah, diese als Wahrzeichen Henkhofs geltenden schiefen Bäume, dann wußte man doch, woher der Wind hier meistens wehte, nämlich von Westen, und durfte die Kinderhalle nicht dahin setzen, wo er hineinblies. Da waren die anderen Leute klüger, die wie meine Großeltern Daubler »Forensen« genannt wurden, weil sie nur juristisch, nicht blutsmäßig, als Einheimische galten. Sie bauten ihre Sommerhäuser wie alle anderen in Senken und unter Bäumen.

Ja, ich mußte oft weinen vor Freude, wenn ich aus dem Fenster des Stübchens schaute, das mir und Annemarie zugewiesen war. Rechts das weite Meer, links der Bodden, in der Mitte ein wenig flaches Land, meist Überschwemmungswiesen mit für Vieh unbrauchbarem Heu, krumme einzelne Bäume oder dichtes Grün von

Baumgruppen, aus denen Strohdächer und Fenster hervorlugten, und über allem der gewaltige Himmel, in dem das eigentliche Leben dieser Welt sich abspielte. Die Wolken in Henkhof übertrafen alle anderen Gegenden der Welt darin, Gebilde zu schaffen, zu zerstören und wieder zu schaffen, wie sie kein Architekt auf Erden jemals für seine Paläste ersinnen kann. Weil ich in und über diesen Wolkengebirgen meine Mutter wohnen wußte, habe ich, glaube ich, in Henkhof immer nach oben geschaut, und da hat sich mir das eben eingeprägt, wie alles fließt und sich ständig wandelt und daß man sich an gar nichts halten kann in der Welt, außer an den Himmel dahinter.

Aber wie es dann im Himmel aussah, das hab ich mir ganz realistisch vorgestellt. Abends, wenn die Sonne schlafen gehen mußte, machten Mutter und die anderen Engel in ihren weißen Kleidern die Himmelsfenster auf, und dann sah man, daß innen alles rot war. Oft sah man auch die glitzernde Leiter auf dem Meer, auf der die Engel in Jakobs Traum rauf- und runtergestiegen waren, auf der auch Mutter abends runterkam, um nach uns zu sehen. Sie durfte nur nicht bis zum Strand. Nachts schwebten sie und die anderen Engel dann auf den Wiesen hinter dem Haus und stiegen ganz in der Frühe, wenn das Meer noch schwarz war und anders rauschte als am Tag, wenn man noch nichts hörte als die Stimme der Lerchen, mit dem Nebel zurück in den Himmel. Dann wurden dort die Fenster geschlossen. Nur durch Vorhänge konnte man noch ein paar rote Streifen sehen über dem Bodden im Osten.

Nach Henkhof kamen auch Vettern und Basen. Wie hab ich immer gestaunt, daß Jungen so wenig Angst haben. Ich hatte vor allem Angst: vor den Kühen, die morgens und abends über die Dorfstraße getrieben wurden, vor den Gänsen, vor den Hunden. Ich zitterte vor dem Kettenhund, den die Bauern nebenan unter einer Leine hielten, die über den ganzen Hof gespannt war. Dieser Hund hieß immer Strom, hatte ein gelbes Löwenfell und ein fürchterliches Gebiß. Wenn der die Zähne fletschte, wütend knurrte und dann zum Sprung auf Fremde ansetzte, um sie zu zerfleischen, war ich stets überzeugt, die Leine werde reißen und ich ein Opfer der Bestie werden. Nie konnte ich mit den anderen Kindern den Weg über den Bauernhof nehmen, um mit ihnen in den angrenzenden Feldern zu spielen.

»Wenn du keine Angst hast, tut er dir nichts«, sagte Onkel Otto, nahm mich an die Hand und näherte sich mit mir dem kläffenden Köter. Schnell riß ich mich los und wich zurück. »Ich will's dir mal zeigen«, sagte Onkel Otto und humpelte an seinem Krückstock seelenruhig auf den Hund zu, der atemlos sein letztes Belfern hergab. Freundlich verbeugte er sich vor dem Ungeheuer, sah ihm ruhig in die Augen und stellte sich vor: »Gestatten, Otto Daubler.« Dann streichelte er die Mähne, und der Hund ließ ihn kleinlaut ungeschoren. »Komm, Erika, hab keine Angst, er tut dir nichts! Er tut nur Leuten was, die Angst haben. Angst riecht er nämlich.« Beinahe wäre ich gegangen, aber wenn der Hund die Angst roch?!

Annemarie jedoch lief mit den Jungen barfuß über die Stoppelfelder und heulte dabei nicht, wie ich, sie traute sich, mit ihnen über breite Wassergräben zu springen, sie stürzte sich mit ihnen und bald auch mit Karl-August von den Dachbalken der Scheune hinunter ins Heu, sie machte die Mutprobe mit, wer seinen nackten Arm am längsten von den meisten Mücken zerstechen lassen konnte, ohne nach einer zu schlagen, was immun gegen Stiche machen sollte, kurz, sie und Karl-August waren Helden wie die Vettern von Stubben. Alle lachten mich Heulsuse aus, aber das tat hier in Henkhof nicht so weh. Hier gab es noch die kleinen Kinder der Tante, die ich bemuttern konnte, und es gab viele kleine Mädchen im Dorf in meinem Alter, die ebenfalls keine Heldinnen waren, lieber Blumen pflückten und Kränze flochten, aus Kletten Körbchen herstellten, Zwergenhäuschen bauten oder mit mir Kröten und Frösche fingen, ihnen Bändchen umbanden und im Gießbrunnen Schwimmunterricht gaben.

Die Großmama organisierte das Indianerspiel der Tapferen, ließ sich an Bäume fesseln und entzündete Lagerfeuer, mit den Ängstlicheren jedoch inszenierte sie kleine Schauspiel- oder Tanzvorführungen, wobei ich mich hervortun konnte. Allabendlich versammelten sich alle Gäste und Kinder zum Vorlesen, und es kam gar nicht darauf an, ob ein Kind groß genug war, zu verstehen, was die Großmama las, es war spannend und schön und regte zum Denken an.

Wegen meiner Erfahrungen mit der Revolution beeindruckte mich besonders die Geschichte eines russischen Revolutionärs, den seine Partei als Hauslehrer in das Haus eines führenden Kapitalisten gesandt hatte, um diesen zu ermorden. Es war sehr spannend, wie er in seinem Zimmer heimlich die Bombe bastelte, wofür er lange Zeit benötigte. Inzwischen gewann er das Opfer und dessen Familie lieb, vor allem verliebte er sich in die schöne Tochter. Nun war guter Rat teuer. Sein Herz schwankte zwischen Liebe und der Pflicht zum Töten. So beschloß er, die Tochter und sich selbst ins Jenseits mitzunehmen. Das Buch endete mit dem Ticken des Weckers, den er als Zeitzünder benutzte. Alle Zuhörer hatten den Mörder inzwischen liebgewonnen und baten Großmama inständig, das Buch gleich noch einmal vorzulesen. Ich mußte oft an ihn denken, den Revolutionär, der so gerne ein Schwiegersohn geworden wäre. Ich verstand einfach nicht, warum es manche Männer für ihre Pflicht halten zu töten. Ich hatte das Gefühl, daß die Großmama das auch nicht gut fand, aber ein klein wenig vor den männlichen Anwesenden, meist Enkeln, kokettierte, wenn sie bei den Diskussionen Verständnis für den Mordauftrag bekundete und ihn nicht ganz verdammte.

Es war in den zwanziger Jahren viel von allen möglichen Isten die Rede. Spartakisten, Kommunisten, Sozialisten, Nationalisten, Atheisten usw., aber von Nationalsozialisten sprach man noch nicht bei uns. Ich hatte einmal den Satz gehört: »Ein garstig Lied, pfui, ein politisch Lied«, und mein Vater sagte immer, Politik sei nichts für Frauen. Auch die allen Anwesenden geistig meist überlegene Großmama bekam das zu hören. Von ihr erfuhr ich, daß Ebert ein lieber Mann sei und daß der Kaiser in Holland vom Holzhacken mehr verstehe als vom Regieren. Im Westend sagten sie das Gegenteil. Was es bedeuten sollte, daß das Abendland nun im Begriff sei, unterzugehen, verstand ich nicht. Eher verstand ich, wenn über Geldsorgen oder aber über Musik, Literatur, Malerei und Theater gesprochen wurde.

Am liebsten hatte ich es, wenn Großmama abends Klavier spielte, denn hier in Henkhof durfte ich auch zuhören. War Gewitter, wurden selbst die allerkleinsten Kinder aus den Betten geholt, auch mitten in der Nacht. Dann wurden die Fensterläden geschlossen, und Großmama spielte gegen die eigene Angst und die aller anderen Hausbewohner an. Kein Strohdach im Dorf hatte Blitzableiter, und schlug es ein, war kein Löschen möglich. Das Telefon in der Post war nachts und während der Mittagsstunden nicht besetzt. Das

Fräulein vom Amt sagte bedauernd: »Hett Middag piept«, als es wirklich einmal irgendwo brannte.

Ich kann mich gar nicht mehr so recht erinnern, wann das eigentlich aufhörte mit den Hauslehrerinnen in Henkhof. Wie konnten sie, die einen kostenlosen Badeurlaub an der Ostsee verlebten, ihren Schülern die Sache mit den vielen Nullen erklären, von denen im Lauf der Inflation immer mehr an die Zahlen drankamen? Null war doch dasselbe wie Nichts, Null und Nichts. Wie konnte eine Zahl immer größer und mächtiger werden, je mehr Nichts drankam, und wie konnte es dann passieren, daß man trotzdem für Geldscheine mit einer Masse Nichts drauf immer weniger kaufen konnte? Als es die allermeisten Nullen auf den Geldscheinen gab, war das Vermögen Großvaters, das er seiner Frau und seiner Familie hinterlassen hatte, auch zu Null und Nichts geworden. Die Villa im Grunewald mußte verkauft werden. Das Henkhofer Haus blieb nur erhalten, weil Großmama zahlende Gäste aufnahm.

Tante Nelly

Mein Vater hatte inzwischen genügend Bauaufträge, so daß er seine Kinder standesgemäß aufnehmen konnte. Es kam der Septembertag in Henkhof, wo es hieß, diesmal geht's nicht heim in den Grunewald, diesmal geht's in eine ganz neue Wohnung am Hohenzollerndamm, wo ein neues Fräulein und ein neues Dienstmädchen warten und wohin die Großmama nicht mitkommt. Ich sehe sie noch vor mir, dem Dampfer nachwinkend, der die drei Enkel für immer von ihr fortholte. Ihr Winken mit der gelben Fahne wurde immer kraftloser, die Großmama immer kleiner. Erst als sie ganz verschwunden war, hörten wir auf zu weinen und zu schreien. Man hatte uns mit Gewalt auf den Dampfer gezerrt.

Mein Vater glaubte, wir müßten uns ebenso freuen wie er, daß wir nun endlich mit ihm vereint waren. Es wurde für ihn eine fürchterliche Reise. Als wir uns vor Aufregung, das dritte Mal eine Mutter zu verlieren, im Zugabteil übergaben, hielt er das für eine Folge falscher Ernährung durch seine Schwiegermutter.

Dann aber wurde es wirklich schön. Ein Rosa-ähnliches, schwarzhaariges Dienstmädchen Minna lachte uns entgegen, und Tante Nelly, das neue junge Fräulein, nahm ohne Umstände uns alle drei auf einmal in die Arme und wusch uns die verheulten Gesichter.

Ich hör noch, wie die Wohnung hallte, als wir über die gebohnerten Parkettfußböden trampelten. Es lagen noch keine Teppiche, vor den hohen Fensterscheiben waren keine Vorhänge, und Möbel gab es nicht viele. Aber in zwei gegenüberliegenden Zimmerecken saßen Annemaries und meine Puppen und hatten zur Begrüßung Kränze auf. Für Karl-August gab es eine Schaukel mit Ringen und Trapez.

Tante Nelly stammte aus Lettland, sprach stark baltisch und war 1918 mit Mutter und Schwester nach Berlin emigriert, nachdem die Bolschewisten ihren adligen Vater ermordet hatten. Als reiche Gutsbesitzerstochter mit viel Personal aufgewachsen, war sie nicht darauf vorbereitet worden, selbst zu dienen. Aber sie war jung, voller Lebensfreude und Optimismus und besaß die so vielen Balten eigene, die ganze Welt umarmende fröhliche Herzlichkeit und Wärme, deren wir vier Kernrebes so sehr bedurften.

Jetzt durfte gelacht werden und gesungen! Musik, sonst atemloses, sehnsuchtsvolles Lauschen auf das perfekte Klavierspiel der Großmutter oder aber zitternde Angst vor der überstrengen Klavierlehrerin oder die quäkenden Kabarettsongs mit den gruseligen Versen aus dem Souterrain – jetzt begann sie für uns Ausdruck der Lebensfreude zu werden. Minna und Tante Nelly wahrten voreinander keine Distanz. Sie waren einfach zwei fröhliche junge Mädchen, die zweistimmig miteinander sangen und viele Volkslieder mit allen Versen kannten oder sich gegenseitig beibrachten, und ich hatte in Erinnerung an meine Rosa eine besondere Vorliebe für sentimentale Moritaten wie »Zu Straßburg auf der Schanz« oder »O Straßburg, o Straßburg, du wunderschöne Stadt«. Annemarie und ich wurden von Tante Nelly und Minna gemeinsam in eine Badewanne gesteckt, gemeinsam ins Bett gebracht, ganz gleich behandelt, wobei einmal für die eine, einmal für die andere Zärtlichkeiten abfielen und es sogar vorkam, daß wir beide Tante Nelly gleichzeitig auf dem Schoß saßen. Annemarie begann, sich auf

Spiele mit Karl-August und mir einzulassen, aus Karl-August machten sie den Karl-Juli, und als er in die Schule kam, hieß er bei den Klassenkameraden nur noch Juli. Der Name blieb an ihm hängen.

Gemeinsam mit unseren Puppen zu spielen fiel Annemarie und mir schwer. Ihre erste Puppe war eine sehr teure Käthe-Kruse-Puppe und hieß Lotte. Seitdem hießen ihre weiteren Puppen ebenfalls Lotte, alle waren die Lotten. Meine Älteste war Trude, hatte einen Fabrik-Porzellankopf, drehbare Augen, die sich öffnen und schließen konnten, und lange schwarze Haare wie Schneewittchen. Die Hauptlotte war sich bewußt, ein Unikat zu sein, und sah auf die Serientrude fürs Volk herab. Annemarie versäumte nie, sie morgens an- und abends auszuziehen und ins Bett zu bringen. Tagsüber saßen die Lotten dann nur noch ordentlich auf ihren Stühlchen. Durch den Besuch von Trude und meinen anderen Puppen wurden sie irritiert und wußten nichts zu reden. Sie konnten sich nicht merken, auf welche Namen meine wieder einmal umgetauft waren. Ich erzog meine Puppenkinder mit der gleichen unnachsichtigen Strenge, mit der ich an meinem armen kleinen Bruder Juli dauernd herumerzog, erteilte ihnen Schul- und Klavierunterricht und mahnte sie dringend, sich ein Beispiel an Lotte zu nehmen. Ich lebte mit ihnen.

Gemeinsam war uns aber allen ein Puppenhaus, das in fünf Fächern einer verschlossenen Glasvitrine untergebracht und eigentlich nur zum Anschauen da war. Bisher war die Vitrine nur an Festtagen für uns geöffnet worden, und dann hatten wir unter Aufsicht mit den Kostbarkeiten spielen dürfen. Sehr zum Verdruß der Großmama, die all die vielen Teilchen des Puppenhauses entweder hatte anfertigen lassen oder mit viel Mühe zusammengesucht hatte, ließ uns nun Tante Nelly allzuoft unbeaufsichtigt mit dem Haus spielen. Dabei vertrugen wir uns nämlich gut. Es herrschte bald so eine Unordnung darin, wie sie sich allmählich in der ganzen Wohnung am Hohenzollerndamm breitmachte.

Unsere Mutter war eine Künstlerin gewesen und keine Hausfrau. Den genialen Ordnungssinn der Großmama hatte sie nicht geerbt. Was ihr jedoch wegen ihres schönen Geigenspiels lächelnd nachgesehen wurde, ging bei einem Fräulein, das dafür bezahlt wurde, den

Haushalt ordentlich zu führen, ganz und gar nicht. Keine Frage, Tante Nelly malte wunderhübsch, sie war auch eine Künstlerin, ihre Bilderbuchillustrationen waren sehenswert, aber eine Entschuldigung für Unsauberkeit und Unordnung waren sie nicht.

Großmama lebte nun allein mit der Köchin in einer Mietwohnung am Kurfürstendamm. Nur dieser schon etwas älteren Frau gegenüber konnte sie der Verpflichtung nachkommen, sie lebenslang zu versorgen, alle anderen Mädchen hatten eine Abfindung erhalten. Onkel Otto war mit dem Studium fertig und hatte geheiratet. Die Hoffnung, daß der vermißte Sohn wieder auftauchen würde, war endgültig begraben. Unausgefüllt und einsam, trauernd um vier Kinder und den Ehemann, wurde es schlimmer mit dem Opium. Klavier und Kammermusik konnten nicht mehr helfen.

»Wie sieht es hier nur wieder aus, es starrt ja geradezu alles vor Dreck«, sagte sie beiläufig, ohne Vater direkt anzureden, wenn sie gelegentlich zu Besuch kam. »Nein, ach wie schade, das schöne Puppenhaus! Oh, es ist doch unglaublich! Paßt denn hier keiner auf die Kinder auf?« Auch das mußte er hören. In seiner Gegenwart säuberte sie unsere Fingernägel und stöhnte dabei vor Entsetzen, und gelegentlich schnupperte sie in die Luft und fragte: »Was riecht hier eigentlich so?«

Ging sie dann fort, begann Vater aufzuräumen, die Fenster zu öffnen, unsere Hälse zu inspizieren und leise vor sich hinzuschelten. Sein ungeschulter Blick bemerkte nicht, daß wir aufgeblüht waren, daß ich nicht mehr flüsterte, daß Annemarie mit den Geschwistern spielte, daß wir fröhlich waren und innig an der Tante Nelly hingen. Ich hatte immer den Eindruck, ihm gefiele die Tante Nelly gut, auch er lachte viel mit ihr, aber dann hatte ich schuld, daß alles wieder zerstört wurde. Ich stand nämlich bei Tisch einmal auf, umarmte rechts den Vater, links die Tante Nelly und fragte: »Wann heiratet ihr denn endlich?« Da wurden beide hochrot, verstummten, schickten uns aus dem Zimmer, und am nächsten Tag teilte Tante Nelly uns Kindern mit verweinten Augen mit, sie müsse leider gehen.

Wieder heulte ich mir die Augen aus. Wieder konzentrierte Annemarie all ihre Gefühle auf die Großmama, der kleine dicke Juli hing sich an Vater, und wenn der nicht zu Hause war, klammerte er sich an mich, Minna und ich trauerten gemeinsam um Tante Nelly, und wie im Grunewald wurde die Küche mein und Karl-Augusts Stammplatz. Das Puppenhaus wurde abgeschlossen. Die Lotten blieben Tag und Nacht auf ihren Stühlen sitzen, meine Trude mußte das erste Mal Prügel kriegen, und die anderen Puppen bekamen zur Strafe keine neuen Namen mehr.

Obwohl die nun folgenden Fräulein, alle älteren Datums, pedantisch sauber und ordentlich waren, trennte sich Vater doch immer schnell wieder von ihnen. Ausschlaggebend war meistens Minna, die erklärte: »Die oder ich.«

Ich, immer den Juli an der Hand, verhielt mich allerdings von nun an wie ein Heimkind. Kam eine neue, bettelte und buhlte ich um deren Zuneigung und erfuhr so manche Zurückweisung. Diese Würdelosigkeit verstand Annemarie nicht. Sie hatte so viel Würde, so viel Stolz, jeder bewunderte sie, ich auch, denn sie war ja wie Mutter. Sie wich meinen und Julis Annäherungen wie früher aus. Den jeweiligen Hausdamen gegenüber verhielt sie sich kalt und gleichgültig, gab aber keinen Anlaß zu Beschwerden. Sie wurde immer stiller, immer in sich gekehrter und verbrachte die längste Zeit der Tage am Klavier. Die lobenswerten, stundenlangen Fingerübungen durfte niemand tadeln, daher entluden sich die strapazierten Nerven der Fräulein gegen mich, die mit gleicher Ausdauer an den Wänden des Küchenflurs mit meinem Ball jonglierte. Hundertmal »Bete«, hundertmal »Knete«, hundertmal »Kopf« und dann mit zwei Bällen, bam, bam, bam, bam, bam, bam, das war nicht auszuhalten. »Hör doch endlich auf mit diesem sinnlosen bam, bam, bam, bam an die Wände! Nimm dir doch ein Beispiel an Annemarie!« Dabei tat ich das doch gerade!

Das Lachen und Singen am Hohenzollerndamm hatte für immer aufgehört. Die Vorhänge, von Tante Nelly nachlässig aufgehängt, wurden als Staubfänger entfernt. Mit den kahlen Fenstern und den gewachsten Fußböden war die Wohnung zum Internat geworden, in dem sich der Vater nur noch so selten wie möglich aufhielt.

Aber es sollte sich etwas ändern. In meine Klasse war eine Neue gekommen, die Dorle hieß und zwei lange, blonde Zöpfe hatte. Wir stellten fest, daß wir in gegenüberliegenden Häusern des Hohenzollerndamms wohnten, schwätzten und spielten daher noch ein wenig vor unseren Haustüren, ehe wir in unsere Wohnungen gingen.

»Du! Kleine! Erika! Hallo! Komm doch mal mit Dorle rauf!« rief eines Tages eine freundliche Stimme von oben aus dem vierten Stock des anderen Hauses.

Nie war ich vorher allein in eine fremde Wohnung gegangen. Die Großmama hatte bestimmt, mit wem wir verkehren durften. Die konnte ich jetzt aber nicht fragen. So stieg ich zögernd an der Hand der neuen Freundin die vielen Treppen empor.

In der weit geöffneten Wohnungstür stand eine so blonde, so schöne und so elegante Dame, wie es die Puppenstubenmutter war. Im hellen Sonnenschein, der durch ein geöffnetes Fenster hereinfiel, glitzerte ihr Haar wie der Glorienschein eines Weihnachtsengels. Hinter ihr stand, genauso angezogen wie das Puppenstubendienstmädchen, mit rotgestreiftem langen Kleid und weißer Schürze, und genauso freundlich lachend, ihr Dienstmädchen Martha.

Ich glaubte ins Paradies zu kommen bei all der Herzlichkeit. Und wie warm und wohlig wurde einem in dieser Wohnung! Im Salon waren Teppich, Vorhänge und Möbelbezüge aus weichem blauen Velours, man fühlte sich darin wie in Wolken gehüllt, und in Dorles Zimmer war alles rosa. Das war aber nur das Spielzimmer. Außerdem besaß sie noch eins zum Schlafen, das hatte weiße Mullvorhänge und eine geblümte helle Seidendecke über dem Bett.

Dorle hieß Dorothea Kühnke. Ihre Mutter war jedoch eine Frau Breslauer, da Dorles richtiger Vater im Krieg gefallen war, noch vor ihrer Geburt, und die Mutter voriges Jahr dessen besten Freund geheiratet hatte. Nun suchte sie in der neuen Stadt für ihr Töchterchen Anschluß an eine nette Freundin. Tagelang hatte sie mit der treuen Martha schon aus dem Fenster geschaut und die Kinder auf der Straße nach Wert oder Unwert, Dorles Freundin zu werden, beobachtet. Martha war es gewesen, welche Frau Breslauer auf mich aufmerksam gemacht hatte: »Die ist die Richtige.« Und da ich mich dann im Lauf der Jahre tatsächlich als die Richtige erwies, hatte ich bei Martha immer einen ganz besonderen Stein im Brett.

Von nun an bekam ich so etwas wie eine Heimat, wenn auch eine geliehene. Nach der Schule ging ich immer zunächst in unsere Wohnung, wo ich hastig zu Mittag aß, flüchtig die Schularbeiten erledigte und die unnützen Klavierübungen machte. Dann floh ich hinüber zu Dorle. Bereits morgens vor der Schule traf ich mich mit ihr, und wir machten den langen Schulweg schwätzend und kichernd gemeinsam. Wie hatte ich mir gewünscht, eine Schwester zu haben, die mit mir schwätzte und kicherte! Ich hörte auf, um Annemaries Gunst zu werben, was diese von einer lästigen Plage befreite und der Hausdame ersparte, das Bambam des Balles an der Wand oder mein Geheule zu ertragen. Meistens nahm ich den Bruder Juli mit zu Breslauers, weil er mir und Dorle so gut als »Kind« beim Vater-Mutter-Kind-Spiel dienen konnte. Als er jedoch immer häufiger »Vater« sein wollte, als sein Babyspeck sich langsam in Muskeln verwandelte, die uns Mädchen zeigen konnten, wer der Stärkere war, ließen wir ihn nach anderen Jungen auf der Straße Ausschau halten.

Frau Breslauer entwickelte mir gegenüber mütterliche Gefühle. sie untersagte es ihrer wohlmeinenden Martha, mir ständig Küchlein in den Mund zu schieben, weil ich zu dick wurde. Aber Dorle hatte in allen Schubladen ihres Kinderzimmers Pralinenschachteln oder Bonbontüten, die dem Einzelkind von Freunden der Eltern mitgebracht wurden. Sie machte sich gar nichts aus Süßigkeiten. »Nimm dir, was du willst, ich mag sie nicht«, sagte Dorle, und ich nahm. Zu Hause schadeten Süßigkeiten den Zähnen und waren verboten. Hier wurden sie Balsam für meine Seele.

Ich hatte inzwischen gelernt, meinen Vater zu lieben und zu verehren. Obwohl er kein Mensch war, der Kindern seine Liebe zeigen konnte, spürte ich diese. Mich tröstend auf den Arm oder auf den Schoß zu nehmen, wenn ich weinte und schluchzte, verbot ihm sein Grundsatz, Kinder nicht zu verweichlichen. Er war aber nicht blind für den häufigsten Anlaß der Verzweiflung, der in Annemaries Abweisung bestand. Nur wußte er nicht, wie er das Verhalten seiner Ältesten ändern sollte. Er kannte die Ursachen nicht. Er selbst zog keine der anderen vor. Für ihn war der Juli das Lieblingskind. Von

Mädchen wußte er einfach zuwenig. Er meinte, Hausdamen hätten die Pflicht, Kinder körperlich zu pflegen und die Mädchen in ihre spätere Rolle als Hausfrauen und Mütter einzuüben. Das ging nur mit Dressur, das war nun mal so, das ging nicht anders. Ihn hatte man auch schmerzhaft dressiert, auch er hatte die Mutter früh verloren. Erika war eben ein bißchen wehleidig. Sie mußte lernen, sich nicht so anzustellen, das gute Kind. Annemarie hatte es leichter. Sie war härter, das imponierte ihm.

Ein weiteres Erziehungsprinzip meines Vaters war es, Kinder materiell nicht zu verwöhnen. Er tat vor uns so, als sei er arm und müsse jeden Pfennig umdrehen. Dabei war er ein Architekt mit zahlreichen Aufträgen geworden. Zu Weihnachten und zum Geburtstag bekamen wir Geschenke, besonders von der Verwandtschaft, aber das schien ihm schon zuviel. So spärlich wie die Wohnung waren auch unsere Spielschränke bestückt. Die Bitte um ein neues Schulheft, um Bleistifte oder Federn wurde meist abgeschlagen; dazu sei das Taschengeld da, über das Buch geführt werden mußte. Bitten um Groschen für die Straßenbahn waren gänzlich unsinnig. »Hast du keine Beine?« fragte er erstaunt und riet freundlich, sich eben etwas früher auf den Weg zu machen. Er selbst hielt sich kein Auto und erledigte alles zu Fuß. Das hält jung. So war er von seinem preußischen Vater erzogen worden, der es damit zu großem Reichtum gebracht hatte.

Im Frühjahr und im Herbst kam eine Hausschneiderin für einige Tage in die Wohnung, die stets ihren kleinen Sohn mitbrachte. Dieser trug zu unserem Erstaunen prachtvolle hellblaue Samthosen und Seidenhemden mit Spitzen und sah mit seinen blonden Locken so aus wie der »Kleine Lord«. Für Annemarie und mich wurden im Frühjahr die je drei kurzärmeligen, im Herbst die je drei langärmeligen Kleider länger gemacht, wobei gelegentlich eines von mir aussortiert und eines für Annemarie neu genäht wurde. Die Kleider hatten immer den gleichen Schnitt: Passe mit angekräuseltem Rock, weder Kragen noch Zierat, noch Gürtel. Großmama besorgte die sehr kostbaren gestreiften Beiderwandstoffe. Juli trug nie etwas anderes als alltags gestreifte und sonntags einfarbige weiße Matrosenanzüge, in denen vor dem Krieg Großmamas Söhne herumgelaufen waren. An den Füßen hatten wir, wenn wir nicht in Henkhof barfuß liefen, schwarze Schnürstiefel und handgestrickte, schwarze Wollstrümpfe, die irgendeiner armen Witwe in Auftrag gegeben, also äußerst kostspielig waren. Damit genierten wir uns, je älter wir wurden, desto mehr, denn seit Beginn der zwanziger Jahre trugen alle anderen Kinder, außer bei hohem Schnee, Halbschuhe und fleischfarbene Florstrümpfe. Matrosenanzüge waren längst durch Bleyle-Anzüge ersetzt, und Mädchen hatten Sackkleider mit einem Gürtel weit unterhalb der Hüfte.

Unsere teure, unverwüstliche Tracht war von der Großmama angeordnet, die sich selbst auch niemals nach der herrschenden Mode richtete. Sie bevorzugte in allem Qualität, Einfachheit und Originalität. Auf keinen Fall sollten wir aussehen wie gewöhnliche Kinder. Kenner merkten schon, daß wir keine Armeleutekinder waren, die Mitschüler aber bemerkten es nicht. Sie spotteten über uns.

Bei Breslauers war das alles anders. Dorle war von Kopf bis Fuß nicht nur qualitätsbewußt, sondern auch modisch gekleidet und konnte täglich wechseln. Was auch immer sie wünschte, bekam sie sofort. Beim ersten Geburtstag Dorles, den ich miterlebte, waren auf dem Tisch so viele Sachen aufgebaut, daß es mir die Sprache verschlug. Ich konnte sie nur anstarren, um zu sehen, was sie zu dieser Fülle von Geschenken sagen würde. Dorle jedoch begutachtete den Tisch wie ein Restaurantkunde die Speisen, ohne Freude oder Überraschung. Bei einigen Geschenken sagte sie verärgert: »Was soll ich denn damit?«

Erst mein fassungsloses Staunen machte Dorles Eltern bewußt, daß sie in der Liebe zu ihrem Kind ein wenig über das Ziel hinausgeschossen waren. Sie waren klug genug, den Fehler zu korrigieren. Ja, es kam so weit, daß Dorle sich später gegen alles zur Wehr setzte, was sie mehr bekommen sollte als andere Kinder. Ihr imponierte die spartanische Härte bei uns zu Hause. Sie beneidete mich um meine Geschwister mehr als ich sie um Spielzeug und Süßigkeiten.

Um eines aber beneidete ich sie von ganzem Herzen, um ihre schöne, blonde, zärtliche und herzliche Mutter; und auch daß mein Vater so warm, so humorvoll, so liebevoll, so lebensklug und so weltoffen wäre wie »Väti« Breslauer, hab ich oft gewünscht. Der wußte so viel über Kinder und verstand alles sofort.

Eines Tages sagte eine Hausdame verächtlich: »Na, willst du

schon wieder zu diesen Juden?« Ich wußte zuerst gar nicht, wer damit gemeint sein sollte, worauf mir die Hausdame mit Bestimmtheit erklärte, Breslauers, auf jeden Fall aber der Stiefvater Dorles, seien Juden.

Ich wußte vom Religionsunterricht her, daß es Evangelische, Katholische und Juden gab. Sie hatten alle den gleichen Gott, nur glaubten die Evangelischen zusätzlich noch an Jesus und die Katholischen an Maria. Noch nie hatte ich gehört, daß etwas Verächtliches daran sein sollte, Katholik oder Jude zu sein. Im Gegenteil. Jehudi Menuhin, damals zehnjährig, hatte bei Freunden der Großmama, den Mendelssohns, ein Hauskonzert gegeben, und wir hatten in den Pausen mit ihm spielen sollen, was wir dann vor lauter Ehrfurcht nicht konnten. Damals hatte ich gehört, Jehudi sei jüdisch, und unter den Juden gebe es prozentual die meisten Genies.

»Dorle ist bestimmt nicht jüdisch«, erklärte ich der Hausdame, »sie geht ja mit mir zusammen in den evangelischen Unterricht.«

»Der Vater ist es aber«, beharrte diese, »ich verstehe nicht, daß dein Vater diesen Verkehr erlaubt.«

Ich war ganz entsetzt, daß an Väti Breslauer irgend etwas anrüchig sein sollte. Er war ein so gebildeter Mann! Er wußte auf viel mehr Fragen eine Antwort als mein Vater! Er nahm Dorle auf Konzerte und in Museen mit, wohin ich nie mitgenommen wurde. Viel mehr, als in den Geschichtsbüchern stand, konnte er über die deutsche Geschichte erzählen!

Unter dem Siegel tiefster Verschwiegenheit teilte ich Dorle die Bemerkung des Fräuleins mit und bat sie, mit detektivischem Spürsinn den wahren Sachverhalt herauszufinden. Fragen konnte man ja nicht, wenn es Leute gab, die Juden verachtenswürdig finden. Wir beratschlagten, woran man erkennen könnte, ob Väti evangelisch, katholisch oder jüdisch sei. Ich war sicher, daß Evangelische beim Beten die Hände zusammenfalten wie beim Ballspiel »Bete«. »Das tun aber auch die Katholiken«, wußte Dorle. »Ja, aber die Katholiken machen vor und nach dem Beten noch mit dem Zeigefinger ein Kreuz in die Luft.« – »Stimmt«, meinte Dorle, »die bekreuzigen sich, das hab ich auch schon gesehen.« – »Und die Juden? Was machen die Juden?« grübelte ich, »ach, ich hab's! Die Maria und der Josef, die sind doch noch Juden, als sie nach Bethlehem ziehen. Da können sie ja noch nicht Christen sein, weil Jesus noch nicht geboren ist. Da sieht man doch auf allen Bildern, wie die beten. Die halten die Hände bloß so zusammengelegt vor sich hin, mit gestreckten, nicht mit gefalteten Fingern. Und die Hirten auf dem Felde, die sind auch noch nicht Christen, die tun das auch. Die sind auch noch Juden.« – »Klar«, bestätigte Dorle, »das sieht man auf jedem Bild.« Also wurde beschlossen, daß Dorle den Väti abends bitten sollte, mit ihr zu beten. Legte er dabei die Hände ungefaltet aneinander, dann war er Jude, sonst nicht.

Als wir uns am nächsten Morgen beim Gang zur Schule trafen, strahlte Dorle: »Alles in Ordnung! Euer Fräulein hat gelogen. Väti macht ›Bete‹ und schlägt kein Kreuz. Er ist evangelisch.«

Der Traum

In den Jahren des ständigen Hausdamenwechsels hatte ich häufig Alpträume, einmal aber einen so schönen, daß ich ihn für einen Wahrtraum hielt. Ich war durch die Wolken und durch das Blaue hindurch in die großen roten Räume des Himmels gekommen, und der bärtige, alte liebe Gott hatte mich zusammen mit meiner Mutter herzlich willkommen geheißen. Die Haare der Mutter hatten geglitzert wie die Haare der Frau Breslauer, und der liebe Gott war wirklich lieb gewesen und hatte Väti Breslauer ähnlicher gesehen als dem inzwischen vergessenen Großvater Kernrebe. Er hatte mir fest in die Hand versprochen, nach dem nächsten Geburtstag dürfe ich endlich auch in den Himmel kommen. Zwar noch weinend wegen des Abschieds von der Mutter, aber in festem Vertrauen darauf, daß Gott sein Versprechen wahrmachen werde, war ich aufgewacht. Seitdem zählte ich die Tage bis zum zehnten Geburtstag und dachte bei jeder neu erlittenen Unbill, es dauert ja nicht mehr lange.

Der Geburtstag ging noch ohne Ereignis vorüber, aber kurz danach mußte ich wegen einer akuten Blinddarmentzündung ins Krankenhaus.

Als ich die Aufregung der Erwachsenen bemerkte und erfuhr,

wohin die Reise gehen sollte, machte ich schnell ein »Testament«, in dem ich meine Siebensachen Dorle, Annemarie, Karl-August und Minna schenkte. Felsenfest davon überzeugt, dies werde nun meine von Gott versprochene Himmelfahrt werden, war ich eine höchst fröhliche kleine Blinddarmpatientin zum Erstaunen der Schwestern, die mich auf die Operation vorbereiteten. Den Äther der Narkose fand ich angenehm und atmete ihn ohne jede Angst tief ein. Ich wollte auf keinen Fall etwas falsch machen, damit die Reise auch klappte, daher wunderten sich die Ärzte, wie lange ich sorgsam zählte.

Das Erwachen begann mit einem endlosen Fall durch schwarze Dunkelheit, an vielen hellen, riesigen Kugeln vorbei. Dann kam eine blaue Kugel näher und näher, und ich landete schmerzhaft und hart. Eine Nachtschwester saß an meinem Bett. Ich war also wohl im Himmel gewesen, aber wieder herausgefallen und konnte, da mir die Erinnerung fehlte, nicht mehr feststellen, ob Gott sein Versprechen einfach nur gebrochen hatte, oder ob ich selbst die Schuld daran trug, der Privilegien des Himmels wieder verlustig gegangen zu sein.

Die Sachen, die ich verschenkt hatte, bekam ich von den Geschwistern nicht zurück. Sie meinten: »Geschenkt ist geschenkt, wiederholen ist gestohlen.« Den Grund für die Geschenke hatten nur Minna und Dorle verstanden. Zur Erholung durfte ich allein nach Henkhof. Die Großmama hatte geschrieben: »Du darfst dort Gänseliesel sein«, aber das Amt der Gänseliesel gab ich schnell wieder auf. Diese schnatternden Ungeheuer mußten auf dem langen Klinkerweg durch das Gartenpförtchen getrieben werden, um auf die Wiese vor dem Grundstück zu gelangen. Sie dabei davon abzuhalten, die schön gepflegten Blumen am Rand des Weges zu zertrampeln oder an sorgfältig gehüteten Pflänzchen zu zupfen, überstieg weit meine pädagogischen Fähigkeiten Gänsen gegenüber. Wenn der Gänserich fauchend, mit vorgestrecktem Hals, zur Attacke überging, hatte ich Angst vor ihnen, nicht sie vor mir.

Statt dessen ging ich oft allein spazieren, betrachtete das Meer, besonders aber die Wolken und den Himmel, der mich noch mehr faszinierte, seit ich durch seine Schwärze hindurchgefallen war. Wie war es möglich, daß ich keine Erinnerung mehr daran hatte, hinter den rotglühenden Wolken der Sonnenuntergänge gewesen zu sein!

Eines Tages wanderte ich mit einer fünfzehnjährigen Kusine meiner Mutter abends den Strand entlang. Diese hatte eine jüdische Mutter, war sehr hübsch und frühreif. Ich hatte mit ihr schon öfter Gespräche geführt, die über die Kindlichkeiten hinausgingen, mit denen Dorle und ich uns abgaben.

Für die Erwachsenen galt Lore als Problemkind. Der Bruder der Großmutter hatte sich von seiner Frau scheiden lassen, daher meinte Großmama gelegentlich: »Ehen mit Juden sollte man doch lieber vermeiden. 50 Prozent der Kinder aus Mischehen werden unglücklich, das ist meine Erfahrung.«

Die drei Töchter ihrer Schwester indessen, die einen jüdischen Mann geheiratet hatte und eine glückliche Ehe führte, waren, im Gegensatz zu den drei Töchtern des Bruders, unproblematisch. Weder in rassischer noch in religiöser Hinsicht machte Großmama aber einen Unterschied zwischen Deutschen und Menschen jüdischer Herkunft. Schon ihre besten Freundinnen aus Kindertagen waren jüdisch, und sie verkehrte viel in jüdischen Häusern. Auf den Spaziergängen hatte Lore mich darüber aufgeklärt, daß ihre Mutter und wohl auch Herr Breslauer Juden genannt wurden, obwohl sie evangelisch und deutsche Staatsbürger waren.

Lore klärte mich auf: »Die Nachkommen von eingewanderten Juden werden oft auch dann noch Juden genannt, wenn sie längst Christen geworden sind. Dies Volk hat besonders unter Fremdenhaß gelitten, weil sie kein Vaterland hatten, in das sie wieder zurückkonnten oder das sie in Schutz nahm, und weil ihnen die Kirchen anlasteten, Jesus ans Kreuz geschlagen zu haben. Sie mußten immer die Rolle des Sündenbocks spielen.«

Lore erzählte mir dann, wie sie selbst schon unter Antisemitismus gelitten hatte und was den europäischen Juden schon Schlimmes widerfahren war.

»Das ist doch ungerecht!« empörte ich mich. »Ich weiß nicht, warum man immer ›lieber Gott‹ sagt, wenn er sein Volk so quälen und mißhandeln läßt. Ich finde, er hält seine Versprechen nie. Mir hat er grundlos einfach die Mutter weggenommen, und nun hat er auch sein Versprechen gebrochen.«

Auf Lores Frage, was für ein Versprechen das gewesen sei, schilderte ich ihr meinen Traum.

Lore lachte mich aus: »Du glaubst doch nicht im Ernst, daß es da oben über dem blauen Himmel rote Räume gibt, in denen ein alter Mann mit Bart und gestorbene Menschen mit weißen Gewändern und Engelsflügeln herumschweben! Tote liegen einfach nur verwest in der Erde und werden wieder zu Erde. Hinter dem Blauen da oben ist ein unendlicher Kosmos, in dem es weit und breit bis in alle Ewigkeit nichts gibt als eisiges, rabenschwarzes Nichts, und in dem Nichts, in riesigen Entfernungen voneinander, ziehen dann Himmelskörper ihre Bahn, die zumeist größer sind als unsere Erde. Du mußt dir das so vorstellen: Du siehst doch in einer bestimmten Beleuchtung unzählige Staubkörnchen in der Luft. Du weißt, daß du nur einen winzigen Teil dieser Körnchen, nur die gerade angeleuchteten, sehen kannst, und daß es dahinter noch unendlich viel mehr gibt als diese. So mußt du dir den Kosmos vorstellen. Eines dieser kaum sichtbaren Staubkörnchen, nur ein einziges, ist unsere Erde. Der Zwischenraum zwischen ihr und den nächsten Körnchen ist das, was wir im Kosmos als schwarzes Nichts sehen, und unser sogenannter blauer Himmel ist nur ein Gasgemisch aus Sauerstoff und Wasserstoff, das unseren Planeten umgibt.«

»Und das Rote? Wo kommt das Rote her, abends?«

»Das weiß ich nicht«, sagte Lore, »das hatten wir in der Schule noch nicht. Das hat mit der Farbenlehre zu tun. Auf keinen Fall kommt aber nach dem Blauen was Rotes.«

Die Sehnsucht nach der Mutter und das unaufhörliche Nachdenken darüber, wo und wie diese sich wohl befinden möge, hatte dazu geführt, daß ich mir ein Ptolemäisches Weltbild gebildet hatte, welches durch die biblischen Geschichten bestätigt wurde. Das Leben fand, so meinte ich, sozusagen in verschiedenen Stockwerken statt, zwischen denen es für die Menschen keine Treppen, wohl aber für die Engel Leitern gab. Im Parterre befand sich die Erde, im Keller die Hölle, und oben waren die verschiedenfarbigen Himmelsetagen. Ich hatte mit Mutter zwar nicht mehr in derselben Wohnung, aber immerhin noch im selben Haus gewohnt, dessen Eigentümer der liebe Gott war. Irgendwo lebte in diesem Haus auch noch Jesus, aber von dem hatte ich nur in der Gestalt eines kleinen Kindes in einer Krippe eine Vorstellung. Was ich sonst über ihn wußte, gehörte zu den Dingen, derentwegen ich diesen Gott überhaupt nicht lieb, vielmehr sehr roh und sehr grausam fand. Wie es in der Hölle zuging, wollte ich nicht wissen, und dahin gehörte das gräßliche Bild vom Gekreuzigten. Aus meinen Himmelsvorstellungen verbannte ich es.

Durch Lores Reden brach für mich auf einmal mein ganzes Denkgebäude zusammen, begrub den Himmel, den lieben Gott, die Engel-Mutter und alle bisherigen Hoffnungen. Nicht mein Besuch bei der Mutter und dem lieben Gott war ein Wahrtraum gewesen, sondern der Traum nach der Narkose, als ich vorbei an den vielen riesigen, hellen Kugeln – den Staubkörnchen im Universum – zurück auf die kleinste dieser Kugeln, die erst beim Näherkommen größer und blauer erschien, die Erde, herabgefallen war.

Für mich hatte der Verlust meiner »Fata Morgana« die gleiche Wirkung wie auf einen Verdurstenden in der Wüste die Entdekkung, daß da kein Wasser ist. Ich verlor wieder lange meine Stimme. Ich konnte mich mit meinem Spiegelbild nicht mehr identifizieren. Da blickte mich ein pausbäckiges, kerngesundes, meist braungebranntes Kindergesicht an, und im Herzen fühlte ich mich durstig, krank und elend. Mein richtiges Ich war in einem falschen Körper. Die Mutter hatte ich nun endgültig verloren und Gott auch. Das schlimmste war, ich war selbst schuld daran, denn ich hatte gegen das Verbot verstoßen: Du sollst dir kein Bildnis noch Gleichnis machen, weder von dem, was über, noch von dem, was auf, noch von dem, was unter der Erde ist.

Schwester Laura

Ich glaube, Großmama fiel es erheblich leichter, sich die lebenslange Gewöhnung an die Privilegien der Reichen abzugewöhnen als das Opium. Es machte ihr erstaunlich wenig aus, fast allen Besitz verloren zu haben. Sie war nun Mitte Fünfzig und fing ganz ohne Ballast energisch ein neues Leben an. Allein in der neuen Wohnung am Kurfürstendamm dahinzuvegetieren, war nichts für sie. Der Neuanfang gelang durch den Umstand, daß die Stubbenenkel nicht mehr länger auf ihrem Gut von Hauslehrern unterrichtet werden konnten, sondern aufs Gymnasium mußten. Internate wären für sechs Kinder zu teuer geworden. Hedwig von Stubbens Mann war an Tuberkulose gestorben. So mietete sie eine große Wohnung in Bad Doberan, quartierte ihre Mutter nebst Köchin und Haushälterin ein und schickte ihre Kinder dort ins Gymnasium. Daraufhin gründete die Großmama eine Klavierschule. Um nicht nur technisch, sondern auch theoretisch eine noch bessere Lehrerin zu werden, besuchte sie in Rostock die Musikhochschule, und da sie mit der Fahrt dorthin zuviel Zeit verlor, machte sie den Führerschein und kaufte sich einen kleinen Dixi. Von da an gab es nur noch ein Thema für sie: »Auto« und die Kunst des Fahrens. Einmal sah ich ein junges Mädchen mit einigen Oberschülern auf einem Mäuerchen sitzen und heftig gestikulieren. Als ich das Mädchen dann von vorne sah, war es die Großmama, die ihre Erlebnisse beim Autofahren zum besten gab. Sie blühte auf und legte ihre Trauerkleidung ab.

»Mich hätte der August jetzt mal sehen sollen! Der hätte alle Wetten verloren!« sagte sie lächelnd über ihren verstorbenen Mann.

Am Hohenzollerndamm hatte inzwischen der ständige Wechsel, das Kommen und Gehen der Hausdamen aufgehört. Schwester Laura war dort eingezogen, gegen die es keine Opposition gab, ihr mußte jeder gehorchen, auch Michael Kernrebe, auch Minna, denn sie hatte als Oberin in einem Krankenhaus gründlich gelernt, wie man regiert. Empfohlen war sie von Onkel Ottos junger Frau, die schon als Assistenzärztin unter ihrer Fuchtel gestanden hatte und meinte, eine solche Pädagogik könne den Kindern nur guttun.

Schwester Laura hatte auch ihr Schicksal. Mit zwei ihrer leiblichen Schwestern hatte sie den Schwur geleistet, ehelos zu leben, weil eine der drei epileptisch war und sie diese damals unheilbare Krankheit nicht weitervererben wollten. Empfängnisverhütung war ihnen unbekannt. So hatte sich Schwester Laura in ihr Berufsleben im Krankenhaus gestürzt und sich durch große Tüchtigkeit zu verwirklichen gesucht. Ihr liebebedürftiges Herz blieb aber wohl sehr unbefriedigt.

Sicherlich hatte sie das Angebot, als Hausdame für drei Kinder Mutterstelle zu vertreten, nur deshalb angenommen, um in den Kindern Liebesobjekte zu finden. Doch dies verbarg sie schamhaft und geschickt. Wir, gewohnt, jede neue Hausdame sofort »Tante«

zu nennen, wurden gleich am Anfang streng darüber belehrt, wir hätten »Schwester Laura« zu ihr zu sagen und sie zu siezen. Um diese Forderung zu unterstreichen, trug sie ausschließlich ihre Schwesterntracht mit Haube. Sie befand sich, als sie zu uns kam, am Beginn ihrer Wechseljahre. Sie wurde oft abwechselnd rot und blaß, bekam Schweiß auf die Stirn und reagierte äußerst gereizt auf Bagatellen. So wußten wir meist nicht, worüber sie in Wut geriet.

»Psst, sei still! Schwester Laura ist böse!« flüsterte ich meinem Bruder zu, dem ich die Tür öffnete.

»Worüber denn?« fragte der.

»Ich glaube, weil du so kurze Beine hast und deine Strümpfe zu lang sind.«

Keine Rede davon, daß endlich die Wohnung etwas gemütlicher gemacht worden wäre; unter Schwester Laura wurde sie so steril wie ein Operationssaal.

»Man muß vom Fußboden essen können«, war ihre Devise, »und man muß sich darin spiegeln können.«

Spiegel jedoch, die zu diesem Zweck an der Wand hingen, nahm sie ab: »Wir wollen doch nicht affig werden.« Nur im Bad durfte einer bleiben, damit Vater sich rasieren konnte.

Gleich zu Anfang hatte Schwester Laura erkannt, wie sie uns einzuschätzen habe. Annemarie begegnete ihr mit so kühler Distanz, daß ihr sofort klar war, dieses selbstbewußte, große Mädchen nicht mehr für sich gewinnen zu können. Sie beschloß, sie in Ruhe zu lassen. Später wurde aus Annemaries distanzierter Haltung eine verächtliche, die Schwester Laura oft irritierte. Von Juli hatte sie in den ersten Tagen den Eindruck, der sei ein kleiner Trottel. Am ersten Tag verlor er auf dem Schulweg die Brottasche, am zweiten Tag den Ranzen, am dritten den Mantel, und am vierten Tag hatte er sich verlaufen und kam zwei Stunden zu spät nach Hause. Dieses so sichtbare Zeichen für eine angeborene Schwäche rührte an Schwester Lauras verborgene Muttergefühle, vor allem, da es sich um einen Jungen handelte. Ihn erkor sie sich zum Liebesobjekt, und Juli dankte es ihr mit Gegenliebe. An mir, die ihr als Problemkind angekündigt war, störte sie das heimkindmäßige Anbiedern und Betteln um Vertraulichkeit. Meinetwegen beharrte sie besonders auf der Anrede »Schwester«. Ich wurde zum Objekt ihrer Erziehungsexperimente; denn das sah sie gleich: Aus der Erika »war etwas zu machen«, »es steckte was in ihr«.

Leider hatte Schwester Laura von Kinderpsychologie nie etwas gehört, wohl aber davon, wie man junge Lehrschwestern in den Krankenhäusern drillt. Ihr Entschluß, mich tüchtig zu drillen, war nicht lieblos gemeint; im Gegenteil, sie zog mich damit meiner Schwester deutlich vor. Aber leider war das, was »in mir steckte«, absolut keine künftige Diakonieschwester, und Belehrungen über Hygiene, Ordnung und Sauberkeit, die bei meiner Tante, der jungen Assistenzärztin, auf fruchtbaren Boden gefallen waren, prallten an meinem immer heftiger werdenden Widerstand ab. Ich wollte nicht ordentlich und sauber sein! Ich wollte, daß alles wieder so aussah wie bei Tante Nelly!

Da Vater Prügeln verboten hatte, mußten schon frühere Hausdamen ihre Phantasie anstrengen, um auf schmerzhafte Strafen zu verfallen. Schwester Laura übertraf alle an Erfindungsgabe: Serviette nach Tisch nicht ordentlich rollen und in den Ring stecken hieß »vier Wochen Tisch decken und abdecken«; Mantel im Flur schief an den Haken hängen: »Vier Wochen den Flur wachsen und bohnern«; unnötiges Weinen (jedes Weinen war unnötig) bedeutete »vier Wochen Minna beim Abwaschen helfen«.

Der Anlaß zu den vierwöchigen Verurteilungen war von Schwester Laura und mir jeweils nach drei Tagen vergessen, dennoch mußte die lange Frist eingehalten werden. So kam es, daß ich ständig putzen, abwaschen, abtrocknen, bohnern, Fenster putzen mußte. Als ich schließlich wagte, meine Tränen über die Strafen damit zu begründen, daß ich dann gar nicht mehr zu Dorle könne, verhängte Schwester Laura von nun an als Strafe: »Vier Wochen kein Besuch bei Dorle.« Jetzt aber griff Frau Breslauer ein. Sie wappnete sich mit Mut, meldete sich bei meinem Vater und Schwester Laura an und beschwerte sich über Strafen, die nicht nur mich, sondern auch ihre eigene Tochter Dorle träfen. Von da an hatte ich wieder genug Zeit für Breslauers.

Einmal besuchte Schwester Laura meine Klassenlehrerin, da meine Leistungen stark nachließen. Ich lauschte an der Tür, was sie meinem Vater wohl zu berichten habe, und hörte »meine eigene Schand«: »Die Lehrerin hält Erika für eine Intellektuelle!!« Das hielten Schwester Laura und mein Vater für etwas außerordentlich Bedenkliches!

Ich hatte das Wort noch nie gehört, und da ich in der Schule schlecht war, mußte ich annehmen, »intellektuell« bedeute: ohne Intelligenz. Ich war also dumm. Mein Selbstbewußtsein war so gering, daß ich mir dieses vernichtende Urteil zu eigen machte. Dorle, der ich meinen Kummer anvertraute, hatte das Wort auch noch nicht gehört und hielt es ebenfalls für das gleiche wie unintelligent. Sie meinte liebevoll: »Das macht nichts, es muß auch Dumme geben. Ich hab dich trotzdem gern.« Lexika, in denen Kinder die Bedeutung bestimmter Wörter hätten nachschlagen können, wurden damals in jeder Familie vor Kindern, besonders vor Töchtern, fest verschlossen.

Von nun an nahm ich es mit den Schularbeiten erst recht nicht mehr genau. Ich würde ja doch nie studieren können, wenn ich dumm war. Ich glaubte, mir blieben nur drei Wege: Dichterin, Malerin oder Schauspielerin zu werden. Alles, was mit Haushalt, Ordnung und Hygiene zu tun hatte, lehnte ich grundsätzlich ab, und das Angestellten- oder Beamtendasein hatte mein Vater uns in so gräßlichen Farben beschrieben, daß ich es auch haßte.

Dichterin? Nun, das konnte man immer nebenbei sein. Ich dichtete ja jetzt schon meine Schulhefte voll. Malerin? Meine Bilder wurden gelobt, man hielt mich für talentiert, aber es waren wohl mehr meine Gedanken, denen ich einen Ausdruck verleihen wollte, tiefe Gedanken, die nicht alle verstanden, aber ich war viel zu introvertiert, um eine gute Beobachtungsgabe und damit wirklich Maltalent zu besitzen. Es blieb die Schauspielerin.

Seit ich mit elf Jahren das erste Mal einen Film und etwas später das erste Theaterstück gesehen hatte, war ich begeistert. Zum Ärger aller schlangestehenden Wohnungsgenossen schloß ich mich stundenlang in der Badestube ein und probierte vor dem Spiegel das Augenaufreißen, bis man das ganze Weiße sah, was die Stummfilmdivas so perfekt beherrschten. In meiner eigenen Haut fühlte ich mich so zum Erbarmen unbehaglich, daß es mir als das größte Glück auf Erden schien, auf der Bühne in die Haut eines anderen schlüpfen zu können. Dorle zeigte sich von meiner Kunst des Augenaufreißens beeindruckt, und so begann ich mich mit der Theaterkunst zu befassen, indem ich die in der Schule gelernten langen Gedichte und Balladen mit Ausdruck und viel Gefühl deklamierte.

Ende der zwanziger Jahre schossen die Rezitatoren wie Pilze aus dem Boden, und Leute, die ihren Kunstsinn demonstrieren wollten, engagierten für ihre Familienfeste derartige Künstler. Das hatte auch Vater schon einmal getan. Damals war ein langhaariger Mensch mit Russenkittel erschienen, der zum Entsetzen der Verwandtschaft höchst dramatisch schrie. Kaum hatte er geendet, sagte Onkel Ottos Frau: »So – nun aber schnell Musik!« Dorle und ich waren vor Gelächter unter die Stühle gekrochen.

Auch in der Schule wurden einmal jährlich alle Klassen in der Aula versammelt, die Mädchen ermahnt, unter keinen Umständen zu kichern, und dann erschien eine der alten Schauspielerinnen, die vor dem Krieg anders geschult waren und mit der modernen Art des neuen Theaters, aus dem das falsche Pathos weitgehend gewichen war, nicht fertig wurden. Wir verstopften uns die Münder mit Taschentüchern oder Kirschen, um nicht lachen zu müssen. Irgendwann aber, wenn sie furchtbar schrie und dann eine bedeutungsvolle Pause machte, um mit veränderter, zittrig-hoher Stimme, fast singend, leise fortzufahren, platzte doch immer die Bombe. Taschentücher und Kirschen schossen aus den prustenden Mündern, die Kinder wurden erzürnt aus dem Saal geschickt und lachten auf dem Flur noch weiter, daß sie beinahe umfielen. Auch Dorle und mir war das einmal passiert.

Ich war mir also bewußt, daß Deklamieren eine sehr heikle Sache war. Auch Großmama erzählte, sie habe sich als Kind zu Tode geniert, wenn ihre Mutter sie als Statistin benutzte; die frönte nämlich heimlich hinter verschlossenen Türen ihrer verbotenen Theaterleidenschaft und mimte das Käthchen von Heilbronn oder andere unglückselige Heldinnen. »Von der hast du das geerbt«, sagte Großmama zu mir.

Obwohl feststand, daß Annemarie Musik studieren würde, hatte auch sie einen Hang zum Theater. Aus eingeweichtem Zeitungspapier, das geformt, getrocknet, geleimt, mit Wasserglas bestrichen und dann angemalt wurde, stellte sie Kasperlepuppen her, malte Kulissen und führte Theaterstücke auf, die sie ebenso selbst verfaßt hatte wie ich die Aufführungen, die ich mit Dorle und anderen Schulfreundinnen inszenierte.

Schwester Laura fand eine neue Waffe, um aus meinem »Ich« eine Diakonieschwester herauszuschälen: »Schauspielerin!« hieß es, wenn ich weinte. »Mach kein solches Theater!« Und wenn ich etwas erzählte, was Annemarie oder Schwester Laura bestritten, hieß es: »Dichterin! Was erfindest du wieder für Märchen!«

Mutproben

Der kleine Bruder Juli indessen hörte allmählich damit auf, in mir seine Hauptbezugsperson zu sehen, und begann, sich der vielen »Weiber« in unserem Haushalt zu schämen. Der Vater war selten daheim und hatte wenig Zeit für ihn. So suchte er nach männlichen Kameraden und fand sie bei den Pfadfindern. Das Zelten, Wandern, Abenteuer-Erleben behagte ihm. Er wurde zwar oft wegen seiner Schusseligkeit gehänselt, aber seine Gutmütigkeit und Friedfertigkeit machten ihn beliebt. Daß er niemals Angst und zuwenig Phantasie für drohende Gefahren hatte, ließ ihn mutig erscheinen.

Ich hatte für den Juli immer mütterlich empfunden. Jetzt bewunderte ich seinen unbekümmerten Mut. Ich begann meine Neigung, in Tränen auszubrechen, mit einem Strichbüchlein zu bekämpfen, in das ich gewissenhaft eintrug, wenn ich weinte, und ich begann mit der Selbsterziehung zu mehr Mut. Wenn Juli in die höchsten Dachbalken der Scheune des Bauern in Henkhof kletterte und von dort hinunter ins Heu sprang, tat ich es ihm nach, hing dann jedoch starr vor Angst oben an den Balken, ohne den Mut zu finden, mich loszulassen, bis es dunkel wurde und mir die Kräfte schwanden. Dann plumpste ich wie ein Mehlsack hinab und wunderte mich, daß ich am Leben geblieben war. Oder ich ging im Schwimmbad scheinbar selbstsicher zum Bademeister und bat um die Erlaubnis, vom Zehnmeterbrett zu springen. Für einen Sprung von zehn Metern mußte der Bademeister die anderen Sprungbretter räumen und die Schwimmer aus dem Becken treiben. Daher bildete sich eine Menge von Zuschauern, die bewundernd nach oben starrten. Ich stieg die Treppen hinauf zum Turm. Als ich oben war, wurde mir so schwindelig, daß ich die Augen schließen mußte. Jetzt vor den Augen der Zuschauer wieder schlotternd umzukehren, hätte mich ebenso vernichtet, wie zu ertrinken. Also ging ich mit geschlossenen Augen auf dem Brett entlang, bis mein Fuß ins Leere trat und ich hinunterfiel. Als ich wider Erwarten, allerdings mit fast geplatzter Lunge, auftauchte, wiederholte ich meinen Meistersprung, so daß der Bademeister und Juli wenigstens im Schwimmbad nicht wagten, »Feigling« zu mir zu sagen.

Meine Schüchternheit zu überwinden und Zivilcourage zu üben, diente mir Ende der zwanziger Jahre ein seltsames Spiel, das sich von Berlin über ganz Deutschland ausbreitete und schließlich von den meisten »halbstarken« Schülern mit Variationen gespielt wurde, nämlich das »Biber-Zählen«. »Biber«, das waren Männer mit Bart: Schmutzfleckbiber, wie der Adolf Hitler, Schnauzbiber wie der alte Hindenburg, Vollbiber wie Karl Marx. Jede Sorte Biber erhielt soundso viele Punkte, sobald man ihn erblickte, vor Zeugen natürlich. Dafür, eines Bibers nur ansichtig geworden zu sein, gab es jedoch noch wenige Punkte. Mehr konnte man sich anrechnen, wenn man vor Zeugen auf ihn zuging und ihm längere Zeit ernsthaft in die Augen blickte, ohne zu lachen. Noch mehr, wenn man den Mut hatte, dabei bedeutungsvoll zu sagen: »Biber«, ohne zu lachen. Noch mehr, wenn man ernst sagte: »Biber, ganz groß und ganz nah.« Die absolute Spitze erreichte aber derjenige, der einen roten Vollbiber sah und dabei das lange Sprüchlein aufsagte.

Dieses Spiel hatte zur Folge, daß sich nach und nach immer mehr Männer ihres Bibers entledigten, worauf man sagte: »Jetzt ist der Bart ab.«

Trotz dieses Spiels war mir Adolf Hitler damals kein Begriff. Ich las keine Zeitungen, hörte kein Radio, und Fernsehen gab es nicht. Wir im Grunewald kamen mit Nazis gar nicht in Berührung, dazu gab es bei uns zu viele Juden. Das Wort »Arier« wurde nicht gebraucht. In unserer Klasse gab es unter 26 Schülerinnen höchstens elf, die man später als Arier hätte bezeichnen dürfen. Nur einmal erlebten Dorle und ich etwas Erschreckendes: Wir rodelten auf einem Hügel im Grunewald, als eine Horde von Halbstarken mit dem Geschrei: »Macht, daß ihr wegkommt! Für Juden ist Rodeln verboten!« wahllos über einige Kinder herfielen, sie verprügelten und forttrieben. Alle Kinder, die nicht zu dieser Horde gehörten, suchten das Weite. Auch Dorle und ich rannten weg, und ob die ergriffenen und verprügelten Kinder tatsächlich Judenkinder waren, weiß ich nicht. Getroffen fühlten sich alle.

»Das waren Hitlers!« sagte Frau Breslauer. »Das ist eine ganz üble Verbrecherbande!«

Seitdem hielt ich alle Nazis für Verbrecher.

Für den armen Juli indessen wurden seine Pfadfinder zum Idol. Als die dann von der Hitlerjugend übernommen wurden, waren diese in seiner Vorstellung Superpfadfinder und Superhelden. Ganz ohne Mißtrauen fiel er ihnen in die Hände. Niemand hatte ihn gewarnt.

»Laß doch den Jungen«, meinte die Großmama, »ihm werden früh genug die Augen aufgehen.« Und: »Es ist doch legitim, daß er Anschluß an Jungen sucht und nicht nur unter Mädchen sein will«, meinte Vater. Und die Hugenbergtante sagte: »Es ist doch schön, daß wenigstens einer in eurer Familie Nationalgefühl entwickelt.«

Probleme und Zweifel

Wir Kinder im Grunewald kamen mit den sozialen Problemen der zwanziger Jahre kaum in Berührung. Armut war für uns etwas Exotisches. Wir zweifelten ebenso daran, daß es Könige und Prinzen, wie daß es wirklich Arme gibt. Die Zeiten, in denen die Großmama in die Armenviertel ging, waren nach der Inflation vorbei. Unser Vater konnte uns sogar mit Erfolg einreden, wir selbst seien arm.

Als dann die Zeit der großen Arbeitslosigkeit begann, begegneten wir aber bei Fahrten mit der S- oder U-Bahn in die Stadt zu unserem Entsetzen doch einigen Jammergestalten. Wir beschwichtigten uns damit, daß wir Groschen in ihre Mützen warfen. Gegen Ende der zwanziger Jahre drangen aber auch bei uns, trotz strenger Kontrollen der wachsamen Portiers, Bettler in die herrschaftlichen Mietshäuser ein. Sie benutzten den Aufgang für Lieferanten und klingelten an der Hintertür. Schwester Laura und Minna waren sich einig: »Geld versaufen die nur. Wer Hunger hat, dem ist mit Essen gedient.« Und so bekamen die Bettler Stullen, Suppe oder auch mal eine richtige Mahlzeit. Ich schämte mich immer sehr, wenn ich ihnen etwas Derartiges herausreichen und zusehen mußte, wenn sie sich auf die Treppe hockten und die Almosen gierig verschlangen. Einmal waren jedoch so viele gekommen, daß Schwester Laura dem letzten die Tür vor der Nase zuschlug und sagte: »Nun ist Schluß, heute haben wir nichts mehr.« Kurz danach wurde sie von Nachbarn um Hilfe für einen Ohnmächtigen gebeten. Der abgewiesene Bettler lag im Hinterhof. Er war aber nicht ohnmächtig, er war tot. Das war ein Schock, der nicht nur uns Kinder, sondern auch die Erwachsenen traf. Es wurde beschlossen, daß von nun an jedem Bettler, auch dem anscheinend betrunkenen, nicht nur etwas zu essen, sondern auch Geld in die Hand gedrückt wurde. Nur Minna war damit nicht einverstanden. Für sie und ihren Freund Bruno, der sich jeden Sonntagnachmittag mit ihr in ihrem Zimmer einschloß, blieben Bettler Leute, die »selbst schuld hatten«.

Uns sagte man, schuld habe der Versailler Vertrag, schuld habe der Börsenkrach in Amerika, aber man nannte uns keine Schuldigen in unserer Weimarer Republik. Vater und Großmama begrüßten die Demokratie, und während sich Großmama für »eher links« hielt, trotz ihres elitären Bewußtseins, hielt sich Vater für »eher rechts« von der Mitte, obwohl er früher als die Großmama begriff, daß der Weltkrieg in den Schützengräben die Klassenschranken längst niedergerissen hatte, die, wie er meinte, nur noch in den Köpfen von Frauen und Nichtkriegsteilnehmern bestanden. Er meinte, allgemeine Wehrpflicht hätte Klassenkämpfe eigentlich überflüssig gemacht.

Aufgrund der Musik von Kurt Weill und nach einem Besuch der »Dreigroschenoper« begann Annemarie sich für Brecht zu begeistern und für den Kommunismus zu interessieren. Der Juli driftete ganz nach rechts ab, mich beschäftigte ausschließlich die religiöse

Frage und der verlorene Gott. Ich konnte mir nicht vorstellen, daß irgendein Problem von Menschen und Völkern von diesen selbst politisch gelöst werden könnte, wenn es keinen Gott gab.

Da ich spürte, daß auch mein Vater darüber seine Zweifel hatte, hätte ich ihm vielleicht mein tiefstes Geheimnis anvertrauen können, meiner Freundin Dorle aber auf keinen Fall. Sie war doch so geschützt und geborgen im Hause Gottes durch ihre Eltern.

Seit mir die unendliche Größe des Universums und die staubkornmäßige Kleinheit der Erde aufgegangen waren, blieb mir jedweder Gott in jedweder Gestalt undenkbar. Was der Pfarrer sagte, paßte nur in ein altes Weltbild. Er hätte von Zeus und seinem Sohn Apollon sprechen können, dem ein wenig Heiliger Geist beigemischt war, dann wäre es mir früher glaubhaft gewesen. Aber nichts konnte ein »Da-Sein« haben, wenn es keinen Raum, ja überhaupt keine Dimension gab, innerhalb deren es hätte »da-sein« können. Alles war Nichts, solange es sich nicht innerhalb eines Raums oder der Zeit befand. Ein »Etwas«, das das ganze Universum »geschaffen«, aus »Nichts« geschaffen hätte und das sich außerhalb der Dimensionen befände, müßte sich logischerweise auch außerhalb all dessen befinden, was Menschen verständlich ist. Wie maßlos mußten Menschen sich überschätzen, wenn sie behaupteten, dieses doch zweifellos von Menschen niedergeschriebene Buch, die Bibel, mit den vielen kindlichen Legenden, Widersprüchen, Ahnungslosigkeiten über Naturgesetze, sei Gottes Wort. Da waren doch Leute am Werk, die selber sein wollten wie Gott, wenn sie behaupteten, der Mensch Jesus sei ein »Sohn« dessen, der Herr des Universums ist, und der Tod dieses Menschen habe irgendeine Bedeutung für diesen Herrn. Konnte der Tod eines der Billiarden winzigen Lebewesen auf diesem winzigen Staubkorn Erde, dessen Leben ohnehin auf dem Prinzip beruht, daß jedes sterben muß, um anderes zu ermöglichen, sich vom Tod anderer unterscheiden? Von diesem Grundprinzip wurde doch keines der Lebewesen dadurch »erlöst«, daß irgendeines besonders grausam umgebracht wurde?

Ich fürchtete oft, mich selbst zu überschätzen, wenn ich christliche Dogmen in Frage stellte. Zweifellos waren die Kirchenlehrer erheblich klüger als ich dummes Kind. Ich beneidete die Menschen früherer Zeiten, bei denen es nur um die Frage ging: Gibt es nur einen oder gibt es viele Götter? Ich sah für uns nach der Aufklärung nur noch die Alternative: Gibt es einen Gott, oder gibt es keinen?

Nach langen Gewissenskämpfen entschied ich mich um Dorles willen, mich konfirmieren zu lassen. Aber um keinen Meineid zu leisten, sprach ich nicht mit, als wir im Chor das Glaubensbekenntnis aufsagen mußten. Ich betete aber im stillen darum, eines Tages verstehen zu können, was mit dem allen gemeint sei. Ich wollte so gerne an einen Gott glauben können.

Dorle verstand mich in meinen Zweifeln nicht. Um dennoch nicht unaufrichtig gegen die geliebte Freundin zu sein, schrieb ich in altgotischer Mönchsschrift, blumen- und bildumrankt, ein ganzes Büchlein voll Verse und Sprüche, die meine Zweifel und Gedanken in Worte faßten, und schenkte ihr dies zu dem Fest.

Zu Hause war an diesem Tag Tante Hedwig von Stubben aus Stubbenhof gekommen, die uns Kernrebes das erste Mal in Berlin besuchte und Schwester Laura noch nicht kannte. Die Eiseskälte im »Heim« ihres Schwagers und der Kinder ihrer Schwester erschreckte sie zutiefst. Die Großmama hatte ihr berichtet, es sei besser als bei der »dreckigen« Tante Nelly, aber diese Art von Sauberkeit hielt Tante Hedwig für schlimmer. Sie war die erste (nach Frau Breslauer), die sofort erkannte, daß nicht nur ich, sondern auch die scheinbar so brave Annemarie ein seelisch krankes Mädchen war und daß die Opiumsucht die Wahrnehmungskraft der Großmutter gelähmt hatte.

Den ganzen Abend brachte sie damit zu, Annemarie zu bewegen, wenigstens heute, an meiner Konfirmation, ein Wort an mich zu richten. Als diese mir dann auf Befehl die Hand gab und mit rauher Stimme sagte: »Ich gratuliere dir zur Konfirmation«, war ich so erschüttert, daß ich die ganze Nacht in mein Kopfkissen weinte. Seit diesem Tag blieb ich mit Tante Hedwig in Briefwechsel und hatte nun einen Menschen in der Familie, der zu mir hielt. Das dankte ich der Tante mit leidenschaftlicher Liebe und allem Vertrauen, dessen ich fähig war.

Merkwürdig, ich war bei meiner Konfirmation schon 16 Jahre alt, aber in sexueller Hinsicht so unwissend wie heute kaum ein Kind. Das lag daran, daß Schwester Laura eine Nonne war und die Pflicht, mich aufzuklären, nur mit Selbstüberwindung auf sich genommen hatte. Kurz bevor ich 14 Jahre alt wurde, hatte sie mich zu einem Spaziergang mitgenommen und mir eröffnet, Frauen hätten einen Eierstock, von dem sich alle vier Wochen ein kleines Ei löse und mit etwas Blut abgehe. Das sei ein Beweis dafür, daß die Frau nun fähig sei, Kinder zu bekommen, denn aus diesen Eiern wüchsen die Kinder. Den Anteil des Mannes daran, wie aus einem Ei ein Kind wird, verschwieg sie.

Ich hatte schon gewußt, daß Kinder im Bauch der Mutter wachsen und auch, wo sie herauskommen. Das mit dem vierwöchigen Eierlegen leuchtete mir ein. Man war als Mutter also so etwas wie eine Henne, nur daß man das Ei nicht im Nest, sondern im Bauch ausbrütete, und da die Hühner in Großmamas Hühnerstall in Henkhof keineswegs Hähne brauchten, um fleißig täglich Eier zu legen, war ich sicher, daß Kinderkriegen die alleinige Leistung der Frau sei, und allenfalls die seelische Liebe eines Mannes und eine Heirat mit ihm die Angelegenheit begünstige. Das Springen der Hähne auf die Hühner, das ich beim Bauern gelegentlich beobachtete, hielt ich für ein unter Hühnern übliches Spiel.

Dorle und mir war eingeschärft worden, über diese Dinge spreche man nicht mit anderen Kindern, so hielten wir uns auch untereinander daran. Dorle, weil sie ordnungsgemäß und vollständig von ihrer Mutter aufgeklärt war und es für sie nichts zu fragen gab, ich, weil ich überzeugt war, von Schwester Laura vollständig aufgeklärt worden zu sein. Beide hielten wir unsere eventuelle spätere Mutterschaft für etwas so Wunderschönes und Heiliges, daß wir uns mit Widerwillen von Klassenkameradinnen abwandten, die über körperliche Dinge Witzchen machten. Ich erlebte auch keine Ehepaare, die ein Doppelbett miteinander teilten. Vater, Großmama und Tante Hedwig waren verwitwet, Breslauers hatten getrennte Schlafzimmer, und bei Onkel Otto und seiner Frau hielt ich das gemeinsame Nachtlager für Raumknappheit. Auch im Westend schlief jeder allein.

So war ich, als ich mit Dorle in die Tanzstunde ging, körperlich voll entwickelt, ein kräftiges, gesundes, etwas zu dickes Mädchen mit einer sinnlichen Ausstrahlung, von der ich selbst nicht die leiseste Ahnung hatte. Liebeshungrig, wie ich war, wäre ich eigentlich in hohem Grade verführbar gewesen, wie die meisten Mädchen aus

Waisenhäusern, die nach Anerkennung und Zuwendung verlangen, hätte mich nicht meine totale Unwissenheit und die damit verbundene Kindlichkeit geschützt. Ein weiterer Schutz für mich als sogenannte höhere Tochter war, daß die Tanzstunden-Jünglinge damals ihre ersten sexuellen Erfahrungen noch mit reifen Frauen oder aber mit Nutten machten. Wir waren für sie tabu.

Für mich war die Tanzstunde die erste Gelegenheit, Jungen kennenzulernen. Es gab damals ja noch keine gemischten Schulklassen. Ich war froh, daß sie eigentlich ganz nett waren und mich nicht so hänselten wie meine Vettern von Stubben. Die Mütter der Tanzstundenjungen waren begeistert von mir, und als ich einmal sagte: »Es ist doch wirklich ein Jammer, daß mein vermißter Onkel nicht verheiratet war, sonst wüßten wir, ob er noch lebt, weil seine Frau ja dann noch Kinder bekommen würde«, kannte das Entzücken keine Grenzen. Ich setzte zwar erklärend hinzu: »Vorausgesetzt, er würde seine Frau noch lieben und keine andere in Rußland«, konnte aber den Heiterkeitserfolg damit nicht bremsen.

Abschied von der Kindheit

Als Schwester Laura kündigte, schlug Frau Breslauer vor, daß ich die letzten Schuljahre zu ihnen ziehen sollte. Vater und Großmama wünschten nicht, mich so früh aus dem Haus zu geben, Dorle und ich bettelten um die Erlaubnis, den Ausschlag aber gab Annemarie, die vor Freude, die Schwester loszuwerden, ganz aus dem Häuschen geriet.

Ich war selig, fühlte mich wie im siebenten Himmel und verließ meinen Vater und die Geschwister ohne jeden Abschiedsschmerz. Mein Vater war zu stolz, um mir zu zeigen, wie weh ihm das tat. Ich war so mit mir selbst beschäftigt, daß ich gar nicht auf die Idee kam, ich könnte ihn verletzt haben!

Aber wie jedes zu streng gehaltene Kind, das plötzlich in normale, freundliche Verhältnisse kommt, schlug ich nun über die Stränge. Ich fraß und fraß Pralinen aus Dorles Schubladen, ohne Frau Breslauers Ermahnungen, ich würde zu dick, zu beachten, ich war so unordentlich, daß es allen auf die Nerven ging, sogar der wohlwollenden Martha, und ich machte noch weniger Schularbeiten als zuvor.

Frau Breslauer wußte nicht, daß man bei Mädchen wie mir nur ganz langsam die Zügel lockern durfte, sie hätte allerdings auch nicht gewußt, wie man Zügel straff zieht. Das Ende vom Lied war: Ich blieb in der Obersekunda sitzen. Das traf mich tief. Es war ein so sorgloses Jahr gewesen, so ein glückliches Jahr, und nun dies. Zu jedem anderen Zeitpunkt wäre ich mit einem Sitzenbleiben zur Not fertig geworden. Dieses Jahr jedoch hatte ich damit der geliebten Frau Breslauer eine schwere Enttäuschung bereitet, denn sie war dafür eingestanden, mein Leben in Ordnung zu bringen. Ihre Gastfreundschaft weiter in Anspruch zu nehmen, wagte ich nicht. Nach Hause konnte ich nicht mehr. Annemarie hatte sich in unser gemeinsames Zimmer eine Freundin geholt, und beide waren mit der neuen Hausdame ein Herz und eine Seele. Der Vater hatte sich innerlich bereits von mir gelöst.

Ich hatte gemerkt, daß Luxus mich lähmte. Nach Beratung mit Tante Hedwig beschloß ich, zunächst harte körperliche Arbeit zu leisten und in Stubbenhof den landwirtschaftlichen Haushalt zu erlernen. Zwei praktische Jahre auf einem Gut würden die Basis für einen späteren Beruf bilden. Der Wunsch, Schauspielerin zu werden, scheiterte am strikten Verbot des Vaters. Tief gedemütigt, am Hohenzollerndamm nicht vermißt, bei Breslauers schnell ersetzt, zog ich mich ins hinterste Pommern zurück, zu Hühnern, Gänsen, Enten und Kühen und der Aussicht, einmal im Jahr ein Erntefest mit den Gutsarbeitern feiern zu dürfen.

In Stettin, wo ich zwei Stunden im Wartesaal verbrachte, kaufte ich mir die erste Packung Zigaretten, die ich hintereinander verpaffte. Als die Wartezeit danach noch nicht um war, kaufte ich abermals fünf Zigaretten. Verstohlen ließ ich meine Augen wandern, um festzustellen, ob ich irgend jemandem damit imponieren könnte. Großer Erfolg war mir nicht beschieden.

Lehrzeit in Pommern

Tante Hedwig

Als Kinder waren wir in den Osterferien manchmal nach Stubbenhof in Hinterpommern gefahren. Man mußte oft umsteigen, und zuletzt kam man mit einer kleinen Bimmelbahn an einer winzigen Station an, die nicht einmal Bahnsteige, sondern nur ein armseliges Bahnwärterhäuschen hatte. Davor stand dann bereits die Kutsche mit zwei wohlgenährten Pferden, und wir fuhren noch einmal eine Stunde lang auf holprigen Wegen durch Wälder, Wiesen und Felder, in denen die Ackerfurchen scheinbar ins Unendliche geradegezogen waren und man überall bis zum Horizont bebautes Land überschaute. Nur in weit voneinander entfernten Farbtupfern konnte man kleine Ortschaften ausmachen, Gutshöfe mit einem Herrenhaus und den ihm zu Füßen liegenden Landarbeiterhäuschen.

Hier gab es in meiner Erinnerung keinen lebhaft bewegten gewaltigen Himmel mit sich ständig wandelnden Wolkengebilden wie in Henkhof. Hier sah man nicht in die Höhe, sondern auf die Erde und was aus ihr wuchs oder wachsen sollte, denn Ostern waren die Äcker soeben gepflügt, die Schollen noch saftig, schwarz und vielversprechend. Die Bäume in den Wäldern begannen zu sprießen, weiße Anemonen und blaue Leberblümchen krochen aus dem Laub des Vorjahres. Wir ließen den Kutscher anhalten, stiegen aus und pflückten für die Tante einen Strauß als Mitbringsel.

Darüber, ob das Herrenhaus in Stubbenhof ein Schloß oder eine Hütte sei, gab es unter uns Geschwistern keine Meinungsverschiedenheiten mehr, es war eindeutig ein Schloß, wenn auch äußerlich nicht sehr schön und ganz ohne Zierat. Dafür war es aber innen um so eindrucksvoller, das hatte ja auch mein Vater umgebaut.

Ich erinnerte mich an festliche Essen, an lange geschmückte Tafeln mit vielen feingekleideten Gästen, denen Dorfmädchen aufwarteten. Ich erinnerte mich an gewaltige Osterfeuer, über welche die mutigen Vettern und tapferen Dorfbuben hinwegsprangen. Ich erinnerte mich an Ostereiersuchen im Park, wo die Osterhasen so viel mehr und bessere Verstecke für ihre Eier hatten als zu Hause. Ich erinnerte mich an Räuber-und-Prinzessin-Spiele, bei denen die Räuber ein eigenes kleines Holzhäuschen besaßen, in das sie uns Mädchen verschleppten; und ich erinnerte mich, daß die Tante groß und ehrfurchtgebietend in langen Gewändern in den unzähligen Räumen des Schlosses Stubbenhof umherschritt und eine Vielzahl von Kindern und Personal lächelnd anleitete.

Besuchte uns die Tante in Berlin, genierte ich mich mit ihr auf der Straße. Alle Damen auf dem Kurfürstendamm trugen Bubiköpfe, Stöckelschuhe und seidene kurze Kleider mit Gürtel unter der Hüfte; aber Tante Hedwig erschien in einem alten Kutschermantel, der bis zu den Füßen reichte, trug ein altmodisches, langes, schwarzes Kleid, Männerstiefel an den Füßen, und steckte ihre dicken, blonden Haare in drei Zöpfen um den Kopf. Dabei liebte ich doch ihr schönes Gesicht mit den leuchtend blauen Augen, wie sie sonst nur Kinder oder Seefahrer haben!

Die merkwürdige Tante interessierte mich brennend. In allen Geschichten von früher, die Großmama und Onkel Otto uns erzählten, wurde immer meine verstorbene Mutter derartig verherrlicht, daß mir schien, als habe man sie ihrer Schwester Hedwig bei weitem vorgezogen, weil diese offensichtlich als stolze Rose galt, die immer bewundert sein wollte. Auch aus Tante Hedwigs Erzählungen selbst klang stets ein wenig Schmerz durch, nicht so geliebt worden zu sein wie ihre jüngere Schwester. Genau wie ich Annemarie, bewunderte sie neidlos die unvergleichlichen Tugenden der Verstorbenen, und gerade darum nahm ich innerlich Partei für sie und nicht für meine Mutter.

Großmama erzählte mir, teils mit Bewunderung, teils mit ein wenig Ironie, Tante Hedwig habe vor dem Weltkrieg als junges Mädchen einer Jugendbewegung angehört, welche die herrschende Mode verachtete, sich demonstrativ dem Zeitgeist widersetzte und es darauf anlegte, mehr zu sein als zu scheinen. Sie habe sich geweigert, Korsetts zu tragen, sich in wallende Gewänder eigener Kreation gehüllt und Kränze auf dem Haupt getragen. Sie sei von ihren Mitschülerinnen »Hedwig Schön« anstatt »die schöne Hedwig« genannt worden, und als Zukunftsorakel habe man beim Schulabschluß für sie gedichtet: »Hedwig Schön, wie der Föhn, durch die Hallen wird sie wallen.«

Das war eingetroffen. Man konnte Tante Hedwigs Schreiten durch die Hallen des Schlosses Stubbenhof auch »Wallen« nennen; und der Vergleich mit einem Föhn war nicht nur zutreffend, weil sie wie ein Wind wirkte, der alles Unreine fortbläst und überall frische Luft hereinträgt, sondern auch, weil ihre Ausstrahlung so stark war, daß es Leute gab, die sie nicht gut vertrugen.

Seufzend sagte die Großmama: »Schon als Kind hat meine Hedwig eine unsichtbare Königinnenkrone über ihrem Haupt getragen. Nicht nur ihre sechs Geschwister, auch ihre Schulkameradinnen haben sich ihr von Anfang an untergeordnet, so, als müßte das so sein.«

Tante Hedwig empfand ihr Talent zum Herrschen als Makel. Sie wollte nicht stolz sein. Wenn sie, was selten geschah, einmal mit mir über sich selbst sprach, dann über ihr Unvermögen, echte Demut zu lernen. Wie Nonnen unter ihren Kutten oft ein ihrer Meinung nach hoffärtiges Herz verbergen, so verbarg Tante Hedwig unter Kutschermänteln, Männerstiefeln und unmodernen Kleidern die immer wieder hervorblitzende »Königinnenkrone«.

Ihren Mann hatte Tante Hedwig gegen den Widerstand ihres bürgerstolzen Vaters und der adelsstolzen Schwiegermutter aus Liebe geheiratet. Er hatte Tuberkulose und starb nach dreizehnjähriger, von seinem Leiden geprägter Ehe. Sein Tod muß für sie eine Erfahrung gewesen sein, die sie zu einem tieffrommen Menschen machte, der sein Leben nur noch Gott unterstellte. Sie unterwarf sich seitdem klösterlichen Lebensregeln; und wie sie schon als junges Mädchen unkonventionell war, so wurde sie als Witwe und Herrscherin über die Güter Stubbenhof und Klotz eine Persönlichkeit, die sich in keinen üblichen Rahmen pressen ließ.

Ich liebte ihre klare, ehrliche Stimme. Ich ertappte mich dabei, ihrem Beten bei Tisch oder den bei Hausandachten vorgetragenen Bibelversen mit Freude anstatt mit der mir gewohnten Scham zu lauschen. Was mich bei anderen abstieß, zog mich bei ihr an.

Bei einem der auf dem Land stattfindenden Bälle sagte einmal eine junge Frau zu mir: »Sagen Sie mal, was halten Sie eigentlich von dieser Frau von Stubben? Ist das nicht einfach entsetzlich, wie es diese Frau fertigbringt, sich am Grab ihres Mannes mit ihrer schönen Stimme zu produzieren? Die macht ja da Konzerte! Das ist ja nicht zu fassen!!«

Ich antwortete: »Ich verstehe es auch nicht. Ich kann dazu nur sagen, sie produziert sich nicht. Sie macht kein Theater. Sie tut es genauso, wenn sie ganz allein ist. Ich kenne niemanden, dem es so wurscht ist, wie er auf andere wirkt, wie meine Tante.«

»Ach so, entschuldigen Sie, Sie sind die Nichte.«

»Frau von Stubben kann Stroh zu Gold spinnen, mich hat sie auch schon umgesponnen«, sagte Vera, die Hauslehrerin, einmal zu mir. Ich konnte nur bestätigen, daß jeder, der hier in Gut Stubbenhof eintraf, wie ein Schmetterling aus seiner alten Haut schlüpfte und sich Mühe gab, jener neue, bessere Mensch zu werden, den Frau von Stubben offensichtlich in ihm entdeckt hatte.

Ihre untrügliche Menschenkenntnis täuschte Tante Hedwig nicht über die Schwächen ihrer Mitmenschen. Sie konnte humorvolle Bemerkungen darüber machen, die ins Schwarze trafen und den Betroffenen erröten ließen. Niemals jedoch kritisierte sie einen Menschen hinter dessen Rücken. Da hörten alle nur Lob, und so behandelte man sich in Stubbenhof gegenseitig mit dem größten Respekt. Das Selbstbewußtsein eines jeden kräftigte sich, die eigenen Stärken wurden ihm bewußt. Sie verstand es, den von ihr regierten Erwachsenen und Kindern die Illusion einer heilen Welt, eines Paradieses, vorzuzaubern.

In der sozialdemokratisch regierten Weimarer Republik wirkten die fast unverändert gebliebenen feudalen Verhältnisse in Stubbenhof auf mich wie ein bei einer Überflutung ausgespartes, übriggebliebenes Stücken Land aus Grimms Märchen, wo alles noch nach wundersamen Gesetzen zuging und keiner danach fragte, ob das nun gut oder böse sei. Mit einmütiger Überzeugung glaubte man oben und unten an das, was in der Bibel über Hirten und Schafe, Herren und Knechte geschrieben steht.

Weil Tante Hedwig ein verantwortungsbewußter, selbstloser und gerechter Mensch war, hielt auch jedermann in Stubbenhof das Feudalsystem für gerecht, und ich begann daran zu zweifeln, daß es die Ordnungssysteme sind, die man ändern muß, um eine bessere Welt zu schaffen, in der die Menschen glücklicher sein können. Hier schien der Weihnachtsmann jedenfalls zu jedem zu kommen, der an ihn glaubte, und ich beneidete alle, die das konnten, um ihre Seelenruhe. Ich schämte mich heimlich meiner Kritik an den Zuständen, bei denen den Besitzenden alles, den Arbeitenden nichts gehörte und diese dem guten Willen ihrer »Herrschaft« völlig ausgeliefert waren.

Im Souterrain

Aus der neuen Sicht eines Küchenlehrlings sah Stubbenhof anders aus, als ich es als Kind in Erinnerung hatte. Jetzt lernte ich auch hier das mir einst im Grunewald so vertraute Souterrain und die den Blicken der Gäste und den herrschaftlichen Augen verborgenen zwanzig Räume des Schlosses kennen, in denen ich von nun an mit dem anderen Personal – und ohne alle Privilegien – die niederen Arbeiten verrichten lernen sollte.

»Du meine Güte», sagte ich fassungslos zu Tante Hedwig, »braucht ihr wirklich zum Frühstückbereiten, zum Mittagessenkochen, zum Abwaschen, zum Geschirreinräumen, zum Einwekken, zum Aufbewahren vom Eingeweckten, zum Backen, zum Aufbewahren vom Gebackenen, zum Silberputzen, zum Waschen, zum Bügeln, zum Wäscheaufbewahren, zum Pökeln, zum Wurstmachen, zum Räuchern, zum Hühnerschlachten, für dies und für jenes Personal, für die Schafscherer, für andere Gelegenheitsarbeiter usw. je einen anderen Raum? Mir kommt es hier ja so vor, als sei keine Arbeit ›richtig‹ gemacht, wenn man sie nicht auf die denkbar umständlichste Weise zusätzlich erschwert hat! Geht es euch eigentlich darum, daß die notwendigen Arbeiten möglichst gut und möglichst schnell erledigt werden, oder darum, dazu möglichst viele Menschen in Trab zu halten? An den Waschtagen ist ja das halbe Dorf auf den Beinen, um die Wäsche von hier nach dort zu schleppen, zu fahren, zu begießen, zu spülen, zu rubbeln, zu hängen und so weiter und so weiter!«

Die Tante antwortete: »Liebes Kind, das verstehst du nicht. So war es immer, und so wollen es die Leute haben. Ich denke nicht daran, mit alten Traditionen zu brechen. Wir haben genug Empörung geerntet, als mein Mann und ich vor dem Krieg die Dorfkaten modernisieren und elektrisches Licht einbauen ließen. Nie wieder zwinge ich Leuten Änderungen auf, die sie nicht selbst ausdrücklich wünschen. Sie würden sich alter Rechte beraubt fühlen, wenn man sie an den im Schloß anfallenden Arbeiten nicht mehr teilnehmen ließe oder sie gar durch Maschinen ersetzte.«

So nahm ich denn die langen überflüssigen und lästigen Fußmärsche in den Kellerräumen wie ein notwendiges Übel auf mich und gewöhnte mich an die altmodischen Küchengeräte und das Fehlen aller Arbeitserleichterungen, die zu der Zeit schon erfunden waren. Ich hackte Holz zum Kochen, verbrannte mir die vom Schrubben der Wäsche ohnehin schon blasigen Finger an Holzkohlestückchen, die aus den antiken Bügeleisen immer wieder herausfielen, und quälte mich ab mit dem Heben von rußigen eisernen Kochtöpfen, die man direkt ins Feuer hängen mußte.

Alles, was der Mensch zum Leben brauchte, wurde im Schloß und im Dorf selbst hergestellt. Kaufmannsläden gab es nicht, Bargeld brauchte man nicht. Es wurde gesponnen, gewebt, genäht, getischlert, geschmiedet, geschustert, was man brauchte, sogar Seife und Wäschestärke wurden selbst gemacht.

Jeden Freitag trafen wir Mädchen aus dem Schloß uns mit den Dorffrauen im Backhaus. In aller Frühe hatte ein Mann den riesigen Backofen mit Reisig gefüllt und dieses angezündet. Ehe wir mit unseren Holzbütten mit den vorgeformten Brotlaiben kamen, fegte er die Asche aus dem Ofen, der die Hitze noch lange hielt. Auf langen Holzstangen schob er die Brote in die heiße Höhle, und dann war endlich etwas Zeit, die Hände für ein bis zwei Stunden in den Schoß zu legen und miteinander zu schwatzen. In dieser uralten Backstube wurde mir erst klar, wie es möglich gewesen sein konnte, daß Gretel die Hexe in einen Backofen schob. Ich bin sogar selbst darin einmal etwas angebrannt. Wir hatten Steintöpfe mit Pflaumenmus nach dem Brotbacken hineinschieben lassen, um das Mus durch die gebackene Kruste länger aufbewahren zu können. Der Mann bekam die Töpfe mit der Stange nicht wieder heraus, ohne sie umzuwerfen. Da kroch ich in den Ofen und verbrannte mir bei der Prozedur Haare und Augenbrauen, so heiß war es immer noch, obwohl das glühende Reisig vor Stunden entfernt worden war.

Ich war weder ein eitles noch ein besonders modisch zurechtgemachtes Mädchen. Ich trug mich so wie alle meine Mitschülerinnen in Berlin, mit Bubikopf und nun endlich, als fast Achtzehnjährige, mit Florstrümpfen. Den Stubbenhofer Dorffrauen erschien ich jedoch aufreizend und verwegen gekleidet. Ich wurde »der Bubi« genannt, wegen der kurzen Haare, die man in Pommern noch nicht trug. Aber ich gefiel den Frauen sonst nicht schlecht. Sie betrachteten mich schnell als ihresgleichen. Ich arbeitete ja auch im Souterrain wie ihre Töchter und wurde in keiner Weise geschont.

»Oos Erika ist so schier fleischlich« (Unsere Erika ist so schön dick), sagten die Frauen, die noch nicht wußten, daß man im Jahr 1931 dürr zu sein hatte wie eine Bohnenstange und vor allem keinen Busen haben durfte, wollte man als »schön« gelten.

Trotz oder vielleicht wegen der Hindernisse machte es mir in Stubbenhof Spaß, die notwendigen Arbeiten rationell und schnell zu erledigen. Das Resultat war nicht immer perfekt. Es gab schon Auseinandersetzungen mit Tante Hedwig, die gelegentlich den Fehler beging, mir vormachen zu wollen, was sie selbst nicht konnte. Der Abwasch der großen eisernen Töpfe, die rußig über dem offenen Feuer hingen, war recht schwierig. Es stand dazu nur einfaches Sodawasser zur Verfügung, das in eben diesen Töpfen auf dem Feuer heiß gemacht wurde. Das Ergebnis meiner Reinigung war ihr nicht sauber genug. Sie aber vollzog dabei ein Ritual, bei dem man den ganzen Tag mit einem einzigen Topf hätte zubringen müssen. Letzten Endes sah sie dann doch ein, daß meine Quantität an geleisteter Arbeit effizienter sei als ihr Ideal von Qualität.

Ich unerfahrenes Stadtkind stellte mich aber oft recht dumm an:

Auch in Stubbenhof kamen zu dieser Zeit viele Bettler und Landstreicher vorüber. So hatte Tante Hedwig mich angewiesen, jedem dieser Menschen ein »Stückchen« Speck mit auf den Weg zu geben. Ich verschenkte daraufhin ganze, zum Verkauf bestimmte Speckseiten aus der Räucherkammer.

Ich fürchtete mich, den Kartoffelkeller noch einmal aufzusuchen, weil ich im Dunkeln die Keimlinge für Würmer hielt.

Ich brauchte lange, bis ich ein kreischendes, mir entgegenflatterndes Huhn greifen und seine Nummer am Fußring ablesen konnte, wenn es in seinem Legekasten ein Ei gelegt hatte.

Ehe man sie ins Freie lassen durfte, mußten Puten und Enten nach einem Ei abgetastet werden. Ich ekelte mich davor, außerdem entwischten sie leicht aus dem Stall, ehe das Werk getan war.

Beim Schweineschlachten sollte ich Blut rühren, hielt mir aber die Ohren zu und rannte davon, sobald die Tiere um ihr Leben schrien.

Ich weigerte mich, Geflügel zu schlachten, bis die Tante sagte: »Das Tier wird in jedem Fall getötet, ob du es tust oder ein anderer. Mach es deshalb gut, schnell und schmerzlos, bevor es ein anderer schlecht, langsam und mörderisch tut.«

Ich schlachtete schließlich gut, schnell und schmerzlos, aber Fleisch konnte ich nicht mehr essen, zum Nachteil meiner Figur, die sich durch zuviel Kohlenhydrate und zuwenig Eiweiß mehr und mehr rundete.

Ich paddelte in einer hölzernen Waschbütte über den übelriechenden, mit Schloßabwässern gefüllten Teich zur Insel, um die Eier einzusammeln, welche ungenügend abgetastete Enten dort abgelegt hatten.

»Wenn ich in die Dreckbrühe gefallen wäre, hätte ich mein Leben lang gestunken. Da hätt ich mich umgebracht«, sagte ich zu meinem Mitlehrling.

»Glaubste, da hättste nich jestunken?« war die Antwort.

Mein Arbeitstag begann morgens um halb fünf, im Winter um halb sechs, weil ich dem Inspektor Brecht das Frühstück richten mußte. Das wurde mir zur täglichen Qual, denn ich gehörte zu den Menschen, die in den frühen Morgenstunden am tiefsten schlafen. Immer und immer wieder überhörte ich das Rasseln des Weckers, obwohl er auf einem Porzellanteller stand. Immer und immer wieder gab es deshalb Krach und Vorwürfe von Tante Hedwig. In meiner Angst stellte ich den Wecker auf zwei Uhr nachts, damit ich gar nicht erst in einen Tiefschlaf fiel, und stellte ihn dann jeweils um eine Stunde vor. Ich machte dabei die Erfahrung, daß unsere Träume sich gar nicht in Sekunden abspielen. Ich träumte von Stunde zu Stunde, vom Weckerrasseln unterbrochen, meine Träume wie einen Fortsetzungsroman weiter. Wenn ich manchmal beim Frühstück davon erzählen wollte, sagte Tante Hedwig: »Man spricht nicht über Träume. Die hat man sofort zu vergessen.«

Ich konnte den Grund dafür nicht einsehen, aber wenn die Tante das sagte, so mußte das seine Richtigkeit haben. Ich sprach nicht mehr darüber.

Tante Hedwig war meistens heiter und ausgeglichen, wenn aber jemand sie mal wütend machte, dann hielt sie damit nicht hinter dem Berg. Oje! Einmal lud ich das ganz große Gewitter eines furchtbaren Zornes auf mich, und dabei hatte ich doch nur das Beste gewollt. Es war mir aufgefallen, daß die Tante schon längere Zeit krank und überarbeitet aussah, und ich stellte fest, daß sie mehrere Nächte fast durchgearbeitet hatte. Heute war nun ein Ball für die Kinder auf einem sehr weit entfernten Gut, zu dem man fast zwei Stunden mit der Pferdekutsche fuhr. Die Tante hatte noch so viel Arbeit, daß sie beschloß, nur abends hinzufahren, um die Kinder abzuholen. Sie wollte unbedingt den dortigen Gutsbesitzer sprechen. Ich blieb zu Hause, um ihr zu helfen, damit sie sich vor der Fahrt wenigstens noch eine Stunde hinlegen konnte. Ich versprach, sie zu wecken. Als der Wagen vorgefahren war, gelang es mir nicht, sie aus dem Schlaf zu reißen. Ich hätte Gewalt anwenden müssen. Ratlos besprach ich mich mit Inspektor Brecht, ob man die Übermüdete für ein Gespräch mit dem Gutsbesitzer, das auch telefonisch erledigt werden konnte, mit Gewalt aus dem Schlaf reißen müsse.

»Mich dürfen Sie das nicht fragen«, sagte Brecht. »Wenn sie mir das befohlen hätte, ich würde nicht gehorchen. Die Frau bringt sich ja selbst um mit den Ansprüchen, die sie an sich stellt. Ich würde sie schlafen lassen, und wenn sie mich rausjagt. Aber ob Sie das wagen dürfen, müssen Sie selbst wissen.«

Nun ja, da ließ ich die Tante schlafen nach einem nochmaligen vergeblichen Versuch, sie wachzurütteln. Ich rief auf dem Gut an und sagte Bescheid, daß es meine Schuld sei, wenn die Tante nicht käme.

Mit einem solchen Donnerwetter hatte ich allerdings nicht gerechnet. Eine fremde Willensentscheidung über ihre persönlichen Angelegenheiten, die mich überhaupt nichts angingen und deren Wichtigkeit ich gar nicht beurteilen könnte, erkannte sie nicht als meine Gewissensentscheidung an. Hier hätte sie sich darauf verlassen müssen, daß ich ihre Gewissensentscheidung, nämlich trotz übergroßer Müdigkeit diese Fahrt zu machen, respektierte. Meine Handlungsweise betrachte sie nicht als Fürsorge, sondern als Unverschämtheit. Ich wäre aus Stubbenhof rausgeflogen, wenn es einen Ort gegeben hätte, wohin sie mich hätte schicken können. Aber Tante Hedwig konnte schnell verzeihen und trug nichts nach.

Auch sie beanstandete, wie die Großmama, meinen »Hang zum Volk« und die Distanzlosigkeit, mit der ich mit den Leuten verkehrte. Damit die merkten, daß ich zu ihr gehörte, nahm sie mich häufig mit zu ihren Kranken- oder Fürsorgebesuchen in den beiden Dörfern. Sie brachte Wöchnerinnen das Essen für die Familie ins Haus, damit diese nicht zu früh aufstanden, sah sich wunde Säuglingspopos an, gab Ratschläge und Salben, packte auch mal mit zu und putzte Dreck weg, hörte sich Sorgen an und versorgte vor allem die bettlägerigen Alten zu den Zeiten, wenn die Familie auf Arbeit war.

Einmal kam ich mit der Tante in eine Stuww (Stube), in welcher ein sterbender Greis lag. Ein dreijähriges Kind spielte fröhlich auf dem Fußboden, begrüßte uns freudig und erklärte sehr wichtig: »Oos Vodder, dei bliwwt nu dod, dei stoot nu ja nichme upp.« (Unser Vater, der stirbt nun, der steht nun gar nicht mehr auf.)

Ein anderes Mal kamen wir gerade dazu, wie ein vielleicht dreijähriges Kind laut brüllte und um sich schlug. Sofort vertraute es der »gnä Fru« den Grund seines Kummers an: »Sei wulle mi awwöhne, aber dat bruk ick mi ni jefalle tau lote!« (Sie wollen mich abgewöhnen, aber das brauch ich mir nicht gefallen zu lassen.)

Man stillte die Kinder so lange wie möglich, um neue Schwangerschaften zu verhüten. »Mama! Jiww mi Tidd!« hörte ich zwei- bis dreijährige Kinder zu ihrer Mutter sagen, worauf diese die Brust entblößte und das Kind im Stehen saugen ließ.

Die Leute hatten vor der Tante zwar Respekt, aber keinerlei Scheu oder Angst. Sie redeten mit ihr frei von der Leber weg über alles. Auch die Kinder fürchteten sich nicht vor dem Schloß und vor der Herrschaft. Dort bekamen sie ihre Weihnachtsbescherung, dort half man ihnen bei den Schularbeiten, dort konnten sie von der Gutssekretärin mal Bonbons erhaschen, von dort kam alle Hilfe in allen Lebenslagen.

Manchmal ging die Tante für ihre Leute durchs Feuer: Nach meiner Lehrzeit, als Hindenburg schon tot war und Schwachsinnige schon sterilisiert werden mußten, hatte ein Sechzehnjähriger eine

Vierzehnjährige geschwängert. Die Sitte verlangte sofortige Eheschließung. In mehreren Instanzen verweigerten Ärzte die Eheerlaubnis und behaupteten, der Bräutigam sei schwachsinnig. Er hatte nicht gewußt, was der Unterschied zwischen einer Leiter und einer Treppe ist, und auf die Frage nach dem Reichspräsidenten mit »Hitler« geantwortet. Da ließ Tante Hedwig alles stehen und liegen, flocht ihre dicken Zöpfe um den Kopf und reiste nach Berlin direkt ins Ministerium. Sie erklärte, im pommerschen Dialekt würden sowohl eine Treppe als auch eine Leiter gleichermaßen die »Stiech« genannt, und alle Dorfkinder würden nach Hindenburgs Tod keinen Unterschied zwischen einem Reichspräsidenten und einem Reichskanzler machen. Auch für sie sei ein Unterschied nicht mehr erkennbar. Mit der Heiratserlaubnis kehrte sie zurück.

Nicht immer hieß ich ihre Entscheidungen gut. Am häuslichen Schulunterricht der beiden jüngsten Kinder nahm lange Zeit ein Geschwisterpaar aus dem Dorf teil, Liesbethchen und Annchen. Beide waren als Spielgefährtinnen der Tochter ins Schloß gezogen worden, und besonders Liesbethchen war hochbegabt. Als nun die beiden Jüngsten das Alter erreicht hatten, wo auch sie nach Doberan ins Gymnasium kommen sollten, wehrte ich mich gegen den Beschluß der Tante, Liesbethchen und Annchen aus der Schule zu entlassen und als Hofgängerinnen ins Dorf zurückzuschicken.

»Für Annchen wäre das ja nicht so schlimm«, sagte ich, »aber es ist doch grausam, ein so hochintelligentes Kind wie Liesbeth erst an geistige Nahrung zu gewöhnen und sie dann Bildungshunger leiden zu lassen. Schick sie doch mit nach Doberan! Bitte!«

Tante Hedwig antwortete: »Es geht mir nicht ums Geld, aber ich würde Liesbeth keinen Dienst erweisen. Sie würde nie mehr wissen, wo sie hingehört. Ein Mensch, den man aus seinem angeborenen Stand herausreißt, wird innerlich zerrissen und unglücklich. Ich hab einen Fehler gemacht, sie ins Schloß zu holen. Ich mache den Fehler nicht gut, wenn ich noch einen draufsetze.«

Mich labile, unreife, liebeshungrige, noch so unwissende Nichte aus der Gefahrenzone zu bringen, war Tante Hedwigs Hauptanliegen gewesen, als sie mich überredete, in Stubbenhof zu lernen; denn jeder konnte deutlich sehen, daß ich einem etwas geschickten Verführer leicht zum Opfer fallen könnte. Als die Eltern des Inspektors Walter Brecht für mehrere Wochen Gäste in Stubbenhof waren, begannen diese beiden sich mit jedem Tag mehr für mich zu begeistern, genau wie auch die Eltern der Tanzstundenpartner in Berlin. Ich war ja so freundlich, so bescheiden, so gesund und so unschuldig.

Auf meinem Frühstücksteller fand ich ein Gedicht des pensionierten Majors Brecht, in welchem er mich, anspielend auf mein kornblumenblaues Kleid, als »die blaue Blume« besang. Frau Brecht kam zu mir in die Küche, half mir bei der Arbeit und war außerordentlich herzlich mit mir. Ich hatte nicht die leiseste Ahnung, daß dies irgendeine Bewandtnis hatte.

Ich hatte Inspektor Brecht in der Küche den »Ihm« getauft, denn Marie, das resolute Mädchen für alles, rief immer in den Fahrstuhl hinunter: »Erika!! Ist das Frühstück für ›Ihm‹ noch nicht fertig?« Oder: »Schick doch mal den Kaffee für ›Ihm‹ hoch!«

Und es war deutlich zu merken, daß auch die Gutssekretärin »Ihm« gerne das Frühstück oder den Kaffee gebracht hätte.

»Ihm« selbst jedoch glaubte ich anzusehen, daß die einzige Frau, die ihn im Schloß interessierte, Hedwig von Stubben war. Ihr gegenüber veränderte er sofort sein oft bulleriges, barsches Wesen und wurde liebenswürdig und sanft. Da sie jedoch seine Chefin und erheblich älter war als er, gab es für ihn ihr gegenüber nichts als Verehrung und großen Respekt.

Sehr erstaunt war ich daher, als ich eines Tages von Tante Hedwig mitten aus der Arbeit nach »oben« gerufen und beauftragt wurde, mich schnell zu waschen und die Küchenkleidung mit der Freizeitkleidung zu wechseln, um dann mit »Ihm« im Dogcart irgend etwas aus dem benachbarten Wald zu holen. Da ich immer nur alle 14 Tage einen Sonntagnachmittag aus dem Souterrain herauskam, von großen Ausnahmen abgesehen, war ich natürlich froh, endlich wieder frische Waldluft anstatt des ewigen Küchen- und Waschküchenduftes einzuatmen. Ich war überzeugt, es müsse sich um einen wichtigen, dem Betrieb nützlichen Auftrag handeln, den ich mit Herrn Brecht zu erledigen hatte.

Nachdem wir eine ganze Weile beide stumm über den Ackerweg gefahren waren und schließlich den Wald erreicht hatten, erschien in »Ihms« Gesicht ein komischer Ausdruck, der mich ängstigte, und um das Schweigen zu brechen, fragte ich, was wir denn beide eigentlich holen sollten.

»Küchenschellen«, grinste »Ihm«.

»Was sind denn Küchenschellen, und wozu braucht man die?« fragte ich.

»Das sind Blumen, die sollen wir im Wald suchen.«

Mir kam das seltsam vor. In Pommern wurde viel »durch die Blume« gesagt. So hatten mir die Dorffrauen beim Lernen des Pommerschen einmal unter großem Gelächter beigebracht zu sagen: »Ick friech wenn die Uhlnoas blöcht, awwer sei hett noch kei Knoppen« (Ich heirate erst, wenn der Eulenarsch blüht, aber der hat noch keine Knospen). Ich hatte das arglos nachgesprochen, bis ich erfuhr, daß »Eulenarsch«, der pommersche Name für eine Waldblume, gleichzeitig synonym für läufige Hündin galt.

Was Walter Brecht meinte, wollte ich daher lieber gar nicht wissen.

Als wir so tief in den Wald hineingefahren waren, daß uns keines Menschen Auge mehr beobachten konnte, tauchte plötzlich vor uns Herr Timdorf, der Inspektor des Nachbargutes, auf. So unbefangen und heiter wie möglich rief ich dem alten Herrn vom Dogcart aus zu: »Herr Timdorf! Wir sollen Küchenschellen holen, wissen Sie vielleicht, wo wir hier welche finden?«

Die beiden Herren brachen in lautes Lachen aus, als ob ich einen anzüglichen, etwas unanständigen Witz gemacht hätte. »Ihm« stieg aus dem Dogcart und besprach eine landwirtschaftliche Angelegenheit mit dem Herrn so, als ob er eigens darum hierhergefahren wäre. Dieser bat dann, mit nach Stubbenhof genommen zu werden, und so fuhren wir zu dritt nach Hause, ohne daß noch einmal von »Küchenschellen« oder Erledigung eines wichtigen Auftrages die Rede gewesen wäre.

Erst mein Mitlehrling klärte mich darüber auf, daß ich mir durch meine Dummheit eine gute Heiratschance habe entgehen lassen. Offensichtlich hatte Frau Brecht, die mich so gern als Schwiegertochter gesehen hätte, bei Tante Hedwig durchgesetzt, mich mal mit ihrem Sohn allein in den Wald fahren zu lassen. Vielleicht hatte sie diesen auch erst dazu überreden müssen, denn »Ihm« schien weder gebrochen zu sein, noch machte er einen zweiten Annäherungsversuch.

Der Mönch

Im zweiten Jahr meiner Zeit in Stubbenhof, als ich bereits 18 Jahre alt war, begegnete mir etwas, was weder mit »Küchenschellen« noch mit einer »Uhlnoas« etwas zu tun hatte. Ich wußte nicht einmal, daß es für so etwas auch einen Namen gab.

Helmut Regen war als neuer Pfarrer auf dem Nachbargut Klotz ins Pfarrhaus eingezogen und wurde, da er noch unbeweibt war, von Tante Hedwigs Schwiegermutter in Klotz verpflegt. Dienstherr der jungen Pfarrer waren in Pommern die Gutsherrschaften, und sie wurden, solange sie keine Familie hatten, »Himmelsfähnriche« genannt.

Seit er sonntags in der kleinen Dorfkirche predigte, war der Kirchgang für mich keine Strafe mehr, sondern etwas, was mein tiefstes Interesse weckte und mich die ganze Woche über beschäftigte. Keiner von all den Pfarrern, denen ich bisher in Kirchen lauschen mußte, hatte vermocht, mich glauben zu machen, daß er selbst im Ernst an das glaubte, was er sagte.

Helmut Regen war anders, aber er gehörte auch nicht zu der seltenen Kategorie von Christen, wie Tante Hedwig eine war. Von ihm strahlte der Glaube nicht siegesbewußt aus. Seinen Predigten merkte man das große Bemühen an, niemals zu heucheln, niemals etwas vorzutäuschen, was nicht ganz echt, ganz tief Wahrheit seines Herzens war. Seine Predigten waren für die Arbeiter und Arbeiterfrauen, für die Bauern und für die Gutsangestellten, welche in seiner kleinen, kalten Kirche saßen, eigentlich zu intellektuell. Ich fragte ihn einmal, warum er ausgerechnet in ein Kuhdorf gegangen sei, wo niemand verstehe, welche tiefen Gedanken er in seinen Predigten ausdrückte. Da antwortete er: »Wenn ich nicht lerne, das, was ich zu sagen habe, so zu sagen, daß es der Dümmste in jedem Kuhdorf versteht, dann habe ich nichts von Wichtigkeit und nichts von Wahrheit zu sagen.«

Zu Hause am Hohenzollerndamm hing die Kopie eines Bildes von Giorgione, »Das Konzert«. Der Mönch, der auf diesem Bild am Spinett sitzt, umringt von eleganten Hofleuten mit dummen Gesichtern, war von jeher für mich der Typ des Mannes gewesen, von dem ich träumte, ihm könnte ich meine ganze Seelenliebe schenken. Es hatte vielleicht damit zu tun, daß ich so sehr lange in Gedanken im »Himmel« heimisch gewesen war, wo meine Mutter wohnte, daß der Begriff »Engel« mit dem Begriff für das, was ich einmal zu lieben fähig sein würde, identisch geworden war und ich mir einen Typ erwählt hatte, der alle Fleischeslust von sich getan und nur noch eine geistige Aura um sich hatte. So sehr liebte ich diesen Mönch, daß ich eine kleine Kopie des Gemäldes nach Stubbenhof mitgenommen hatte.

Helmut Regen glich nun keineswegs diesem Mönch, aber er hatte für mich die gleiche »engelhaft« reine Ausstrahlung, die gleiche innere Wahrheit, den gleichen Ausdruck überwundener Kämpfe. An Helmut Regen im Zusammenhang mit einer späteren Heirat oder überhaupt nur irgendeiner körperlichen Berührung zu denken, wäre mir nie in den Sinn gekommen. Dabei hätte ich mich für ihn und für mich selbst geschämt. Der Gedanke jedoch, der mir blitzartig kam und mich ungeheuer erregte, war, daß dieser Mann, wenn überhaupt irgend jemand auf der Welt, mir den verlorenen Glauben an Gott und die Geborgenheit im Himmel zurückgeben könnte, die ich als Zehnjährige verloren hatte. Tante Hedwigs Glaube war nicht geeignet, bei mir ein Licht anzuzünden. An der war ein Wunder geschehen, das sich nicht weitergeben ließ.

Je länger ich darüber nachdachte, desto fester gelangte ich zu der Überzeugung, daß dieser junge Pfarrer der erste und vielleicht der einzige Mensch sein würde, der verstehen könnte, was es mir unmöglich machte zu glauben, ja der derartige Zweifel vielleicht alle schon hinter sich und überwunden hatte. Er würde mich nicht damit abspeisen: »Es ist eben Gnade, glauben zu können«, denn auf eine Gnade, die den Verstand vergewaltigte, wollte ich lieber verzichten.

So faßte ich denn eines Tages Mut und schrieb an Helmut Regen einen Brief, in dem ich meine Zweifel an den christlichen Glauben zu erklären versuchte:

»Es wird immer von Gott geredet, als wüßte jeder, was damit gemeint ist, und als käme es nur darauf an, seinen Geboten zu folgen und keine anderen Götter neben ihm zu haben. Ebenso wird immer von Jesus geredet, als seien die Erzählungen von der Wiederbelebung seines Leichnams unbestrittene und glaubwürdige Tatsachen und es käme für Christen nur darauf an, den Menschen Jesus für einen Gott zu halten, um schon erlöst zu sein. Erlöst von was? Ich kann mir weder unter Göttern noch unter einem Gott, noch unter einem Menschen, der gleichzeitig Gott sein soll, das allergeringste vorstellen. Seit ich von der Größe und Beschaffenheit des Universums erfahren und in der Schule Physik, Chemie und auch etwas Logik gelernt habe, seit ich von Darwin erfuhr, seit wir in der Schule Kant und andere Philosophen durchgenommen haben, verstehe ich vom ganzen Glaubensbekenntnis kein Wort mehr. Ist es nicht eine unglaubliche Selbstüberschätzung des Menschen, wenn er behauptet, er wisse, was ein ›Gott‹ von diesen Ausmaßen (die er haben müßte, wenn er Herr und Schöpfer des ganzen Universums sein soll) will und sagt? Wenn ich sehe, wieviel Kraft Tante Hedwig aus ihrem Glauben zieht, dann werde ich ganz neidisch. Ohne Gott fühlt man sich nämlich sehr verloren und alleingelassen auf der Welt. An Ihren Predigten merke ich, daß auch Sie nachdenken und daß Sie wissen, wovon Sie reden, wenn Sie ›Gott‹ sagen. Können Sie mir helfen, die Hürden zu nehmen, die mein Verstand vor den Glauben stellt?«

Ich schickte diesen Brief mit dem Fuhrwerk des Milchmannes, der von Meierei zu Meierei fuhr, zum Pastor im Nachbardorf Klotz, wohl wissend, daß, wenn der Milchmann nicht dichthielte, worum ich ihn inständig bat und wofür ich ihm ein Trinkgeld gab, sich schnell das Gerücht verbreiten würde, »der Bubi« schreibe dem Pastor Liebesbriefe.

Für Helmut Regen war dieser Brief ein harter Brocken. Ihm hatte bisher nicht so sehr der Glaube an Gott auf wackligen Füßen gestanden, als vielmehr der Glaube an seine Eignung dafür, ihn zu verkünden. Er gehörte zu den in strenger kirchlicher Tradition aufgewachsenen Menschen. Fragen wie die, welche ich ihm stellte, hatte er sich so noch nicht gestellt.

Keineswegs so engelhaft rein, wie ich ihn mir in meiner Schwärmerei vorstellte, war er zwar der großen Liebe noch nicht begegnet, jedoch mit Frauen nicht ganz unerfahren. Er hatte aber die dicke Erika vom Souterrain in Stubbenhof für ein frisches, sinnliches, einfach strukturiertes Mädchen gehalten und war nun erstaunt, mit welchen Gedanken ich mich in meiner Küche zwischen Hühnern, Enten und Waschküchendämpfen herumplagte, und erschreckt darüber, daß er ausersehen worden war, mir letzte Existenzfragen zu beantworten. Er war ein Büchermensch, ein Denker, eher ein Religionsphilosoph als ein Kämpfer oder gar Pädagoge. Vorsichtig, lange über jedes Wort nachdenkend, verfaßte er in seiner kleinen Schrift auf einem Schreibpapier, das von weitem nach Zigaretten roch, ebenfalls einen Brief, den er auf dem gleichen heimlichen Weg mit dem Milchmann zurücksandte:

»Ihr Brief hat mich erstaunt und erschreckt, und ich fühle mich etwas überfordert, Ihnen grundsätzliche theologische Fragen zu beantworten, die mir auch ein langes Theologiestudium nicht vollständig beantworten konnte. Ich stelle meine Fragen nicht so, obwohl auch ich unter Zweifeln litt und noch leide. Ich müßte zunächst einmal wissen, welche Bibelstellen Ihrer Meinung nach präzise im Widerspruch zu wissenschaftlichen Erkenntnissen stehen. Religiöse Fragen haben keine Ähnlichkeit mit mathematischen oder physikalischen Aufgabenstellungen und sind daher wohl auch nicht so zu lösen, daß ihre Antworten übereinstimmen. Wenn Sie glauben, es sei vielleicht Anmaßung, daß wir Christen genau zu wissen vorgeben, was Gott für gut und für böse hält, dann möchte ich Kant zitieren, von dem Sie schrieben, daß Sie ihn in der Schule lasen. ›Zwei Dinge erfüllen mich mit nie endender Bewunderung: der gestirnte Himmel über mir und das moralische Gesetz in mir‹, sagt er. Wenn wir Menschen auf unserem Staubkorn Erde fähig sind, im Universum die Lichtjahrmillionen entfernten Sterne zu sehen und gleichzeitig ein angeborenes moralisches Gesetz zu spüren, das mit den biblischen Geboten in Einklang steht, dann gelten vor Gott Dimensionen vielleicht nichts. Vielleicht will er aus dem Menschen mehr machen als Pflanze und Tier oder was er bis jetzt ist.«

Ich hatte darauf wieder einzuwenden, Kant habe damals noch nicht gewußt, daß nur bei christlich erzogenen Menschen das innere moralische Gesetz mit den christlichen Moralforderungen übereinstimmt und daß andere Kulturkreise eine andere Werteskala haben. Die Frage der Übereinstimmung von religiösen Geboten mit Gottes Willen sei mir jedoch zweitrangig gegenüber der Frage: Was hat man unter »Gott« zu verstehen? Gegen die kategorische Behauptung von Marx, es gebe keinen Gott und Religion sei Opium des Volks, sträube sich etwas in mir, andererseits gelinge es mir absolut nicht, die Formel »Gott« für mich mit irgendeiner Art von Leben zu erfüllen, obwohl ich mich danach sehne.

Auf diese Weise gingen einige Briefe zwischen Stubbenhof und Klotz hin und her. Sowohl Helmut Regen als auch ich opferten viele kostbare Nachtstunden, ohne daß es dem Pastor gelang, auch nur eine der mich bedrängenden Fragen überzeugend zu beantworten, während es mir gelang, ihn immer mehr zu verunsichern.

»Es wäre doch entsetzlich«, schrieb er, »wenn sich wirklich eine rettende Hand nach uns ausgestreckt hätte, und wir hätten sie nicht angenommen.«

Wenn ich in der Küche stand, hörte ich den ganzen Tag über das Telefon im Büro der Gutssekretärin läuten. Eines Tages jedoch durchfuhr mich dieses schrille Klingeln wie ein elektrischer Schlag, ich eilte nach oben, lauschte an der Bürotür und hörte, daß der Pastor am Apparat war, der sich zu einem Besuch bei Tante Hedwig anmeldete. Wenn er jetzt aufbrach, brauchte er eine Stunde, bis er in Stubbenhof eintraf, also könnte ich ihn, wenn ich gleich loslief, in einer halben Stunde persönlich treffen und mich dreißig Minuten lang mit ihm unterhalten.

Ich ließ Küchenarbeit Küchenarbeit sein, entschuldigte mich, mir sei übel, warf mir einen Mantel über und eilte in der Dunkelheit des Winterabends durch das Dorf auf die Landstraße nach Klotz. Tatsächlich begegnete ich ihm und erklärte das merkwürdige Zusammentreffen mit irgendeinem Auftrag, den ich zu erledigen habe.

Nun war ich das erste Mal mit diesem verehrten Menschen allein, und was er jetzt sagte, das predigte er nicht in einer Kirche, das kritzelte er nicht nach langem Nachdenken auf ein Papier, das sprach er zu mir direkt, zu Erika. Mir begann das Herz bis zum Hals zu klopfen, und meine Glieder fingen an zu schlottern, als ob ich Schüttelfrost hätte. Nur mit Mühe konnte ich mich so beherrschen, daß er mein Zähneklappern nicht bemerkte. Ich war außerstande, das, was ich so flüssig zu Papier gebracht hatte, nun mündlich zu formulieren oder auch nur sinngemäß auf das, was er sagte, einzugehen. Außer »Ja« und »Nein« und »Aber« brachte ich nichts zustande, während ihm die Rede geläufig von der Zunge ging, obwohl er nichts sagte, was für mich hätte von Bedeutung sein können. Wir kamen bald vom eigentlichen Thema ab, redeten dies und das und verabschiedeten uns dann vor dem Schloß, wo ich zum Hintereingang, er zum Portal ging.

Ich erhielt wieder einen Brief, in welchem er zugab, sehr verunsichert worden zu sein, und vorschlug, gemeinsam mit mir das Neue Testament durchzustudieren. Am darauf folgenden Tag kam aber ein neues Zettelchen mit der Bitte, doch vorläufig nicht in die Kirche zu kommen, er könne nicht predigen, wenn ich darin sitze. Ich hatte seit dem Gespräch nicht mehr geschrieben.

An dem Sonntag, an dem ich nun auf Verlangen Helmut Regens und zum Erstaunen Tante Hedwigs nicht mit in die Kirche gefahren war, aß der Pastor in Stubbenhof zu Mittag. Wenige Stunden nach Tisch rief Tante Hedwig mich ins Wohnzimmer, wo auch der Sonntagsgast saß. Er war äußerst verlegen. Tante Hedwig eröffnete mir, Herr Regen habe ihr soeben von dem heimlichen Briefwechsel erzählt, und sie sei doch sehr erstaunt, daß ich kein Vertrauen zu ihr gehabt und ihr nichts davon gesagt habe. Derartige Briefe, vom Milchmann hin- und hergetragen, würden Anlaß zu dummem Gerede geben. In Fragen des Glaubens und der Religion könne ich mich genausogut an sie wenden. Es sei kein Vertrauensbruch, sondern Pflicht Herrn Regens gewesen, ihr von dem Briefwechsel zu berichten. Geheimnisse zu haben sei nicht Sitte in Stubbenhof.

Ich wagte nicht, den Pastor anzusehen, und dieser wagte nicht, mich anzusehen. Alle drei schwiegen wir nun. Nach einer Weile fragte ich mit heiserer Stimme:

»War das alles?«

»Ja«, sagte die Tante, »das war alles.«

Darauf erhob ich mich und ging aus dem Zimmer.

Nun kamen Wochen, in denen Tante Hedwig aus der Küche kein Singen mehr hörte und in denen ich wieder stumm schien. Und dann waren Weihnachtsferien. Die Stubbenhofer Jugend kam mit ihren Freunden aus Doberan, auch Annemarie kam zu Besuch. Wir Schwestern hatten uns lange nicht gesehen, redeten aber immer noch nicht miteinander, nur daß es diesmal nicht Annemarie allein war, die stumm blieb und nichts zu sagen hatte.

Es gab den großen Neujahrsball wie alljährlich. Annemarie war schlank und schön, vorteilhaft gekleidet, und was sie so reizvoll machte, war der ihr selbst völlig unbewußte Charme und die stolze Selbstsicherheit ihres Auftretens, die so ganz ohne Eitelkeit war.

Ich, mehr verunsichert als je zuvor, tief verletzt, glaubte nach »Essen« und nach »Küche« zu stinken und platzte aus den Nähten des zu eng gewordenen einzigen Gesellschaftskleides, das ich besaß.

Als ich den Tanzsaal verspätet betrat, wurde ich Zeuge, wie irgend jemand Annemarie dem Pastor Regen vorstellte und wie diese beiden Menschen sich das erste Mal in ihrem Leben sahen und in die Augen blickten. Erstarrt blieb ich in der Tür stehen, und als dann der Pastor meine Schwester zum Tanz aufforderte und dies auch beim zweiten und dritten Tanz tat, schlich ich, auf die ohnehin niemand geachtet hatte, hinaus aus dem Saal, die Treppen hinauf in den ersten Stock, weiter in den zweiten und dann die kleine Treppe hinauf auf den Dachboden, wo die Fensterluken waren. Als ich auf dem Sims stand, um hinunterzuspringen, ganz wie in Trance, wurde ich von Tante Hedwig zurückgerissen, die mir gefolgt war, ohne daß ich es bemerkt hatte. Sie gab mir eine Ohrfeige, um mich zur Besinnung zu bringen und wohl auch, um ihres eigenen Schreckens Herr zu werden. Ich starrte sie nur an, weinte nicht, schrie nicht, antwortete nicht, ließ mich jedoch widerstandslos in mein Zimmer bringen, wo Tante Hedwig mich sicherheitshalber einschloß. Sie mußte schließlich zu den Gästen, und mit mir zu reden war aussichtslos. Ich suchte in meinem Zimmer nach dem Bild mit dem Mönchskopf von Giorgione, dann riß ich aus meinem Fotoalbum ein Bild von Annemarie und packte beides sorgfältig in ein Paket, das ich in Druckschrift an Herrn Helmut Regen, Klotz, Kreis P., Pommern, adressierte und frankierte. Einen Absender auf das Paket schrieb ich nicht.

Im März 1933 fand die Wahl statt, die die Regierung Hitlers bestätigen sollte. Ich war noch nicht wahlberechtigt.

Unter dem Siegel der Verschwiegenheit erfuhr ich von Vera, der sechs Jahre älteren Hauslehrerin, mit der ich mich angefreundet hatte, daß sie es wagen würde, der Frau von Stubben und überhaupt diesem ganzen rückständigen Pommern zum Trotz den Adolf Hitler zu wählen. Ich hatte vorher nicht die leiseste Ahnung, was dieser Adolf Hitler eigentlich wollte. Ich wußte nur, daß er Juden haßte, und erinnerte mich an die bösen Buben auf der Rodelbahn, die von Breslauers mit »Hitlers« und »Verbrecherbande« betitelt worden waren. Ich hatte meinen Helmut Regen und die religiösen Fragen im Kopf, las keine Zeitungen und hörte kein Radio. Politik interessierte mich nicht. Ich war ja noch unmündig.

Als mir Vera heimlich eine ganze Sammlung von Fotografien dieses Hitlers zeigte, die sie wie einen Schatz hütete und verbarg, weil man in Stubbenhof nicht von diesem Proleten sprechen durfte, so wenig wie von allen anderen »unanständigen Dingen«, mußte ich laut lachen! Ich, deren leidenschaftlich verehrtes Menschen-Ideal der Mönch war, den Giorgione vor ein paar hundert Jahren in Italien gemalt hatte, fand diesen Schmutzfleck-Biber einfach nur grotesk und ohne jede Faszination. Vera versuchte mir klarzumachen, welche hohen Menschheitsideale dieser Adolf anstrebe und wie sehr sie ihrer eigenen Mutter recht geben müsse, die – ganz im Gegensatz zu der sonst wirklich sehr verehrten Frau von Stubben – ebenfalls diesen Adolf wählen würde. Man könne ihr schließlich nicht übelnehmen, daß ihr, Vera, die Autorität ihrer eigenen Mutter über die der Hedwig von Stubben gehe! Ich verstand weder etwas von germanischen noch von sonstigen Rassenidealen, und als mir Vera mitteilte, Juden seien doch schließlich Schmarotzer und Parasiten am Volk, fragte ich sie: »Hast du denn in deinem Leben überhaupt schon mal einen Juden kennengelernt?«

»Nee, das nicht. Ich bin ja bisher fast nur auf dem Lande gewesen, aber alles, was man mir von den Juden erzählt hat, das stinkt doch zum Himmel! Das kann man doch nicht alles erfinden, sage ich dir. Jeden Tag steht doch etwas über sie in der Zeitung!«

»Das ist doch alles Verleumdung! Wo was Schlimmes passiert ist, immer soll's in letzter Zeit ein Jude getan haben. Das stimmt doch alles gar nicht! In meiner Schulklasse waren von 25 Mädchen nur elf arisch. Die anderen waren genauso nett. Da gab es überhaupt keine Unterschiede. Der netteste Mann, den ich, außer meinem Vater, je kennengelernt habe, Väti Breslauer, ist jüdisch. Ich kann dir nur eins sagen, wenn ich jetzt schon wählen dürfte, dann ganz bestimmt nicht diesen verrückten Judenhasser. So ein Mensch kann doch nicht normal im Kopf sein!«

Vera war durchaus bereit, zuzugeben, daß sie sich noch keine persönliche Meinung über die Juden habe bilden können, meinte aber: »Ich find den Hitler faszinierend. Gott sei Dank, es wäre ja gräßlich, wenn wir beide uns immer für die gleichen Typen begeistern würden.«

Sie war überhaupt nicht beleidigt, wenn die von ihr verehrte Tante Hedwig sie manchen Leuten mit den Worten vorstellte: »Das ist Vera O., unsere Hauslehrerin. Sie schwärmt zwar für den Adolf, aber sonst ist sie ganz reizend.«

In Stubbenhof gab es also bei der Wahl nur eine Stimme für die Nazis, das war Veras, und darauf war sie recht stolz. Sie fühlte sich als Vaterlandsverteidigerin mit viel Zivilcourage und war auch wirklich reizend in ihrem Eifer, sich für »das Gute« zu opfern. Sie verachtete ihre Gesinnungsgegner nicht, sie bedauerte sie um ihrer Irrtümer willen und verzieh ihnen großmütig. In ihr war kein Haß und kein Arg.

»Ich verehre zwar Frau von Stubben, wie alle in Stubbenhof, aber ich gehöre nicht zu denen, die wie Marionetten an ihren Fäden tanzen. Ich vertrete meine eigene selbständige Meinung.«

Es lag Tante Hedwig fern, irgend jemanden an eigenen selbständigen Meinungen zu hindern, und auch ich ließ mich nicht ans Gängelband nehmen. Niemand regte sich über Vera auf, und ich hatte zu politischen Fragen überhaupt keine Meinung.

Später würde ich mit ziemlichem Stolz sagen: »In meiner Familie hat niemand den Hitler gewählt, wir können unsere Hände in Unschuld waschen.«

Daß ich in der damaligen Zeit vielleicht doch den Hitler gewählt hätte, wenn ich mündig und wenn meine Familie für Hitler gewesen wäre und wenn ich persönlich keine Juden gekannt hätte, das verschwieg ich lieber.

Veras Mutter, eine in deutsch-nationalem Geist erzogene verarmte adelige Witwe, weltfremd, Malerin und sehr romantisch, sah in Hitler ein Wunschbild, eine Phantasiefigur, die Deutschland seine im Weltkrieg verlorene Ehre zurückgeben werde. Als in ihrer unmittelbaren Nähe, in einer Anstalt für geistig Behinderte, Menschen umgebracht wurden, glaubte sie, willkürlichen Verbrechen der Anstaltsleitung auf die Schliche gekommen zu sein, und wandte sich brieflich und persönlich, ahnungslos über die Gefahr, in welche sie sich begab, an das Ministerium Görings. Es sei doch unglaublich, mit welcher Unverfrorenheit in diesen Anstalten gegen die »edelsten« Prinzipien des Nationalsozialismus verstoßen werde! Wenn das der Führer wüßte! Man müsse diese Mörder sofort zur Rechenschaft ziehen! Tatsächlich erreichte sie, daß in diesen Anstalten das Morden aufhörte. Ihre Arglosigkeit wurde ihr später zur Rettung, als ehemalige Nazis zur Rechenschaft gezogen wurden. Man stufte sie nicht als Täterin, sondern nur als Mitläuferin ein, obwohl sie bis zum bitteren Ende blind geblieben war, für ihren Führer Propaganda gemacht und niemals für möglich gehalten hatte, der Adolf könne zu irgend etwas Bösem fähig sein. Hörte sie von schrecklichen Untaten, hielt sie diese für Kriegspropaganda der Feinde, wie das Märchen von den abgehackten Kinderhänden im Ersten Weltkrieg.

Drei Monate nach dem für mich so schicksalhaften Neujahrsball machte ich mein »Jungwirtinnenexamen« vor der pommerschen Landwirtschaftskammer zur vollen Zufriedenheit von Tante Hedwig. Die guten Noten (auch im Schlachten) glichen ein wenig die Demütigung durch das miserable Schul-Endzeugnis aus. Ostern verließ ich Stubbenhof.

Weg zum Theater

Begegnungen mit »Nazispuk«

»Heil! Mensch, bist du fett geworden!« begrüßte mich Karl-August am Stettiner Bahnhof in Berlin.

»Bist du etwa ein Nazi geworden?«

»Klar! Was denn sonst!«

Julis Pfadfinderuniform sah verändert aus, außerdem war der kleine Bruder, für den ich Muttergefühle gehegt hatte, nun einen Kopf größer als ich, hatte eine Männerstimme, trat forsch auf, und alle Mädchen blickten ihm nach, was er selbstgefällig registrierte.

Ich war etwas enttäuscht darüber, daß ich mit meinem Gepäck die lange Straßenbahnfahrt und das häufige Umsteigen auf mich nehmen sollte. Vater hätte mich auch mal mit dem Taxi abholen können, dachte ich, wenn ich zwei Jahre weg war.

Aber ich hatte schon geahnt, daß nicht gerade ein Kalb zu meiner Heimkehr geschlachtet werden würde. Als ich im ersten Jahr meiner Stubbenhofer Zeit acht Tage Urlaub in Berlin verbrachte, hatte der Vater mich mit den Worten verabschiedet: »Besuche uns recht bald wieder.« Da wußte ich, ich hatte kein Zuhause mehr, und war im zweiten Jahr während meines Urlaubs in Stubbenhof geblieben.

»Vater ist in Elmau«, sagte Juli, »er kommt erst in drei Tagen zurück.«

Die neue Hausdame schien zu erschrecken, als ich eintraf. »Ach so, du wolltest ja heute kommen. Was machen wir denn da? Wir haben ja gar kein Bett mehr für dich. Macht es dir etwas aus, im Wohnzimmer auf dem Sofa zu schlafen? Herrje, und was hast du für Krimskrams mitgebracht! Na ja, stell die Kartons mal solange unter das Sofa und den Koffer da auf die Bank, es wird sich für die kurze Zeit wohl nicht rentieren, Fächer und Schubladen freizumachen.«

Annemarie und ihre Freundin kamen kurz aus unserem ehemaligen Kinderzimmer heraus, um zu sehen, wer gekommen war.

»Ach, du bist es«, sagte Annemarie, »Tach!«, und verschwand mit ihrer Freundin hinter der Tür.

Ich ging in die Küche, um Minna zu begrüßen, aber dort stand ein fremdes Mädchen.

»Minna hat vor einem halben Jahr ihren Bruno geheiratet«, sagte die Hausdame. »Wußtest du das nicht?«

Dann ging auch sie in ihr Zimmer, ohne sich weiter um mich zu kümmern.

Das Telefon klingelte. Ich nahm ab und sagte: »Hier bei Dr. Kernrebe.«

»Kann ich mal den Ju sprechen?« flötete eine Mädchenstimme.

»Wen? Den Karl-August?«

»Nein, den Julius.«

Ich gab den Hörer meinem Bruder, der kurz mit dem Mädchen sprach und sich mit ihr verabredete.

»Na ja«, sagte ich, »dann werde ich wohl mal zu Dorle gehen.«

»Heil Hitler!« verabschiedete sich Karl-August in allem Ernst.

Obwohl niemand bei Breslauers etwas von meiner Rückkehr wußte, war dort der Empfang herzlich und freudig, aber ich fühlte mich Dorle gegenüber, die gerade das Abitur gemacht hatte, ein bißchen wie eine Landpomeranze. Es war zwischen uns etwas anders geworden.

»Was hast du nun vor?« fragte Frau Breslauer.

»Eigentlich hatte ich vor, hier in Berlin auf die Schauspielschule zu gehen, falls ich dort angenommen werde. Aber es sieht so aus, als ob man zu Hause damit rechnet, daß ich schleunigst wieder irgendwohin abzische. Was Vater sich gedacht hat, was ich nun machen soll, weiß ich nicht. Er ist nicht da, er ist grade in Elmau.«

»Ach so, in Elmau«, meinte Frau Breslauer, »da ist er wohl jetzt öfter. Johannes Müller hat uns das erzählt, er war diesen Winter einige Tage bei uns zu Gast. Es wäre doch übrigens eine gute Idee, wenn du mal ein halbes Jahr nach Elmau gingest, als Helferin. Du glaubst ja nicht, wie schön es dort ist, und da der Johannes Müller deinen Vater und uns so gut kennt, würde es bestimmt keine Schwierigkeiten bereiten, daß du dort aufgenommen wirst.«

Johannes Müller, 1864 geboren, nun 69 Jahre alt, evangelisch-religiöser Schriftsteller, hatte im Jahr 1916 2000 Meter hoch in den Alpen über Klais das Schloß Elmau gebaut, das wie ein Hotel eingerichtet und geführt wurde, aber als Personal keine bezahlten Angestellten hielt, sondern freiwillige junge Helferinnen. Deren Eltern zahlten dafür, daß ihre Töchter dort einerseits wirtschaften lernten, andererseits Heiratschancen in die Kreise bekamen, welche sie bevorzugten. Die Mädchen hatten bestimmte Pflichten zu übernehmen und Arbeitsstunden zu absolvieren, in ihrer Freizeit jedoch galten sie als Gäste. Das Hotel war ein reiner Familienbetrieb, Johannes Müller hatte zehn Kinder, von denen die älteren bereits verheiratet waren, und viele Enkelkinder. Alle Erwachsenen waren im Schloß beschäftigt.

Die Religionsphilosophie des Johannes Müller erschien regelmäßig in den »Grünen Blättern« und entsprach in ihren wesentlichen Grundzügen der Jugendbewegung mit ihrem Wandervogel-, Klampfen- und Volkslied-Charakter. Das Anliegen Müllers war es, das Christentum des 19. Jahrhunderts von seinem Mief, von all seinen Verlogenheiten und »Jesulein«-Sentimentalitäten zu befreien und dazu beizutragen, den aus der Dimension eines »Himmels« vertriebenen Gott in der Natur finden zu lassen.

Ich meinte, das könne ich mir ja einmal überlegen. Den Winter in den Alpen im Schnee zu verbringen würde mich schon reizen, da ich die Berge noch nie gesehen hätte.

Als Väti Breslauer von seiner Arbeit nach Hause kam, ging das Gespräch auf Hitler über. Hugo Breslauer, der einen führenden Posten in der Wirtschaft bekleidete, mußte eigentlich am besten wissen, was es mit diesem Menschen auf sich hatte und ob es da etwas zu befürchten gab. Ich erzählte entsetzt, daß mein Bruder anscheinend in den Bannkreis dieser Leute geraten war.

»Mach dir darüber keine Sorgen«, meinte Väti, »der Juli ist 16 Jahre alt, und wenn dein Vater da irgendwas streng verbieten würde, könnte er Julis Meinung erst recht nicht ändern. In dem Alter will man opponieren. Wenn man ihn allein entscheiden läßt, merkt er am ehesten von selbst, welche Art Leute das sind. Juli hat ja wohl moralisches Gerechtigkeitsgefühl. Außerdem wird der ganze Spuk ohnehin nicht lange dauern. So eine Witzfigur kann sich ja gar nicht lange halten. Wir leben doch schließlich in einem hochkultivierten Land.«

»Hat man dich denn schon belästigt, und hast du irgendwelche Schwierigkeiten im Beruf?«

»Überhaupt nicht«, lachte Väti, »mach dir keine Sorgen, ich biete keine Angriffsflächen.«

»Du nicht«, sagte Frau Breslauer, »dich mag eben jeder, aber es gibt schon viele, die nicht so einen goldenen Humor haben, die werden schon belästigt.«

»Na ja, aber die werden's auch überleben, das hört ja bald auf. Wenn der senile alte Hindenburg den Gröfaz nicht mehr schützt, ist es aus mit dem, und der Hindenburg lebt ja nicht mehr lange.«

Dorle erzählte dann von den Erlebnissen beim Abitur, von den Plänen der Mitschülerinnen und daß die meisten nichtarischen Freundinnen ins Ausland zu gehen beabsichtigten. Die Klassenlehrerin, die wir vor zwei Jahren noch sehr gern gehabt hatten, habe sich in letzter Zeit als Nazisse entpuppt, aber sie habe sich den jüdischen Mädchen in der Klasse gegenüber fair benommen. Offensichtlich betreffe ihr Antisemitismus nicht die ihr bekannten jüdischen Menschen, sondern richte sich gegen das Phantasiephantom des sogenannten Weltjudentums oder vielmehr gegen die oberste Führung dieses Weltjudentums, dieser Erzkapitalisten!

Mit dem »verbrecherischen Weltjudentum«, das den Weltkrieg angezettelt habe und nur das eine Ziel kenne, im Verein mit den ebenso verbrecherischen »Freimaurern« die Weltherrschaft an sich zu reißen und die germanische Rasse zu vernichten, rechtfertigte auch Juli seinen Antisemitismus. Auch für ihn waren »Kapitalisten« das gleiche wie Juden und Freimaurer.

»Selbstverständlich habe ich nichts gegen einzelne Juden, ich kenne keinen, der mir was getan hat, und es gibt viele jüdische Klassenkameraden, mit denen ich befreundet bin und bleiben werde, aber, Erika...«, und jetzt wurde er geheimnisvoll pathetisch, »wenn du wüßtest, mit welchen Plänen die jüdischen Kapitalisten umgehen! Wir können uns doch nicht wehrlos von ihnen entmündigen, ausbeuten und vernichten lassen! Man muß den Feind doch kennen, wenn man ihn ins Auge fassen und abwehren will!«

»Und woher weißt ausgerechnet du kleiner Schuljunge etwas von diesen finsteren Plänen, und woher kennst du diesen Feind und faßt ihn ins Auge?«

»Frag doch nicht so doof, das weiß doch heute jeder, der die Ohren aufmacht und hören will!«

»Und woher weißt du, daß diese Lügen Wahrheit sind?«

»Wie kannst du behaupten, daß das Lügen sind! Das sagt doch nicht nur der Hitler! Das sagen so viele Leute, die viel Verstand haben und denen man glauben kann. Traust du etwa Hindenburg nicht?«

»Hindenburg ist senil.«

»Woher willst du das beurteilen? Hast du ihn in Stubbenhof gesehen?«

Juli und ich beschlossen, am nächsten Sonntag zusammen zur großen Parade Unter den Linden zu fahren, wo Aussicht bestand, Hitler und Hindenburg gemeinsam zu sehen.

Die Strapaze dieses Ausfluges war jedoch umsonst. Nach stundenlangem Warten, eingekeilt am Straßenrand, sahen wir eine Autokolonne, und in einem dieser Autos stand Hitler mit ausgestrecktem Arm und saß Hindenburg, aber beide waren aus der Entfernung schlechter zu erkennen als in den Wochenschauen, und die Frage, ob Hindenburg senil ausgesehen habe, blieb zwischen mir und Juli ungeklärt.

Der aus Elmau zurückgekehrte Vater sah in der Wahl der Nazis ebensowenig einen Grund zu ernsthafter Besorgnis wie Herr Breslauer. Die Hitlerbegeisterung Julis belächelte auch er nachsichtig.

»So konnte es ja nicht weitergehen mit all dem Chaos. Jetzt hat das Volk denen da oben mal einen Denkzettel verpaßt, aber wenn der Hindenburg erst tot ist, verschwindet der Nazispuk so schnell, wie er gekommen ist.«

Da hatte sich Tante Hedwig doch schon besorgter geäußert, aber mich interessierte das alles nicht allzu sehr. Zwei Jahre hatte ich in Stubbenhof keine Zeitungen gelesen. Jetzt fiel mir in den Berliner Zeitungen auf, daß Untaten und Verbrechen nur von Juden oder gelegentlich auch von Priestern begangen worden sein sollten. Stand früher in der Zeitung: »Ein gewisser X hat diese oder jene Tat begangen«, so war jetzt zu lesen: »Der Jude X tat dies und das« oder: »Der Priester Y hat ein Sexualverbrechen begangen.«

Der Vater gab, wie befürchtet, keine Erlaubnis, mich bei einer Schauspielschule zu bewerben.

»Solange du nicht mündig bist und ich die Verantwortung trage, machst du so etwas nicht.«

Für ihn hatte die Schauspielerei nichts mit Kunst zu tun, sondern mit den ihm bei Frauen verhaßtesten Eigenschaften, dem »Geltungsbedürfnis«, der »Eitelkeit« und der »Verstellung«.

»Außerdem, die nehmen dich ja gar nicht, dazu bist du viel zu dick.«

Dies letztere Argument traf ins Schwarze, und ich gab vorläufig meinen Traum auf.

»Nimm dir ein Beispiel an Annemarie«, sagte mein Vater. »Die wird wenigstens Organistin, das geht ja noch.«

Man beschloß, daß ich meine in Stubbenhof erworbenen Kenntnisse in Henkhof beweisen sollte.

Ich fuhr also nach Henkhof, um dort das Haus auf den Ansturm der Sommergäste vorzubereiten und um den Garten zu bepflanzen.

Bisher kannte ich nur zwei Menschen persönlich, die an Hitler glaubten: die Hauslehrerin Vera und meinen Bruder Karl-August. Beide waren liebe Menschen, die nur einen harmlosen Tick hatten, meinte ich. So war ich geneigt, auch andere Nazis mehr von ihrer komischen Seite zu betrachten, obwohl ich in diesem Sommer in Henkhof noch mehrere Parteigenossen kennenlernen sollte.

Die Großmama zum Beispiel hatte ihren »Alibi-Nazi«, wie sie ihn nannte, der ihr und ihren jüdischen Verwandten einige behördliche Schwierigkeiten erleichterte. Das war ein SS-Mann, der aussah wie Jung-Siegfried und mehrere Monate die Pension für eine junge Frau bezahlte, die schwanger war, aber zu meiner Verwunderung den Sommer allein in Henkhof im Haus Daubler verbrachte. Unter dem Siegel der Verschwiegenheit teilte mir die Großmama mit, der SS-Mann sei anderweitig verheiratet, sogar mit einer »ganz reizenden Frau«, die aber kein Kind bekommen könne. Deshalb trage die junge Frau für das Ehepaar ein Kind des SS-Mannes aus. Sie liebe diesen Mann und habe versprochen, ihm das Kind sofort nach dessen Geburt auszuhändigen. Es sei für seine Karriere eben von so ungeheurer Wichtigkeit, dem Führer ein Kind zu schenken.

Das Bürgermeisteramt verteilte Zettel mit der amtlichen Weisung, diese in jedem Haus an die Wand zu heften. Darin stand ein Erlaß aus dem Jahre 1932, daß Badeanzüge unbedingt unten mit einem Zwickel zu versehen seien und unter den Achseln fest anschließen müßten, mit dem Zusatz, die deutsche Frau sei zu stolz für die lüsternen Blicke artfremder Kreaturen und müsse sich daher streng an diese Anweisungen halten.

In der Schule der Stubbener Vettern, so erzählten diese, habe der Biologielehrer einen Vortrag mit folgenden Worten begonnen: »Bekanntlich hat man sich im liberalistisch-marxistischen Zeitalter aus Liebe geheiratet. Es dürfte jedem jungen Deutschen heute klar sein, daß er nach diesen Gesichtspunkten bei der Wahl seines Ehepartners nicht mehr vorzugehen hat...«

Großmama wurde hin und wieder von einem Architekten besucht, der mitten im Wald für Göring ein festungähnliches Haus bauen mußte. Dort habe ihn Göring einmal damit erschreckt, daß er Löwen frei auf ihn zulaufen ließ, erzählte er.

Über all diese und andere Geschichten amüsierten wir uns köstlich. Man war in diesem Sommer 1933 noch sehr witzig, noch geistig sehr überlegen. Man lachte über die »dummen Auswüchse«, die sich schon wieder geben würden, und... immerhin... dieses und jenes war ja doch anerkennenswert, was der Hitler da machte und vorhatte, und... man wollte ja schon mit der Zeit mithalten, wollte nicht als rückständig gelten, nicht allzu strenge moralische Maßstäbe anlegen an junge, unerfahrene Leute, und... wer hat denn nicht schon seinen Tick? Der Adolf hatte eben den Tick mit den Juden, aber Hunde, die bellen, beißen nicht, das war oft die Devise auch der wenigen, die Hitlers »Mein Kampf« gelesen hatten, auch die Devise der mir bekannten Nicht-Arier.

Eines Tages erzählte mir die Großmutter: »Denk dir, wie komisch, Annemarie hat mich beiläufig gefragt, wie ich den Namen ›Annemarie Regen‹ finden würde. Ob das passe. Hat sie was mit diesem Pastor in Stubbenhof?«

Ich antwortete: »Davon weiß ich nichts.«

Der Vater hatte mich inzwischen in Elmau angemeldet, so fuhr ich Mitte November 1933 das erste Mal durch Mitteldeutschland in den Süden und dann in die Alpen, wo schon alles dicht mit Schnee bedeckt war. Während der langen Reise stand ich am Fenster des Zuges und staunte über das so andere Deutschland, das ich im Vorbeifahren sah. Als die schneebedeckten Alpengipfel am Horizont auftauchten, hielt ich sie zunächst für Wolkengebilde. Ich staunte, wieviel dichter besiedelt das Land wurde, je weiter südlich ich kam, staunte über runde Kirchenkuppeln, über Dörfer, die bei uns im Norden als Städte gegolten hätten, staunte über den fremden Dialekt der zusteigenden Reisenden. Es wurde mir doch recht beklommen zumute, als ich nachts allein an der Station eines fremden Städtchens ausstieg und mit anderen mir fremden Mädchen einen Pferdeschlitten bestieg, dessen Kutscher ich nicht verstand. Die Glocken an den Pferdehälsen klingelten, hin und wieder stäubte mit einem dumpfen Paff ein dicker Schneebrocken von einem der Bäume des Waldes herunter. Zwischen den Gipfeln der Bäume blinkten die Sterne, der Mond erleuchtete den steilen Bergweg, immer höher, immer höher ging es hinauf. Alle vier Mädchen, die da abgeholt wurden, waren entweder ebenso tief beeindruckt wie ich oder müde. Jedenfalls redeten wir alle nichts und kosteten diese nächtliche Schlittenfahrt voll aus. Und dann hörte der Wald auf, und im hellen Mondlicht erschien das Schloß Elmau wie ein Märchenschloß vor den steilen Bergwänden.

Nachdem wir unsere Koffer in den Schlafsaal gebracht hatten, in dem wir zu zwölft schlafen würden, und uns Essen gegeben worden war, kam die Chefin der Helferinnen, eine schöne, große Müller-Tochter, musterte die Neulinge, sah mich prüfend an und sagte: »Ach, du bist die Tochter von Dr. Kernrebe? Du kannst mich mal gelegentlich besuchen.«

Ich fand alles so, wie es der Vater und Breslauers beschrieben hatten. Ich fühlte mich wohl, wenn mir auch die Religionsphilosophie von Johannes Müller nicht gerade die Augen öffnete für das, wofür ich blind zu sein glaubte. Sein »Gott in der Natur« oder als »Innerste Stimme« war mir zu geschäftstüchtig. Ich konnte den Glauben nicht begreifen, daß Erfolg im Leben Lohn für christliche Lebensführung sein sollte. Selbstbewußtsein, Lebenskraft und Lebensfreude, urwüchsige Vitalität und klarer Instinkt dafür, wo der eigene Vorteil war, waren gewiß beneidenswert, aber sie hatten, so fand ich, mit der Lehre des Jesus von Nazareth, der auf alles Habenwollen, auf allen Erfolg verzichtete und der sein Leben hingegeben hatte, gar nichts zu tun und auch gar nichts mit der von Jesus geforderten Nächstenliebe. Nein, es kam gewiß nicht auf Machtgewinnung und Besitzerwerb an, um »ewiges Leben« zu gewinnen, sondern darauf, die menschliche Existenz den Gewalten der irdischen Ungerechtigkeiten kampflos unterzuordnen, um frei zu werden für das »Himmelreich«. Aber Johannes Müller half mir, das Wort »Himmelreich« nicht mehr irgendwo im Universum oder auf unserer Erde lokalisieren zu wollen.

Wenn mein Vater heimlich gehofft hatte, er könne der Sorge um dieses Kind bald dadurch enthoben werden, daß ich hier einen Mann fände, so war er im gleichen Irrtum befangen wie die meisten Väter der anderen Mädchen. Als Heiratsmarkt war Elmau ganz und gar nicht geeignet, trotz des wöchentlichen Tanzes und der Gelegenheit, Gäste auf gesellschaftlich gleicher Stufe kennenzulernen. Für junge Männer der dreißiger Jahre war Elmau nicht der richtige Ort, wurde es doch als zu altmodisch empfunden wie alles, was noch mit der Vorkriegsjugendbewegung zusammengewachsen war. Religiöse Themen interessierten hitlerbegeisterte junge Leute nicht. Die Gäste waren durchweg im Alter der Eltern der dortigen jungen Mädchen, Herren, die sich bei Johannes Müller Jugend und Kraft zurückzuholen hofften, nicht gerade das, was wir Mädchen uns erträumten, obwohl ich manchmal in so »komische« Augen blickte, wie sie der »Ihm« gelegentlich bekommen hatte.

Auch die Mithelferinnen waren unwissende Mädchen, mit denen ich unbefangen fröhlich sein konnte. Es gab kein Geklatsche, keine Intrigen, keine Feindschaften und keinen Zank.

Meine Chefin, die schöne Müller-Tochter, die meinen Vater gut kannte, hatte ich im Verdacht, der eigentliche Grund für des Vaters häufige Reisen nach Elmau zu sein. Sie erfuhr von meinem heimlichen Wunsch, Schauspielerin zu werden. So sagte sie mir eines Tages: »Die Dame in Zimmer 143 ist Frau X, eine international bekannte Schauspielerin. Sie ist nicht nur eine große Künstlerin, sondern hat auch einen guten Blick für junge Talente. In Berlin gehört sie der Prüfungskommission für Schauspieler an. Sprich doch mal mit ihr und laß dir einen Rat geben.«

Mit Herzklopfen betrat ich am nächsten Tag in meiner großen weißen Schürze, mit Besen, Scheuereimer und Wischtuch bewaffnet, das Zimmer der Künstlerin. Sie war eine Dame mittleren Alters, ungeschminkt, sehr schlicht gekleidet, von natürlichem Wesen. Nichts war da zu merken von Geltungsbedürfnis, Eitelkeit und Verstellung, die mein Vater »allen« Schauspielern anlastete. Ich stotterte etwas von meinem seit Jahren gehegten Wunsch, Schauspielerin zu werden, daß ich jedoch von der ganzen Theaterwelt überhaupt nichts kenne, auch nur selten Filme oder Theater besucht habe und über meine Eignung dazu nichts wisse als meinen Wunsch, in eine andere Haut zu schlüpfen, etwas anderes zu sein, als ich war.

Im ersten Moment war Frau X konsterniert. Gewohnt, als Schauspielerin die weiblichen Typen einzuordnen in Naive, Sentimentale, Komische, Salondame, Heldin, schwere Heldin, Mutter oder Alte, stellte sie fest, daß sie hier ein Wesen vor sich hatte, das eine Mischung aus einer »schweren Heldin und Mutter« und einer »Naiven« war, einer umwerfend Naiven. Nicht, weil sie etwa an ein großes Talent glaubte, sondern vielmehr wegen der Originalität des Erlebnisses, dieses dicke Mädchen in seiner Schürze in einem Hotelzimmer eine Rolle deklamieren zu sehen, gab sie mir drei Reclamheftchen in die Hand: »Maria Stuart«, »Minna von Barnhelm« und »Hamlet«, strich Monologe der Maria, der Minna und der Ophelia an und forderte mich auf, diese drei zu lernen und ihr vorzusprechen.

Das Erlernen der Texte fiel mir sehr leicht, aber im ganzen Schloß gab es kein Plätzchen, wo ich allein sein und das Rezitieren üben konnte. So versetzte ich mich nachts in meinem Zwölf-Betten-Zimmer nur in Gedanken in die Rollen und versuchte, den Text nachzuempfinden.

Acht Tage später erschien ich wieder mit Schrubber, Eimer und Wischlappen, die Textbücher in der Tasche der Schürze versteckt, im Zimmer der Frau X. Sie setzte sich erwartungsvoll lächelnd auf ihr Bett, und bevor ich begann, wiederholte sie, was sie schon bei der ersten Begegnung gesagt hatte:

»Fräulein Kernrebe, von hundert Mädchen, die sich darum bewerben, Schauspielerin zu werden, rate ich fünfundneunzig dringend davon ab. Man muß in diesem Beruf auf vieles verzichten können und alle Illusionen über Bord werfen. Es ist einer der härtesten Berufe der Welt. Seien Sie also nur heilfroh, wenn ich Ihnen sehr wahrscheinlich abraten werde.«

So erst einmal entmutigt, begann ich zaghaft mit meiner Deklamation, geriet aber schnell in den Bann des Textes und die Seelenverfassung derjenigen, welche diese Worte sprechen sollte. Ich vergaß mich selbst und die Situation, in der ich mich als Erika befand, völlig. Hatte ich den einen Monolog beendet, sammelte ich mich neu – ohne von Frau X unterbrochen zu werden – und begann den nächsten. Als ich mit meinen Texten zu Ende war, sank ich erschöpft auf einen Stuhl und wagte nicht, Frau X anzusehen.

Diese blieb noch eine Weile still, betrachtete mich nur forschend und sagte dann: »Donnerwetter, das hätt' ich im Leben nicht erwartet. Haben Sie wirklich noch nie Unterricht gehabt oder irgendwo gespielt?«

»Nein, nie«, sagte ich.

»Waren Sie schon einmal im Theater und haben die Maria, die Minna oder die Ophelia gesehen?«

»Nein«, sagte ich, »ich war erst viermal im Theater.«

»Also Kindchen«, sagte Frau X, »dann gehören Sie zu den fünf Prozent, denen ich nicht nur nicht abrate, sondern zurate, diesen Beruf zu ergreifen. Sie sind ein Talent.«

Frau X gab mir die Adresse eines Schauspieler-Ehepaares in München, das guten Unterricht erteile und – möglicherweise – mich wegen meines Talentes auch umsonst unterrichten würde. Ich sagte nämlich, daß ich nicht in Berlin lernen könne, weil mein Vater diesen Beruf nicht wünsche, und daß ich mit Sicherheit auch von zu Hause kein Geld für diese Art von Studium bekäme.

»Wo ein Wille ist, ist auch ein Weg«, sagte Frau X, »nur wer sich durchboxen kann, kommt überhaupt in diesem Beruf nach oben. Nehmen Sie in München irgendeine Arbeit an. Aber zunächst müssen Sie die Eignungsprüfung vor der Theaterkammer bestehen. Es gibt seit neuestem eine Verordnung, daß Schauspielunterricht grundsätzlich nur noch denjenigen Jugendlichen erteilt werden darf, die sich den Schein: ›Geeignet für Schauspielunterricht‹ erworben haben. Es darf heute niemand mehr engagiert werden, der nicht beide Scheine: ›Geeignet für Unterricht‹ und zwei oder drei Jahre später den Schein: ›Geeignet für Vermittlung an Theater oder Film‹ erworben hat. Sie haben Glück. Die nächste Eignungsprüfung wird im April stattfinden, da kommen Sie gerade recht, wenn Sie hier aus Elmau fortgehen.«

Die Eignungsprüfung

Dorle, die seit einem Jahr in München Medizin studierte, besorgte mir ein billiges Zimmer im Keller von Bekannten, wo ich zunächst einmal unterkommen konnte. Um meinem Vater einen Grund für einen längeren Aufenthalt in München zu nennen, meldete ich mich in einer Privatschule für einen Kurz-Sekretärinnenkursus an, den der Vater bezahlte und den ich auch fleißig besuchte. Dann ging ich zu dem mir genannten Schauspieler-Ehepaar, das mir ebenfalls Mut machte, mich zur großen Eignungsprüfung zu wagen, und ich lernte noch einige Monologe mehr, als ich Frau X vorgetragen hatte.

Die Prüfung fand im Prinzregententheater statt, und da dreihundert Bewerber und Bewerberinnen zu examinieren waren, dauerte sie mehrere Tage. Obwohl ich mit dem Buchstaben »K« erst später vorgemerkt war, setzte ich mich von Anfang an in das Wartezimmer der Prüflinge, um mitzubekommen, was geschah.

Die Leidensgenossinnen sahen wirklich ganz anders aus als Elmauer Helferinnen. Einige hatten ihre Haare gelb gefärbt, weil Nazis ja das Blonde lieben, andere trugen einen Herrenschnitt und rauchten Zigarren, um »Herrenrasse« zu demonstrieren. Alle waren stark geschminkt, außer mir.

Namen wurden aufgerufen, und eine oder einer nach dem anderen verschwand hinter der Tür und kehrte meistens nach fünf, manchmal nach zehn Minuten zurück. Bestürmt mit Fragen, zuckte jedes der Opfer die Schultern, schwieg, ergriff seinen Mantel und verließ das Theater. Viele waren bleich, manche verweint, alle sahen geschockt aus, unfähig, das Erlebte zu erzählen. Es war von vornherein bekannt, daß jeder die Nachricht, ob er bestanden habe oder nicht, erst mit der Post nach Hause bekommen und keinesfalls heute erfahren würde. Vielleicht wollte man mit dieser Maßnahme Selbstmorde im Theater verhindern.

Als ich schließlich aufgerufen wurde, hatte ich das gleiche Gefühl wie als Kind, als ich das Brett auf dem Zehnmeterturm entlangschritt, um mich in den sicheren Tod hinunterplumpsen zu lassen. Ich wurde auf eine große, undekorierte Bühne geleitet, die mit Strahlern so angeleuchtet war, daß ich den Zuschauerraum nur als ein riesiges schwarzes Loch sah. Auf der Bühne befanden sich weder Stuhl noch Tisch, noch sonst ein hilfreiches Requisit, an das man sich hätte halten können. Die Illusion, wo sich die dargestellte Person befand, mußte vom Prüfling allein hervorgebracht werden. Wie viele Leute in dem dunklen Loch saßen und wer sie waren, war nicht zu erkennen, und ich war mir der Tatsache bewußt, daß diese Kommission nicht nur den berühmten Gretchen-Monolog »Ach neige, du Schmerzensreiche, dein Antlitz gnädig meiner Not« (auf den ich verzichtete) in diesen Tagen schon oft gehört hatte, sondern ganz sicherlich auch die von mir vorbereiteten Monologe.

Zunächst pflanzte ich mich in meiner ganzen Fülle auf die Bühne, starrte in das Loch und wartete auf irgendeine Weisung von da unten.

»Was ist, wollen Sie nicht anfangen?« kam eine barsche Stimme aus der Dunkelheit, was ja wohl soviel bedeutete, daß es egal war, mit welchem Monolog ich anfangen würde. Ich schloß die Augen, ließ mich fallen und begann mit der Maria. Ehe ich damit zu Ende war, wurde ich unterbrochen: »Noch was?«

Diesmal verwandelte ich mich in die kichernde, lachende, freche Widerspenstige aus »Der Widerspenstigen Zähmung«. Auch hier wurde ich vor dem Ende unterbrochen und aufgefordert, die Anfangszeilen der Iphigenie zu sprechen.

»Schluß«, rief eine Stimme. »Die nächste!«

Ich war entlassen.

Geschockt, beschämt und gedemütigt holte auch ich stumm meinen Mantel aus dem Wartezimmer und gab auf Fragen keine Antwort. Es bestand kein Zweifel, daß ich durchgefallen war. Sonst hätte man doch irgendein aufmunterndes Wort gesprochen. Als acht Tage später der erwartete Brief kam, machte ich ihn erst gar nicht auf, so sicher war ich, durchgefallen zu sein, denn in der Zeitung hatte inzwischen gestanden, von über dreihundert Bewerbern hätten nur dreißig den Test bestanden.

Als ich das erwartete »Todesurteil« dann doch in Augenschein nahm, stand darin: »Sie sind für den Schauspielunterricht geeignet. Um jedoch die Abschlußprüfung bestehen zu können, müßten Sie schlanker werden.« Ein Wunder war geschehen.

»Herrenbesuch verboten!«

Ich bat meinen Vater, mir doch nun die Schauspielerausbildung zu finanzieren, da mein Talent amtlich bestätigt sei, aber er lehnte weiter ab. Er teilte mir mit, Annemarie und Helmut Regen hätten sich verlobt, er müsse jetzt eine Aussteuer aufbringen, und wenn ich mich in die Gesellschaft von Theaterleuten begeben wolle, könne er das nicht mehr verhindern, wolle es aber auch nicht unterstützen. Er werde mir vorläufig weiter fünfzig Mark im Monat überweisen, den Rest müsse ich mir selbst verdienen. Dafür zahle er ja den Sekretärinnenkursus.

Nicht nur mein Vater, auch Frau Brecht, die Mutter des »Ihm« mit den Küchenschellen, befürchtete den Verlust meiner Unschuld, wenn ich in die Hände von Schauspielern geriete.

»Ich hab als Witwe keine Aufgaben mehr«, schrieb sie mir, »gerne würde ich mit dir in München zusammenziehen, da es doch so gefährlich ist, wenn ein Mädchen allein lebt.«

Sie hatte ihren Lieblingswunsch, mich mit ihrem Sohn zu verheiraten, immer noch nicht aufgegeben, und offensichtlich wartete ihr Sohn darauf, daß ich etwas reifer werde und Küchenschellen erkennen könne.

Ich hatte nicht übel Lust, mit der lieben, mütterlichen Frau Brecht zusammenzuziehen, denn daß ich in München einen Schutz brauchte, spürte ich schon. Nirgendwo sonst hatte ich bisher die

Erfahrung gemacht, daß ich von Männern auf der Straße angesprochen wurde, daß man sich nach mir umdrehte oder mir nachpfiff. Hier in München erlebte ich das täglich. Immer überzeugt davon, ich sei dank meiner Fülligkeit häßlich und gar nicht zu vergleichen mit der Schönheit Annemaries, hatte ich keine Ahnung, wie ich auf die bayerischen Komplimente reagieren sollte. Sexuelles Begehren eines Mannes empfand ich als eine Beleidigung und eine Erniedrigung meiner menschlichen Würde. Wenn ich aber Frau Brechts Angebot annehmen würde, machte ich ihr unnötige Hoffnungen. Also sagte ich ab.

Es war aber nötig, das allzu »sturmfreie« Kellerzimmer zu wechseln. Bei der Suche nach einer »Bude« machte ich die Bekanntschaft mancher Münchner Kleinbürger. In einem Zimmer, das mir unter dem Vorbehalt: »Herrenbesuch ist ausgeschlossen« vermietet worden war, hörte ich in der Nacht plötzlich Bettrascheln und Husten, als sei es in meinem Zimmer. Bei näherer Untersuchung stellte sich heraus, daß die Tür zu einer Nebenkammer herausgehoben und die Lücke nur mit einem Schrank zugestellt war, den man mit Leichtigkeit beiseite schieben konnte. In der Kammer schlief ein junger Mann von der Sorte, die hinter mir herpfiff. In einer anderen Wohnung mußte ich mein Waschwasser aus der Küche holen. Am Küchentisch, der mit einer Plüschdecke verziert war, hockte in der Ecke eines ebenso roten Plüschsofas ein etwa sechs Monate altes Baby, das seinen großen Kopf nicht halten und eigentlich noch gar nicht sitzen konnte. Die Oma stellte einen schmutzigen eisernen Kochtopf auf die Plüschdecke, klatschte mit den Fingern den Inhalt, hauptsächlich fettiges Fleisch, auf die Teller ihrer Lieben, die ebenfalls mit den Fingern aßen, kaute einige Klumpen Fleisch durch und schmierte sie dann dem sabbernden Baby so lange in den Mund, bis dieses schluckte. Zum Nachtisch bekam das Kind Bierschaum in den Mund gestrichen. Ich konnte mich nie genug darüber wundern, daß die Söhne und Töchter dieser Oma so stramm und gesund aussahen, obwohl sie als Babys sicherlich genauso strapaziert worden waren wie das blasse, rachitische Kind im Plüschsofa.

Leider waren in dieser Wohnung Wanzen, und so zog ich ein drittes Mal um. Im vierten Domizil hatte eine ältere Jungfer ein außerordentlich kompliziertes System von Ketten und Schlössern an ihrer

Wohnungstür angebracht, um sich vor potentiellen Angreifern zu schützen. Natürlich war Herrenbesuch streng verboten, was mir durchaus recht war. Gerade hier geschah es aber, daß der Berliner Nachbarjunge Wilhelm L., dessen Schwester Annemaries beste Schulfreundin gewesen war, bei mir zu einem Zeitpunkt Eintritt erbat, als die Wirtin gerade ausgegangen war. Der jüdische Wilhelm machte einen völlig verstörten Eindruck, und was er erzählte, erschien mir als Ausgeburt einer kranken Phantasie. Seine Eltern waren einfache, zurückgezogen lebende Beamte, die im Jahr 1934 normalerweise noch nicht das Ziel nazistischer Übergriffe waren. Nach allem, was ich von Breslauers und von Dorle wußte, konnten gerade im Grunewald die Nicht-Arier noch ziemlich unbelästigt leben. Wilhelm erzählte mir geheimnisvoll, er werde verfolgt und müsse sich zunächst einmal bei mir verstecken. Dann werde er nach Palästina gehen und dort einen Staat gründen, dessen Regierungsform er sich bereits genau ausgedacht habe. Er entwickelte mir beredt ein Regierungskonzept, das haargenau dem Konzept der Nazis glich. Dort wollte er Diktator werden. Mir war klar, daß Wilhelm den Verstand verloren hatte, und ich mußte mich fragen, ob ich selbst nicht auch den Verstand verlieren würde, wenn ich in der gegenwärtigen Zeit Jüdin wäre. Selbstverständlich erfüllte ich Wilhelms Bitte, ihn bei mir vor seinen Verfolgern zu verstecken, und ließ ihn bei mir wohnen, bis seine Schwester ihn auf meine telefonische Benachrichtung hin wieder abholte. Sie bestätigte einige der Vorfälle, die Wilhelm um den Verstand gebracht hatten, und berichtete, daß ihre ganze Familie mit ihrer Ausreise nur gewartet hatte, um den verlorengegangenen kranken Wilhelm wiederzufinden.

Die Wirtin war über diesen »Herrenbesuch« so empört, daß sie mich fristlos hinauswarf. In einer fünften Bude konnte ich dann mehrere Wochen bleiben, nur war es der an Studenten gewöhnten Wirtin nicht möglich zu begreifen, daß ich Schauspielunterricht nahm und deswegen in meinem Zimmer laut sprechen mußte. Als ich die Medea studierte und beim Ermorden meiner Kinder verzweifelt laut brüllte, glaubte die Wirtin, ich sei verrückt geworden, benachrichtigte die Polizei und half dieser, die Tür zu meinem Zimmer einzutreten, um die »Tobende« in eine Zwangsjacke zu stecken. Gottlob konnte ich die Sache aufklären, die Wirtin meinte aber, das sei ihr nicht zuzumuten. Tobende, ihre Kinder mordende Mütter könne sie weder im Original noch imitiert in ihrer Wohnung dulden.

Danach fand ich endlich ein Zimmer, in dem ich bleiben konnte.

Ich schloß den Sekretärinnenkurs ab, in dem ich hauptsächlich Schreibmaschineschreiben und Stenographie gelernt hatte, und bemühte mich um eine Stelle. Es war allzu optimistisch gewesen, anzunehmen, ich könne mit meinen in drei Monaten erworbenen Kenntnissen die etwa hundert Mark verdienen, die ich zusätzlich zu Vaters fünfzig Mark mindestens benötigen würde. Gleich in der ersten Stellung, die ich fand, beauftragte mich die Chefin sofort mit der Fälschung der Bücher. Sie tat das mit einer solchen Selbstverständlichkeit, als sei es das Normalste der Welt, falsche Zahlen in die offiziellen Kontobücher hineinzuschreiben. Als ich diese Tätigkeit verweigerte, meinte sie empört: »Sie haben zu tun, was ich sage. Wessen Brot ich esse, dessen Lied ich singe.« Ich antwortete: »Ich esse Ihr Brot nicht« und ging.

Das Schreibbüro

Ich merkte, daß feste Arbeitszeiten sich mit ständig wechselnden Terminen für den Schauspielunterricht und mit den Proben am Theater, wo ich des Zusehens und Lernens halber als Statistin arbeitete, nicht vereinbaren ließen. So erbat ich das Einverständnis der netten Wirtin, draußen an der Haustür zur Straße einen Zettel zu heften: »Hier werden Examensarbeiten und Dissertationen geschrieben.« Weil es das Studentenviertel Schwabing war, hatte ich bald ausreichend Kundschaft und lernte dadurch auch gut und flink Schreibmaschine schreiben, was ich nach dem kurzen Lernvierteljahr durchaus noch nicht gekonnt hatte.

Zu meinen Kunden gehörten nicht nur Studenten. Eine arme Frau zum Beispiel kam zu mir, der man bei einem Scheidungsprozeß ihr Kind weggenommen hatte und die nun einen Brief an den Führer schreiben ließ, um sich über die Ungerechtigkeit zu beklagen. »Mein Führer!« ließ sie schreiben, »Sie werden doch einem Schurken wie meinem Mann den ›Triumpf‹ nicht gönnen, einer deutschen

Mutter ihr Kind zu rauben!« Ich sagte der Frau, es müsse unbedingt Trium*ph* mit »ph« am Schluß heißen und nicht Trium*pf* mit »pf«! Das rief helle Empörung hervor! Das »pf« am Ende dieses Wortes mache ja gerade dessen ganze *Wucht* aus. Wie lächerlich unwirksam würde es doch aussehen, wenn dieses Wort mit »ph« geschrieben würde. Sie bestehe auf »Trium*pf*«, sonst werde sie den Brief woanders schreiben lassen. Also tat ich ihr den Gefallen und dachte, daß den Führer das falsche »pf« vielleicht tatsächlich wuchtiger treffen würde als ein gewöhnliches »ph«.

Ein anderes Mal kam ein alter Straßensänger, der seine klapprige Drehorgel im Hof stehen ließ und mich mit den Pfennigen seiner Tageseinnahmen bezahlte. Bevor er sich niedersetzte, um mir seine tragische Lebensgeschichte zu diktieren, knöpfte er sich Papierkragen und -manschetten ab, um diese schneeweißen Symbole einer »guten Herkunft« zu schonen. Natürlich arbeitete ich viel billiger als andere Schreibbüros, und das war der Grund für solche Kundschaft.

Es fiel mir manchmal schwer, diesen Existenzen Geld abzuverlangen, aber alle waren viel zu stolz, sich etwas schenken zu lassen. Jeder zahlte gewissenhaft, was er schuldig war, bis auf einen Chinesen, der erst von mir verlangt hatte, mehrere Nächte durchzuschreiben, weil es so dringend eilig war, seine Doktorarbeit abzugeben, am Schluß jedoch wegen einiger kleiner Tippfehler die Bezahlung verweigerte. Ich, wie immer unfähig, mich gegen ein Unrecht zu wehren oder um meine Rechte zu kämpfen, warf nur stumm die Doktorarbeit ins Treppenhaus und schob den kleinen Chinesen aus der Wohnung. Der war sicherlich keineswegs darüber belehrt, gemein gehandelt zu haben, als vielmehr hocherfreut, nichts bezahlen zu müssen. Ich jedoch dachte: ›Dem hab ich's aber gegeben‹, und registrierte meine Niederlage als Sieg. Seitdem ertappte ich mich mehrfach dabei, daß ich bei Diskussionen über Rassenfragen sagen konnte: »Japaner sind, glaube ich, nett, aber Chinesen mag ich einfach nicht.«

Die Arbeit am Theater erforderte viel Zeit, denn die Haupttätigkeit einer Statistin ist das stundenlange Warten. Ich saß mit Kollegen und Kolleginnen in einem verrauchten Raum und strickte meistens. Auf die provozierende Frage eines Mädchens hin hatte ich nicht abgestritten, noch »unschuldig« zu sein. Man hatte so etwas geahnt und fand das allgemein »wahnsinnig komisch«. »Du wirst im September 21 Jahre alt und bist noch unschuldig!? Das ist ja nicht zu fassen!!«

Wegen meines Namens Erika und der Stricknadeln nannte man mich unter Bezug auf das »Röslein auf der Heide« die »Heiderose«.

Für eine wilde Szene mit rohem Volk in einer Kaschemme wurde unter den Statisten das Mädchen gesucht, das am lautesten und ordinärsten kreischen und kichern und sich am aufreizendsten gebärden konnte. Ausgerechnet ich, die Heiderose, wurde auserwählt, und daß meine erste Rolle an einem richtigen Theater die einer Hure war, erregte nicht nur bei den Statisten Gelächter. Auch weil ich nicht rauchte, wurde ich ausgelacht: »Du willst dünner werden und rauchst nicht? Weißt du denn nicht, daß man am Theater rauchen muß, weil das den Appetit hemmt?«

Die ersten Zigaretten hatte ich siebzehnjährig auf dem Bahnhof in Stettin geraucht. Dann hatte ich mich wegen dieses inneren Zwanges »anzugeben« so geschämt, daß ich nie wieder eine Zigarette anfaßte. Das Paffen, zum Mund rein und wieder raus, hatte auf mich keine Wirkung gehabt. Jetzt wurde ich über Lungenzüge aufgeklärt. Nach den ersten Versuchen wurde mir speiübel und schwindlig. Nie wieder wollte ich es tun, aber immer wieder drängte man mich, es zu trainieren, mit der Zeit würde ich nur noch eine angenehme Wirkung empfinden. Da ich dadurch tatsächlich viel weniger Hunger hatte und das Geld für die Zigaretten am Essen einsparen konnte, wurde ich allmählich zur Raucherin und erfüllte die Forderung der Reichstheaterkammer, »schlanker« zu werden.

Paul und Helene Marzok, meine Schauspiellehrer, bereuten nicht, mir den Unterricht umsonst angeboten zu haben, und setzten große Hoffnungen auf mich. Allerdings war da etwas Schwieriges und vielleicht auch Fragwürdiges, was sie mir beizubringen suchten, nämlich: mir bewußtzumachen, was ich tat, wenn ich eine

Rolle spielte, so daß ich die Sache mit dem Verstand steuern lernte, anstatt mich ganz auf mein Gefühl zu verlassen:

»Du kannst auf dem Theater echte Tränen weinen, ja, du kannst ganz und gar die Person *sein*, die du darstellst, damit kommst du nicht über die Rampe, das merkt das Publikum gar nicht. Wenn du auf der Bühne eine normale Kerze anzündest, ist das Licht schon in der fünften Reihe des Parketts nicht mehr zu sehen. Auf der Bühne brauchst du einen Strahler, um sie und das, was darauf ist, zu erleuchten und dem Publikum sichtbar zu machen. Du brauchst einen Tonverstärker, um deine Stimme hörbar zu machen. Das Handwerk des Schauspielers (nicht seine Kunst, die hat er oder hat er nicht) ist, mit Stimme und Körper wie mit einem Instrument umgehen zu lernen, sich selbst mit seinem ganzen Gefühl nicht nur in die Person der Rolle zu verwandeln, sondern sich auch so zu verstärken, daß es ein volles großes Haus füllen kann und trotzdem die leisen Töne als leise empfunden werden.«

Überlaut sprechen, ohne falsches Pathos, die Stimme üben, damit sie trägt und nicht sofort heiser wird, Übungen, die Konsonanten deutlich auszusprechen, richtig zu atmen, kurz, all diese Techniken waren es, die ich lernen mußte. Ich empfand es oft so, als würde ich dazu angehalten, mich zu verstellen, anstatt so »echt« zu spielen, wie ich die Rolle empfand.

Mein großes Vorbild war die soeben erst berühmt gewordene Paula Wessely, die so ganz ohne jede Verstellung, so ganz einfach, so ganz echt spielte. Aber da wurde mir gesagt, ich habe Paula Wessely ja nur in ihren Filmrollen gesehen, und für den Film müsse der Schauspieler wieder ganz andere Techniken anwenden, da müsse er untertreiben, anstatt zu übertreiben, weil jeder normale Ton durch die Verstärkung der Technik bereits überlaut klinge. Wie der Sänger seine Stimme, so müsse ich lernen, mich selbst in meiner Ganzheit als ein Instrument zu betrachten, mit dem ich Kunst interpretierte.

Mit dieser Lehre raubte man mir erst einmal die Unschuld bei meiner Gestaltung, denn da ich mir noch nicht einmal meiner selbst bewußt war, war es mir unmöglich, mir meiner Wirkung bewußt zu werden, wenn ich eine Rolle spielte.

»Du mußt an dich glauben!« rief man mir immer wieder zu. »Wer will, daß andere an ihn glauben, muß zuallererst an sich selbst glauben!« Und immer wieder: »Du mußt härter werden, härter werden, härter werden! Du bist zu weich für diesen Beruf in diesem Milieu!«

Paul und Helene Marzok sagten mir, ich sei schön. Sie sagten das, als müsse mir diese Tatsache so selbstverständlich bekannt sein wie die, daß ich blond war. »Aber ich bin doch dick«, widersprach ich völlig entgeistert. »Na und?« sagte Frau Marzok, »deswegen kannst du doch schön sein.«

Joachim

Es waren aber nicht Paul und Helene, welche mich langsam an mich glauben lehrten. Worte hätten gegen so lebenslängliche und tiefsitzende Minderwertigkeitskomplexe nichts ausgerichtet. Es war Joachim.

In den ersten Wochen meines Münchener Aufenthaltes hatte ich Dorle nur selten und flüchtig gesehen, weil ich zu sehr mit mir selbst beschäftigt war. Dorle war anders, reifer, fraulicher geworden, und wenn ich sie in ihrem Zimmer im Studentenheim besuchte, waren immer Medizinstudenten und -studentinnen bei ihr, die mir fremd waren. Die schwesterliche Einheit zwischen uns, hervorgerufen durch völlig gleiche Tagesabläufe und Erlebnisse, war gestört durch unterschiedliche Erfahrungen, die jede von uns gemacht hatte. Anfang Mai wurde ich dann von Dorle zu einem größeren Tanzfest eingeladen, das in der Wohnung einer Kommilitonin stattfand. Ich kannte Dorles Freundeskreis nicht, hatte aber nicht den Eindruck gewonnen, daß sie einen festen Freund habe, vielmehr schien sie zu einem Kreis zu gehören, der durch die gemeinsamen Interessen des Studiums entstanden war.

Ich betrat die Wohnung neugierig, aber ohne Erwartung, da ich ja nun zu den Schauspielern gehörte. Ich wurde von Dorle vorgestellt. Im Rauchdunst des spärlich erhellten Zimmers sah ich zunächst niemanden. Dann forderte ein großer junger Mann mich zum Tanzen auf und stellte sich vor. Joachim heiße er, sagte er, und als ich meinen Namen wiederholte, sahen wir uns beide etwas näher an, und in diesem Augenblick traf mich der »Blitz«, genau wie das bei Helmut

Regen geschehen war, als er Annemarie sah. Aber daß ich so etwas einmal bei anderen beobachtet hatte und mich deshalb aus dem Fenster stürzen wollte, hatte ich völlig vergessen. Nie hatte ich geglaubt, daß meine starken Gefühle für Helmut Regen irgend etwas mit dem zu tun hatten, was man unter Menschen gemeinhin »die Liebe« nennt. Der war für mich ein Engel gewesen, vor dessen Berührung man sich fürchtet. Von dem hatte ich erhofft, er könne mich zu Gott führen, nicht zu irgendeinem persönlichen Glück.

Was ich jetzt Joachim gegenüber empfand, war das plötzliche und ganz klare Erkennen des einzigen und einmaligen und eigens für mich erschaffenen Partners, des einzigen Menschen, der mich würde die Liebe lehren können, weil er von nun an mein zweites Ich, meine zweite Hälfte sein würde, ohne die ich bisher nur etwas Halbes gewesen war. Blitzartig wurde mir klar, daß ich nur deshalb so lächerlich lange jedem Annäherungsversuch von Männern, jedem Flirt ausgewichen war, daß ich mich nur deshalb niemals von einem Mann hatte berühren oder gar küssen lassen, weil ich auf diese eine Begegnung gewartet hatte. Immer noch wußte ich nichts Genaues darüber, was Sex eigentlich ist und was man dabei empfindet, ahnte nichts von Lustmöglichkeiten für Frauen, aber meine ganze, seit dem Tod der Mutter angestaute Liebesenergie strömte dieser Ergänzung meines Wesens entgegen.

Wie ich ohne Mutter, so war er ohne Vater aufgewachsen. Das Selbstbewußtsein, das mir fehlte, fehlte auch ihm auf andere Weise. Er war sich bewußt, ein Intellektueller zu sein, ohne das für eine große Schande halten zu müssen, wie ich. Er studierte Physik, das Fach, um dessentwillen ich sitzengeblieben war. Vom ersten Wort an, das wir beide wechselten, war da ein Einverständnis, als hätte jeder von uns lebenslang in des anderen Haut gelebt.

Während des ganzen Tanzfestes tanzte er nur mit mir, sah nur mich und brachte mich dann zu Fuß nach Hause zu der Bude, in der ich zur Zeit hauste. Dieser Weg durch den Englischen Garten in dieser Nacht, in diesem Mai, wurde für mich das größte und glücklichste Erlebnis meines Lebens, obwohl nicht mehr geschah, als daß er mich küßte, genau spürend, daß dies für mich die ersten Küsse waren und daß ich unberührt und ganz unerfahren war. Natürlich wanderten wir bis zum Sonnenaufgang durch den Park, natürlich erzählten wir uns alles, was es unserer Meinung nach über unser Leben zu erzählen gab, aber dann verabschiedeten wir uns vor meiner Wohnungstür.

Von nun an trafen wir uns, sooft die Arbeit uns Zeit dafür ließ, und da wir beide nur wenig Geld hatten, aßen wir auch oft zusammen in jener vom Sozialamt eingerichteten Speiseküche für die Ärmsten, für die Stadt- und Landstreicher, wo die Blechteller und die Messer und Gabeln an den Holztischen angekettet waren und man uns einen undefinierbaren Pamps mit einer Kelle im Vorübergehen auf den Teller klatschte. Wir machten beide zur gleichen Zeit die gleiche Bemerkung über diese oder jene Physiognomie der bärtigen Gestalten, mit denen wir zusammensaßen, fanden das gleiche urkomisch oder abstoßend, rochen dasselbe zur gleichen Zeit und rümpften darüber die Nase oder machten »mmmmh!« in Vorfreude auf vielleicht ein wenig Gebratenes, und obwohl wir über alles und jedes die gleiche Meinung hatten, mußten wir über dieses Wunder der Natur doch unaufhörlich staunen und es uns in endlosen Dauergesprächen immer wieder bestätigen. Joachim war so groß, daß meine Fülligkeit dagegen zierlich wirkte. Neben ihm verlor ich jeden Komplex wegen meiner Erscheinung, und wenn wir uns beide in einer Ladenfensterscheibe im Vorübergehen spiegelten, dann fand ich, wir seien wirklich ein schönes Paar, das zueinander paßte. Wenn wir dafür irgendwie das Geld zusammenkratzen konnten, gingen wir tanzen, denn das war das Größte, was uns unsere absolute Übereinstimmung und Harmonie bestätigte. Man tanzte damals Foxtrott, Tango, Blues, kurz lauter Tänze, bei denen es darauf ankam, daß der Herr seine Dame »führte« und sie sich ganz seinen Schritten anpassen mußte. Die beste Tänzerin war verloren, wenn der Tanzpartner schlecht führte. Sie war dann gezwungen, sein Gestolper mitzustolpern. Ein guter Tänzer machte nicht nur die gewöhnlichen vorgeschriebenen Schritte dieser Tänze, sondern erfand auch selbst neue Figuren. Solchen Erfindungen konnten dann aber auch nur gute Tänzerinnen folgen. Immer war es jedoch dazu nötig, daß der Herr seine Dame fest umschlang und an sich drückte, damit sie merkte, was er grade wollte. Sie war das Pferd, er war der Reiter sozusagen. Joachim und ich stellten fest, daß wir zusammen tanzen konnten, ohne uns dabei zu berühren. Er tat nur so, als hielte er mich mit der Hand an der Taille, ich tat nur so, als schmiege ich mich in seine Arme, in Wahrheit hatten wir beide immer zur gleichen Zeit die gleichen Ideen und erfanden auch die ungewöhnlichsten Figuren, ohne daß wir uns dazu körperlich verständigen mußten.

So gern ich auch tanzte, immer hatte ich es als unangenehm empfunden, wenn so manche Herren die Gelegenheit und Erlaubnis ausnützten, mich fest an sich zu drücken. Daß Joachim auf diese »tierische« Seite des Tanzes verzichten konnte, war mir höchster Beweis dafür, daß er mich wirklich liebte. Hätte mir Joachim gezeigt, daß er mich begehrte, wie mir das der »Ihm« gelegentlich durch einen »komischen« Ausdruck im Gesicht gezeigt hatte, hätte das meiner eigenen Liebe wahrscheinlich einen argen Stoß versetzt. Wir küßten uns nur selten, da ich abends so oft im Theater sein mußte und die Gelegenheit fehlte, im Dunkeln irgendwo allein zu sein. Ich nahm ihn niemals mit in meine Bude, und für ihn schien diese Regelung genauso selbstverständlich zu sein wie für mich.

Mir schien die seelische Verbundenheit zwischen uns beiden immer fester zu werden. Unsere Gespräche hatten allmählich das Stadium der Suche nach Übereinstimmungen verlassen und waren dem Glück und der Gewißheit, sie zu besitzen, gewichen. Wir faßten unsere Liebe zueinander nicht in Worte. Wenn zwei Menschen gemeinsam das Meer oder den Himmel sehen, brauchen sie sich nicht darüber zu verständigen, brauchen nicht zu sagen: »Sieh mal, das Meer«, »sieh mal, den Himmel«.

Wir wußten zu jeder Zeit, was der andere gerade dachte, und bereits im September, als ich 21 Jahre und mündig wurde, gingen wir miteinander um wie alte Eheleute, die sich wortlos unterhalten und verständigen. Jede Stunde, die wir nicht miteinander verbringen konnten, war eine verlorene Stunde, und immer, wenn wir uns nach kurzen Zeiten der Trennung wiedertrafen, freuten wir uns wie die Kinder und rannten aufeinander zu. Gar zu lange Trennungen verkürzten wir uns mit Briefchen, die wir schrieben und dann bei unseren Begegnungen einander zusteckten. Manchmal schrieben wir uns auch längere Abhandlungen über bestimmte Themen. Wir lasen zusammen Rilkes Briefe an einen jungen Dichter und waren uns einig über die Wahrheit von dessen Wort: »Darin aber irren die jungen Leute so oft und so tief, daß sie, in deren Wesen es liegt, keine Geduld zu haben, sich einander hinwerfen in all ihrer Unaufgeräumtheit und Halbheit.«

Ich hatte Geduld, und Joachim – das war es gerade, was ich so besonders an ihm liebte – hatte auch Geduld... glaubte ich. Wir spürten beide, daß wir mit unseren Unaufgeräumtheiten und Halbheiten nur miteinander würden fertig werden können. Wir waren uns beide unserer gegenwärtigen Unreife bewußt. Er sagte nie: »Willst du mich heiraten?«, aber wenn er von unserer beider Zukunft sprach, sagte er immer nur »wir«, dann werden »wir« dies, dann werden »wir« das, und ich sagte auch nur »wir«.

Er hatte nichts daran auszusetzen, daß ich Schauspielerin werden wollte, und war immer sehr interessiert, wenn ich ihm von diesem ihm unbekannten Milieu hinter der Bühne und von den Menschen dort erzählte. Ich konnte nicht genug hören von den Problemen, welche zu der Zeit die Physik zu lösen versuchte, weil ich den Eindruck gewann, daß meine »Aufklärung« als Kind, die mir den Glauben an Gott raubte, doch unvollständig gewesen war. Ich begann zu ahnen, daß die Wissenschaft sich nicht mehr, wie seit Beginn der Aufklärung, von Gott fort, sondern auf ihn zu bewegte. Besonders der Physiker Heisenberg vermittelte mir eine völlig neue Art des Denkens. Meine Logik war bisher zu simpel, zu einfältig gewesen. Joachim konnte mir erheblich mehr Fragen beantworten als der Pfarrer Helmut Regen.

Über Religion sprachen Joachim und ich häufiger als über Politik. Wir gingen mehrmals in katholische Kirchen, um uns auch über diesen Glauben zu informieren, den wir beide gelernt hatten, als »minderwertig« anzusehen. In unserer Unreife sahen wir aber unsere Vorurteile bestätigt, weil wir noch nicht in der Lage waren, die Dinge anders zu werten als nach den uns gewohnten Maßstäben.

Einmal sagte ich: »Weißt du, wie ich vielleicht den christlichen Glauben finden könnte? Wenn ich jetzt zum Judentum übertreten dürfte. Um Jesus zu entdecken, muß man sich, glaube ich, erst einmal ganz und gar von den sogenannten Christen abgelöst haben und von ihnen verfolgt worden sein.«

»Ob man sie dann als seine Feinde lieben lernt?« vervollständigte Joachim meinen Gedanken.

»Die heutigen Christen haben doch verdammt viel Ähnlichkeit mit den Römern zur Zeit Neros, findest du nicht?«

»Zumindest hat Hitler wohl Ähnlichkeit mit Nero.«

»Ob die Märtyrer, die Nero als Fackeln zur Stadtbeleuchtung anzünden ließ, ihn als Feind geliebt und ihm verziehen haben?«

»Das kann ich mir nicht vorstellen«, sagte Joachim.

»Na ja, man wird ja heutzutage Juden auch nicht mehr verbrennen«, meinte ich.

Es gab nur eines, was zwischen mir und Joachim stand und mich ernsthaft besorgte: Joachim war in der SS.

»Staatsnotwehr«

Als erstes war mir in München aufgefallen, wie stark das Straßenbild von Uniformierten geprägt war, als sei dort jeder vierte junge Mann in irgendeinem nationalsozialistischen Verein. In der Bude mit dem schweinefleischschluckenden und bierschaumtrinkenden Säugling war ein Sohn des Hauses SA-Mann und hatte eines Tages Platzwunden im Gesicht von einer Schlägerei mit Kommunisten. Der Freund einer Mitschülerin war ebenfalls krankenhausreif geschlagen, weil er als Kommunist von Nazis verprügelt worden war. In Berlin-Grunewald und Halensee hatte ich Derartiges nie erlebt. Offensichtlich prügeln sich die Bayern gern, dachte ich.

Zu meiner Beruhigung erklärte mir Joachim schon am ersten Abend unserer gegenseitigen Lebensbeichten, daß er den Eintritt in die SS als eine Jugendsünde betrachte, die er bereue, und daß er zusehen werde, da so bald wie möglich wieder rauszukommen.

Ich dachte, der ist wenigstens schon weiter als der Juli, dem die Augen immer noch nicht aufgegangen sind. Ich verzieh ihm die Verirrung.

Gutgläubig, wie andere Studenten in diese oder jene Studentenverbindung, war Joachim bei Studienbeginn in die SS eingetreten. Ein Lehrer hatte seiner Mutter gesagt, das sei ein nationaler, ehrenhafter Verein, der eine Stufe über der SA stünde. Da seine Mutter ein Studium sonst nicht finanzieren könne, sei die Unterbringung und

Verpflegung in der Kaserne ein nicht zu unterschätzender Vorteil. Ein bißchen Exerzieren habe noch keinem Menschen geschadet. So brauchte seine Mutter für sein Studium keinen Pfennig zu bezahlen, und er wohnte in einer Kaserne.

Wir hatten uns drei Tage nicht gesehen, weil er kurz Urlaub genommen hatte und zu seiner Mutter gefahren war. Jetzt kam er völlig verstört zu unserer Begegnung. Erst wollte er nicht mit der Sprache heraus, dann aber erzählte er mir, was während seiner Abwesenheit aus der Kaserne vorgefallen war:

»Um ein Haar hätten sie mich zum Mörder gemacht! Meine Mutter muß einen sechsten Sinn gehabt haben, daß sie mich gerade jetzt wegen einer Bagatelle nach Hause rief. Du darfst es keinem Menschen erzählen, versprich mir das! Du bringst sonst mich und dich in Lebensgefahr! Meine Kollegen haben Röhm und seine Genossen in Stadelheim erschießen müssen! Stell dir vor! Ohne Gerichtsurteil! Es sei grauenhaft gewesen! Ich kann's dir gar nicht wiedergeben, was die anderen erzählt haben! Aber schweig drüber! Ich flehe dich an! Das darf keiner wissen!«

Am nächsten Tag jedoch stand das Geschehen groß und breit in der Zeitung wie eine Ruhmestat! Die Gewaltakte seien »Staatsnotwehr« gewesen. Der homosexuelle Röhm und seine Kreaturen hätten unseren Führer ermorden und die Macht an sich reißen wollen!

»Hätte ich doch nur einen Vater gehabt mit ein bißchen Durchblick! Meine Mutter in ihrem Dorf hat ja keine Ahnung von Politik und noch nie einen Juden gesehen. Jetzt bin ich Angehöriger einer Mörderbande! Wie komm ich da nur wieder raus!«

Nach diesem Ereignis hörte ich endgültig auf, über die Nazis zu lächeln und anzunehmen, »der Spuk höre von alleine auf«.

Als Hindenburg starb und Hitler den Posten des Reichspräsidenten abschaffte und sich zum alleinigen Herrn des Deutschen Reiches machte, wurde mir klar, daß alle Deutschen, ob sie für oder gegen Hitler gestimmt oder noch gar nicht gewählt hatten, wie ich, in die Falle gegangen waren, und daß nun keiner mehr herauskonnte. Joachim, etwas älter als ich, hatte 1933 gewählt. So litt er unter Schuldgefühlen und konnte sich seine Dummheit nicht verzeihen. Auch in seiner Kaserne seien viele jetzt ratlos.

Ich tröstete ihn: »Wenn ich nicht unter Juden aufgewachsen wäre, wenn ich keine Verwandten gehabt hätte mit klarem Kopf und Menschenkenntnis, wenn irgend jemand, den ich sehr respektierte, für Hitler gewesen wäre, ich hätte mich vielleicht auch anstecken lassen, weil ich genauso wenig von Politik verstehe wie deine Mutter. Bei dir war eben ein verehrter Lehrer die verhängnisvolle Autorität. Sind eigentlich viele Söhne von Kriegsgefallenen bei der SS?«

»Ja, ich glaube, sehr viele«, meinte Joachim.

»Na, dann seid ihr doch alle von euren Müttern dazu erzogen worden, dafür zu sorgen, daß eure Väter nicht umsonst gefallen sind und daß das Vaterland wieder zu Ehren kommen muß. Es mußte doch ›Das Gute‹ an sich sein, für das jemand sein Leben hingibt. Und Hitler versteht es ja nun wirklich, es so darzustellen, als verkörpere er in seiner Person alles ›Gute‹.«

»Komisch, wieviel Böses immer geschieht, um dem angeblich Guten zum Sieg zu verhelfen!«

»Das liegt daran, daß sich die Leute das Böse nur personifiziert vorstellen können, wie Gott, in dem sie das personifizierte ›Gute‹ sehen. Hitler macht sich jetzt zum Gott, und die Juden macht er zum personifizierten Bösen. Sofort sind alle, die sich für gut halten, bereit, das Böse zu vertilgen, und paß auf, sie werden nicht nur Homosexuelle, sondern bald auch Juden morden. Im Namen des ›Guten‹. – Sei vorsichtig«, warnte ich, »vielleicht kannst du es so drehen, daß sie dich von selbst aus der SS rausschmeißen und nicht merken, daß du das willst.«

»Mal sehen«, meinte Joachim, »erst mal muß ich's meiner Mutter beibringen, daß sie dann für meine Unterkunft und Verpflegung zahlen muß. Wo soll sie's hernehmen!«

Mit Dorle kamen Joachim und ich in diesem Jahr nicht oft zusammen. Ich jedenfalls sah die Freundin selten, da ich hart für meinen Lebensunterhalt arbeitete und mir die freien Stunden für Joachim sparte. Wenn wir sie trafen, so meistens nur in einem größeren Kreis von Studenten.

Gelegentlich ging Dorle ins Theater, wo ich als Statistin mitwirkte, und einmal ging ich mit ihr in die Universität zu einer Vorlesung in der Anatomie. Hier waren die Stuhlreihen übereinander im Kreis um eine Mitte geordnet, auf welcher das Katheder des Professors neben der nackten Leiche eines alten Mannes stand, die nun von den Studenten zerschnitten wurde. Es war der erste Tote, den ich bewußt sah, da ich die Mutter ja nicht als Tote hatte erkennen können. Die alten Leute, die ich in Stubbenhof pflegte, hatte ich nur als Sterbende gesehen. Den Anblick der Leichen hatte ich mir erspart. Ich mußte in der Anatomie an den alten Straßensänger denken, der mich mit den Groschen bezahlt hatte, die man ihm in den Höfen aus dem Fenster zuwarf, und der dafür hungerte, daß ich seine Lebensgeschichte aufschrieb, damit sie für die Nachwelt erhalten bliebe. Ich dachte an dessen weißen Papierkragen und seine Papiermanschetten, mit denen er seine Menschenwürde zu unterstreichen versucht hatte, und nun hätte dieser alte nackte Mann da unten, der da zerschnitten wurde, ebensogut auch mein Sänger sein können, wenn er es nicht sogar war. Er sah so ähnlich aus, und ich traute ihm ohne weiteres zu, daß er seine Leiche an die Anatomie verkauft hatte, um Geld für sein geplantes Buch zu bekommen. Ich kam in Versuchung, für ihn zu beten, etwas, was ich lange nicht mehr getan hatte.

Im September kam die Großmama nach München angereist. Ich hatte lange nicht geschrieben, und so war sie in Sorge. Es rührte mich sehr, daß jemand um mich hatte in Sorge sein können. Vaters Briefe klangen ganz unbesorgt. Er fragte niemals, wie ich mit seinen fünfzig Mark auskam.

Aus den Reden der Großmama hörte ich heraus, daß man zu Hause allgemein annahm, ich lebe nach Art der Bohemiens, etwa wie die Gräfin Franziska von Reventlow, und beschaffe mir auf ähnlich anrüchige Weise Geld. Die Großmama gab mir Bücher dieser Gräfin, wohl um mir zu beweisen, daß sie ganz tolerant sei und keineswegs altmodische und prüde Moralvorstellungen habe und mich bestimmt nicht verstoßen würde, wie es die Eltern der Gräfin von Reventlow getan hatten. Die Großmama hatte wohl ideale Vorstellungen von den Freiheiten der Boheme, nach denen sie sich vielleicht zeitlebens heimlich gesehnt hatte. Daß sie mich von früh bis spät Schreibmaschine tippen sah, beirrte sie wenig, auch die Reventlow hatte ja ihre fleißigen Zeiten gehabt, in denen sie Bücher übersetzte. Doch Großmama lockte mit ihren Anspielungen weder das erwartete Geständnis heraus, daß wahr sei, was man von mir vermutete, noch das Geständnis, ich sei nach wie vor unberührt. Seit dem Gelächter, das man im Theater über diesen Umstand angestimmt hatte, wäre dies das letzte gewesen, was ich noch einmal eingestanden hätte. Ich erzählte in den drei Tagen so gut wie nichts von mir und meinem Leben und stellte der Großmutter den Joachim auf der Straße als einen meiner Bekannten vor, wie andere auch. Die Großmama sagte: »Das ist aber mal ein reizender Mensch. Der gefällt mir.« Aber mehr wurde von und über Joachim nicht gesprochen. Dennoch war sie befriedigt und beruhigt durch ihre Stippvisite in München, denn wie dem auch sei, die Enkelin sah gut aus wie nie zuvor, war schlank wie nie zuvor und war heiter und fröhlich wie nie zuvor. Auch die Auskunft von Paul und Helene Marzok, daß ich eine große Zukunft vor mir habe, befriedigte sie sehr.

Ich meinerseits wurde der Mutter Joachims ebenfalls als »eine Bekannte unter mehreren« vorgestellt, und ich hatte davor große Angst gehabt. Die Mutter war eine dunkle, große, hagere, streng und vergrämt aussehende Frau, der offensichtlich über ihrer langen Witwenschaft »das Lachen vergangen« war. Aber auch sie sagte zu Joachim, ich gefalle ihr gut.

Frost

Ich hatte mir vorgenommen, das Weihnachtsfest unbedingt mit Joachim zu feiern. Ich meinte, Weihnachtsfeste seien die geeigneten Termine für Verlobungen, und obwohl das Wort Heirat zwischen uns nie gefallen war, schloß Joachims ganzes Verhalten für mich einen Irrtum darüber aus, daß wir uns heiraten würden. Wenn wir über diesen Punkt nicht sprachen, erschien mir das ganz selbstverständlich, da wir ja beide erst mitten in unserer Ausbildung steckten, diese abschließen mußten und überhaupt noch zu jung waren, um schon einen Hausstand zu gründen. Das lag noch in weiter Ferne, darüber brauchte man noch nicht zu reden.

Eine Verlobung hätte nur das eine bewirkt, daß ich es vor mir selbst hätte verantworten können, Joachim einmal mit in mein Zimmer zu nehmen. Die Wirtin, die ja meinen Kunden gestattete, in die Wohnung und in mein Zimmer zu kommen, hätte nie etwas gegen den Besuch eines festen Freundes gehabt. Es waren meine eigene Angst und mein eigenes Widerstreben selbst, die ich allmählich abbauen wollte. An dunklen Wintertagen wären die Stunden zu kurz und auch zu selten gewesen, in denen wir uns auf der Straße hätten treffen können.

So fuhr ich zu meinem Weihnachtsbesuch bereits Anfang November nach Hause, und zwar zunächst zu Tante Hedwig nach Stubbenhof, die ich anderthalb Jahre nicht gesehen hatte. In den vierzehn Tagen, die ich bei ihr verbrachte, erhielt ich fast täglich einen wunderschönen Brief von Joachim und schrieb auch fast täglich. Es waren tiefsinnige, über Gott und die Welt philosophierende Briefe, in denen wir uns unsere tiefsten Gedanken anvertrauten, keine begehrlichen, »verlangenden« Briefe, und ich vermißte nichts in ihnen. Ich sah unsere Gemeinsamkeit darin bestätigt, unsere unlösliche Zusammengehörigkeit, und war stolz darauf, daß die Zeilen, die der Geliebte an mich schrieb, nicht waren wie andere »gewöhnliche« Liebesbriefe, die ich schon gedruckt gelesen hatte. Heimlich lächelte ich, als Tante Hedwig – vorsichtig vorfühlend – mir Vorträge über den unbezahlbaren Wert der Unberührtheit vor der Ehe hielt, so, als habe ich diesen Wert bereits leichtfertig vergeudet. Es machte mir Vergnügen, mich in den Nimbus einer »erfahrenen« Frau zu hüllen, der Tante Hedwigs altmodische Moralvorstellungen ein wenig lächerlich vorkamen.

Dann fuhr ich für einige Tage nach Berlin, wo ich ebenfalls einen Brief von Joachim vorfand, und besuchte am zweiten Tag meines Aufenthalts Dorle, die gerade Urlaub machte.

Nachdem wir eine Weile geplaudert hatten, wurde Dorle plötzlich ernst, und sie sagte zu mir: »Ich möchte diejenige sein, die es dir sagt. In den vierzehn Tagen, die du in Stubbenhof warst, war ich mit Joachim auf einer Baude im Gebirge. Bevor du dazwischengetreten bist, hatte ich ein Verhältnis mit Joachim, und nun haben wir uns wieder versöhnt.«

Ich wurde schneeweiß im Gesicht, und der Boden schwankte mir unter den Füßen. Ich konnte nicht glauben, was ich gehört hatte. Weder Dorle noch Joachim noch irgendeiner der Münchener Freunde aus dem Kreis hatte mir jemals gesagt, daß zwischen Dorle und Joachim ein Verhältnis bestanden hatte, ehe ich ihm auf dem

Tanzfest das erste Mal begegnete, und für Dorle hatte es sich so dargestellt, als hätte ich ihr ihren Freund »ausgespannt«. Und wie konnte Dorle mit Joachim auf einer Baude gewesen sein, wenn ich täglich einen Brief von ihm bekommen hatte!

Wie immer bei einem Schock verlor ich die Sprache und konnte nichts sagen. Ich rannte fort, und Dorle, entsetzt über die Wirkung ihrer Eröffnung, rannte hinter mir her, um in Ruhe mit mir zu sprechen. Aber ich schüttelte sie nur ab. Zu Hause suchte ich einen Zug aus und telegraphierte Joachim, ich würde morgen abend um 18 Uhr 10 in München eintreffen. Die Stunden bis zur Abreise schloß ich mich ein und sprach mit niemandem. Während der Fahrt nach München setzte ein starkes Schneetreiben ein, so daß der Zug schließlich auf der Strecke stehenblieb. Er mußte erst ausgegraben werden, um weiterfahren zu können. Mit sechs Stunden Verspätung, nachts um 0 Uhr 10, traf ich in München ein, innerlich und äußerlich erfroren.

Ich hatte es nicht gehofft, aber Joachim holte mich ab. Er hatte sechs Stunden auf den Zug gewartet.

Die Hoffnung, die bei seinem Anblick in mir aufflammte, daß alles nur ein Alptraum gewesen sei, erlosch rasch. Er bestätigte, was mir Dorle gestanden hatte, und bekundete Ärger darüber, daß sie es gewesen war, die es mir sagte. Er hätte das selbst mit den nötigen Erklärungen tun wollen. Er habe während des ganzen Jahres mit mir Dorle gegenüber ein schlechtes Gewissen gehabt, sagte er. Er sei es Dorle schuldig gewesen, mit ihr auf die Baude zu fahren.

Wie schon einmal, klapperten meine Zähne heftig. Schweigend ließ ich ihn vor der Haustür stehen und ging hinauf in meine Bude. Dort schloß ich mich mehrere Tage ein, aß nichts, trank nichts, bis Herr Marzok, alarmiert von der Wirtin, nach mir sah und mich zum Essen zwang. Was jedoch geschehen war und mich so verstört hatte, brachten weder die Wirtin noch Herr Marzok aus mir heraus.

Als Weihnachtsgeschenk hatte der Vater mir die Reisekosten nach Stubbenhof und Berlin bezahlt, aber ich hatte während der Reisezeit nichts verdient. So mußte ich jetzt, um Miete zahlen und weiterleben zu können, doppelt viel und doppelt hart arbeiten. Das half mir, die Verzweiflung zu verdrängen.

Zum Weihnachtsfest, das ich mit Joachim hatte verbringen wollen, wurde ich von einem Architekten-Ehepaar eingeladen, das sich in Elmau mit meinem Vater befreundet hatte. Die Familie wohnte außerhalb Münchens in der Nähe der sogenannten ›Selbstmörderbrücke‹. Ich nahm die Einladung an. Diesmal wollte ich wohlüberlegt und vorbereitet tun, was ich einmal so dumm und spontan hatte versuchen wollen. Ich gab mir allein die Schuld und sah mich als ganz und gar von Gott verlassen an. Alles, woran ich geglaubt und woran ich meine Lebensgeister geklammert hatte, war wie eine Seifenblase zerstoben, entpuppte sich als reine Illusion. Wie hatte ich mich so täuschen können!

Ich hatte noch nicht geweint, als ich die kurze Reise antrat, an deren Ende ich mein Leben auslöschen wollte. Mir kam es so vor, als plane ich die Beseitigung einer Leiche. Ich hatte keine Angst mehr, weder Lebens- noch Todesangst, und wer mir gesagt hätte, es sei feige, sich zu töten, den hätte ich nicht beachtet. Feigheit oder Mut galten mir nichts mehr.

Die katholische Familie, in die ich mich zur Feier von Christi Geburt begab, war mir innerlich fremd. Außer mir war noch ein Gast geladen, ein Kunstmaler. Mir schien, als sei er die Ursache der großen Nervosität der Hausfrau. Als der Maler mir vorschlug, mit mir um Mitternacht die Christmette in einer abgelegenen Dorfkirche zu besuchen, willigte ich ein in der Annahme, die Familie, insbesondere die Gastgeberin, benötige dringend eine kurze Zeit der Besinnung ohne Zeugen.

Ich war viel zu gleichgültig gegen alles, was mich selbst noch betreffen konnte, als daß etwas in mir mich vor einem nächtlichen Gang mit diesem fremden Menschen gewarnt hätte. Ich dachte nur, ich könnte bei dieser Gelegenheit die Gegend erkunden und mich nach dem Weg zur Brücke umsehen. Es war eine mondhelle Winternacht, und der Weg führte über eine einsame, verschneite Landstraße. Ich hatte erwartet, eine Prozession von Dorfbewohnern anzutreffen, aber wir begegneten niemandem. Als wir weit von jeder Behausung entfernt waren, fiel dieser Maler plötzlich über mich her, und ich hatte gegen den eisenstarken Menschen keine Chance. Mein Schreien hörte keiner.

Ich rannte fort, sobald er mich freigab, schlich ins Haus der Gastgeber, packte mein Täschchen und ging zum Bahnhof, wo ich im

Warteraum bis zum Morgen der Christnacht auf den Zug zurück nach München wartete. Den Gastgebern zu erklären, wo ich geblieben sei, überließ ich meinem Vergewaltiger. In mir war kein Gedanke. Die Brücke vergaß ich.

Nach den Feiertagen ging ich zum Arzt, um feststellen zu lassen, ob ich schwanger oder geschlechtskrank geworden sei, was dieser beides noch nicht sagen konnte. Dann nahm ich meine letzten Pfennige, borgte von der Wirtin etwas dazu und kaufte mir eine Fahrkarte »Hin« nach Doberan zur Großmama. Mein Bedürfnis, mich bei jemandem endlich auszuweinen und mich einem Menschen anzuvertrauen, war übermächtig geworden. In Gelddingen war ich bisher nie leichtsinnig gewesen und war stets, ohne Schulden zu machen, mit dem wenigen ausgekommen, was ich hatte. Nun setzte ich alles aufs Spiel, um einen einzigen Tag Trost und Rat zu finden.

Nach langer Nachtreise kam ich morgens übermüdet zur Großmama, die gerade Besuch von Annemarie hatte. Deren Blicke verschlossen mir völlig den Mund. Die wenigen für die Aussprache vorgesehenen Stunden verstrichen, die Großmama fragte und bohrte, schmeichelte und schalt, ich blieb stumm. Keine der von ihr geäußerten Vermutungen für den Anlaß meines plötzlichen Auftauchens kam der Wahrheit nahe. So reiste ich ohne Trost und ohne Rat wieder ab, aber die Großmama opferte wenigstens so viel Geld für diese ergebnislose teure Reise, daß ich die Rückfahrt, die Schulden bei der Wirtin und die Verpflegung der nächsten Tage bezahlen konnte.

Erfahrener als die Großmama erwies sich das Ehepaar Marzok. Sie deuteten meinen Schockzustand ebenso richtig wie schon vor Weihnachten meine Verzweiflung. Sie wußten, daß Derartiges so unwissenden und unaufgeklärten Mädchen wie mir passieren konnte. Während ich annahm, so eine Schande sei nun nie wieder von mir abzuwaschen, zeigten sie sich überrascht, daß ich nicht schon viel früher in die Hände von solchen Leuten wie dem Maler gefallen war.

»Ein Wahnsinn, daß dich niemand aufgeklärt hat«, sagte Helene Marzok. Sie war keine fromme Christin, aber sie kannte den Spruch: »Was in den Menschen eingeht, das geht in den Bauch und wird durch den natürlichen Gang ausgeworfen. Das verunreinigt den Menschen nicht. Nur was aus seinem Herzen kommt, arge Gedanken, Mord und all die anderen Sünden, das sind die Dinge, die den Menschen verunreinigen. Aber mit ungewaschenen Händen essen, das verunreinigt den Menschen nicht. Was der Maler mit dir gemacht hat, hat ihn verunreinigt, nicht dich.«

Sie nahm es auf sich, mich nicht nur mit Vorträgen über das Geheimnis des Geschlechtslebens, sondern auch durch die Art, wie sie mich lehrte, Bühnenrollen zu spielen, mit meiner Frauenrolle im Leben allmählich vertraut zu machen. Ich lernte, nicht nur meine eigenen Gefühle, sondern auch die von Männern zu erkennen und richtig einzuschätzen, und ich lernte, das Erlebnis wie einen Autounfall zu betrachten und zu verarbeiten.

Bei allem Pech, das ich im Leben hatte, habe ich doch auch immer wieder Glück gehabt. Wer weiß, wo ich damals in München gelandet wäre ohne die klugen, welterfahrenen, psychologisch so feinfühligen Marzoks. Aber in bezug auf meine Tragödie mit Joachim haben sie mir nicht helfen können. Sie meinten damals: »Du bist so jung! Jeder hat mal eine unglückliche Liebe. Paß auf, wie schnell du diesen Jüngling vergißt! Bald kommt ein anderer!«

So etwas sagt man immer. Aber bei manchen Mädchen geht es eben wie mit dem Osterfeuer. Wenn auf einem trockenen Platz besonders lange besonders viel trockenes Holz angesammelt und aufgeschichtet wurde, wird der Stapel höher als andere, und es gibt ein Riesenosterfeuer. Kommt aber ein Wolkenbruch und löscht das Feuer, kaum daß es angezündet ist, so ist dieser Platz und dieser Stapel für ein Osterfeuer nicht mehr brauchbar. Alle Holzstücke sind naß, angesengt und brennen nicht mehr.

Es hat Tragödien gegeben, wenn man gemeint hat, entweder ein Riesenfeuer oder gar keins.

War Joachim jemand, dem die Röhmputschmorde schlagartig die Augen geöffnet hatten, so machte ich bei Paul Marzok die Feststellung, daß er in der Zeit, seit ich ihn kannte, immer häufiger dazu neigte, seine Abneigung gegen die »Nazi-Proleten« zu korrigieren und dies und jenes positiver zu beurteilen. Sicherlich, als gerechtem, friedfertigem Menschen waren ihm das Gehetze und die Übergriffe gegen die Juden zutiefst zuwider. Er empfand sie als »unwürdige Entgleisungen«, als Gesetzlosigkeiten eines Mobs und verurteilte ganz besonders die Willkür, mit der wahllos einzelne Juden Schreckliches, andere wieder gar nichts zu erdulden hatten. Aber der Hitler hatte doch geradezu ein Wunder vollbracht! In so kurzer Zeit waren doch die Arbeitslosen fast verschwunden! Und die Reformen beim Theater, der Zwang zu Prüfungen, das Ausschalten der sogenannten Manager, denen die Schauspieler früher hilflos ausgeliefert gewesen waren und die sie wie Zuhälter ausgebeutet hatten, das Ende all der Schweinereien auf der Bühne, die man als fortschrittlich und liberal verkauft und mit denen man wahre, anständige Kunst verdorben hatte – kurz, sowohl im Film als auch auf der Bühne gefiel ihm die neue Kunstrichtung. Der Rühmann, die Paula Wessely, die Straub, der Krauß, alle die sensationell guten Schauspieler in den dreißiger Jahren schossen ja geradezu aus dem Boden! Das alberne »Blut und Boden«-Pathos, das in den anderen Kunstrichtungen jetzt den Ton angab und das solche »Dummheiten« wie die Bücherverbrennungen und das Rausschmeißen wertvollster Gemälde aus Galerien auslöste, von dem war doch auf dem Theater nichts zu merken. Hier, wo einzelne idiotische SS- oder SA-Männer nicht willkürlich handeln konnten, lief die Sache doch so, wie sie es eigentlich sollte. Und dann führte er mehr als ein Dutzend ihm bekannter Fälle an, wo jüdische Schauspieler – eben weil sie große Schauspieler waren – ungehindert und ungestört spielen durften. Der Haß galt ja nicht den anständigen Juden, und zu Verallgemeinerungen sei der Mensch nun einmal geneigt, meinte er. Er sah eben alles von seiner Warte als Schauspieler aus und hatte keinen politischen Durchblick.

Da auch Väti Breslauer gesagt hatte, ihm sei nichts und werde auch nichts geschehen, und wie eh und je ein Optimist geblieben war, trieb auch ich im Strom der Zeit so dahin.

Es ging aber hier in München von Tag zu Tag militärischer zu. Singende, hakenkreuzschwingende Kolonnen so oder so Uniformierter begegneten einem auf der Straße immer häufiger, und wer am Bordstein dann nicht stehenblieb und salutierend die Hand zum Hitlergruß erhob, wurde angepöbelt. Auch der Pförtner am Theater verlangte diesen Gruß. Ich fand ihn grotesk und konnte immer noch darüber lachen, manchmal. Es wurde zum Beispiel erzählt, Karl Valentin sei bei einer Vorstellung, die von hohen Bonzen besucht wurde, auf die Bühne gesprungen, habe eilfertig den Arm hochgestreckt und »Heil...« gerufen, die Zeremonie dann aber mit einer Verlegenheitsgeste ratlos abgebrochen: »Äh, jetzt hab ich den Name vergessen!«

Dann wurden im September 1935 die Nürnberger Gesetze verkündet. Marzoks und wir Schüler, die wie alle Deutschen überzeugt davon waren, nichts sei so schlimm wie Gesetzlosigkeit, Willkür und anarchistische Barbarei, waren außerstande, diese Gesetze in all ihren furchtbaren Konsequenzen zu begreifen, und meinten zunächst erleichtert, jetzt sei die Katze aus dem Sack, nun brauchten die Juden nicht mehr mit Willkürakten zu rechnen, jetzt wüßten sie wenigstens, woran sie seien. Eine erkannte Gefahr sei doch schon erst mal eine gebannte Gefahr. Viel schlimmer wäre es doch gewesen, wenn alles weiter so ganz unerwartet aus dem Hinterhalt kommen würde. Regierungen hätten schon zu allen Zeiten verlangt, irgendwelche »Feinde« zu hassen. Früher waren es die Franzosen, nun eben die Juden. Da stand man doch drüber.

Erst als Breslauers sich aufgrund dieser Gesetze mit vielen anderen zur Auswanderung nach England entschlossen, ging mir auf, wie dumm und phantasielos ich mich beschwichtigt hatte. Da waren meine besten Freunde als Ungeziefer und Volksschädlinge per Gesetz in Acht und Bann getan und dem Mob ausgeliefert worden, und ich konnte denken, wenn etwas erst einmal gesetzlich geregelt ist, dann könne man dem auch leichter aus dem Weg gehen. Als Breslauers aber nach München kamen, um sich von Dorle und mir zu verabschieden, strahlten sie immer noch tapferen Optimismus und den festen Glauben aus, die guten, christlichen Kräfte in Deutschland würden sich bald von den verbrecherischen Nazis befreien, unsere Trennung werde nicht lange dauern.

Im Oktober heiratete Annemarie den Helmut Regen, und ich fuhr zur Hochzeit nach Berlin. Sie fand in einem Hotel statt, und mein Vater hatte viele Leute eingeladen und keine Kosten gescheut. Schwester Laura war nicht eingeladen oder nicht gekommen, das alte Mädchen Minna fand ich unter den Zaungästen, die ihre Nasen an die Fensterscheiben des Saales drückten.

Der Bruder Juli, immer noch ein strammer Nazi, beschwor mich: »Komm am Sonntag mit aufs Tempelhofer Feld! Du wirst staunen! So etwas hast du bestimmt noch nie gesehen!« Und so ging ich mit. Ich wollte versuchen zu begreifen, was an der »Bewegung« so faszinierend und begeisternd sei.

Zunächst war es schwierig, überhaupt hinzukommen. Alle U-, S- und Straßenbahnen, alle Omnibusse fuhren in Richtung Tempelhof, alle waren überfüllt.

Auf dem Flugplatz befanden sich dann – wie später zu lesen war – über eine Million Menschen. Juli mußte mich verlassen, da er, wie alle größeren Hitlerjungen, Ordnungsdienst hatte. Das riesige Feld war in Quadrate aufgeteilt. Um jeden Quadratblock voller Menschen herum wurden von den Uniformierten Gassen freigehalten, durch welche die Menge zu- und abströmen konnte. Auch Juli trug die Verantwortung für die Freihaltung einer dieser Gassen. In diesen standen, über das ganze Feld verstreut, Sanitätsautos und Krankenschwestern für den Fall, daß sich die Leute tottrampelten oder ohnmächtig wurden. Rings um den ganzen Flugplatz waren erhöhte Sitzbänke, auf denen die Bonzen saßen, umrahmt von Fahnen, Girlanden, Lautsprechern und Scheinwerfern. Hitlers Platz war so weit von der Stelle entfernt, auf der ich stand, daß ich ihn nur mit einem Fernrohr erkennen konnte. Ins Auge blicken würde ich dem Führer also nicht.

Als es dunkel wurde, gingen die Strahler an, das ganze Feld mit den Hunderttausenden von Menschen wurde in Flutlicht getaucht, und von allen Seiten begann aus den Lautsprechern die mir so verhaßte Marschmusik zu dröhnen. Danach wurde es ohrenbetäubend. Die Menge schrie ihrem Führer Jubelrufe zu, die hochgestreckten

Arme auf der großen Fläche wirkten wie ein wogendes Kornfeld. Ich schonte meinen Arm. Niemand achtete auf mich. Die ganze Aufmerksamkeit galt nur dem Führer.

Dann begann Adolf mit seinem allen Deutschen bekannten »Volksgenossen und -genossinnen!« und spulte mit Pathos seine schon tausendmal wiederholten Phrasen ab, bei denen gejubelt und »Heil« geschrien wurde, wenn sein Tonfall danach verlangte. Die mir ekelhafte Stimme drang von überall her ins Ohr, man konnte sich ihr nicht entziehen. Ihre Penetranz fiel mir so auf die Nerven, daß ich fortgegangen wäre, wenn es eine Möglichkeit gegeben hätte. Aber ich war eingekeilt, so daß ich mich kaum rühren konnte; und in die freien Gassen durften jetzt nur Ohnmächtige.

Doch jetzt kam das Ende der Kundgebung. Die Menge streckte ihre Arme in die Höhe, die Lautsprecher dröhnten das Horst-Wessel-Lied, und nun begann das Deutschlandlied: »Deutschland, Deutschland über alles...« Hunderttausende sangen laut mit, ich sah Tränen der Begeisterung über manche Wangen rollen. Da kamen auch mir die Tränen, hob auch ich endlich den Arm, sang auch ich mit, als sei ich hypnotisiert und von einer unsichtbaren Macht gezwungen, so zu tun. Wer war denn schon dieser Postkartenmaler mit seinem Geschrei, hier ging es doch nicht um ihn, hier ging es doch ums Vaterland, um die Liebe zum Vaterland, um die Gemeinschaft mit allen Menschen, die wie ich Deutsche und schicksalsmäßig mit mir verbunden waren, die zueinander gehörten!

Was hat es für einen Sinn, als einzelne gegen einen solchen Strom zu schwimmen, dachte ich, man war ja darin nur ein winziger Wassertropfen. Bin ich klüger als die Millionen? Was war das für eine Macht, welche die Menschen zwang, ihre Vernunft und ihre individuelle Persönlichkeit wie eine überflüssige Kleidung abzulegen und sich – entleert von sich selbst – blind einer anderen Führung anzuvertrauen? War diese Macht, welche Millionen Individuen zu einer Einheit zusammenschweißte, zu einem allen gleichen starken Gefühl, jetzt etwas Göttliches oder etwas Teuflisches? Ging nicht die Evolution der Menschheit und damit das Ziel allen menschlichen Strebens in die Richtung ihrer Vereinigung zu *einem* Geist und Sinn? Warum vereinigten sie sich nicht in solchen Massen im Geist und Sinn des Jesus von Nazareth? Warum hatte der nur zwölf Leute mobilisieren können, wo es um die Liebe ging, und dieser Adolf so viele Millionen, wo es eigentlich um den Haß ging?

Als ich wieder nach Hause kam, schämte ich mich sehr, daß ich schwach geworden war. Ich schäme mich bis heute.

Die Abschlußprüfung

Im Frühjahr 1936 war die Abschlußprüfung, bei der man den Schein »vermittlungsfähig für Bühne und Film« erwerben konnte. Marzoks waren fast noch aufgeregter als ich und zupften an meinem Kleid und meiner Frisur herum wie Brauteltern an der Braut, damit ich nur ja den allerbesten Eindruck machte, gleich von Anfang an. Einen großen Teil der Prüfer kannten sie ja schon, und jeder am Theater würde erfahren, daß sie die Lehrer dieser Schauspielschülerin waren!

Dann mußten sie mich allein zur Schlachtbank gehen lassen und konnten zu Hause nur noch Daumen drücken.

Diesmal waren es keine dreihundert Prüflinge, sondern nur dreißig, und die Sache lief an einem Tag ab. Sonst war alles genau wie vor zwei Jahren. Wieder wurde keinem der Bühnenaspiranten irgend etwas gesagt, wieder wurde darauf verwiesen, daß man einen Brief bekommen werde.

Der erwartete Brief kam, und Paul Marzok machte ihn auf. »Du bist es, du bist es!« rief er freudestrahlend. »Ich hab's dir nicht gesagt, aber ich wußte es schon am nächsten Tag: Es hat nur eine von den dreißig bestanden! Da hatte sogar ich die Hoffnung schon aufgegeben, und nun bist du es doch!«

Mußehe und Mutterschaft

Gretchen

Karl-August war jetzt im Arbeitsdienst, mein Vater hatte wieder geheiratet. Gretchen, die junge Stiefmutter, richtete mir in der Wohnung am Hohenzollerndamm ein Zimmer ein, sagte: »Das ist jetzt deins, da bist du jetzt zu Hause, komm zurück!« und suchte die Abneigung ihres Mannes gegen meinen Schauspielerberuf aus der Welt zu schaffen. Ich zog also wieder nach Berlin.

Mit dem Argument, man dürfe niemanden aus »seinem Stand« reißen, das mache ihn unglücklich, hatte Tante Hedwig es seinerzeit abgelehnt, das kleine Dorfkind Liesbeth zusammen mit ihrer Tochter in die höhere Schule zu schicken. Auch Gretchen war als kleines Dorfmädchen zur Spielgefährtin eines Gutsbesitzerkindes in ein Schloß geholt worden. Sie jedoch hatte man für immer aus ihrem angeborenen Stand herausgenommen und mit der herrschaftlichen Tochter zusammen erziehen und schulen lassen. Danach hatte Gretchen sich als Haushälterin in dieser Familie nützlich gemacht, war wie eine Tochter angesehen und behandelt worden, und man hatte ihr auch die Hochzeit mit meinem Vater ausgerichtet. Einen Beruf hatte sie nicht gelernt, so wenig wie die herrschaftliche Freundin, da diese früh heiratete.

Gretchen war sehr hübsch, von der Art, die man »süß« nennt, und ein unbekümmerter, fröhlicher Mensch. Unglücklich schien sie durch den Verlust ihres »angeborenen Standes« keineswegs geworden zu sein. Auffallend war nur, daß sie zwei völlig verschiedene Handschriften hatte. Je nach Stimmung schrieb sie einmal in der einen, ein anderes Mal in der zweiten Schrift.

Die Pflegefamilie war sehr nationalsozialistisch gesinnt. Immer schon deutsch-national, war sie nun vom scheinbar sozialen Gedankengut des Führers begeistert. Gretchen war in deren Geist erzogen worden. Aus Dankbarkeit war sie gehorsam und paßte sich an. Kritisches Hinterfragen war ihr fremd. Ganz im geheimen jedoch war sie auf eine kindliche Weise fromm, wie Dorfleute es sind, die nie ein

Buch gelesen haben. Sie war nicht untalentiert, sang hübsch, malte hübsch, war den Pflegeeltern aber wohl mehr wegen ihres niedlichen Gesichtes aufgefallen als wegen besonderen Bildungshungers, aber sie war nicht dumm, nur unselbständig im Denken. Für sie gehörte es sich einfach nicht, den geliebten Führer in Frage zu stellen, das wäre ihr wie Gotteslästerung vorgekommen. Wie man im Krieg um den Sieg der Deutschen über die Franzosen gebetet hatte, so betete sie arglos um den Sieg der Arier über die Juden. Sie hatte immer auf dem Land gelebt und kannte gar keine Juden, als sie nach Berlin kam. Sie, ebenso wie ihre Pflegeschwester, ahnte nicht, daß die Pflegefamilie selbst ihren Ariernachweis nur dem glücklichen Umstand verdankte, daß die jüdische Großmutter als Kind rechtzeitig getauft worden war.

Vater beschwor mich, Gretchen »die Schande« der verehrten Pflegeeltern nicht zu verraten, lächelte über ihren absonderlichen »Judenhaß«, der eigentlich gar kein Haß war, und sagte: »Ich hab gehört, Hitlers unehelicher Großvater soll auch Jude gewesen sein. Vielleicht gibt es da psychologische Zusammenhänge, die das Phänomen der Fixierung auf das Feindbild ›Jude‹ erklären.«

Nein, Gretchen konnte gar nicht hassen. Sie war warmherzig, und diese freundliche Eigenschaft hatte sich bei den Hausdamen seit Tante Nelly am Hohenzollerndamm nicht mehr entfaltet. Ich wollte sie gern haben und hatte sie gern.

Immer wieder ging es mir so: Hatte ich es persönlich mit überzeugten Nationalsozialisten zu tun, packte mich eher das Lachen als das Grauen. Vera, Gretchen und Karl-August waren bestimmt nicht zu Greueltaten fähig und würden sie auch nie gutheißen, wenn sie davon erführen. Auch unserer ehemaligen Deutschlehrerin konnte ich nichts Böses zutrauen. Viele Hitlerverehrer waren doch außerdem auch Christen. Sie konnten nicht alle Verbrecher sein.

Diese Einstellung und diesen optimistischen Glauben an das Gute im Menschen hatte mir Väti Breslauer beigebracht. Auch er setzte darauf, daß sich die christliche Moral durchsetzen würde.

Nachsichtig lächelnd saßen mein Vater und ich also dabei, wenn die beiden nationalsozialistischen »Kinder« Gretchen und Karl-August eifrig politisierten und für die Nazis schwärmten wie einst die Hugenbergtante für ihren Hugenberg. Beide machten dem Vater

Vorhaltungen, daß der Dickkopf sich weigere, in die Partei einzutreten. Dann könne er sich doch nicht wundern, wenn er keine Aufträge mehr bekomme und das Geld immer knapper werde. Aber mein Vater blieb stur. Aufträge wollte er seinem Können, nicht einer Parteizugehörigkeit verdanken. Politisch war er ein Ignorant. Was ihn wirklich interessierte, war sein Beruf, allem anderen gegenüber verließ er sich auf sein Gefühl, und das sagte ihm, daß er Hitler nicht leiden konnte, mehr nicht.

Erstes Engagement

Ich suchte jetzt nach einem Engagement. Wenn Paul Marzok geglaubt hatte, das hilflose Ausgeliefertsein der Schauspieler an ihre privaten Manager sei durch die von den Nazis neugeschaffenen staatlichen Vermittlungsbehörden abgeschafft worden, so befand er sich in großem, optimistischem Irrtum. Demütigender als in dem Vermittlungsbüro, in das ich jetzt täglich gehen mußte, konnte es bei keinem privaten Manager zugegangen sein. Hier war man eine verwaltete Nummer, der die Beamten keinerlei persönliche Aufmerksamkeit widmeten. Ich hegte den starken Verdacht, man werde von ihnen nur dann bemerkt und Regisseuren vorgestellt, wenn man sie heimlich dafür bezahlte. Ich saß jedenfalls täglich fünf bis sechs Stunden in einem an die Büros angrenzenden Wartezimmer, ohne ein einziges Mal aufgerufen und irgendeinem der »Kunden« vorgestellt zu werden.

Als ich schon verzweifelt war, trat eines Tages ein kleiner, untersetzter Mann mit großer Brille, etwa Anfang Vierzig, irrtümlich in diesen nur für wartende Schauspieler reservierten Raum, sah sich um, fixierte mich eine Weile, entschuldigte sich und verschwand. Eine halbe Stunde später erschien er wieder in Begleitung eines der Beamten, zeigte auf mich, sagte: »Die da!«, und der Beamte forderte mich auf, ins Büro zu kommen.

Dort tadelte der kleine Mann mit lauter, befehlsgewohnter Stimme: »Jetzt habe ich Ihnen den Typ, den ich will, ausführlich beschrieben, und Sie haben keine Ahnung, daß so etwas bei Ihnen herumsitzt. Was ist das für eine Wirtschaft hier! Wie heißt die Dame?«

Der Beamte, der für meine Zukunft seit Wochen zuständig war, hatte keine Ahnung: »Weiß ich nicht, ich habe sie noch nie gesehen.«

Ich wagte dazwischenzureden: »Ich habe meine Papiere vor vier Wochen bei Ihnen abgegeben, und seitdem bin ich täglich vier bis fünf Stunden hier. Ich heiße Erika Kernrebe.«

Der Mann blätterte in einer Kartei und fand nach geraumer Zeit, was er suchte. »Ja, da sind die Papiere. Erika Kernrebe, geboren 1913 in Berlin. Prüfung bestanden März 1936. Entschuldigen Sie, Herr Doktor Röder.«

»Warum nicht gleich«, sagte der Doktor. »Fräulein Kernrebe, darf ich Sie zu einem Einstellungsgespräch in den Nebenraum bitten?« Dort stellte er sich mir sehr höflich vor:

»Meine Name ist Dr. Ulrich Röder. Da haben diese Kerle doch gesagt, sie hätten nichts! Ich bin wirklich froh, gnädiges Fräulein, daß ich mich in der Tür geirrt und Sie zufällig gefunden habe. Hätten Sie Lust, die tragende Rolle in einem großen Freilichtspiel zu übernehmen, das ich im Innenhof des Schlosses in Bernburg an der Saale inszenieren werde? Mit den Proben wird am 10. Juli begonnen, die Aufführungen finden dann täglich vom 5. bis 15. August statt. Falls Sie mitmachen, nehmen außer Ihnen, als einziger weiblicher Darstellerin, noch fünf Berufsschauspieler teil, alles andere übernehmen etwa zweihundert Bernburger Einwohner. Das Hotelzimmer vom 10. Juli bis 15. August wird Ihnen bezahlt, dazu die volle Verpflegung. Sie erhalten für die ganze Geschichte außerdem zweihundertfünfzig Mark netto in bar.«

Ich überlegte. Wenn ich bis zum 15. August in Bernburg blieb, versäumte ich den Anschluß an ein Engagement für den Winter. »Ich habe noch kein Anschlußengagement«, sagte ich deshalb zögernd.

»Das werden Sie gleich haben.« Der kleine Mann sprang hurtig auf und kehrte nach kurzer Zeit mit dem Beamten zurück.

»In Eberswalde wird ab 31. August eine Salondame für eine Wanderbühne gesucht, welche den westpreußischen Raum bis April 1937 bespielen wird«, sagte der Beamte und kroch beinahe vor der

Autorität des Dr. Ulrich Röder, der ihm die Augen geöffnet hatte für die Qualitäten gerade dieser Schauspielerin.

Jetzt kam auch der Chef der Wanderbühne in das Verhandlungszimmer, und in kurzer Zeit hatte ich zwei Verträge abgeschlossen, einen für das Freilichtspiel des Dr. Röder in Bernburg, den anderen für Eberswalde.

Dr. Röder strahlte, geleitete mich aus dem Haus, tauschte Adressen mit mir, versprach, mich am 10. Juli am Bahnhof in Bernburg abzuholen, und nachdem er mir innig die Hand gedrückt und mich noch einmal begeistert angelacht hatte, stürmte er davon zu seiner Straßenbahn.

Ist das ein Unikum, dachte ich und sah ihm nach. Dabei stolperte ich über die Bordkante, schlug lang hin, schürfte mir die Knie auf und zerriß meine Strümpfe. Dennoch kam ich beschwingt und fröhlich heim. »Ich bin versorgt bis April 37!«

Bis zur Abreise im Juli erhielt ich von der benachbarten Gärtnerei fünfmal einen schönen Strauß mit Rosen, in dem jeweils eine Ansichtskarte von Bernburg an der Saale mit einem höflichen Gruß von Dr. Röder steckte. Dieser erste Regisseur, der mich engagiert hatte, war also bereits ein Verehrer geworden, so wie Marzoks es vorausgesagt hatten, denen ich in Briefen von meinem Erfolg berichtete, und wovor sie mich gewarnt hatten, damit meine Karriere nicht durch Liebesgeschichten gefährdet würde.

Mein Selbstbewußtsein, was Wirkung auf Männer betraf, war mächtig angewachsen, und es machte mir Vergnügen, diese Wirkung immer wieder zu provozieren. Ich war glücklich, jetzt, wo ich meine Verträge in der Tasche hatte, unbeschwert die Olympischen Spiele zu erleben. Es herrschte eine ungeheure Begeisterung in diesen Tagen, auch viele Ausländer wurden davon angesteckt, so geschickt präsentierte sich »die Bewegung«. Zweimal war ich im Stadion und erlebte, wie Jesse Owens, der Neger, erstmals in der Welt acht Meter übersprang. Und ich erlebte den Marathonlauf mit, nach dessen glorreichem Abschluß mit der Siegerehrung, als die Aufmerksamkeit aller längst anderen Sensationen galt, noch ein vergessener Inder im Zustand totaler Erschöpfung, aber ungebrochen in seinem Ehrgeiz, ins Stadion lief. Besonders rührte mich an dem Mann, daß seine langen Haare, die er beim Ablauf noch zu einem

Knoten auf dem Kopf gesteckt getragen hatte, sich beim Wiedereinlauf gelöst hatten und ein langer Zopf hinter ihm herwedelte. Es war diesmal nicht Rassenverachtung – denn Indoarier standen bei den Nazis hoch im Kurs und wurden geehrt –, es war der irrsinnige Kontrast zwischen den anderen kurzhaarigen, muskulösen, großen Athleten und diesem mageren, schwächlich wirkenden, bezopften kleinen Kerl, der sicherlich auch ein Held war, weil er nicht aufgegeben hatte, der alle zum Lachen brachte.

Der Regisseur

Ich befand mich an meinem Abreisetag nach Bernburg im Zustand übermütiger Euphorie und bestellte auf roheste Art, genau wie es der Juli mit den Mädchen machte, gleich vier Verehrer – jeden getrennt für sich – zum Verabschieden an den Bahnhof, und jeder der vier hatte einen Blumenstrauß mitgebracht. Ich stellte die ziemlich betreten Dreinblickenden einander lachend vor, stieg mit ihren Blumen wie eine Diva in den Zug und – wurde in Bernburg von Dr. Röder ebenfalls mit einem Riesenstrauß abgeholt.

Leider verlangte das Unikum, nachdem er meine Koffer und die fünf Sträuße durch einen Gepäckträger ins Hotel hatte expedieren lassen, von mir zunächst einen gewaltigen Fußmarsch durch das Städtchen Bernburg an der Saale, dem ich mich mit meinen neuen, eleganten Stöckelschuhen durchaus nicht gewachsen fühlte. Ohne zu bemerken, wie ich hinkte, und daß mich weder die Historie noch Architektur und Kunst von Bernburg im Augenblick interessierten, dozierte er alles Wissenswerte über diese Stadt in ununterbrochenem Redefluß und offenbarte dabei phänomenale Kenntnisse.

Bei dem Stück, das in dem riesigen Schloßhof zur 800-Jahr-Feier aufgeführt werden sollte, handelte es sich um eine Rittergeschichte, die ein moderner »Blut-und-Boden«-Dichter zu diesem Zweck geschrieben hatte. Ich mußte eine sehr dramatische, sehr heldische Ritterstochter mit wallenden blonden Haaren spielen und ohne den Resonanzboden einer Bühne meine Stimme recht strapazieren. Mikrophone gab es ja damals noch nicht auf Freilichtbühnen.

Ich staunte, welche vitalen Energien dieser Dr. Röder, der etwas kleiner war als ich, entwickelte, wie unermüdlich er von einer Ecke des Schloßhofes in die andere schoß, wieviel er von Akustik verstand, so daß die jeweils Sprechenden immer dorthin plaziert wurden, von wo aus das Publikum sie verstehen konnte, welchen Sinn für dramatische Effekte er hatte und wie er die zweihundert Bernburger Bürger anfeuern, begeistern und führen konnte, so daß sie täglich, ohne zu murren, stundenlang probten. Das Stück war, so fand ich, weder gut noch ganz schlecht, folgte einem in den letzten Jahren bewährten Muster und trug die Nazitendenzen nicht zu dick auf. Ich brauchte mich meiner Texte nicht zu schämen, wie ich befürchtet hatte.

Röder machte daraus durch seine Regie eine imponierende Sache, die einem Max Reinhardt Ehre gemacht hätte. Dieser Mensch war zweifellos hoch begabt. Wie er die Beleuchter anwies, wie er alle Gegebenheiten des Schloßhofes einbezog in ein »Bühnenbild«, für das er keinen besonderen Bühnenbildner beschäftigte, sondern das er mittels geringfügiger Drapierungen selbst entwarf, das fand ich schon beinahe genial. Die Aufführung wurde ein Riesenerfolg, der weit über Bernburgs Grenzen hinweg Aufsehen erregte. In Sonderzügen kamen die Zuschauer.

Wenn das technisch möglich gewesen wäre, hätte ich zu dem Dr. Röder aufgesehen, auch wenn er mich und die übrigen Schauspieler über Gebühr strapazierte und keinerlei Rücksichten auf Erschöpfungszustände nahm. Das Glücksgefühl freien schöpferischen Gestaltens lernte ich aber hier nicht kennen, denn alles, was ich tat und sagte, war bis ins Detail eingedrillt von diesem Regisseur. Ich agierte mehr wie ein Rekrut auf dem Kasernenhof und nicht als ein eigenständiger Künstler, und dagegen lehnte ich mich innerlich auf.

So waren meine Gefühle diesem Mann gegenüber, aus dessen Bannkreis ich mich vom 10. Juli bis zum 15. August keine Minute des Tages entfernen konnte, widersprüchlich. War die Tagesarbeit getan, beschlagnahmte er mich völlig, wich nicht von meiner Seite, ließ keinen anderen Menschen an mich heran und entfaltete vor mir emphatisch alle seine brillanten Seiten. Seine Begeisterung für mich beschwingte ihn derartig, daß er ständig zu schweben schien, aber dies stets mit größter Geschwindigkeit.

Als in den letzten acht Tagen in Bernburg nur noch die abendlichen Aufführungen abzuleisten waren, machte er tagsüber mit mir Ausflüge in die Umgegend, wobei er mir abermals über alles und jedes Vorträge hielt. Jeden Morgen legte er mir beim Frühstück verschämt ein Liebesgedicht unter meine Tasse, von der Art der »blauen Blume«, die ich in Stubbenhof schon einmal erhalten hatte. Er behandelte mich so, als sei ich eine »Heilige« und er »ihr Narr« (wie in Agnes Günthers Bestseller »Die Heilige und ihr Narr«), versäumte nie den Handkuß, wenn er mich morgens begrüßte und abends vor der Treppe verabschiedete, und überschritt nie die Grenzen eines Kavaliers der alten Schule.

Ich, die ich tief innen immer noch meinte, eine »Gefallene« zu sein, »beschmutzt und verdorben«, fühlte mich durch diese Vergötterung natürlich sehr emporgehoben.

Es stellte sich heraus, daß er genau zwanzig Jahre älter war als ich, daß er Germanistik und Theaterwissenschaft studiert und seinen Dr. phil gemacht hatte und nun als freier Regisseur, Theaterkritiker und Schriftsteller arbeitete, daß er nach seiner Einberufung die notwendige Militärzeit auf Rat seines Vaters als Aktiver absolviert und den Weltkrieg als Offizier mitgemacht hatte und anschließend beim Militär geblieben war, bis das Heer auf 100000 Mann reduziert und er als Leutnant mit Pension daraus entlassen wurde.

Sehr hochgestimmt machte mir Dr. Röder am Premierenabend einen formvollendeten Heiratsantrag, und ich bat mir Bedenkzeit aus. Wir trennten uns in Achtung und Freundschaft bis auf weiteres.

Der Vorhang fällt

Ende August mietete ich mich in Eberswalde bei einem Friseurehepaar ein, dessen Wohnung so blitzte und blinkte wie bei Schwester Laura. Sie hatten einen vierzehnjährigen Sohn, und auf meine Frage, was der denn einmal werden wolle, antwortete die Mutter strahlend: »Schornsteinfeger! Das ist der sauberste Beruf! Die baden jede Woche!!«

Tagsüber hatte ich jetzt in einem Gasthof Proben, abends saß ich mit Kollegen in einem Raum, in dem sich auch ein Schachverein aufhielt. So spielte ich manchmal ein Spielchen mit, auch an meinem Geburtstag, von dem niemand etwas wußte. Durch einen Zufall gewann ich ein Spiel gegen den »Meister«, das wurde gefeiert, und so kam ich später als gewöhnlich nach Hause.

Schon im Flur der Friseurwohnung roch es so komisch. Als ich mein Zimmer betrat, schlug mir dort stinkender Qualm entgegen. Aber es brannte nicht. Auf meinem Tisch stand eine Konditortorte, aus der heraus noch einige Flämmchen flackerten und die ganz mit flüssigem Wachs bedeckt war, das tränend von ihren Rändern hinunter auf das Tischtuch tropfte. Neben der Torte welkten halb angesengte Blumen, und als ich einige Sekunden sprachlos auf diese schöne Bescherung gestarrt hatte, knarrte der Schrank. Steif und unglücklich entkroch diesem Gehäuse Dr. Ulrich Röder.

»Ich wollte zum Geburtstag gratulieren. Und die Wirtsleute sagten, Sie kommen um 10 Uhr, und da hab ich die 23 Kerzen in den Kuchen gesteckt und angezündet, dann sind Sie nicht gekommen, und dann bin ich im Schrank wohl eingeschlafen.«

Als er wie ein begossener Pudel dastand, wie ein kleiner Junge nach einem dummen Streich, wurde ich unendlich gerührt. So ein Kind war dieser Mensch hinter all seinem überlegenen Gehabe und seinem forschen Auftreten!

Ich sträubte mich nicht, als er mir den Geburtstagskuß gab, auf den er als »guter Freund« ein Anrecht hatte, und war freundlicher zu ihm als sonst. Dann aber drängte ich: »Sie müssen jetzt gehen, sonst kommen Sie nicht mehr ins Gasthaus rein!«

Und er ging. Und ich hörte, wie er rannte, damit er die Tür noch offen fand.

Ich säuberte danach das Zimmer von der Bescherung, versorgte die Blumen und sann ein wenig nach über diesen seltsamen Verehrer, als es vor dem Fenster pfiff. »Es ist zu«, erklang es kläglich.

Da war nun nichts zu machen, da mußte ich ihn hereinlassen. Er hatte für mich so lange im Schrank krumm gelegen, wie konnte ich ihn da auf der Straße oder im Bahnhof nächtigen lassen! Und in meinem Zimmer gab es außer dem schmalen Bett keine andere Liegemöglichkeit. Und gemäß den Lehren von Frau Marzok fand ich es nun auch nicht besonders unmoralisch, ja eigentlich ganz schön. Meine mütterlichen Instinkte waren geweckt, ich wurde schwach. Am nächsten Morgen reiste er ab.

Die Probenarbeiten in Eberswalde waren nicht besonders erfreulich. Die Kollegen waren mittelmäßige Schauspieler. Wahrscheinlich gehörten sie zu jenen, die noch keine strengen Prüfungen hatten ablegen müssen. Der Regisseur verstand wenig von seinem Fach, das Stück war eine nichtssagende Komödie. Auch als Salondame fühlte ich mich nicht an meinem Platz, ich bereute, dies Engagement angenommen zu haben. Als die Probenarbeit beendet war, ging es in Omnibussen auf die Tournee, und bald kam mir ein fürchterlicher Verdacht.

Dr. Ulrich Röder richtete es so ein, daß ich nahezu in jeder Ortschaft irgendeinen Gruß von ihm vorfand, er hatte die Reiseroute genau studiert. Und eines Tages stand er vor einem Gasthaus und begrüßte den Bus.

Ich hatte meinen Verdacht noch zu niemandem geäußert, aber jetzt vertraute ich ihn Ulrich an. Es fiel mir noch schwer, Ulrich und nicht Dr. Röder zu sagen.

Ich weinte, als ich ihm das sagen mußte, aber er sprang fast an die Decke vor Begeisterung! Sofort mußte ich mit ihm zum Arzt, um ihm seine Hoffnung und mir meine Befürchtung bestätigen zu lassen. Er ging, ohne mich vorher zu fragen, zum Tourneeleiter, um ihm mitzuteilen, er habe sich soeben mit mir verlobt, er fuhr nach Muskau, einem Ort, den wir in einiger Zeit bespielen würden, und bestellte dort bereits das Aufgebot, damit keine Minute Zeit verloren würde, er fuhr nach Berlin, um sich beim Schwiegervater vorzustellen, offiziell um meine Hand anzuhalten und ihm mitzuteilen, daß und warum so schnell in Muskau und ohne Hochzeitsfeierlichkeiten geheiratet werden mußte. Auf eigene Kosten klapperte er im Bus die Tournee mit ab, bis wir in Muskau eintrafen und auf dem Standesamt heirateten. Zeugen waren der eingeweihte Tourneeleiter und ein Kollege. Feiern lehnte ich ab und flehte vergeblich, das Tempo zu verringern, um mir Zeit zum Nachdenken zu geben. Ich empfand die Situation als Katastrophe, alle meine bisherigen Hoffnungen mußte ich begraben. Ich konnte Ulrich auch dadurch nicht abschrecken, daß ich wiederholte, ich liebe ihn nicht. Das werde kommen, meinte er, wir verstünden uns doch prima, und mit was für einem herrlichen Erfolg! Die Eile war hinsichtlich des Kindes von ungeheurer Wichtigkeit, meinte er. Das Geburtsdatum sei ja klar, nämlich neun Monate nach meinem Geburtstag. Jetzt werde es eben ein Siebenmonatskind, aber daran hafte kein Makel. Es müsse sich nie seiner Eltern schämen, wenn es einst seine Papiere und die seiner Eltern vorzeigen müsse.

Bis zum fünften Monat meiner Schwangerschaft absolvierte ich die Tournee, nun als Frau Röder, dann sah man »es«, und ich konnte die Salondame nicht weiterspielen. Wir zogen nach Rostock, in die Nähe von Doberan, wo die Großmama wohnte, und in die Nähe von Henkhof. So fühlte ich mich nicht ganz verlassen.

Ich erinnerte mich, daß ich als Kind einmal zu Breslauers gesagt hatte: »Ich glaube, es ist besser, wenn ich mal einen Mann heirate, den ich nicht liebe, sonst gibt's ein Unglück.« Breslauers hatte das sehr erstaunt. Hellsichtig, wie Kinder oft sind, muß ich etwas davon geahnt haben, daß die Leidenschaft, mit der ich einmal zu lieben fähig sein würde, die Gefahr in sich barg, sich im »Liebesobjekt« zu täuschen. Vielleicht war das auch eine altbekannte Weisheit. Vielleicht hielt man es deshalb für so ratsam, junge Mädchen ahnungslos und unberührt, ohne etwas von wirklicher Liebe zu wissen, in die Ehe zu schicken und darauf zu vertrauen, Liebe komme in der Ehe. Ich erinnerte mich, daß meine Familie eine Ehe mit Inspektor Brecht, noch ohne Liebe meinerseits, für sehr vernünftig und passend gehalten hatte. Warum sollte also die Mußehe mit Ulrich unvernünftig und unpassend sein? Vielleicht waren die Chancen, daß sie gutging, größer als damals beim »Ihm«. Mit Ulrich verband mich wenigstens die Liebe zum Theater. Außerdem hatte ich ja die ganz große Liebe mit ihren Illusionen hinter mir und würde nie wieder einen Mann wirklich lieben. Ob also nun dieser Ungeliebte oder ein anderer, war doch wohl egal, dieser liebte mich wenigstens und wollte das Kind. Und um dieses Kindes willen, das von meinen Gedanken mehr und mehr Besitz ergriff und alles andere verdrängte, beschloß ich: Diese Ehe muß gutgehen.

Ich kaufte das Buch: »Die deutsche Mutter und ihr erstes Kind«, um mich über Babypflege und Kindererziehung zu informieren. Es war das einzige Buch über dieses Thema, das damals im Handel war. Abgesehen von den üblichen Phrasen, was als »deutsch« zu gelten habe, entnahm ich dem Buch die damals allgemein geltenden Behandlungsmethoden von Säuglingen: Damit ein Baby seine Mutter nicht überfordere und mit seinem ewigen Geschrei nicht Hektik und Nervosität ins Haus bringe, sei es dringend erforderlich, ihm von Anfang an ganz feste Stillzeiten anzugewöhnen. Es müsse früh lernen, daß es mit Geschrei überhaupt nichts erreiche, sich aber fest darauf verlassen könne, zu bestimmten Stunden alles zu bekommen, was es brauche. Eine Mutter, die in den ersten Wochen hart bleibe, erspare es sich, später hart werden und schlimme Kämpfe mit dem Kind ausfechten zu müssen. Die in der Bibel als Zuchtmittel für Kinder empfohlene Rute könne sich jede Mutter ersparen, welche sich in der Säuglingszeit gegenüber dem Gebrüll des Kindes konsequent durchsetze. Das Allerwichtigste bei der Kindererziehung sei die frühe Gewöhnung an absoluten Gehorsam. Dadurch könne man ihm später sehr viel mehr Freiheiten gewähren, denn ungezogene Kinder müßten viel länger beaufsichtigt werden.

Weil diese Ratschläge damals nicht nur von Nationalsozialisten, sondern auch von Ärzten, Kinderschwestern und Kinderpsychologen erteilt wurden, fiel mir nicht auf, daß sie eigentlich Ratschläge für erfolgreiche Tierdressur waren. Wie mein Vater und unsere Hausdamen hielt auch ich Dressur und Erziehung noch für zwei Ausdrücke für dieselbe Sache.

In dem Buch fanden sich auch Strick- und Nähmuster für Babysachen, und so fertigte ich meine ganze Babyausstattung eigenhändig an. Langsam verdrängte ich jeden Gedanken an Schauspielerei.

Als Kind hatte mich die Großmama einmal mit zu einer Wöchnerin genommen und hatte vorher gewarnt: »Erika, sag bitte nicht laut, daß du das Kind häßlich findest. Alle Neugeborenen sind zunächst häßlich und verschrumpelt und kahl und rot. Eine Mutter kränkt sich, wenn man ihr Kind nicht schön findet.« Daraufhin hatte ich beim Anblick des Neugeborenen laut gesagt: »Ich weiß gar nicht, Großmama, was du hast? Das Kind ist doch gar nicht so häßlich!«

Aber mein Kind nun! Ich war vollkommen sicher, daß es auf der ganzen Welt noch niemals ein so bildschönes Neugeborenes gegeben habe wie meines. Als ich nach der Geburt in mein Zimmer gefahren wurde, wo Ulrich schon auf mich wartete, erfuhren wir beide gleichzeitig, daß es ein Mädchen war, acht Pfund..., und auch Ulrich hatte niemals in seinem Leben einen schöneren Säugling erblickt. Hebamme und Schwestern bestätigten lächelnd: »Dieses Kind ist wirklich außergewöhnlich hübsch.«

Ich hatte darauf bestanden, daß das Kind Judith heißt. Als Ulrich sagte, das sei doch ein jüdischer Name, antwortete ich: »Gerade deswegen, das habe ich mir schon immer vorgenommen«, und Ulrich in seiner übergroßen Verehrung für mich willigte ein.

»Judith Röder, das ist sprachlich gut, mit einem ›U‹, einem ›I‹, einem ›Ö‹, und einem ›E‹. U I Ö E! Fein! Ein schöner Klang, ebensogut wie Ulrich Röder.«

Wie immer völlig ahnungslos hinsichtlich dessen, was mich freute oder was mich ärgerte, hatte Ulrich mir zur Geburt des Kindes eine Überraschung vorbereitet:

Um die wichtigen Ahnennachweise zu erleichtern, hatte es in Muskau Vordrucke gegeben. Davon hatte er sich einen Riesenstoß geben lassen, weil ihn die Aufgabe reizte, die eigenen und meine Ahnen zu recherchieren. Bei meinem Vater war er fündig geworden, weil es in der Familie Kernrebe früher schon einmal einen Ahnenforscher gegeben und dieser an alle Familien Ahnentafeln bis zum Jahr 1590 verteilt hatte. Auch mit den Ahnen meiner Mutter hatte mein Vater dienen können. Nun hatte Ulrich nur noch die Ahnen seiner Eltern ausforschen müssen.

Auf jedem dieser Vordrucke war Platz für sieben Namen. Er hatte so viele dieser Zettelchen ausgefüllt und nach Generationen numeriert, daß er den ganzen Fußboden des Krankenzimmers damit auslegte. Stolzgeschwellt legte er an das Ende (oder den Anfang) dieses Fußbodenbelages ganz groß den Namen seiner Tochter.

Ich sagte: »Na, toll, das hast du gut gemacht, was für eine Fleißarbeit. Und all diese Zettel verdoppeln sich noch bei jeder weiteren Generation? Dann wäre ja jedes Sandkorn auf der Erde ein Ahne?«

»Nein, bis Adam und Eva werden's dann weniger, weil immer mehr Leute dieselben Ahnen haben.«

»Na, prima«, sagte ich, »dann sind wir ja auch mit jedem Juden auf der Welt nah verwandt!«

Als eine Schwester ins Zimmer trat, gab es einen Durchzug, und die ganzen Papiere flogen in die Luft wie Herbstlaub bei Sturm. Ulrich mußte sie alle wieder aufsammeln.

Als er kam, um mich aus der Klinik abzuholen, fragte die Schwester: »Wo haben Sie denn die Tragetasche?«

»Was für eine Tragetasche?«

»Na, für das Kind!«

»Hab ich nicht.«

»Nun, ein Kissen würde auch genügen. Haben Sie kein Kissen?«

»Doch, natürlich, ich fahre sofort nach Hause und hole eins.«

Er blieb ungewöhnlich lange fort und kam atemlos zurück mit dem winzigen, kleinen, harten Kopfkissen aus der Wiege. Jetzt war es zu spät für eine bessere Transportmöglichkeit für die kleine Judith. Sie wurde in meinen Morgenrock eingewickelt.

Ulrich hüpfte fröhlich vor mir die Treppen zur Wohnung hinauf und öffnete mir wie ein vollendeter Kavalier die Wohnungstür. In dem Augenblick gab es ein fürchterliches Knallen und Scheppern. Ulrich hatte alle Fenster weit geöffnet und auf jede Fensterbank alle verfügbaren, mit Blumen gefüllten Vasen gestellt. Bei dem Durchzug, der infolge des Türöffnens entstand, fielen sämtliche Vasen herunter, das Wasser ergoß sich über Fußboden und Teppich, alles war voller Scherben und durcheinanderliegender Blumen.

»Reg dich nicht auf!« rief er aufgeregt und bemühte sich, mit einem winzigen Waschlappen der Fluten Herr zu werden.

»Wo ist denn das Mädchen?« fragte ich, und Ulrich gestand tiefgeknickt: »Das Mädchen ist leider gerade verhaftet worden, als ich kam, um das Kissen zu holen. Sie hat der Hauswirtin ihren ganzen Schmuck gestohlen und wurde auf frischer Tat geschnappt.«

»Aber Ulrich! Dann hätte ich doch noch gar nicht nach Hause gedurft! Der Arzt hat dich doch eben gefragt, ob ich auch eine Hilfe habe! Ich darf wegen des Schnittes doch noch gar nicht aufstehen!«

»Ich hab solche Sehnsucht gehabt«, sagte er beschämt, »ich hab gedacht, ich bin genug Hilfe.«

»Ach, Ulrich!« seufzte ich und beseitigte unter großen Schmerzen Wasser, Scherben und Blumen, für die es nun keine Vasen mehr gab. Dann sank ich stöhnend in mein Bett, und das Baby begann zu quäken.

Judiths lange, bei der Geburt kastanienrote Haare wuchsen, aber was nachwuchs, war weißblond. Sie wurde blauäugig und täglich schöner, wie wir Eltern fanden. Ulrich war in seine Tochter fast noch verliebter als in mich und konnte sich nicht genugtun, uns beide in allen Lebenslagen zu fotografieren. In der Annahme, die ganze Welt sei an der Schönheit dieser zwei interessiert, ließ er von allen Fotos unzählige Abzüge machen, und das kostete eine ganze Menge Geld. Weinte das Baby nachts, so wachte er auf, hob es aus seinem Bettchen und legte es mir an die Brust, und wenn ich lächelnd auf die Regeln des klugen Buches hinwies, nach denen es verboten war, sich vor Ablauf einer Frist von je vier bis fünf Stunden um das Kind zu kümmern, meinte er nur: »Ach was.«

Aber auch ich glaubte nicht mehr alles, was in dem deutschen Buch stand. Ich war einmal mit dem Kind in der Eisenbahn nach Doberan gefahren. Als Judith schrie, ließ ich sie schreien. Die Zeit war noch nicht um. Ein älterer Herr sah mich erstaunt an: »Warum sind Sie denn eine solche Rabenmutter? So sehen Sie doch gar nicht aus.«

Ich erklärte ihm, die Zeit sei nicht um, und es sei doch verboten, Kinder zwischendurch zu füttern.

»Wer hat das verboten?«

»Es steht doch in ›Die Deutsche Mutter und ihr erstes Kind‹!«

Da lachte der nette weise alte Herr und sagte: »Junge Frau, da kümmern Sie sich mal gar nicht drum. Dat is all dumm Tüch! Nur so 'n Modekram, den sich Männer mal wieder ausgetüftelt haben. So wie der liebe Gott das eingerichtet hat, daß alle kleinen Kinder weinen, damit die Mutter sich kümmert, und daß alle Mütter sich kümmern, sobald ein Kind weint, so ist es richtig. Genau wie bei den Tieren. Oder haben Sie schon mal ein Säugetier nach der Uhr gucken sehen?«

Der Mann sprach mir aus dem Herzen, und da sich auch der Milchandrang in meiner Brust nicht nach der Uhr, sondern nach Judiths Verlangen danach richtete, stillte ich von nun an, wann das Kind und ich es wollten. Sofort hörte auch jegliches Geschrei, jede Hektik und

Nervosität auf, was nach dem Buch eigentlich nur durch »Gehorsamkeitsdressur« hätte erreicht werden können.

Judith war noch nicht ein Jahr alt, als sich eine zweite Schwangerschaft bemerkbar machte. Ich fand das gut und in Ordnung, ja, ich fand es herrlich. Nichts zog mich zurück in den einst so ersehnten Beruf der Schauspielerin. Mein ganzes Wesen hatte sich verwandelt, seit ich Mutter war. Als dann im August Cornelia geboren wurde, hatte ich so viel Arbeit mit den zwei Kindern und der jetzt größeren Wohnung im vierten Stock eines Mietshauses, daß ich keine Zeitung las. Hin und wieder hörte ich Fetzen von Radionachrichten, die Ulrich nie anzustellen vergaß. Zu Gesprächen über die politische Lage, von der ich doch nichts verstand, hatte Ulrich im Haus einen Freund gefunden. Alle meine Sinne und Gedanken waren nur auf die beiden kleinen Mädchen gerichtet. Ich fühlte mich wie eine Bärin mit Jungen in ihrer Höhle.

Blick aus dem Fenster

So wurde mir die Umwelt, in der ich lebte, erst wieder bewußt, als mir Ulrich am 10. November 1938 aufgeregt erzählte, in der Nacht hätten Pogrome stattgefunden. Alle Scheiben jüdischer Geschäfte seien eingeschlagen und die Synagoge sei angezündet worden.

Wir wanderten mit Kinderwagen durch die Straßen, um zu sehen, was passiert war. Die Vandalen waren bereits abgezogen, aber viele Leute standen vor den zersplitterten Scheiben und den geplünderten Läden. Ich sah und hörte niemanden, der gehöhnt oder durch sein Verhalten zu verstehen gegeben hätte, daß er zu dem »Volk« gehörte, dessen »Wut« sich hier so spontan Luft gemacht habe. In Rostock gab es unter den normalen, politisch nicht engagierten Bürgern genauso wenig einen allgemeinen und »spontanen«, echten Judenhaß wie in Berlin-Grunewald, und wenn einer grundsätzlich Antisemit war, so deshalb, weil er die Märchen vom Weltjudentum, durch das »der Kapitalismus« verkörpert war, glaubte, nicht weil ihn sein Nachbar mit seinem Judentum geärgert hatte.

Seit 1933 war offiziell schon so gehetzt worden, daß sogar manche Parteigenossen nicht mehr alles glaubten. Als »Feinde« waren Juden im Land durch die Nürnberger Gesetze auch längst »besiegt«, und gegen einen Besiegten ist ein spontaner Pogrom aus echter Wut gar nicht mehr möglich. Die Menschen sahen sich um, ob auch keine Uniformierten in der Nähe waren, sie flüsterten, aber was sie sagten und dachten, was auch Ulrich und ich sagten und dachten, war: »Das ist von oben angeordnet worden und auf Befehl geschehen. Ausgeführt haben diese Befehle vorwiegend Hitlerjungen und junge SA-Leute. Jugendlicher Mob ist immer zum Vandalismus bereit, wenn man ihn gehörig aufhetzt. Das ist nicht die wahre Stimmung im Volk, jedenfalls nicht hier bei uns in Rostock.« Wir waren uns mit allen Umstehenden einig: »Das wird sich eines Tages rächen. Das bleibt nicht ungesühnt.«

Da kein Uniformierter in der Nähe war, zeigte auch keiner der zufällig Beieinanderstehenden den anderen an. Aber uns war klar, daß wir unvorsichtig gewesen waren. Offen vor Fremden durfte man damals schon nicht mehr reden.

Von nun an bekamen es die Menschen mit der Angst zu tun, denn nun bedeutete es Gefahr, einen Juden auch nur zu kennen und zu grüßen. Wie froh war ich, daß Breslauers in England waren; denn jetzt setzte eine Massenflucht ein, und die Hoffnung, im Ausland aufgenommen zu werden, wurde geringer. Das Radio verkündete laut, es blieb also keinem Arier verborgen, daß die Regierung mit Plänen umging, nichtarische Menschen in Reservate auszusiedeln. Das später erlassene Gesetz, wonach jeder Jude auf seiner Kleidung deutlich sichtbar einen großen gelben Stern zu tragen habe und wonach dieses Zeichen ihn endgültig aus dem wirtschaftlichen und sozialen Leben ausschloß, blieb niemandem unbekannt. Allen wurde es mitgeteilt. Es stand in den Zeitungen, wurde im Radio vorgelesen und hing als Anschlag in jedem Kaufmannsladen, jedem öffentlichen Verkehrsmittel und in jeder Behörde, die von Juden nur noch zu bestimmten Stunden am Tag betreten werden durften. Auch daß den Juden eine Sondersteuer von einer Milliarde Mark auferlegt wurde, erfuhr jeder durch die Medien. Es kam nicht auf den jüdischen Glauben, sondern nur auf die Rassenzugehörigkeit an. Wer jüdisches Blut in den Adern hatte, in dessen Paß kam als »Vorname« *Israel* oder *Sara* und ein gelber Stern, auch wenn er getauft war.

Ich konnte damit rechnen, daß die meisten nichtarischen Mitschülerinnen rechtzeitig geflohen waren. In Rostock hatte ich nur eine nichtarische Familie gekannt und angenommen, sie sei auch fort. Mir blieb das Herz stehen, als ich eines Tages das neunjährige Kind dieser Familie mit einem großen gelben Stern am Mantel, geduckt und wie in Todesangst auf der gegenüberliegenden Straßenseite rennen und in einem Kellereingang verschwinden sah. Jahrelang stand mir dieses Bild vor Augen mit dem Selbstvorwurf, ich hätte doch, wenn ich geistesgegenwärtig genug gewesen wäre, dieses Kind bei mir aufnehmen können.

Einmal hörte ich Frauen im Fleischerladen über eine Jüdin sprechen, die es gewagt hatte, in den für Arier reservierten Stunden einzukaufen. Einige zeigten Hochachtung vor dem Mut, eine aber sagte: »Na, der hätte ich eine geklebt!«

Im Frühjahr und Sommer 1939 wurde die Hetze gegen die Juden noch überboten durch die Hetze gegen die Polen. Der Film »Jud Süß«, mit dem Antisemitismus geschürt werden sollte, wurde übertroffen von einer Reihe von Filmen, welche, angeblich dokumentarisch, furchtbar grausame Greueltaten zeigten, welche die Polen an Volksdeutschen begangen haben sollten. Es wurde so dargestellt, als sei plötzlich, ohne jede Provokation, ein Deutschenhaß bei den Polen entstanden, der sie völlig entmenschlichte und zu den gräßlichsten Untaten trieb. Ulrich und ich waren uns darüber einig: Wenn solche fürchterlichen Dinge wirklich geschehen sind, dann ist es doch äußerst gefährlich, sie in Wochenschauen und Filmen öffentlich zu zeigen. Sadismus und Grausamkeit sind doch zweifellos ansteckende Geisteskrankheiten. Wie viele, die man im Parkett eines Kinos mit Folterungen und Morden »unterhält«, könnten dadurch doch selbst entmenschlicht und fähig werden, so etwas, angeblich aus Rache, ebenfalls zu tun. Das hört ja dann niemals auf!

Gelegentlich fuhr ich nach Berlin, um dem Vater und Gretchen die Enkelkinder vorzuführen, und ging einmal mit Karl-August ins Kino. Als wieder so etwas gezeigt wurde, erhob ich mich und ging raus. »Ich kann so etwas nicht sehen!« Der Bruder tadelte mich: »Darüber, was mit unseren Brüdern und Schwestern in Polen geschieht, mußt du dich aber informieren! Das ist deine patriotische Pflicht!«

Gretchen war jetzt in die Christian-Science-Sekte eingetreten, die an Wunderheilungen durch Beten glaubt. Ich fragte sie: »Gretchen, wie kannst du es mit deinem christlichen Glauben vereinbaren, ruhig zuzusehen, wie man die Juden behandelt?«

»Aber Erika!« Gretchen machte ihre allerunschuldigsten, verwunderten Kinderaugen, »das ist doch ganz im Sinne von Luther! Die Juden haben doch unseren Heiland ans Kreuz geschlagen!«

Mein Vater machte mir Zeichen, solche und ähnliche Diskussionen zu beenden. Gretchen war halt so erzogen, sie konnte nichts dafür. Bei Karl-August machte ihn dessen Nazischwärmerei schon erheblich ärgerlicher. Den wies er gelegentlich zurecht.

Ulrich und seinen Freund regte die Politik sehr auf. In endlosen Diskussionen berieten sie, was man dagegen machen könne, und kamen zu dem Resultat, daß sie gar nichts machen könnten, gar nichts. »Wir sind keine Forellen, die einzeln gegen den Strom schwimmen können«, sagten sie.

Ich indessen war in dieser Zeit derartig von meinen mütterlichen Brut- und Pflegeinstinkten beherrscht, daß alle anderen Interessen und Gedanken wie abgeschaltet waren. Ich zweifelte jetzt keine Sekunde mehr, mit den Kindern genau richtig umzugehen. Unsicherheit und Minderwertigkeitskomplexe waren von mir gewichen, das kluge Buch hatte ich längst beiseite gelegt, aber alles, was außerhalb meiner Höhle passierte, betrachtete ich mit gleichgültiger Ergebenheit wie ein Tier das Gewitter. Ulrichs endlose Gespräche mit seinem Freund über eventuell drohende Kriegsgefahr hörte ich mit einem leichten Schaudern an und ging dann schlafen. Ich war viel zu müde gearbeitet, um darüber mitzudiskutieren. Was sollte denn auch das Reden? Wie sollten wir irgendwas ändern? Ins Kino mochte ich nicht mehr gehen, Zeitungen las ich nicht, und die Radiosendungen mit den aufgeregten Stimmen der heldischen Nachrichtensprecher machten mich nervös und weckten die Kinder.

»Psst, mach doch aus!« sagte ich zu Ulrich. »Siehst du nicht, daß die Kinder schlafen?«

Und dann – eben war es noch so wichtig gewesen, ob Schmeling in Amerika die Boxweltmeisterschaft noch einmal gewann, und Deutschland hatte es als Katastrophe empfunden, daß er verlor –

hörte ich es am 1. September aus dem Radio tönen: »Ab heute wird zurückgeschossen!«

Hitler war in Polen einmarschiert, und der Krieg war ausgebrochen.

Wir verhielten uns unauffällig. Wir waren gefaßt. Wir dachten, es wird uns schon nicht treffen. Wir machten nach außen ein zuversichtliches Gesicht und verbargen unsere Angst. Hoffentlich wird es nicht so schlimm wie im Weltkrieg, dachten wir.

Wenn jetzt Soldaten, SA- oder SS-Leute durch die Straßen marschierten und ich grade am Bürgersteig stand, hob ich wie alle anderen die Hand zum Hitlergruß. Ich wollte mich doch nicht von den zwei Babys weg verhaften lassen.

Krieg

Verdunkelung

Der Krieg begann für uns mit der Einführung von Lebensmittel- und Kleiderkarten und mit der Verdunkelung. Das mußte von langer Hand vorbereitet worden sein, denn es klappte auf Anhieb. Karten waren gedruckt, Rollos für die Fenster überall zu haben.

»Das schönste am Krieg ist die Verdunkelung«, lachte Ulrichs Neffe, der auf dem Weg zu seiner Einheit bei uns einkehrte. Er war ein hübscher junger Mann, der überall sofort ein Mädchen fand, mit dem er die Verdunkelung genießen konnte. Vier Wochen nach seinem Besuch war er tot.

Ulrich wurde reaktiviert und bekam seine Einberufung. Wegen seiner Verwundung im Ersten Weltkrieg wurde er bei der Wehrbetreuung eingesetzt, mußte Theateraufführungen, Konzerte und andere Amüsierveranstaltungen organisieren und die Truppen hinter der Front munter und vergnügt halten. Das war eine Aufgabe ganz nach seinem Herzen, bei der er alle seine Talente und Fähigkeiten einsetzen konnte.

Für mich wurde beschlossen, daß ich alle wärmeren Jahreszeiten von nun an als Strohwitwe in Henkhof verbringen sollte, um Großmamas Saisongäste zu betreuen.

Dort hatte ich im Oktober ein Erlebnis, das mich für die Zukunft schwarzsehen ließ:

Straßenlaternen wurden abends nicht mehr angezündet, und es war gerade Neumond. Ich hatte mich in der pechschwarzen Finsternis heillos verirrt und in einem Dornengestrüpp verfangen, als sich der Himmel über mir erhellte. Nach allen Himmelsrichtungen waberte es am Firmament in allen Farben, Rot, Blau, Grün, Gelb, Orange, wie Flammen, die hierhin und dorthin züngeln, sich einmal weit ausbreiten, dann wieder in sich zusammenfallen, um eine andere Farbe anzunehmen. Vielleicht bildete ich mir das ein, aber ich hörte dabei ein Dröhnen, als ob jemand alle Tasten einer Orgel auf einmal anschlägt. Ich wagte nicht mehr, mich zu bewegen. Die Erscheinung dauerte etwa fünf Minuten, danach wurde es wieder so dunkel und still wie zuvor. Ich tastete mich zum nächstgelegenen Haus eines Fischers. Auch dort hatte man das Nordlicht gesehen. Der alte Fischer sagte: »Dat jifft Unglück« und erzählte, er habe von seinem Großvater gehört, ein Nordlicht sei in dieser Gegend zuletzt gesehen worden, als Napoleon nach Moskau zu marschieren begann.

»Hitler wird ja wohl nicht auch noch nach Moskau marschieren«, hoffte ich.

Eine Siegesmeldung jagte nun die andere, so daß ich mich an die Hoffnung klammerte, der Krieg würde bald aus sein. Im Frühjahr kam die Nachricht, daß Karl-August von einem Aufklärungsflug nach England nicht zurückgekehrt und nun als Kriegsgefangener nach Kanada verbracht worden sei. Gott sei Dank, dachte ich, nun ist er in Sicherheit. Aber was sollte eigentlich noch geschehen? Der Feldzug in Frankreich war schnell und erfolgreich beendet, Hitler hatte fast alle europäischen Länder in Blitzkriegen erobert, mit Rußland war ein Freundschaftspakt geschlossen worden, was stand einem Friedensschluß noch im Wege? Viele Zweifler begannen, in Hitler doch wieder ein Genie zu sehen.

Bei den unnötigen nächtlichen Fliegeralarmen meinte ich: »Was sollen uns die Engländer denn hier antun können?« Ich empfand sie als dumme Hysterie und das überall hängende Plakat: »Achtung!! Feind hört mit!!« als geradezu lächerlich. Wie sollte hier in Henkhof in jedem Haus, hinter jedem Busch ein feindlicher Agent lauern!

Aber für Frau Werland, Gretchens Pflegeschwester, die auch in Henkhof wohnte, brach ihre große Zeit als Führerin der »Deutschen Frauenschaft« an. Sie nahm die Warnungen ernst. Sie befand, das verdunkelte Dorf sei nachts durch den nahezu achtzigjährigen Nachtwächter nicht ausreichend geschützt, und ordnete an, in Ermangelung von Männern müßten wir jungen Frauen jetzt das Dorf nachts abwechselnd bewachen. Dabei war im Nachbardorf eine Kaserne für junge Marinesoldaten!

Als ich an die Reihe kam, war zufällig wieder Neumond wie das Jahr zuvor, als ich das Nordlicht gesehen hatte. Diesmal benutzte ich eine kleine Taschenlampe, um den Weg zur Kate des Nachtwächters zu finden, aber der Alte verbot das schwache Licht. Aneinandergeklammert tasteten wir uns durch das Dorf, das so dunkel war, daß wir beide schon nach kürzester Zeit nicht mehr wußten, wo wir uns befanden. Gerieten wir in Gestrüpp, wie ich im vorigen Jahr, halfen wir uns gegenseitig heraus, und auch diesmal gab es ein seltsames Naturschauspiel: Auf allen Telegraphenmasten, an denen wir vorbeikamen, flackerte oben ein Flämmchen, ein Elmsfeuer.

»Nä-i, nä-i«, jammerte der Alte. »Sou ne Nacht! Sou ne Nacht! Det hew ik noch nich erlebt.«

Plötzlich stolperte ich über etwas Weiches, das am Boden lag. Erst dachte ich, es handelte sich um ein großes, totes Tier, bis ich und der Alte durch Tasten feststellten, daß es ein betrunkener, auf der Straße schlafender Soldat war. Nach vergeblichen Versuchen, ihn zu wecken, ließen wir ihn einfach liegen, aber am nächsten Tag ging ich empört zu Frau Werland und teilte ihr mit, in Zukunft würde ich diesen Nachtdienst verweigern.

»Ich bin als junge deutsche Mutter bereit, dem Vaterland zu dienen, aber ich bin nicht bereit, nachts betrunkene deutsche Soldaten von der Straße aufzusammeln. Die haben doch eigentlich die Pflicht, uns deutsche Mütter und unsere Kinder zu beschützen. Ich hätte mich ja gestern nacht zu Tode erschrecken können!«

Nein, Frau Werland hatte nicht die Absicht, junge deutsche Mütter in vermeidbare Gefahren zu bringen. Von jetzt ab wurden ältere Frauen zum Wachtdienst eingeteilt, die den Nachtwächter schon lange kannten. Sie brachten Wein und Kaffee mit und klönten mit dem Alten in seiner Kate, bis es hell wurde. Die Freundinnen lachten mich aus. Man merke doch immer wieder, daß ich keine richtige Einheimische, sondern eine Forensin sei. So blöd! Mit dem Alten tatsächlich nachts durchs Dorf zu latschen! Kein Wunder, daß der gesagt hatte, so was habe er noch nie erlebt! Er war eben selbst noch nie gegangen!

Im Winter erkrankte Judith. Ich hatte es für eine Erkältung gehalten und den Arzt noch nicht verständigt, als sie am nächsten Tag einen steifen Hals bekam und unnatürlich lallend sprach. Der Arzt schickte sie sofort mit dem Notwagen nach Rostock in die Klinik, wo sie schon steif wie ein Brett ankam und gar nicht mehr sprechen konnte. Es wurden alle möglichen Untersuchungen vorgenommen, auch eine Rückenmarkspunktion, und als die Untersuchungsergebnisse aus den Labors eintrafen, schoben sie Judiths Bett in ein anderes Zimmer, in welchem ein Eisschrank brummte und viele Schwestern unaufhörlich ein- und auseilten. Es war das Sterbezimmer der Klinik, weil hier der Tod auch bemerkt werden konnte, wenn eine Nachtwache nicht mehr lohnte.

»Ihr Kind hat eine tuberkulöse Meningitis, alle Laborbefunde waren positiv«, teilte mir der Arzt mit.

»Was bedeutet das?«

»Das bedeutet, daß Ihr Kind sterben wird. Wünschen Sie nicht, daß es bei dieser Krankheit am Leben bleibt. Alle Gehirnzellen wären zerstört.«

Ich glaubte es nicht. Ich wollte bei Judith bleiben, durfte das aber während der Nachtstunden nicht. Ich fuhr in meine Wohnung und rief Onkel Otto, den Kinderarzt, an. Er sprach mir sein Beileid aus, als sei Judith schon tot.

Ich glaubte es immer noch nicht. Sie mußte am Leben bleiben!

Ich erinnerte mich an Gretchens Christian-Science-Sekte, in der Kranke angeblich gesundgebetet wurden. Ich glaubte nicht an den Unsinn, aber ich rief Gretchen an. Da ich immer noch nicht wußte, was ich mir unter Gott vorstellen sollte, sagte ich ihr nicht, sie möge für Judith beten. Hätte ich gewußt, was Beten ist, hätte ich es selbst getan. Ich wollte mit dem Anruf an Gretchen nicht so tun als ob, da schämte ich mich; aber ich war davon überzeugt, daß mein Kind gesund wird. Ich erzählte Gretchen von der Krankheit, erwähnte aber die Sekte nicht. Wie Onkel Otto sprach auch sie mir nur ihr Beileid aus. Aber ich war überzeugt, daß mein Kind gesund wird.

Am nächsten Morgen in aller Frühe eilte ich in die Kinderklinik. Als ich das Haus betrat, kam gerade der Oberarzt mit wehendem weißen Kittel die Treppe heruntergerannt. Er erblickte mich und strahlte: »Die hat uns geleimt! Gehen Sie mal schnell nach oben!«

Judith saß in ihrem Bettchen, lächelte mit einem noch etwas schiefen Mündchen, aus dem Speichel rann, und sagte: »Mutti, geh nicht wieder weg! Lies mir Bilderbuch vor!«

Alle Untersuchungen vom gestrigen Tag wurden wiederholt, auch die schmerzhafte Rückenmarkspunktion, und nun waren die Testergebnisse plötzlich alle negativ. Keine Tuberkulose, keine Meningitis, aber auch für spinale Kinderlähmung fanden sich keine Anzeichen mehr.

Es empörte mich, daß ich vom Krankenhaus später aufgefordert wurde, Judiths Blut als Serum gegen Kinderlähmung zur Verfügung zu stellen. Man konnte offensichtlich ein Wunder nicht akzeptieren, lieber handelte man gewissenlos gegen tatsächlich an Kinderlähmung erkrankte Kinder.

Ich glaubte aber auch nicht, daß Gretchen oder die Christian Science mein Kind »gesundgebetet« hatten. Ich dachte über die Antworten nach, die Jesus in bezug auf seine Wunderheilungen gegeben habe sollte, wie zum Beispiel: »Nicht ich, dein Glaube hat dir geholfen.«

Wie, weiß ich nicht, aber ich meinte, ich hätte in dieser größten Not auf einmal auf die richtige Weise »geglaubt«. Das ließ sich nicht mit Absicht und bewußt wiederholen. Unter Gott konnte ich mir immer noch nichts vorstellen.

Fronten

Am 22. Juni 1941 hörten wir jungen Frauen in Henkhof, die so ganz auf unsere Kinder konzentriert waren, die Nachricht vom Einmarsch in Rußland. Also doch! Damit waren alle Hoffnungen, Hitler habe sich satt gesiegt, das Morden habe nun ein Ende, zerschlagen. Alles Bisherige war nur ein Vorgeplänkel gewesen, so unvorstellbar alles für uns in unserem friedlichen Fischerdorf auch schon gewesen war. Schon jetzt hatte Ulrich, immer wenn er einmal auf Urlaub in Henkhof auftauchte, gesagt: »Frag mich nichts. Nur wenn du nichts weißt, bist du in Sicherheit. Und stell ja nicht den ausländischen Sender an, dazu sind zu viele fremde Menschen im Haus.«

In der Nähe von Henkhof waren die Heinkelwerke, in denen Flugzeuge für die Luftwaffe hergestellt wurden. Jede Maschine mußte eingeflogen werden, und die jungen Piloten machten sich einen Spaß daraus, immer wieder so tief über den Strand zu fliegen, daß sie fast Bodenberührung bekamen. Es freute sie, wenn all die Mütter und Kinder auseinanderstoben und sich flach auf den Boden warfen, sobald eine Maschine über sie hinwegdonnerte. Diese gefährlichen Scherzchen der eigenen Soldaten riefen bei vielen Kindern schockähnliche Angstzustände hervor. Es war für mich das erste Mal, daß ich dem Phänomen des Spaßes an Grausamkeiten persönlich begegnete. Ob Karl-August so etwas auch gemacht hätte?

1941 setzte der Winter schon Ende September ein, und ich mußte vorzeitig meine Zelte in Henkhof abbrechen. In Rostock wie anderswo erlebte man den kältesten Oktober seit Menschengedenken. Das Meer fror zu. Die Möwen von Warnemünde flogen kilometerweit in die Stadt und schnappten im Flug Brotbrocken, die ich ihnen vom Balkon aus zuwarf. Für die in die Weiten Rußlands eindringenden deutschen Soldaten in ihren dünnen Sommeruniformen und leichten Schuhen war die furchtbare vorzeitige Kälte die weitaus gefährlichste gegnerische Waffe, besonders, da die Russen ganz die gleiche Taktik verfolgten wie seinerzeit bei Napoleons Einmarsch. Sie zogen sich zurück, stellten sich keinem Kampf, sondern ließen nur verbrannte Dörfer hinter sich, in denen die Deutschen für ihre Truppen keine Nahrung auftreiben konnten. Der Nachschub blieb in Eis und Schnee stecken.

Die Stimmen der Radiosprecher wurden immer hysterischer, immer »heldischer«. Das Volk wurde aufgerufen, alle entbehrlichen Pelz- und Wollsachen zu sammeln und in Eilaktionen an die Front zu schicken. Die Sammler kamen in die Wohnungen, durchsuchten die Kleiderschränke und nahmen alles mit, auch Damenmäntel, obwohl die für Soldaten gänzlich unbrauchbar waren.

Jeder Mensch mit gesundem Menschenverstand mußte erkennen, daß dieser Überfall auf Rußland der helle Wahnsinn war. Aber für einen großen Prozentsatz der Deutschen waren nach den Siegen im ersten Kriegsjahr Zweifel an der unfehlbaren Weisheit des Führers inzwischen gleichbedeutend mit Gotteslästerung geworden. So etwas dachte man nur im stillen Kämmerlein.

Jeder, der durch die Partei emporgetragen war zu einer Machtstellung, von der er vorher nie zu träumen gewagt hätte, setzte nicht mehr auf seine Vernunft, sondern auf die irrationale Kraft des Glaubens. War es vor dem Einmarsch in Rußland noch möglich gewesen, zu diesem oder jenem seine Meinung zu äußern, die der offiziellen Version nicht entsprach, wurde jetzt die Vernunft und das selbständige Denken zum Teufel und Widersacher Gottes erklärt. Das Abhören ausländischer Sender wurde unter strengste Strafen gestellt, ja mit dem Tode bedroht, und wer »haltlose Gerüchte« verbreitete wie die von Niederlagen, konnte ebenfalls hingerichtet werden. Die Zeitungen verschwiegen nicht, wie die Partei mit solchen Defätisten und Volksschädlingen verfuhr. Wer als Nazi bekannt war oder irgendeine Funktion in der Partei erfüllte, dem erzählte selbstverständlich niemand etwas von dem, was man verbotenerweise erfahren konnte. Jeder hütete seine Zunge diesen Menschen gegenüber auch dann, wenn man sie sonst als »anständig« einschätzte. Der Treueeid gegenüber dem Führer verpflichtete sie, sogar Bekannte, Verwandte und Freunde anzuzeigen, wenn ihnen zu Ohren kam, daß diese Zweifel hatten laut werden lassen. Ihr »Gewissen«, das sich ihrem »Glauben« an den Führer mehr verpflichtet fühlte als ihrem ursprünglich anerzogenen Rechtsempfinden, beruhigte sich nur, wenn sie Gehorsam an seine Stelle setzten. Vor Gretchens Pflegeschwester Frau Werland hütete ich mich wie vor der Pest, obwohl ich wußte, daß sie mich gern hatte, ja nicht einmal mehr zu Gretchen oder meinem Vater war ich offen. Obwohl in der Rostocker Wohnung keine Fremden waren, wagte ich auch dort nicht, den Auslandssender anzustellen, weil die Kinder irgend etwas aufschnappen und ahnungslos hätten ausplappern können. Ich bezog meine Nachrichten deshalb durch den Freund Ulrichs, der nachts heimlich BBC hörte und der einzige war, dem ich traute.

Am 11. Dezember 1941 erklärten Hitler und Mussolini Amerika den Krieg, und das muß für Hitler unbewußt bedeutet haben, daß sein Spiel aus war, denn mit seinen Parteibonzen faßte er im Januar 1942 den geheimen Beschluß, alle Juden Europas nicht in Reservate zu vertreiben, wie man uns das angekündigt hatte, sondern physisch zu vernichten. Das aber mußte dem Volk verborgen bleiben, es hätte ja sonst das Motiv geahnt: »Wenn wir den Krieg nicht gewinnen können, dann sollen wenigstens diejenigen radikal vernichtet werden, die an allem die Schuld tragen, die Juden.« Diesen Entschluß erfuhren aber damals nicht einmal die Engländer. Bis zum Ende des Krieges blieb es das am strengsten gehütete Geheimnis.

Bomben

Jetzt häuften sich die nächtlichen Fliegeralarme so, daß Judith und Cornelia vom Spielplatz den Abzählreim nach Hause brachten:

»Stulle ohne Fett,
um acht Uhr ins Bett,
Popo ist noch nicht warm,
Fliegeralarm!!«

Da wir im vierten Stock wohnten und ich wieder schwanger war, wurde der Zwang, jede Nacht mehrere Male in den Keller zu gehen, eine große körperliche Belastung. Schon die Tage waren anstrengender als früher, da das Schlangestehen vor den Läden und das Einkaufen mit Lebensmittelmarken, Kohlemarken und Kleidermarken viel Zeit stahl. Die Geburt des dritten Kindes wurde Ende April erwartet, und Ulrich hatte es geschickt verstanden, seine Dienststelle nach Rostock verlegen zu lassen, damit er mir beistehen könnte. Er glaubte ganz sicher zu sein, daß die Alliierten keine Städte mit Frauen und Kindern bombardieren würden und nur Rüstungsfabriken angriffen. Er duldete nicht länger, daß ich nachts mit den Kindern treppauf, treppab lief und er mir dabei Kinder und Gepäck schleppen helfen mußte. Die Wohnung wurde gewissenhaft verdunkelt, und dann mochten die Sirenen heulen, wie sie wollten, Röder und Frau drehten sich um, schliefen weiter, und die Kinder wurden nicht aus dem Schlaf gerissen.

Allein hätte ich den Mut zu dieser Verweigerung nicht aufgebracht. Aber auch ich war im Grunde überzeugt, daß nur die Deutschen eine verbrecherische Regierung hatten, die Bomben über London abwarf, und daß Engländer und Amerikaner nicht zu solch geächteten Mitteln greifen würden. Der Sieg war ihnen doch ohnehin gewiß. Aus dem ganzen Reich war außerdem noch kein einziger Angriff auf deutsche Städte gemeldet worden. Göring hatte gesagt: »Ich will Meyer heißen, wenn meine Luftwaffe feindliche anfliegende Flußzeuge nicht vernichtet, ehe sie Frauen und Kinder bombardieren können«, und deshalb hatten wir keine Ahnung davon, daß Anfang April Lübeck als erste deutsche Stadt bereits bombardiert und vernichtet worden war. Damit Göring nicht Meyer heißen mußte, hatten weder Zeitungen noch Radio die Nachricht gebracht.

Als die ersten Bomben auf Rostock fielen, saßen wir deshalb nicht unten im Keller, sondern wurden im vierten Stock von dem Krach aus dem Schlaf gerissen. Nur notdürftig bekleidet und ohne Gepäck, jeder ein schlaftrunkenes Kind auf dem Arm, rannten wir nach unten, wo die ganze Hausgemeinschaft zitternd im Keller beisammenhockte. Inzwischen hatte draußen ein derartiges Krachen und Toben eingesetzt, daß das Haus ständig erzitterte und das Licht im Keller erlosch. Ulrich und eine Frau Lehmann beschlossen, auf den Dachboden zu gehen, um, wie es gelehrt worden war, die kleinen Brandbomben sofort nach dem Einschlagen mit Schaufeln zu ergreifen und aus dem Fenster zu werfen. Diese Brandbomben waren mit Phosphor umkleidete Stäbe, welche das Dach durchschlugen und sich dann lange Zeit kreiselnd drehten, wobei sie alles anzündeten, dem sie nahe kamen. Sie einzufangen und rauszuwerfen war verhältnismäßig einfach. Großer Mut gehörte jedoch dazu, den schützenden Keller zu verlassen, solange noch die schweren Bomben vom Himmel fielen und jedes Haus, das sie trafen, in Schutt und Asche legten.

Eine Mutter von zwei kleinen Buben und ich spielten unterdessen fröhlich mit unseren Kindern, sangen und machten »bum bum«, wenn es krachte, damit sie keine Angst bekamen.

Für uns ging in dieser Nacht alles gut. Ulrich und Frau Lehmann, nicht der heilige Florian, hatten dafür gesorgt, daß unser Haus verschont blieb, während andere angezündet wurden. Die Stadt brannte an allen Ecken und Enden, überall waren dicke Rauchwolken zu sehen. In unserer Straße liefen nach der Entwarnung aufgeregte Menschen durcheinander, die irgendwelche gerettete Habe bei sich trugen und nach einer neuen Bleibe suchten. Eine dicke Frau hatte nur einen Bademantel über ihr Nachthemd geworfen und trug eine Stehlampe mit beiden Händen vor sich her.

Wir beschlossen, uns nicht kopflos zu betragen. Die Wehen setzten vorzeitig ein, gingen aber zurück, als die Hebamme eintraf. Das Kind gehorchte dem strengen Befehl, sich zu gedulden. Ich packte mehrere Koffer mit den unentbehrlichsten Dingen, und Ulrich brachte sie zum Bahnhof, um sie nach Stubbenhof aufzugeben. Dorthin telegraphierte er: »Nichts passiert. Erika kommt morgen mit den Kindern« und kaufte uns Fahrkarten. Heute noch abzureisen war wegen Überfüllung der Züge nicht mehr möglich. Danach begab sich Ulrich in die brennende Stadt, um im Theater beim Retten von kostbaren Instrumenten zu helfen und um mit seiner Kamera für die Nachwelt den Untergang Rostocks in Fotos festzuhalten. Ich hab noch seinen Schreckensschrei in den Ohren, als er zu Hause feststellte, daß er gar keinen Film in die Kamera eingespannt hatte.

An diesem Abend gingen wir alle angezogen ins Bett, und beim ersten Sirenenton rannte ich mit den Kindern in einen für Frauen und Kinder eingerichteten Bunker, der sich unter einem Wäldchen vor unserem Haus befand. Darin sah es aus wie in einem langen Eisenbahnzug dritter Klasse ohne Zwischentüren. Nur wegen meiner sichtbaren Schwangerschaft konnte ich noch Platz finden und nahm die Kinder auf den Schoß. Man kannte sich im Bunker nicht, darum schwiegen alle und hüteten ihre Zunge. Das Donnern der Flakgeschütze und das Krachen der Bombeneinschläge hörte man hier nicht so laut wie gestern im Keller. Dann aber gab es eine fürchterliche Detonation, die uns Sitzende kurz von den Plätzen hob und die Stehenden durcheinanderfallen ließ. Das elektrische Licht ging aus, und man hörte das Herunterprasseln von Beton. Von dem durch Soldaten bewachten Eingang her, durch den ursprünglich Luft in den Tunnel geblasen worden war, erklangen gräßliche Schreie und Rufe nach Verbandzeug. Wir zündeten Kerzen an, aber schon kam ein zweiter Donnerschlag, der diesmal den Ausgang verschüttete. Es entstand keinerlei Panik. Niemand heulte oder jammerte außer den Verwundeten. Alle warteten ergeben darauf, daß von außen Hilfe kommen würde. Wir waren belehrt worden, uns in so einem Fall ganz ruhig zu verhalten, um Luft und Kräfte zu sparen. Langsam gingen die Kerzen aus, weil ihnen der Sauerstoff fehlte. Judith jammerte: »Mutti, ich kann nicht mehr riechen!« Dann aber wurde am Einstieg herumgehackt, und Soldaten holten die Frauen und Kinder nacheinander heraus. Die Kleinen und ich wurden sofort mit Wasser begossen, und dann wies man uns an, so schnell wie möglich durch das brennende Wäldchen zu rennen.

Als wir atemlos den lodernden Bäumen entronnen waren, sahen wir, daß es unsere Straße nicht mehr gab. Es stand nur noch ein einziges Haus, das ragte wie ein restlicher Zahn in einem sonst zahnlosen Kiefer in die Höhe, und wir erkannten es, wenn auch mühsam, als unser Haus. Die Helden Ulrich und Frau Lehmann hatten auch in dieser fürchterlichen Nacht, als die schweren Bomben in allernächster Nähe fielen, dieses Haus gerettet. Aber wie sah es aus! Die Außenwände voller Einschußlöcher, alle Fenster und Türen aus ihrer Verankerung gerissen. Überall Steine, Mörtel und Scherben, alle Möbel umgestürzt und durcheinandergefallen. Durch die leeren Fensterhöhlen fegte ein Sturm in die Wohnung, der brennende Papier- und Stoffetzen hereinblies und Schutt aufwirbelte. Mit Riesenkräften hob Ulrich das breite Doppelbett in die Höhe, bis er Kalk, Asche und Glas herausgeschüttelt hatte. Dann packte er mich und die Kinder unter die Bettdecke und eilte allein auf die Straße, um zu sehen, ob der Bahnhof noch stand, damit wir abreisen könnten. Er stand nicht mehr. Die Koffer waren vermutlich verloren. Da befahl Ulrich, als Offizier, der Besatzung eines Jeeps, uns aus Rostock hinaus nach Stralsund zu bringen, wo sie sowieso hinmußte.

Klitschnaß, dreckig und voller Asche stieg ich mit den Kindern in das Auto, mit meinem dicken Bauch, ohne Gepäck, aber mit einer Fahrkarte nach Stubbenhof.

Jetzt tat sich das große Problem auf, wie aus der Stadt hinauszukommen war. In welche Straße der Fahrer auch einbog, immer war sie nach kurzer Zeit versperrt durch Feuer oder durch Trümmer. Die ganze Innenstadt war vollständig zerstört. Einzelne stehengebliebene Häuser wie das unsere, aus dem Ulrich und Frau Lehmann die Brandbomben hinausgeworfen hatten, waren seltene Ausnahmen. Nachdem er mir, den Kindern und den Mitfahrern befohlen hatte, uns niederzuhocken, wagte es der Fahrer schließlich, eine

Allee zu durchjagen, deren Bäume brannten, und gelangte so aus der Gefahrenzone.

Je weiter wir uns dann von Rostock fortbewegten, desto großartiger wurde der Anblick der gewaltigen Feuersbrunst, die aussah wie manche besonders blutroten Sonnenuntergänge unter dicken schwarzen Wolken. Man konnte sich, so aus der Ferne, bei diesem grandiosen Schauspiel kaum mehr vorstellen, daß in dieser Glut Zehntausende von aufgeregten Menschen ziel- und ratlos umherirrten wie Ameisen in einem zerstörten Haufen.

Ulrich, der in Rostock seine Dienststelle hatte, und Frau Lehmann blieben als einzige in unserer Straße in dem mit so vielen Wunden bedeckten Haus wohnen. Zum Kochen und Waschen hatten sie wochenlang nur das Löschwasser in unserer Badewanne, in das eine große Flasche mit Lavendelsalz gefallen war, und einen selbstgemauerten Herd im Hof.

Zuflucht in Stubbenhof

Genausowenig, wie wir erfahren hatten, daß Lübeck bombardiert und zerstört worden war, wußte man in Stralsund von der Zerstörung Rostocks. Man wollte mir auf dem Bahnhof meine Erklärung für unser Aussehen nicht glauben, eine Bahnpolizistin verhörte uns voller Mißtrauen, und erst die Kinder überzeugten sie mit ihren Erzählungen. So war man auch in Stubbenhof über Ulrichs Telegramm »Nichts passiert« sehr erstaunt gewesen. Was sollte denn passiert sein?

Auch nachdem der Rest Rostocks in einer dritten Nacht zerstört wurde – eine Nacht, in der Ulrich und Frau Lehmann unser Haus ein drittes Mal vor dem Verbrennen retteten –, brachte das Radio keinerlei Nachricht darüber. Seitdem nahmen wir an, daß auch die Wehrmachtsberichte die wichtigsten Dinge verschwiegen, und glaubten keinen deutschen Nachrichten mehr.

Tante Hedwig war entsetzt über meinen Bericht: »Niemals hätte ich geglaubt, daß die Alliierten so dumm sind!« rief sie. »Wenn sie wollen, daß Deutschland kapituliert, dürfen sie das Volk doch nicht in eine echte Notwehrsituation treiben! Eben war es doch gerade so weit, daß die Deutschen zu begreifen begannen, in welche Falle sie gelaufen sind. Wenn sich das Kriegsglück in Rußland wenden wird, und das wird es, genau wie bei Napoleon, dann wird sich auch das Volk von Hitler abwenden, wie damals die Franzosen von ihrem Idol. Es würde ja keiner mehr wissen, wofür er denn eigentlich seine Söhne sterben lassen soll. Aber nun muß selbst derjenige, der innerlich Hitlers Feind ist, Kampfgeist entwickeln, der nur entsteht, wenn man weiß, warum. Jetzt sieht der Soldat wieder richtige Feinde, die seine Frau, seine Mutter und seine Kinder töten. Wie dumm, wie dumm, ach Gott, wie dumm! Ist die Menschheit ganz und gar verrückt geworden! Arbeiten sie denn alle Hitler in die Hände! Wie können sie nur annehmen, Städtebombardements würden den Kampfgeist der Bevölkerung demoralisieren! Das Gegenteil weiß doch jeder vernünftige Mensch!«

So dachte die Tante, weil ihre vier Söhne erzählt hatten, die Soldaten wüßten seit dem Rußlandfeldzug nicht mehr, wofür sie kämpften.

Mit der Bewirtschaftung der Güter hatten die Tante und Inspektor Brecht große Probleme. Man hatte alle wehrfähigen Männer im Dorf eingezogen und lieferte ihnen nun dafür einerseits Kriegsgefangene und andererseits sogenannte Fremdarbeiter. Das waren Menschen, die man teils in Polen, teils in der Ukraine einfach auf der Straße eingefangen hatte, so wie man seinerzeit Neger in Afrika jagte und einfing, ganz wahllos, wie man sie gerade zu fassen bekam. Tante Hedwig war an den Bahnhof der Kreisstadt bestellt worden, und da war ein Güterzug voller jammernder Menschen ohne Gepäck angekommen, die nun ausgeladen und danach sortiert wurden, für welche Arbeiten sie wohl brauchbar sein würden. Tante Hedwig hatte erlebt, wie sich Männer und Frauen, Familien mit Kindern oder Freunde und Bekannte aneinanderklammerten und in ihrer fremden Sprache, die niemand verstand, gestikulierend klarzumachen suchten, daß man sie nicht voneinander trennen dürfe. Aber die SA-Leute lachten nur über den Jammer, rissen die Menschen auseinander und teilten sie nach Gutdünken den mit Leiterwagen wartenden Gutsbesitzern zu, auch Tante Hedwig. Eine Gruppe älterer Menschen und offensichtlich Kranker wurde niemandem zugeteilt. Tante Hedwig fragte entsetzt, was denn nun mit diesen Leuten geschehen solle. Da antwortete ihr ein roh und gemein aussehender SA-Mann: »Die? Die werden untergepflügt!«

Für die Tante Hedwig zugeteilten Fremdarbeiter fuhren als Aufsicht SA-Männer mit, die ihr schriftlich die Gesetze aushändigten, wie diese Menschen zu behandeln seien. Sie seien unterzubringen in den Häusern der Dorfarbeiter, und die Familien, bei denen sie wohnen sollten, erhielten jeweils Lebensmittelmarken und Geld zu ihrer Verpflegung. Sie dürften jedoch keine privaten Kontakte zu ihren Hausgästen aufnehmen, nicht mit ihnen sprechen und nicht mit ihnen gemeinsam essen. Es handele sich um Untermenschen, die man eben halten müsse wie Rinder, nicht zu schlecht, damit sie arbeitsfähig blieben, nicht zu gut, damit man sich nicht mit ihnen beschmutze. Zettel mit diesen Vorschriften wurden jeder Familie ausgehändigt, bei der einer oder eine dieser Fremdarbeiter untergebracht wurde. Es blieben SA-Männer im Dorf, um die Einhaltung dieser Vorschriften zu überwachen. Die Kriegsgefangenen wurden in abgelegenen Baracken ganz isoliert und streng bewacht. Das Gut hatte lediglich bestimmte Portionen Lebensmittel zu ihrer Verpflegung zu liefern. Als deutlich wurde, daß sie immer schwächer wurden, und der Verdacht aufkam, ihre Bewacher würden ihnen die Essensrationen vorenthalten, setzte Inspektor Brecht durch, daß sie alle paar Tage in Gruppen auf der Schafswaage gewogen wurden, um nachzuprüfen, ob sie auch ihr Gewicht behielten. Mehr konnte er für sie nicht tun. Ich sah sie einmal auf der Waage stehen und entsetzte mich über den Würdeverlust, obwohl es zu ihrer Rettung geschah.

Im Schloß ging es zu wie früher, und das Kind, das es am 23. April schon so eilig gehabt zu haben schien, ließ jetzt, da ich nachts durchschlafen konnte und nicht arbeiten mußte, auf sich warten. Dann aber machte es mir die Geburt leichter als die anderen Kinder. Ich wollte schon wieder aufstehen, da bekam ich septisches Kindbettfieber, dem, vor der Entdeckung des Eitererregers, bis zum Ende des vorigen Jahrhunderts so viele Frauen zum Opfer gefallen waren. Man hielt mich für verloren, aber Tante Hedwig wußte, was meinen Lebenswillen wieder aktivieren würde. Trotz einer eitrigen Brustentzündung zwang sie mich zum Stillen, und so holte der kräftige

Lebenswille der kleinen Elisabeth ihre Mutter vielleicht mit der gleichen unbekannten Kraft ins Leben zurück, wie mein Lebenswille die sterbende Judith zurückgeholt hatte.

Als ich das erste Mal wieder das Bett verließ und vor den Spiegel trat, fiel ich bald noch einmal in Ohnmacht. Ich hatte alle meine Haare verloren, war glatzköpfig und so dick, daß mir das Umstandskleid vom letzten Stadium der Schwangerschaft nicht mehr paßte. Im ganzen Dorf hatte keine Frau ein Kleid, in welches ich mich hätte hineinzwängen können. Der Kutscher mußte zwanzig Kilometer weit auf das Gut von Freunden fahren, wo es eine Oma von ähnlichem Umfang gab, die mir vorerst ein Kleid und etwas Wäsche lieh.

»Das macht nichts«, tröstete Tante Hedwig, »das sind eben die Folgen von Heldentaten. Dafür hast du auch das Ritterkreuz verdient, und Elisabeth wird's dir danken.«

Und nun plötzlich, als ich und alle drei Kinder in geschenkten und geliehenen Klamotten herumliefen, kamen doch tatsächlich die längst verloren geglaubten Koffer an. Was sie erlebt hatten inzwischen, konnten sie nicht erzählen, aber sie waren da, unbeschädigt, unversehrt, ungeöffnet, nicht verbrannt.

Wieder genesen, mußte ich mich zu denen rechnen, die Glück gehabt hatten. Es war im Lauf dieses Jahres nicht mehr zu verschweigen, daß nach Rostock noch weitere Städte bombardiert wurden und Göring Meyer hieß. Der Großangriff auf Hamburg ab Juli 1943 zwang zur Evakuierung von Hunderttausenden. Auch die Großmama in Henkhof, deren Sommergäste ich wieder betreute, erhielt den Befehl, eine Mutter mit drei Kindern in ihrem Haus unterzubringen. Dagegen rebellierte sie. Wie kam der Hitler dazu, ihr arme Leute zur Betreuung aufzuhalsen, die er zu armen Leuten gemacht hatte? Auch in bezug auf Rostock hatte sie nur gesagt: »Schade, daß die Heinkelwerke nicht vollständig zerstört sind.« Die Hamburger Mutter floh, so schnell sie konnte, aber außer den Einheimischen in ihren winterfesten Häusern brauchte überhaupt niemand den Winter in den fast unheizbaren Forensenhäusern zuzubringen. Als es fror, zog auch ich mit den Kindern lieber in die demolierte Rostocker Wohnung zurück.

Im Januar erkrankte die Großmama in Stubbenhof, und Tante

Hedwig holte die ganze Verwandtschaft an ihr Sterbebett. Alle Kinder, Schwiegerkinder, Enkel und Urenkel waren da, sogar Tante Hedwigs jüngster Sohn Karl, der von Stalingrad aus drei Tage Fronturlaub bekommen hatte. Es wurde eine wahrhaft grandiose Abschiedsfeier mit Musik für die Sterbende veranstaltet, die bei vollem Verstand diese Ehrungen sichtlich genoß. Als sie dann besinnungslos wurde, wechselten wir uns alle darin ab, Tag und Nacht neben ihr zu sitzen. »So möchte ich auch einmal sterben dürfen«, dachte ich, »so ohne Todesangst, ohne große Schmerzen, im Kreis aller meiner Lieben.«

Aber da wurde ein Arzt herbeizitiert, der neu erfundene Spritzen mitbrachte. Die bewirkten tatsächlich das Wunder, daß der Sterbeprozeß mit all seinen Qualen um weitere dreieinhalb Jahre verlängert, der Verstand jedoch stark beeinträchtigt wurde. Niemand war so recht von Herzen froh über diese Art von Rettung, aber sobald man wußte, es gibt solche Spritzen, hielt man es für Pflicht, sie auch anzuwenden.

An Karls Abreisetag kam die Nachricht, daß die 6. Armee bei Stalingrad nun gänzlich eingekesselt sei und nur noch durch die Luft mit Lebensmitteln versorgt werden konnte. Die drei älteren Brüder – alle schon Offiziere – wiesen Karl Mittel und Wege, wie er, ohne als Fahnenflüchtiger zu gelten, eine Rückkehr in den Kessel vermeiden könnte. Alle sagten ihm, es sei Selbstmord, wenn er zurückflöge. Aber er war nicht zu überreden, auch nicht von seiner Mutter. Er wollte seine Kameraden nicht im Stich lassen. So wurde denn der Abschied von dem zweiundzwanzigjährigen, immer fröhlichen, immer lustigen, von allen geliebten Karl tränenreicher als die feierliche Abschiedszeremonie von der Großmama.

Es erschütterte mich sehr, als ich dann in Rostock durchs Radio hörte, die restlichen 90000 Mann der einst 300000 Mann starken Armee hätten sich in Stalingrad in bitterster Kälte ergeben.

Erst dreizehn Jahre später, 1955, sollte Tante Hedwig erfahren, was dort mit ihrem Sohn geschehen war und daß er zu den 5000 gehörte, welche diese Gefangenschaft überlebten.

Die beiden Großtanten

Im April wurde für alle nicht arbeitenden Frauen und Kinder aus den Großstädten Zwangsevakuierung angeordnet und jedes Dorf im Land bis zum Rand mit Städterinnen gefüllt. Nach Henkhof kamen keine Sommergäste mehr, sondern nur noch Evakuierte, die auf jedes der kaum heizbaren Forensenhäuser verteilt wurden. Auch ich durfte mit den Kindern nicht mehr in Rostock wohnen; so lagerte ich Ulrichs Bibliothek, einige Möbel, seinen Flügel und Wertsachen aus und zog mit den Kindern als Evakuierte in das Daublersche Haus, bis der Krieg zu Ende sein würde. Mit mir kamen andere Verwandte mit Kindern und Dienstmädchen, darunter zwei alte Schwestern der Großmama, von denen eine die Witwe eines jüdischen Mannes war. Nur mit diesen beiden konnte ich offen reden.

Jede Gruppe wollte für sich selbst kochen und die für sie anfallenden Arbeiten selbst erledigen. Ich sollte sie nicht bedienen, wie vorher die Sommergäste, und hatte ja auch mit den drei Kindern und dem großen Garten genug zu tun.

Es mußte sofort das Holzsammeln in Angriff genommen werden, wenn wir alle den Winter über bleiben sollten, denn was es auf Kohlekarten gab, reichte in Henkhof bei weitem nicht. Das noch sehr rüstige Dienstmädchen der Tanten weigerte sich aber entschieden, eine derartige Arbeit zu übernehmen. Sie hatte zwanzig Jahre lang einen pflegeleichten Haushalt mit allen denkbaren Arbeitserleichterungen versorgt, hier sollte sie plötzlich unter den allerprimitivsten Verhältnissen arbeiten, diesen Belastungen hielt ihre langjährige Treue nicht stand. Knall auf Fall verließ sie die beiden alten Damen, von denen sie am allerbesten wußte, wie völlig hilflos sie den rauhen Realitäten eines Kriegswinters am Meer ausgeliefert sein würden.

Beide Schwestern waren, wie die Großmama, in einem Luxus aufgewachsen, der mich immer wie ein Märchen anmutete, wenn ich davon erzählten hörte. Sie hatten zu Hause nicht einmal gelernt, sich ohne Zofe allein anzukleiden, geschweige denn irgendeine häusliche Arbeit zu erledigen, für welche ihnen ein Heer von dienstbaren Geistern zur Verfügung gestanden hatte. Die Großmama hatte als einzige der Geschwister diese maßlose Verwöhnung gehaßt und praktisch arbeiten gelernt, obwohl auch ihr Mann reich war und sie immer genug Dienstboten hatte.

Tante Trudchen hingegen kokettierte ein wenig, wenn sie selbstironisch seufzte: »Ich bin eben eine Luxuspflanze« und mit dieser Begründung jede kleine häusliche Tätigkeit, die ihr das Leben in Henkhof zumutete, vertrauensvoll an mich delegierte. Wie die Großmama hatte auch sie das Klavierspiel bis zur Konzertreife erlernt und dahinein ihre ganzen Energien gesteckt, und wie die Großmama war sie literarisch sehr interessiert und gebildet, auch jetzt mit ihren siebzig Jahren noch sehr charmant, lebendig und urteilsfähig.

Tante Elschen hatte die Natur, anders als ihre Schwestern, stiefmütterlich behandelt. Sie war weder so schön noch so musikalisch, noch so intelligent, noch so charmant. Ja, heutige Psychologen hätten sie möglicherweise als »Sorgenkind« bezeichnet. Als Jüngste im Geschwisterkreis und gerade wegen ihrer zutage tretenden besonderen Hilflosigkeit wurde sie die Allerverwöhnteste. Die unendliche Liebe und Sorgfalt, die ihr zuteil wurden, weckten in ihr ein unerschütterliches Vertrauen in das Gute und eine große Liebe zu allen Menschen, ganz besonders zu Kindern. Und sie weckten ein künstlerisches Talent, das anders war als das ihrer Geschwister. Sie konnte zeichnen, und Porträts waren ihre ganz große Stärke. Sie ließ ein Kind vor ihren Augen spielen. Ohne daß sie es dabei zum Stillsitzen aufforderte oder bemerken ließ, wie sie es beobachtete, entstand eine Rötelzeichnung, die das ganze Wesen dieses Kindes ähnlicher zum Ausdruck brachte, als es jede Fotografie konnte. Ihr Vater hatte sie privat unterrichten lassen, wobei sie nur das lernte, wozu sie einen inneren Draht hatte. Das war außer der Malerei das Gebiet der Literatur. Sie konnte anspruchsvolle Bücher lesen, verstehen und gescheit darüber diskutieren. Rechnen, Sprachen, alles Logische und Praktische jedoch blieben ihr ganz verschlossen. Die einfachsten Denkabläufe waren ihr stets ein undurchdringliches Dickicht. Aber ihr Vater hatte sie einige Jahre, mit Zofe natürlich, an die Pariser Kunstakademie geschickt, und sie hatte dort ihre Zeichenkunst vervollkommnet. So war sie mit ihren Porträts in der Lage, ihren Unterhalt selbst zu verdienen, falls das Leben dies von ihr verlangen würde. Sie hatte aber immer im Hause ihrer Schwester

Trudchen gelebt, mit der sie eine besonders innige Liebe verband, und das Leben hatte ihr keine Leistungen abverlangt.

Beide Schwestern verkörperten mit Leib und Seele das gelungene Erziehungsideal der Großbürgerinnen des vergangenen Jahrhunderts: das Irdische, das »Fleischliche« scheinbar auf den zweiten Rang zu verweisen und nur Geist und Seele herrschen lassen. Das schaffte man, indem man mit viel, viel Geld die rauhe, elementare Wirklichkeit von diesen weiblichen Idealwesen fernhielt. Was sie davon ahnten, erfuhren sie – gefiltert – durch Bücher.

Kaum hatte ihr Dienstmädchen sie verlassen, wurden die beiden Tanten hilfloser als Judith und Cornelia. Wie man mit Lebensmittelkarten einkauft, das Erhaltene einteilt, wie man unter den erschwerten Bedingungen auf einem Kohleherd kocht, wie man heizt, Holz spaltet, wie man fegt, aufwischt oder staubwischt, wie man Wäsche wäscht und einen Waschkessel anheizt, wie man Betten macht und lüftet, wie man Strümpfe stopft usw., all das waren für sie entsetzlich schwere Künste, in denen ich sie mit viel Geduld vergeblich zu unterrichten suchte. Ganz undenkbar, daß sie Holz sammeln, heimbringen, sägen und hacken könnten, und da es im Dorf niemanden gab, der das für Geld für sie tat – jeder hatte mehr als genug mit sich selbst zu tun –, blieb nichts anderes übrig, als daß ich für die Tanten mitarbeitete, soviel ich konnte. Es wäre auch einfacher gewesen, wenn ich unsere Lebensmittelmarken mit denen der Tanten zusammengetan und gemeinsam für diese mitgekocht hätte, aber Tante Trudchen und Tante Elschen, die sehr mager waren, kamen mit ihren Portionen nicht aus, litten ständig Hunger und fürchteten deshalb, sowohl meine Kinder zu berauben als auch aus Versehen von diesen beraubt zu werden. So werkelten sie lieber stundenlang ungeschickt und alle anderen störend in der Küche herum, als daß sie riskiert hätten, drei Gramm Fett oder zwanzig Gramm Fleisch einzubüßen.

Als Ausgleich für die große Mehrarbeit, die sie mir aufbürdeten, waren sie jedoch dann die reizendsten Babysitter für die kleinen Mädchen, und alle Kinder hingen mit zärtlichster Liebe an ihnen. Es machte mir nichts aus, für sie zu arbeiten, ich fühlte mich voll dafür entschädigt, weil die alten Tanten es verstanden, in kürzester Zeit einen Kreis junger Berliner Mütter und alter Berliner Damen aus den Evakuierten im Dorf herauszusortieren, die keine Nazis waren und mit denen man offen über alles sprechen konnte. Tante Trudchens Blick dafür, wer Nazi war und wer nicht, war untrüglich. So erfuhr ich jetzt mehr über die Lage als vorher und war abends nicht mehr so allein, wie ich es lange gewesen war.

Nachrichten

Am 19. April 1943 brachte das offizielle Radio die Meldung, die Waffen-SS habe das Warschauer Getto abgeschlossen, um es nach bewaffneten Juden und »Banditen« zu durchkämmen. »Es wurde der Aufenthalt der Juden in der Kanalisation festgestellt. Die vollkommene Unterwassersetzung wurde durchgeführt und damit der Aufenthalt unmöglich gemacht«, hieß es wörtlich im Radio. Erst nach Wochen, am 16. Mai 1943, wurde abschließend triumphierend berichtet: »Das ehemalige jüdische Wohnviertel Warschaus besteht nicht mehr. Mit Sprengung der Warschauer Synagoge wurde die Großaktion um 20 h 15 beendet. Die Gesamtzahl der erfaßten und nachweislich vernichteten Juden beträgt insgesamt 56065.«

In der Zwischenzeit war täglich über den »feigen Kampf« der Gettojuden (zum großen Teil Frauen und Kinder, die unbewaffnet und halb verhungert waren) in so zynischen Worten berichtet worden, daß sich uns die Haare sträubten. Zum Beispiel am 27. April: »Durch in die Kanalisation hinabgestiegene SS-Männer wurde festgestellt, daß die Leichen verendeter (!!) Juden in großer Anzahl (die nicht erfaßt wurde) vom Wasser fortgeschwemmt wurden.«

Hatte bis dahin über die Morde an Juden geschwiegen werden müssen, war jeder bestraft worden, der munkelte, es geschähen unvorstellbare entsetzliche Dinge, so entlarvten sich die Nazis jetzt bei ihrer offiziellen Berichterstattung über die Vernichtung der Gettojuden selbst. Der Sieg über ohnehin schon halbtote Eingesperrte wurde im Radio als großer Erfolg der heldenhaften SS-Männer gefeiert, da man nach der Niederlage von Stalingrad der Bevölkerung wieder »Mut« machen wollte.

Jeder Deutsche hörte in dieser Zeit das offizielle Radio, wenn sich auch viele nicht trauten, die BBC anzustellen. Wer also heute behauptet, auch nach April 43 noch »nichts gewußt« zu haben, der muß sich fragen lassen, ob Ertränken in der Kanalisation von weit über 50000 wehrlosen Menschen nicht ebenso schlimm ist wie Vergasen. Die meisten Menschen waren nach dieser Zeit auch von ihrem Wahn geheilt, aber es gab immer noch – wenn auch nur noch wenige – Leute, die sich ihren Glauben an ihren Führer nicht nehmen lassen wollten. Oft fragen Menschen: »Wie kann Gott so Furchtbares zulassen?« Jetzt fragen die Hitlergläubigen bestenfalls: »Wie kann der Führer so etwas zulassen? Aber er wird's schon wissen in seinem unerforschlichen Ratschluß.«

Zustände im Hause Daubler

Als sich im Juni herausstellte, daß ich wieder einmal schwanger war und die allzu schwere Arbeit mir Beschwerden bereitete, bat ich telefonisch Gretchen, die Frau meines Vaters, ob sie mir nicht aus Berlin eine Hilfe nach Henkhof schicken könne, und siehe da, Gretchen mit ihren zwei Handschriften, die so hitlerbegeistert war, schickte mir ein jüdisches Mädchen, das bei seiner Mutter, einer jüdischen Schneiderin, verborgen in Berlin gelebt hatte. Möglicherweise war das die einzige Jüdin, die Gretchen überhaupt kannte. Sie besorgte der Fünfzehnjährigen falsche Papiere, mit denen sie ohne Judenstern nach Henkhof fahren konnte, denn die traurigen Umstände, unter denen dieses Kind in Berlin zu leben gezwungen war, gingen Gretchens freundlichem Gemüt doch zu Herzen. Sie meinte, der geliebte Führer werde ihr sicher verzeihen, wenn sie ein unschuldiges Kind rettete. Vielleicht hatte sie auch Radio gehört, und mein Vater hatte ihr erklärt, was das bedeutete.

Tante Trudchen und Tante Elschen wußten natürlich, wer das Mädchen war, aber alle anderen durften das niemals erfahren. Das Kind, das so lange Zeit im Versteck gelebt und keinen anderen Menschen gesehen und gesprochen hatte als ihre Mutter, wurde dadurch wie gelähmt vor Angst. Die Dienstmädchen der Verwandten beschwerten sich täglich, daß sie in der Küche störe, alles falsch mache und unnötige Arbeit verursache. Außerdem fiel ihnen auf, daß dieses andere Mädchen keine Lebensmittelmarken hatte und von meinen lebte. Ehe die Kleine also ernsthaft in Gefahr geriet, gelang es mir und Tante Trudchen, ein ungefährlicheres Versteck für sie zu finden, wo auch nicht gleich hausfrauliche Leistungen von ihr verlangt wurden.

Als die Herbststürme einsetzten, flohen aber auch die Verwandten vor der Kälte aus Henkhof. Für mich und die Tanten gab es keine Alternative, und wir sahen mit Sorge dem kommenden Winter entgegen. Das Holz, das ich hatte sammeln können, war nicht richtig getrocknet, außerdem heizen heruntergefallene kleine Äste und Zweige längst nicht so gut wie richtiges Brennholz von gefällten Bäumen, und wegen der immer häufiger werdenden Stromsperren war im Sommer viel zu oft auf dem Feuerungsherd gekocht worden, so daß ein großer Teil des mühsam gesammelten Holzes bereits verbraucht war. Bei dem Herd waren im Sommer wegen der Ungeübtheit der Mädchen fast alle Ringe zerbrochen, die über den Feuerlöchern liegen mußten, damit – je nach Anzahl der Ringe – große oder kleine Töpfe hineingehängt werden konnten.

Jetzt mußte man, bevor man kochen konnte, mit einem Eisenhaken erst die Ringbruchstücke über den Löchern wie ein Puzzle zusammensetzen, und das raubte viel Zeit und unnötige Feuerung. Wenn erst die elektrische Pumpe einfrieren würde, stand mir bevor, alles Wasser aus dem Waschhaus holen zu müssen, wo es eine Handpumpe gab, die nie einfror. Das Haus jedoch lag oben auf dem Hügel, allen Winden ausgesetzt, das Waschhaus unten am Ende des Gartens, und der Weg durch den aufgeweichten oder gefrorenen Lehm war glitschig oder zu glatt und sehr lang. Auch zum Klo würde man im Winter in den Garten gehen müssen, wo es ein windschiefes Häuschen gab, dessen Tür nicht mehr zu schließen war.

Ich brauchte für meine letzten drei Schwangerschaftsmonate unter diesen Verhältnissen für die Versorgung der beiden alten Tanten und der Kinder, die jetzt sechs, fünf und anderthalb Jahre alt waren, dringend eine dauernde Haushilfe. Die Frauenschaftsführerin, Frau Werland, Gretchens Pflegeschwester, bemühte sich für mich um die »Zuteilung« einer der Holländerinnen, die jetzt zwangsweise nach Deutschland geschleppt wurden, um den überlasteten deutschen Frauen mit Kindern beizustehen.

Das Mädchen, das fast wie eine Sklavin »geliefert« wurde, sprach recht gut deutsch und merkte natürlich gleich, daß ich ihretwegen ein schlechtes Gewissen hatte, dachte gar nicht daran zu helfen, stahl Lebensmittelmarken und wurde eine zusätzliche Belastung, obwohl ich ihr das nicht verdenken konnte. Ende Oktober – weder die Briketts noch die Kartoffeln waren für den Winter geliefert – bekam ich eine schwere Nierenbeckenentzündung und mußte auf Anordnung des Arztes fest im Bett liegenbleiben. Das war nun wirklich eine schlimme Lage. Sieben hilflose Menschen einzig und allein versorgt von einer holländischen Sklavin, die uns mit Recht haßte. Die Tanten beschlossen, sicherheitshalber zunächst die Lebensmittel aus der Speisekammer in mein Krankenzimmer zu verlagern. Die Lebensmittelkarten nahm ich unter mein Kopfkissen, ebenso das Geld, und Tante Elschen erbot sich, von nun an die Einkäufe für alle zu besorgen.

Tante Trudchen wollte es übernehmen, der Holländerin die Rationen zuzuteilen, aus denen sie die Mahlzeiten kochen sollte. Beide wollten abwechselnd die kleine Betty wickeln und pflegen und auf Ditta und Nella ein Auge haben.

Der nette Arzt Dr. Behrend versprach, so schnell wie möglich eine Krankenschwester zu besorgen, welche neben der Krankenpflege Hausarbeiten mit übernehmen konnte.

Sehr bald steuerten die Zustände im Haus Daubler einem totalen Chaos zu. Ditta und Nella rannten ein und aus, vergaßen die Türen zu schließen und brachten an ihren Schuhen Lehmklumpen aus dem Garten mit in die zwei Stübchen, die ich und die Kinder bewohnten und die nur von einem Ofen beheizt wurden. Die Windeln an diesem Ofen – von der Holländerin unsorgfältig darübergeworfen – begannen wiederholt Feuer zu fangen, rauchten, verqualmten die Räume, und ich konnte rufen, soviel ich wollte, niemand hörte mich in dem großen Haus. So wurde ich immer wieder genötigt, gegen das strikte Verbot zu verstoßen, mich unter keinen Umständen aus dem Bett zu rühren. In der Küche stapelte sich das unabgewaschene Geschirr zu Bergen, und die Dreckschicht auf den Fußböden wuchs täglich an. Das von der Holländerin nur aus Selbsterhaltungstrieb zubereitete Essen war schier ungenießbar, und mit der Pflege, besonders mit dem Wickeln der kleinen Betty, waren die Tanten sichtlich überfordert.

Sie waren so schwach und mager, daß sie das dicke Kind nur mit großer Mühe hochheben konnten.

Einmal hörte ich Tante Elschen im Nebenzimmer ächzen und stöhnen und dann immer besorgter auf die kleine Betty einreden, die aber vergnügt brabbelte und quiekte.

»Was ist denn, Tante Elschen?« rief ich hinüber.

»Ach, gar nichts, Kindchen«, kam die Antwort, »rege dich bitte nicht auf, es ist ganz gewiß gar nichts.«

»Aber ich höre doch, daß etwas los ist, sag mir doch bitte, was!«

»Ach mein Liebes, es ist ganz gewiß etwas ganz Harmloses! Ich werde gleich einmal Doktor Behrend anrufen!«

»Du liebe Zeit! Tante Elschen, du mußt mir sagen, was mit Betty los ist!«

»Aber Kindchen, dann regst du dich doch nur auf, und das darfst du doch nicht!«

»Ich verspreche dir, daß ich mich nicht aufrege! Es kann ja gar nichts wirklich Schlimmes sein, ich höre Betty ja lachen! Sag's mir doch!«

»Kann ich nicht warten, bis ich Dr. Behrend angerufen habe?«

»Nein, Tante Elschen, du mußt es mir sofort sagen!«

»Na, denn, auf deine Verantwortung! Das Kind kann nicht mehr gehen und stehen.«

»Was kann sie nicht mehr?«

»Gehen und stehen. Immer, wenn ich sie hinstellen will, fällt sie wieder um.«

Nun konnte Betty, die ein Jahr und sieben Monate alt war, schon ganz gut laufen und war recht sicher auf den Beinen. Was ich hörte, konnte ich nicht glauben. Daher sagte ich ganz ruhig zur Tante: »Dann bring sie mir doch bitte mal her, ich will es selbst sehen.«

Wieder ein Ächzen und Stöhnen, wie immer, wenn Tante Elschen eine allzu schwere Last schleppen mußte, und sie kam mit der höchst vergnügten kleinen Betty auf dem Arm ins Zimmer, stellte sie hin – und tatsächlich, das Kind fiel sofort lang hin.

Ich schüttelte mich vor Lachen! »Tante Elschen! Wenn du dem Kind beide Beine in *ein* Strumpfhosenbein steckst, dann *muß* es doch umfallen!«

Nun erst bemerkte Tante Elschen diesen Fehler und versöhnte

mich wieder einmal mit all ihren Schwächen, weil sie diejenige war, die am herzlichsten über ihre Ungeschicklichkeit lachte!

Tante Trudchen pflegte sich, sobald es Strom gab, auf dem elektrischen Herd einen Grießbrei zuzubereiten, dessen Zutaten ich ihr schenkte. Eines Abends saßen wieder einmal alle mit den Kindern und den abendlichen Besuchen um mein Bett im Krankenzimmer bei Kerzenlicht, weil, wie üblich, Stromsperre war. Nur Tante Trudchen fehlte. Wo blieb sie nur? Eine Stunde war sie schon fort. Ditta wurde ausgeschickt, nach ihr zu suchen. Da stand die Tante in der stockdunklen Küche am elektrischen Herd und rührte unaufhörlich in einem Topf.

»Tante Trudchen! Was machst du denn da?«

»Ach Kindchen! Es ist zum Verzweifeln! Der Grießbrei will und will nicht kochen! Ich rühre schon so lange!«

»Aber Tante Trudchen! Es kann doch gar nicht kochen, wenn Stromsperre ist!«

»Oh, ich Esel!« rief Tante Trudchen. »Wie kann man nur so dumm sein!« Sie konnte sich vor Lachen über sich selbst kaum beruhigen.

Die Krankenschwester

Endlich meldete Dr. Behrend, er habe eine Krankenschwester auftreiben können, sie komme an dem und dem Tag, allerdings stelle sie die Bedingung, nicht mit dem Dampfer über den Bodden nach Henkhof fahren zu müssen, man solle ihr einen Wagen schicken, der sie durch den Wald und auf den schlechten Wegen um die Halbinsel herum fahren könne. Diese Fahrt dauerte mit einem Pferdefuhrwerk etwa zehn Stunden. Wieder gelang es nur Tante Trudchens materiellen und ideellen Überzeugungskünsten, einen Pferdehalter zu dieser ganz und gar ungewöhnlichen Tour zu überreden.

Gegen Abend eines recht winterlich frostigen Tages, an dem es in meiner Krankenstube schon nicht mehr richtig warm wurde und die Wäsche auf dem Ofen gar nicht trocknen wollte, erschien dann die lang ersehnte, etwa fünfzig Jahre alte Schwester, die sich so sehr gefürchtet hatte, mit dem Dampfer unterzugehen.

Völlig sprachlos sah sie sich in diesem Raum um, in welchem fast alles untergebracht war, was ich besaß, in welchem die Kinder mit ihren Spielen eine heillose Unordnung verursacht hatten, in dem die Lebensmittel in Tüten und Kartons unter dem Bett standen, die Fenster vor Dreck starrten und vor allen Dingen der lange nicht gebürstete oder gesaugte Teppich mit Erde und Flecken bedeckt war und in dem es nach Rauch und dampfenden, schlecht gespülten Windeln stank. Auch ich wäre beim unvorbereiteten Betreten eines derartigen Zimmers zuerst zurückgeprallt. Die ebenso dreckstarrende Küche hatte die Schwester schon gleich bei der Ankunft gesehen, wo man ihr zur Begrüßung einen Grog zum Aufwärmen gemacht hatte.

Ohne etwas zu sagen, sah sich die Schwester mit einem merkwürdig leeren Blick um, verschwand und kam zurück mit einem Wassereimer, Feudel und Schrubber. Sie bückte sich, sammelte alle Gegenstände, die auf dem Boden lagen, auf und warf sie mir aufs Bett. Ehe ich ihre Absicht begriff, nahm sie den Eimer, der voll von kaltem Wasser war und schwappte ihn mit einem Schwung über den Teppich, so wie ein Schiffsjunge Wasser über das Deck gießt. Ich schrie vor Entsetzen auf. Es war nicht mein eigener, sondern Großmamas Teppich, und der war nun für alle Zeiten dahin, denn im nassen Henkhofer Winterklima würde das Wasser vor dem Sommer nicht mehr trocknen, der Teppich würde anfangen zu schimmeln und mit seiner Nässe noch viel anziehender auf jede Art von Dreck wirken. Die Schwester reagierte gar nicht auf meine Verzweiflung und schrubbte das Wasser ordentlich verteilt in jede Faser des Teppichs hinein, ohne daß dabei ein Reinigungseffekt erzielt werden konnte, denn Nachwischen mit dem Feudel, womit man Schmutz hätte beseitigen können, verbot sich von allein, da das Wasser sofort im dicken Teppich versickerte.

Anschließend warf sie die auf mein Bett geschmissenen Dinge wieder auf den nun nassen und stinkenden Teppich zurück, setzte sich in den Sessel und begehrte Essen. Nach mir und der Art meiner Erkrankung erkundigte sie sich mit keinem Wort, ja, sie schien die Kranke gar nicht zu sehen.

Im Nebenzimmer gab es je zwei übereinandergebaute Kasernenbetten, von denen vorläufig nur eines durch Ditta und Nella belegt und das andere für Betty und das zukünftige Baby gedacht war. So mußte die Schwester in diesem Nebenzimmer mit den Kindern schlafen. In der Nacht, in der ich wie immer vor Schmerzen und Sorgen wach lag, hörte ich plötzlich nebenan rhythmisch auf und ab schreitende feste Tritte. Dann erklangen mit rauher Stimme die militärischen Kommandos von Kasernenhöfen: »Im Gleichschritt Maarsch!« – tip, tap, tip, tap, tip, tap – »Stillgestaanden!« – klapp, klapp, Hacken zusammenschlagen – »Abteilung Maarsch!« – tippe, tappe, tippe, tappe usw.

Ich glaubte zu träumen und faßte mich ans Ohrläppchen. Ich rief mit dem neben meinem Bett stehenden Telefon mitten in der Nacht den Dr. Behrend an. »Um Himmels willen, Herr Doktor! Lassen Sie ganz schnell die Schwester fortholen! Hören Sie mal!«

Ich hielt den Hörer an die dünne Zwischenwand.

»Die Frau ist eine Verrückte! Kommen Sie schnell, ehe sie noch zum Sturmangriff auf die Kinder übergeht!« Dr. Behrend begriff nach einigem Lauschen auf das, was die Schwester da vollführte, daß Eile geboten war, und kam eiligst angeradelt. Die Verrückte begrüßte ihn bereits mit einem verzückten herausgeschrienen: »Gebt Feuer!«, und es gelang Dr. Behrend ohne Schwierigkeiten, indem er Befehle wie ein höherer Offizier erteilte, die Besessene in eines der unbewohnten, allerdings kalten Zimmer hineinzukommandieren und einzuschließen, wo sie, ohne den Unterschied zu bemerken, weiter randalierte, bis der Arzt sie am nächsten Morgen abholen ließ.

Später brachte er in Erfahrung, daß man ihren Sohn, der bei der Marine gewesen war, wegen angeblichen Landesverrates gefoltert und dann erschossen hatte. Welche harmlosen Bemerkungen bei den Nazis bereits als Landesverrat galten, wußten wir ja. Deshalb war sie also verfügbar gewesen und nun verrückt geworden. Daher auch die Weigerung, mit einem Schiff zu kommen.

Dies war nun die zweite Person, die ich nach dem jüdischen Wilhelm verrückt werden sah. Wie viele mochten sonst noch den Verstand verlieren, und dann wurden sie vielleicht, das hatte ich bereits gerüchteweise gehört, als unwertes Leben ausgemerzt.

Weiter mußte in Chaos und Dreck ausgeharrt werden, bis endlich eine tüchtige Schwester gefunden wurde, die gleichzeitig als Wochenpflegerin ausgebildet war, denn allmählich rückte der Zeitpunkt der Geburt immer näher.

Anfang Januar 1944 war es sehr kalt, und es gelang uns nicht, die Temperatur in unseren zwei Stübchen über acht Grad zu bringen. Die herbeigerufene Hebamme gab Alarm und telefonierte den Doktor herbei. Kaum war er da, gab es Stromsperre. Die Hebamme rannte zu den Nachbarn und borgte sich eine Knautsche aus. Knautschen waren Taschenlampen, bei denen man durch ständiges Hin- und Herbewegen eines Hebels mit der Hand (Knautschen) ein winziges Lämpchen, wie eine Puppenstubenlampen-Glühbirne, zum Leuchten bringen konnte. Die damit erzeugte Helligkeit überstieg allerdings kaum die einer Gruppe von Glühwürmchen. Der Doktor fluchte lautstark, die Hebamme hatte ihm bei dem Versuch, mit einer Kerze zu leuchten, die Hand verbrannt. Das Kind lag in Querlage! Die Hebamme knautschte wui, wui, wui, die Schwester hielt mir die Hände, und ohne Narkose brachte es dieser von städtischen Klinikärzten über die Schulter angesehene Landarzt fertig, meine vierte Tochter, völlig zerknautscht allerdings, ins Leben zu ziehen. Ihr Köpfchen hatte die Form eines Korkenziehers, und es war das erste meiner Kinder, bei dem ich ausrief: »Nein! Wie ist sie häßlich!«

Ihr Brutkasten bestand aus einem Körbchen, das mit erhitzten Ziegelsteinen erwärmt wurde, und nach und nach wurde auch die kleine Susanne ein schönes Kind. Ich bekam abermals Kindbettfieber, verlor abermals die Haare, aber diesmal war es nicht mehr so schlimm. Die Tanten bemühten sich redlich, nicht eine Last, sondern eine kleine Hilfe zu sein. Einmal sagte ich zu Tante Trudchen: »Kannst du bitte mal schnell die Susi halten?«

Die Tante fuhr zurück: »Nein Liebes, das trau ich mich nicht, ich hab noch nie so ein kleines Wurm gehalten.«

»Aber Tante Trudchen! Das ist doch nicht möglich! Du hast doch selbst drei Kinder gehabt!«

»Da hatte ich immer eine Amme.«

»Und wie hast du sie ohne Hilfe überhaupt gekriegt?«

»Ach«, lächelte die Tante, »das war nicht so schlimm, da bin ich immer gleich in Ohnmacht gefallen.«

Trotz allem hörte ich weder Tante Trudchen noch Tante Elschen jemals über die für sie doch wirklich unzumutbaren Lebensverhältnisse in Henkhof klagen. Sie standen immer über den Dingen und behielten ihren Humor.

Eine Freude, die mir Gretchens Pflegeschwester, Frau Werland, machen wollte, war keine. Mit einigen anderen Frauen aus der Frauenschaft erschien sie, hielt eine gerührte Ansprache, wobei sie ohne Tränen stolz hervorhob, daß sie nun dem Führer den zweiten Sohn geopfert habe, und überreichte mir das Mutterkreuz. Um zu verhindern, daß die Kinder mit dem prunkvollen Orden spielten, vergrub ich ihn tief in der Müllgrube. Die Aufforderung Frau Werlands, eine Kundgebung zu besuchen, befolgte ich aber aus Angst gehorsam. Dort befahl man der Bevölkerung, für den Fall, daß ein feindliches Flugzeug in unserer Umgebung abstürze, seien die daraus abspringenden oder sonstwie noch lebenden Personen unbedingt sofort umzubringen. Das sei kein Mord, wurde betont, das könne man sich nicht fest genug einprägen. Das sei der totale Krieg.

Auf dem Heimweg von der Kundgebung fragte ich Frau Werland, ob sie sich fähig fühle, ausländische Piloten zu erschlagen. »O ja«, sagte sie, »sie haben ja auch meine Söhne getötet. Wenn wir die Feinde nicht hassen, wie sollen wir sie besiegen? Aber ich hab ja gottlob meinen Mann noch hier, weil der über fünfundsechzig ist, der wird mir die Schmutzarbeit ersparen.«

Unbeirrt glaubte Frau Werland an den Endsieg, und nichts von den Greueltaten der Nazis drang an ihre Ohren, weil sie aus Pflichtgefühl jeden angezeigt hätte, der derartige Lügen über den geliebten Führer »erfand«. »Wer mit aller Kraft an das ›Gute‹ glaubt«, sagte sie, »muß jederzeit bereit sein, das ›Böse‹ mit Stumpf und Stiel auszumerzen.«

Am 20. Juli erfuhren wir, daß jemand versucht hatte, den Führer auszumerzen, »die Vorsehung« ihn aber gerettet habe.

Zwei von Tante Trudchens halbjüdischen Töchtern waren in England, eine jedoch war Chefsekretärin eines großen Konzerns, der nach Österreich ausgesiedelt worden war, und wurde von ihrem Chef geschützt. Ende September hörte Tante Trudchen durch den ausländischen Sender, daß nun auch in Österreich alle Halbjuden erfaßt und in die Organisation Todt zu Zwangsarbeiten geschickt werden sollten. Tante Trudchen, die schwer darunter litt, daß sie von zweien ihrer Töchter seit fünf Jahren nichts mehr gehört hatte, regte sich über diese Nachricht entsetzlich auf. Sie versuchte, eine Telefonverbindung mit Österreich herzustellen, kam aber nicht durch. Je länger sie am Telefon saß und sich um die Verbindung bemühte, desto aufgeregter wurde sie, und nach sechs Stunden erlitt sie einen Herzinfarkt, an dem sie zwei Tage später starb.

Für Tante Elschen, die ohne sie ganz hilflos war, war das ein schwerer Schlag, aber auch ich und die Kinder trauerten sehr und mit uns der ganze Kreis befreundeter evakuierter Frauen.

Die Nachrichten von der Front waren aber so, daß ich im stillen dachte: »Vielleicht hat Tante Trudchen mit diesem schnellen Tod das gleiche Glück gehabt wie immer, wenn es ihr schreckliche Erlebnisse ersparte und ihr nie Leistungen abverlangte. Wenn sie Kinder gebären sollte, konnte sie vorher schnell in Ohnmacht fallen. Jetzt – kurz bevor die Kultur untergehen wird, zu deren letzten Repräsentantinnen sie gehörte – stirbt sie schnell. Das Schicksal hat sie für die schönen, die ästhetischen, die geistvollen Dinge dieser Welt ausersehen. Was nun kommen wird, dafür war sie nicht geschaffen. Sie war immer wie ein Kanarienvogel gewesen, der in einem goldenen Käfig zart, fein und schön gesungen hat und sich frei und unabhängig fühlte, weil er die Wirklichkeit nicht kannte. Ob es in der Zeit, die nun bald anbricht, auch wieder Frauen geben wird, die eine so helle, klare Stimme haben und als ›Luxuspflanzen‹ gleichzeitig so disziplinierte, tapfere Naturen sind?«

Ich blieb bis zum Begräbnis abwechselnd mit Tante Elschen bei ihr sitzen, und ich trug sie selbst die Teppe hinunter in ihren Sarg, weil den niemand die Treppe heraufbrachte. Als sie im Grab lag, hatte ich dasselbe Gefühl wie sehr viel später, als ich die Türen hinter mir schloß und mich auf den Weg in den Westen machte: Ich zog die Schultern ein, knöpfte den Mantel zu, den Schal fest und sagte mir: »So, jetzt kann's losgehen. Die Zeit ist gekommen. Nun blick' ich nicht mehr zurück.« Es war für mich ein Abschied für immer, nicht nur von einem Menschen, sondern auch von seiner Zeit, deren Geist ja auch mich noch stark beeinflußt hatte.

Zweiter Teil

Russen

Das Haus füllt sich

Ende Oktober 1944 kam Frau Werland mit ihrem Gefolge weisungsbefugter NS-Frauen und kündigte mir an, ich müsse drei Zimmer für neun Flüchtlinge aus Ortelsburg richten, die »vorübergehend« aus dem östlichen Ostpreußen hätten evakuiert werden müssen, weil die Russen dort durchgebrochen seien. Meinen Einwand, für die Großmutter müsse unbedingt Platz bleiben, wenn sie selbst erst aus Hinterpommern fliehen werde, wies sie empört zurück: »Das will ich nicht gehört haben! Niemand wird je aus Hinterpommern fliehen müssen!«

Am nächsten Tag schlich ein Zug so armseliger Gestalten den Klinkerweg zum Haus hinauf, wie ich sie noch nie im Leben gesehen noch in Deutschland für möglich gehalten hatte. Es waren zwei Familien. Die erste bestand aus Vater und Mutter mit zwei Töchtern und einem Opa, die zweite aus Vater und Mutter, Sohn und Oma. Da sie mit dem Zug angereist und nicht zu Fuß getreckt waren, konnten die Lumpen, mit denen sie bekleidet waren, kaum kriegsbedingt sein, und der Dreck, von dem sie starrten, konnte nicht vom Waten durch Schlamm herrühren. Der war schon fast eingewachsen. Die Bündel, die sie schleppten, enthielten gewiß alles, was sie auch vorher nur besessen hatten. Als sie mich und das Haus sahen, in das sie nun einziehen sollten, benahmen sie sich, als täte sich vor ihnen der Glanz des Himmelreiches auf. Die Frauen knieten nieder und küßten mir den Rocksaum in tiefster Dankbarkeit, und auch die Männer benahmen sich sklavisch und unterwürfig. Als sie die drei Zimmer mit den neun frisch bezogenen Betten sahen, fingen die Zwölf- und die Vierzehnjährige sowie der fünfzehnjährige Junge an zu kichern und zu lachen, als hätten sie noch nie bezogene Betten gesehen, und als ich ihnen Vorräte und Feuerung zeigte, welche ich ihnen teils schenkte, teils lieh, fielen die Frauen noch einmal auf die Knie und jauchzten voll Dank, und auch die Männer benahmen sich, als sei ich die Jungfrau Maria persönlich.

Offensichtlich waren diese Menschen noch nie im Leben mit der Zivilisation in Berührung gekommen. Sie lehnten das dritte Zimmer ab, jede Familie stellte drei Betten nebeneinander und schlief darin zu fünft beziehungsweise zu viert und beschmutzte die schönen weißen Bettbezüge sofort mit dem Ruß des Kochtopfs, der in einem Zimmer auf dem Kanonenofen tagsüber als Dauereintopf brodelte und aus dem jeder dann löffelte, wenn er Appetit hatte. Alles Eßbare, ob Birnenkompott oder die Fleischzuteilung, wurde sofort in diesen Topf geworfen. Das von mir geliehene, mit so viel Mühe und Schweiß zusammengesammelte Holz verbrannten sie, ohne daran zu denken, womit sie morgen heizen sollten, und als dieses Holz alle war, ertappte ich die Leute dabei, wie sie die Stühle zu zerhacken begannen. Mit größter Strenge mußte ich sie dazu antreiben, mit mir zusammen im Wald Holz zu sammeln und zu hacken, auch nur mit großer Strenge konnte ich sie daran hindern, ihre Notdurft in den warmen Zimmern zu verrichten, anstatt im kalten Außenklo. Von meinen Kindern zeigten sich Frauen und Mädchen entzückt, aber immer, wenn sie die kleine Susi oder Betti auf dem Arm gehabt, geherzt und geküßt hatten, krabbelten Läuse im blonden, gepflegten Haar meiner Goldkinder. In der Annahme, ich sei unerschöpflich reich und Gott habe sie in ein Schlaraffenland versetzt, in dem sie alles haben dürften, was sie wollten, gingen sie an die für uns zurückbehaltenen Einmachgläser und zwangen mich, Keller, Speisekammer und Holzschuppen fest zu verriegeln.

Mit dieser Auswahl evakuierter Masuren hatte Frau Werland mich wohl dafür bestrafen wollen, daß ich nicht an den Endsieg glaubte, denn die Ortelsburger waren längst nicht alle so unzivilisiert wie meine.

Nun waren wir bereits fünfzehn Menschen im Haus, als eine Deutsch nur radebrechende Finnin bei mir anklopfte und um Gottes willen Obdach für sich, ihr kleines dreijähriges Töchterchen, ihre Freundin und ihre Mutter erbat. Sie würden sich mit dem kleinsten Raum zufriedengeben. Die Frau weinte und schluchzte so zum Erbarmen und erzählte mir ein so schreckliches Schicksal, daß ich dachte, solange die Großmama nicht hier sei, könne ich die Ärmsten ja auch noch unterbringen. Ich ging also mit den Finnen zum Bürgermeisteramt, ließ mir schriftlich und vertraglich unterschreiben, daß diese Leute augenblicklich ausziehen müßten, sobald die Hauseigentümerin, Frau Daubler, den Platz benötige, die zur Zeit krank sei. Diesmal verschwieg ich das Wort Hinterpommern.

Nun waren wir neunzehn Menschen, die in sieben Zimmern hausten, wovon nur Tante Elschen eines für sich allein hatte.

Nicht genug damit, rief Tante Hedwig eines Tages an, sie werde eine Hochschwangere schicken, die ich unbedingt bei mir aufnehmen müsse, den Grund würde mir die Dame sagen, wenn sie komme.

Bei Nacht und Nebel brachte ein junger Offizier seine ebenso junge, blasse Frau und erzählte mir unter vier Augen, sie sei die Tochter eines der Attentäter vom 20. Juli und wegen der Sippenhaft in Gefahr. Da nun schon so viele Leute im Haus seien, werde sie nicht auffallen, und niemand werde danach fragen, warum sie nicht angemeldet sei. Er gab mir für sie Lebensmittelmarken, die er von Tante Hedwig bekommen hatte, und bat, seine Frau auch dann weiter mit durchzufüttern, wenn diese Marken alle seien. Er nannte mir den Namen nicht und bat, seine Frau Ursula zu nennen. Das genüge ja auch. Daraufhin eilte er wieder davon.

Ich brachte Frau Ursula bei Tante Elschen im Bett der verstorbenen Tante Trudchen unter, da war es wenigstens warm, und Tante Elschen freute sich, denn sie schloß Ursula sofort in ihr Herz.

Trotz der vielen Menschen vermißten Tante Elschen und ich die schönen Abende vom Vorjahr, als Tante Trudchen noch lebte, all die netten Frauen abends gekommen waren und man den ausländischen Sender hören konnte. Jetzt war immer öfter Stromsperre, und es wurde immer schwieriger, Kerzen zu beschaffen. War einmal Strom da, wagten es die Tante und ich nicht, BBC anzustellen. Dazu hörten zu viele mit. Jetzt erzählte uns Ursula, was inzwischen vorgefallen war und was mit den Attentätern geschah, die man gefaßt hatte. Hin und wieder trauten wir beide uns, spät nachts gemeinsam die Köpfe unter die Bettdecke zu stecken und ganz leise das Radio abzuhören. Wo Ursula ihr Kind kriegen sollte, wußten wir noch nicht. Sei meinte, ihr Mann werde wohl noch ein geeigneteres Versteck finden.

Im Januar 1945 klopfte es wieder ans Fenster, vor dem ich mit Ursula im Dunkeln saß, um Kerzen zu sparen. Wieder standen da

Flüchtlinge von einem Treck, der durch Stubbenhof gezogen sein mußte und von Tante Hedwig meine Adresse bekommen hatte. Ich wurde angefleht, zwei junge Frauen aufzunehmen, von denen eine in einem Graben, versteckt vor russischen Soldaten, die den Treck bereits überrollt hatten, ein Baby bekommen hatte. Wie konnte ich eine Mutter mit einem Neugeborenen draußen in der Kälte lassen. Auch für die beiden und den Säugling wurde, wenn auch äußerst notdürftig, noch Platz geschaffen. Ich schenkte ihnen selbstverständlich alle Babysachen, aus denen Susi inzwischen herausgewachsen war.

Von diesen beiden jungen Frauen erfuhr ich authentisch, was ich bisher nicht hatte glauben wollen, weil ich es für Goebbels-Propaganda hielt (und was ich auch der BBC nicht glauben wollte, weil ich es für englische Propaganda hielt), wozu Menschen im Krieg fähig sind: daß Soldaten in aller Welt, ob Russen, ob Deutsche, sich seit dem Dreißigjährigen Krieg nicht geändert haben. Die Frauen hatten an Scheunentore genagelte Menschen, zu Tode vergewaltigte Kinder und so viel Leichen in den Dörfern gesehen, durch die sie sich geschlichen hatten, daß ich bereute, nicht auch rechtzeitig geflohen zu sein.

Nun war es zu spät. Alle Flüchtenden, die nach Henkhof kamen, erzählten von mit Trecks verstopften Straßen und daß man nirgends mehr durchkomme, auch nicht, wenn man noch Pferd und Wagen besitze.

Anfang Februar wurde Ursula von ihrem Mann heimlich wieder abgeholt. Es war höchste Zeit, denn die Geburt konnte bald einsetzen. Ursulas Vater war hingerichtet worden. Ihren Nachnamen erfuhr ich sicherheitshalber nie.

Heimkehr der Großmama

Nun saß ich nachts wieder allein im Dunkeln, um darauf zu warten, daß um Mitternacht der Strom angestellt wurde und ich Radio hören konnte. Sowohl mit Kerzen als auch mit Streichhölzern mußte ich sparsam umgehen.

An diesem einen Tag im Februar 1945 hatte ich grade nur noch ein Kerzenstummelchen und drei bis vier Hölzchen. Morgen sollte es wieder Zuteilung geben. Es war zwischen 22 und 23 Uhr, als ich vor der Gartenpforte eine Männerstimme und Peitschenknallen hörte. »Die Russen!« dachte ich. Aber dann rief jemand meinen Namen. Ich ging nach draußen und sah im matten Schein eines Viertelmondes einen Pferdewagen vor der Gartenpforte stehen und hörte weibliche Stimmen.

»Großmama!!«

Ich eilte zu dem offenen Leiterwagen, aber da lagen auf einer dünnen Strohschicht nicht nur die Großmama, sondern außer ihr noch zwei alte Ehepaare und ein junges Mädchen. Sechs Personen, und wir waren schon zweiundzwanzig! Nur in Tante Elschens Zimmer war ein Bett freigeworden!

Die Ehepaare waren Evakuierte, die vor den Bomben nach Stubbenhof geflohen waren, ein Ehepaar Daubler und ein Ehepaar Brecht. Letzteres hatte ein Dienstmädchen mitgebracht.

Alle Flüchtlinge waren völlig erschöpft und durchfroren. Die Reise in überfüllten Zügen hatte tagelang gedauert, und nun waren sie auf einem offenen Leiterwagen ohne Zudecken fünf bis sechs Stunden lang um den Bodden gefahren worden. Daß die kranke Großmutter das überstanden hatte, schien mir wie ein Wunder.

Mit dem Fuhrunternehmer trug ich erst einmal alle ins Haus in mein noch etwas warmes Zimmer und legte die Großmama in mein Bett. Dann packte ich Susi und Betti und stopfte die schlafenden Kleinen zu Judith und Nella unter die Decke. So wurden zwei Betten für den Onkel und die Tante Daubler frei. Die übrigen drei mußten warten, bis der Strom kam und man etwas sehen konnte.

»So, Erika, jetzt mach uns gleich etwas Heißes zu trinken!« befahl die Großmama.

»Bitte wartet damit bis um Mitternacht«, sagte ich und hauchte auf die eiskalten Hände der geliebten Kranken.

»Dann kommt der Strom erst. Ich kann mit dem nassen Holz jetzt kein Feuer machen, ich hab nur noch wenige Streichhölzchen. Komm, laß dich einwickeln.«

»Warum hast du nicht für trockenes Holz gesorgt, das ist doch eine Schlamperei! Dann bring uns von meinem Birnenkompott, das hab ich meinen Gästen schon auf der ganzen Reise versprochen.«

»Oh, Großmama, es ist keins mehr da.«

»Was? Du und deine Kinder habt alle Kompottgläser aufgegessen, die sonst die ganze Saison reichen? Ich hab gedacht, ich kann dir Haus und Garten anvertrauen!«

»Nicht ich und meine Kinder. Wir sind zweiundzwanzig Menschen im Haus.«

»Wen hast du denn da eingeladen? Davon weiß ich gar nichts! Es ist doch erst Februar, die Saison hat doch noch gar nicht angefangen!«

»Großmama, das sind Flüchtlinge!«

»Was heißt denn Flüchtlinge!! Vor wem fliehen die denn? Mein Haus ist doch kein Asyl!«

Jetzt griff der alte Herr Brecht ein: »Es braucht doch überhaupt niemand zu fliehen! Frau von Stubben hat auch so einen Unsinn geredet und uns aus Stubbenhof weggejagt! Es ist unerhört, uns alte Leute auf so eine Reise zu schicken, nur weil sie uns nicht länger das bißchen Essen abgeben will.«

»Herr Brecht«, schimpfte Großmama, »was sagen Sie da von meiner Tochter. Hedwig hat uns weggeschickt, weil die Russen kommen, und...«

»Hören Sie auf, Frau Daubler!« schrie der alte Herr zurück. »Russen kommen! So ein Unsinn! Der Führer hat gesagt, sie kommen nicht! Und ich dulde keine Unkerei!«

»Halten Sie den Mund!« wies Großmama den alten Herrn souverän zurecht. »Jetzt kann man gottlob alles wieder sagen, und niemand braucht sich mehr vor Ihnen zu fürchten, Sie, Sie, Sie Nazi! Sie sind jetzt Gast in *meinem* Haus! Ich setze Sie sofort raus, wenn Sie hier wieder Ihre Endsiegparolen loslassen. Aber ich gebe Ihnen darin recht, daß es Blödsinn von meiner Tochter war, uns fortzuschicken! Auch sie ist reingefallen auf die Goebbels-Propaganda! Als ob die russischen Soldaten irgend jemandem ein Haar krümmen!! Ein Blödsinn, daß alle wegrennen!«

»So schlimm wie Hitler kann doch Stalin gar nicht sein«, ertönte aus dem Nebenzimmer die Stimme der alten Tante Daubler.

»Was sagen Sie da...« Der alte Herr Brecht lief rot an, aber da flackerte die letzte Kerze, das Lichtchen ging aus, es war stockdunkel.

»Mach Licht!« befahl die Großmama.

»Es gibt keinen Strom.«

»Was hat das damit zu tun! Kannst du nicht knipsen? Da rechts ist der Schalter!«

»Es geht nicht.«

»Dann zünde die Kerze an!«

»Ich habe keine Kerze mehr!«

»Eine Wirtschaft ist das! Den Empfang hab ich mir aber anders vorgestellt. Und du willst eine gelernte Mamsell sein!«

Ich schwieg. Alle schwiegen in der Dunkelheit, bis um Mitternacht der Strom kam und alle versorgt und untergebracht werden konnten.

Für Brechts hatte ich eine Höhle zwischen die vielen Koffer, Kisten und Säcke im Musikzimmer gewühlt und ihnen ein provisorisches Lager bereitet. Morgen mußten ja dann die Finnen ihr Zimmer räumen. Ich selbst saß auf einem Stuhl neben dem Ofen, in den ich noch einmal Holz nachgelegt hatte.

Ruhe war eingekehrt. Die Großmama schnarchte. Da hörte ich, wie im Musikzimmer Kisten und Koffer polterten und umfielen.

»Was ist los? Müssen Sie noch einmal auf die Toilette?« flüsterte ich in die Dunkelheit hinein.

»Wo sind denn zum Donnerwetter unsere Koffer? Hier steht ja alles voll! Man findet gar nichts in der Finsternis!«

»Ja, was wollen Sie denn jetzt aus Ihrem Koffer?«

»Na, Sie sind gut! Wir brauchen doch unsere Nachthemden!«

Diese beiden alten Leutchen hätten auch auf einem untergehenden Schiff noch nach ihren Nachthemden gesucht, wenn es Zeit zum Schlafen war.

Am nächsten Morgen holte ich die Finnen aus dem Bett, nahm sie mit zum Bürgermeister, legte beider Unterschriften vor und verlangte die Einhaltung des Versprechens, die zwei Zimmer zu räumen, wenn die Eigentümerin kommen würde.

»Wieso braucht die alte Frau zwei Zimmer? Die kann doch bei ihrer Schwester schlafen.«

»Das tut sie auch, aber sie hat noch fünf Verwandte mitgebracht.«

Der Bürgermeister sah ein, daß Großmama das Recht hatte, Verwandte in ihrem Haus unterzubringen. Er hatte auch zufällig für die vier Finnen eine andere Unterbringungsmöglichkeit, aber diese bestanden darauf, sie hätten ältere Rechte als diese Leute, die heute erst kamen. Dennoch mußten sie sich fügen und umziehen, aber die junge Frau schwor Rache und war so wütend, daß ich erschrak.

Jetzt waren vierundzwanzig Menschen im Haus, von denen ich für zwölf kochen mußte, entweder um Mitternacht, wenn es Strom gab, oder am Tag mit nassem Holz auf dem Herd mit den kaputten Ringen. Es gab zwar nach einer Weile Lebensmittelmarken, aber keine Feuerung mehr für die Neuankömmlinge. Bis die Marken kamen – und das dauerte vierzehn Tage –, mußte ich wohl oder übel für die sechs zusätzlichen Esser meine eigenen Marken und die Vorräte verwenden, die ich mir mit den Kindern vom Mund abgespart hatte für die erste Zeit, wenn die Russen kämen. Die alten Daublers gaben mir später die Marken zurück für sich und die Großmama, Brechts behielten die ihren ohne Kommentar. Der Alte konnte immer noch gefährlich werden, deshalb sagte ich nichts. Einmal ging ich ins Dorf, da stand er auf einer Kiste, umringt von einer grinsenden Menge, und hielt eine Rede zum Durchhalten: »Wer sagt, Göring habe abgedankt, ist ein elender Lügner! Unser Reichsmarschall dankt nicht ab!« schrie er. Ich machte einen großen Bogen um ihn, damit niemand im Dorf sah, daß er in mein Haus gehörte.

Die Russen waren schon über der Oder und in Berlin. Wir befanden uns längst hinter der Front. Man hatte uns vorläufig nur vergessen.

»Die Russen kommen!«

Es wurde Frühling. Die tägliche Sorge, Brennholz zu beschaffen, die täglichen Anstrengungen, nasses Holz anzuzünden, die tägliche Qual, abends stundenlang im Dunkeln zu sitzen, weil es keine Kerzen, keine Zündhölzer und keinen Strom gab, verringerten sich in dem Maß, wie die Sonne länger und wärmer schien. Die Kinder konnten wieder draußen spielen und die alten Leute, sofern sie nicht bettlägerig waren, sich im Freien ein wenig Bewegung verschaffen. Nur, was auf den Tisch kam, wurde täglich weniger, da auch das, was es eigentlich auf Lebensmittelkarten geben sollte, kaum mehr ins Dorf geliefert wurde. Die Versorgung der Bevölkerung mit Lebensmitteln auf Marken hatte während des ganzen Krieges erstaunlich gut geklappt. Jetzt sollte die Zeit anbrechen, in der die hungernden Kinder immer wieder fragten: »Mutti, wann ist denn endlich wieder *Krieg*, damit wir was zu essen *kriegen*?« Das Wort »Krieg« verband sich in der Erinnerung der Kleinen mit dem Begriff, man »kriegt« noch was.

Aber Ende März 1945 war noch Krieg, weit westlich von Henkhof tobte er noch. Wir fingen an zu glauben, wir seien auf einer ausgesparten Insel, es sei richtig gewesen zu bleiben, hierher kämen die Russen nicht. Aber dann ging es wie ein Lauffeuer von Haus zu Haus: »Sie kommen! Sie kommen! Da sind sie schon, dort sind sie schon, hängt weißte Bettlaken hinaus! Wo die nicht hängen, da brennen sie die Häuser ab! Und dies haben sie schon getan und das, o Gott, es ist viel schlimmer, als wir dachten.«

Wenige Tage vor diesem 9. April war als fünfundzwanzigster Flüchtling und als dreizehnter, der von mir totale Betreuung erwarten durfte, Ulrich eingetroffen, zum Skelett abgemagert, mit einer schweren Bronchitis und einem kürzlich erst überstandenen Schädelbasisbruch. Den hatte er bei einem Autounfall davongetragen, irgendwo in Ostpreußen, hatte lange im Lazarett gelegen, war dann als für immer dienstuntauglich mit allen erforderlichen Papieren vom Militär entlassen worden und auf diese Weise unbehelligt zu Fuß nach Henkhof gelangt. Er hatte sich einen weißen Vollbart wachsen lassen, und sah nun in seinem klapprigen Zustand plötzlich uralt und greisenhaft aus.

Trotz allem, was er auf seiner Odyssee von den Russen erlebt und gehört hatte, galt nun, als es hieß: »Sie kommen«, seine ganze Sorge wieder einmal nur seinen Büchern, die er aus Rostock in den Bodenraum des Waschhauses transportiert und verstaut hatte. Obwohl ich lieber Silber und andere Wertsachen versteckt hätte, beschwor er mich so herzzerreißend, ihm zu helfen beim Vergraben seiner Bücher, daß ich nachgab. Das Argument, mit dem er mich herumkriegte, war, daß in sehr viele der Bücher unter anderem auch das

Hakenkreuz hineingestempelt worden war oder daß Verlage dieses Hakenkreuz gleich hineingedruckt hatten. Die Russen, sagte Ulrich, können oft nicht lesen, vor allem aber niemals deutsch. Wo sie ein Hakenkreuz sehen, sagen sie einfach: »Chitlär«, beschlagnahmen das Buch und verhaften den Eigentümer als überführten Nazi. Als es also dunkel wurde an diesem 9. April und man annehmen konnte, die vielen Fremden im Haus schliefen, fingen Ulrich und ich an, die Bücher vom Dachboden des Waschhauses herunterzutragen, auf den Bollerwagen der Kinder zu laden und dann zu einer tiefen, langen Rinne zu ziehen, die Ulrich den ganzen Tag bereits hinter dem Komposthaufen am Zaun entlang ausgehoben und mit wasserdichtem Ölpapier ausgelegt hatte. Er glaubte, dabei nicht beobachtet worden zu sein. Es war eine ganz fürchterliche, sehr, sehr anstrengende Arbeit in großer Eile, mit viel Angst, dabei gesehen oder gehört zu werden, und mit der Gewißheit, daß man in einer Nacht damit gar nicht fertig werden konnte. Es waren viel zu viele Bücher.

Im Dorf war es ruhig, manchmal glaubten wir schon, die Russen kämen gar nicht. Dann aber, so gegen 5 Uhr morgens, hörten wir Pferdehufe klappern und bald danach Motorengeräusch. Eine helle Knabenstimme schrie: »Halt!«, worauf einige Schüsse fielen. Dann ging das Motorengeräusch weiter, und Ulrich sagte: »Das sind Panzerwagen.«

Irgendeine Kolonne bewegt sich in Richtung Wald über die Dorfstraße. Es schien, als ob die Russen nur durch den Ort zögen, ohne haltzumachen, aber Hoffnungen daran zu knüpfen war natürlich sinnlos. Dann war Ruhe. Ulrich und ich schaufelten die lange Rinne mit den vielen Büchern zu, stampften sie fest und tarnten sie mit Kompost. Der Waschhausboden war wirklich fast leer geworden. Wir warfen die alten Säcke und Gartengeräte über den Rest, verschlossen den Bodenraum und gingen zurück ins Haus, wo die Kinder bereits von der Sonne geweckt worden waren und angezogen werden wollten. Ich schickte sie mit der Mahnung in den Garten: »Bleibt beim Haus im Garten, geht nicht aus der Pforte hinaus«, und begann damit, die Kranken zu waschen, zu betten und zu versorgen. Die drängende Arbeit ließ mich fast die Russenfurcht vergessen.

Als ich die Betten der Großmama zum Fenster hinaus ausschüttelte, wobei ich einen Blick auf die Kinder werfen wollte, sah ich, worauf ich nun schon so lange Zeit gewartet hatte und was ich mir so tausendmal voller Angst vorgestellt hatte: den ersten Russen.

Er hatte einen kahlgeschorenen Kopf, trug die braune Uniform mit den unkleidsamen Pluderhosen, in denen die ohnehin häufig kurzbeinigen Asiaten noch kurzbeiniger aussahen, schob ein Fahrrad durch das Gartenpförtchen, und auf der Lenkstange des Fahrrades saß, die Ärmchen liebe- und vertrauensvoll um den Hals des Feindes geschlungen, meine kleine Betty, das unartige Kind, das trotz des Verbots nach draußen gelaufen war.

Dieser erste Russe hatte ein freundliches, menschliches Gesicht, das trotz des geschorenen Kopfes vertraut und europäisch anmutete und keinerlei Angst einflößte. Von mir alarmiert, rannte, wer laufen konnte, nach unten, umringte den »Eroberer«, der Betty auf den Boden setzte, sie küßte, sich prüfend umsah und dann etwas zu sagen versuchte. Hier bewährte sich einer der Ortelsburger Väter, der einen polnischen Dialekt mit vielen russischen Lehnwörtern sprach, als Dolmetscher. Was der Russe sagen wollte, war: Ich solle schleunigst die Fahrräder in der Halle vor den nach ihm kommenden Kameraden in Sicherheit bringen.

Aber ehe ich diesen Rat befolgen konnte, drängte eine Gruppe von sechs weiteren Soldaten durchs Pförtchen und ging auf dem Klinkerweg, umrahmt von Krokussen und Schneeglöckchen, aufs Haus zu, woraufhin der erste Russe die Achseln zuckte und sich bedauernd davonmachte.

Die sechs, die nun kamen, versuchten keine Verständigung und taten, als sähen sie die vielen Menschen nicht, die vor dem Haus standen und sie erwarteten. Drei von ihnen ergriffen die Fahrräder, die in der Halle standen, und versuchten mit Hilfe der anderen drei Kameraden Radfahren zu lernen. Immer wieder kippten sie dabei um, fielen hin, kreischten, lachten, johlten, schimpften, klingelten laut. Kaum waren sie mit den Rädern verschwunden, als der nächste Trupp kam und danach wieder einer und wieder einer und wieder einer.

Jede Gruppe war auf der Suche nach etwas anderem. »Uhri, Uhri«, hieß es am häufigsten. Alle Deutschen wurden nach

Schmuck, Uhren und Ringen abgetastet, und die Gruppen, die bei den im Garten Stehenden nichts fanden, stürmten ins Haus und durchsuchten die Bettlägerigen und ihre Schränke. Tante Elschen öffnete ihnen freundlich die Tür, streifte gelassen Schmuck und Uhren ab und überreichte sie höflich einem Trupp Tataren, und auch die Großmama in ihrem Bett lächelte nur, als man ihr die Ringe von den mageren Fingern zog, als seinen diese uniformierten Asiaten liebe Kinder, denen man eben mal den Willen lassen müsse. Wenn sie weiter nichts taten! Alle Soldaten plündern, das war ja in jedem Roman zu lesen.

Im Lauf des Tages wurde es gefährlicher, und am späten Nachmittag war es für uns Frauen ratsam, uns zu verstecken, nachdem ein Trupp das Dienstmädchen der Brechts mitgenommen hatte. Es war nicht direkt ein »Raub« gewesen, das Mädchen durfte sich vorher schnell einige Sachen zum Anziehen in einen Koffer packen und diesen mitnehmen, aber ihr blieb auch keine andere Wahl. Hätte sie sich gewehrt und geschrien, wäre Gewalt angewendet worden. Ich war froh, daß ich mir wohlweislich aus alten Militärwolldecken einen Hosenanzug genäht hatte, der nicht nur alle weiblichen Reize völlig verbarg, sondern auch wegen raffiniert komplizierter Verschlüsse von fremden Händen nirgends zu öffnen war, es sei denn, man risse den unzerreißbaren Stoff vom Leib. Wie ich da stand, mit Susi auf dem Arm und den drei anderen kleinen Mädchen dicht um mich herum und merkwürdigerweise tatsächlich ohne Angst, kam mir keiner der Soldaten zu nahe. Man redete mich ehrfurchtsvoll mit »Mutti« an. Außer mir gab es an weiblichen Wesen, die zu vergewaltigen sich irgendwie lohnen konnte, nachdem das Dienstmädchen fort war, nur noch die Töchter der Ortelsburger und deren Mütter, die auf eine mir ziemlich verdächtig vorkommende Weise auf polnisch mit den Russen ins Gespräch und – offensichtlich – ins Geschäft zu kommen suchten.

Ulrichs weißer Bart erwies sich als gute Idee. Um nicht als ehemaliger Offizier identifiziert zu werden, setzte er sich in einen Sessel, wackelte mit dem Kopf, sabberte und brabbelte vor sich hin, als sei er ein geistig bereits weggetretener Tapergreis. Die Russen lachten über ihn und ließen ihn in Ruhe.

Gegen Abend war alles aus dem Haus getragen worden, was diesem ersten in Henkhof stationieren Regiment als Beuteobjekt gefallen hatte, und das war weniger als das, was aus den anderen Häusern geraubt wurde. In Großmamas Haus gab es keine mit Plüsch, Velours oder anderen Stoffen bezogenen Sitzmöbel, kein Porzellan- und anderen Nippes, keine Ölbildschinken. Der auf Zweckmäßigkeit bedachte Bauhaus-Stil der Einrichtung traf nicht den Geschmack der Plündernden. Was diese liebend gerne mitgenommen hätten, gelang ihnen nicht abzumontieren, nämlich das Spülklosett mit dem darüber hängenden Wasserkasten. Als eine Gruppe diese Geräte entdeckte und begriff, wofür sie gedacht waren und wie sie funktionierten, gab es zunächst ein kreischendes Gelächter, und jeder wollte ausprobieren, wie das ging. Sie hielten das Loch in der Kloschüssel, durch das der Inhalt in das Rohr gespült wird, für das, wohinein beim Verrichten des Geschäftes gezielt und getroffen werden muß. Einer nach dem anderen zog vor allen Leuten die Hosen herunter, setzte sich mit dem Gesicht zum Klodeckel auf die Schüssel und versuchte »das Ziel« zu treffen. Nachdem sie sich in dieser Beziehung verausgabt hatten, umringten alle sechs stehend die Schüssel und versuchten, mit ihrem Strahl ins Loch zu treffen. Mit einer schnell angefertigten Skizze machte ich ihnen dann ohne Wort klar, woher das Wasser kam, daß es also sinnlos sei, Wasserkasten und Klosett abzumontieren und mitzunehmen. Diese Zeichnung heftete ich deutlich sichtbar für jeden folgenden Trupp in die Toilette, so daß es auch in Zukunft bei Besichtigung und Experimenten blieb, wozu diese Wunderdinger wohl geschaffen seien. Nicht verhindern konnte ich, daß immer wieder Trupps versuchten, gerade geklaute Kartoffeln oder Rüben in der Kloschüssel zu waschen, und es für einen bösartig ausgekügelten Racheakt der »Chitlärs« hielten, daß diese nach dem Ziehen und Auslösen des Wassergusses in der Versenkung unwiederbringlich verschwanden. Das hatte nach einigen Tagen eine endgültige Verstopfung zur Folge – insbesondere, da der Strom für die Pumpe bald ganz ausfiel –, so daß wir die nächsten Jahre auf fließend Wasser verzichten und alles Wasser handgepumpt aus dem Waschhaus holen mußten.

Mit Einbruch der Dunkelheit mußten sich alle mangels Licht ins Bett legen. Sicherheitshalber behielt ich meinen hermetisch abgeriegelten Schutzanzug an und sagte, bevor ich vor Übermüdung wie eine Tote einschlief: »Ach, Ulrich! Ich habe die ganze Nacht für dich deine Bücher vergraben, anstatt meine Wertsachen und meine Fahrräder in Sicherheit zu bringen. Das ist jetzt alles weg. Was die Russen noch nicht gefunden haben bis jetzt, ist mein kleiner Zigarettenvorrat dort im Eckschrank. Er befindet sich in einer alten Zigarrenkiste. Sie doch bitte so lieb, geh noch mal nach draußen und vergrabe für mich meine Zigaretten.«

»Ja, Liebling, natürlich.« Ulrich erhob sich noch einmal, tastete im Dunkeln im Eckschrank herum, rief: »Ja, ich hab die Kiste« und tappte nach draußen. Ich schlief ein.

Ich erwachte davon, daß mir eine Taschenlampe ins Gesicht leuchtete und jemand die Zudecke wegzog. Augenblicklich klingelte bei mir im Hinterkopf die Lehre: »Das Wichtigste ist totale Furchtlosigkeit!« Das hatte sich so tief in mein Unterbewußtsein eingegraben, daß ich sofort freundlich lächelte, anstatt erschrocken zu schreien, und in das blendende Licht der Taschenlampe hinein, ohne noch zu erkennen wer sie in der Hand hielt, ruhig fragte: »Bitte? Was wünschen Sie? Als Antwort erhielt ich ein gutturales und besoffen klingendes »Frau, Frau, komm, Frau«, von dem man mir oft erzählt hatte. Ich sah zwei geschorene Glatzköpfe mit Stoppelbärten, von denen der eine eine schwarze Binde über einem Auge trug. Ich lächelte, erhob mich in aller Ruhe, hakte mich beim einen Mann links, beim anderen rechts ein und führte die Widerspruchslosen, Gehorsamen an den Betten der vier Kinder vorbei langsam aus dem Zimmer hinaus. »Nix Frau«, sagte ich dabei streng, aber freundlich. »Eins, zwei, drei, vier Tschimmek, Kinder, verstehen?«

Draußen vor der Tür stand ein dritter Russe, der den wieder wakkelnden und sabbernden Ulrich festhielt. Auch er gehorchte meinem Befehl, schleunigst zu verschwinden.

Das ist ja wie bei den Kettenhunden, dachte ich. Onkel Otto hatte recht, als er mir beibrachte, wie man den bösen Nachbarhund durch Furchtlosigkeit beruhigte. Als sie fort waren, kriegte ich dennoch das große Zittern. Ich lief nach oben zu Großmama und Tante Elschen. »Schnell, laßt mich bei euch in euren Wandschrank! Da waren eben Russen, die wollten mich vergewaltigen!«

Die Großmutter klopfte mit ihren jetzt ringlosen Fingern, wie sie es immer tat, wenn sie ihrer Überlegenheit und Autorität besonderen Nachdruck verleihen wollte, nervös auf die Bettdecke und sagte in sehr strengem, tadelndem Ton: »Erika, nimm dich zusammen! Ich *dulde* nicht, daß *dieses* Wort in *meinem* Hause ausgesprochen wird!«

Auch die übrigen Hausbewohner waren vom ersten Eindringen der nächtlichen Besucher erwacht, und als es wieder polterte und Türen aufgestoßen wurden, schlüpften alle Gefährdeten, wie verabredet, in die Wandschränke. Diesmal war es ein Trupp betrunkener Kalmücken, die sehr wild wurden, als sie im Parterre keine Frau vorfanden. Sie stürmten die Treppen hinauf, brüllten »Frau, Frau« und schlugen mit dem Gewehrkolben gegen die Türen.

Tante Elschen erhob sich in ihrer ganzen Länge, mager wie ein Gerippchen, und ging ihnen im Morgenrock freundlich entgegen. Entschuldigend zuckte sie die Schultern, daß sie leider nichts anzubieten habe, was diese Herren wohl wünschten, und sagte in den leeren Flur hinein, unter dessen verborgenen Wandtüren zitternde Frauen saßen: »Aber meine Damen, machen Sie doch auf, sonst werden die Herren ja noch böser! Sie tun mir ja auch nichts! Man kann doch mit ihnen reden.«

Obwohl ich in der Folge immer wieder hörte, daß auch uralte Weiblein vergewaltigt wurden und es den Russen überhaupt nicht auf die körperliche Beschaffenheit eines weiblichen Wesens ankam, wenn nur eine technische Möglichkeit dazu bestand, so war nur eines unentbehrlich für dieses Vermögen, nämlich die *Angst* des zur Selbstbefriedigung dienenden Objektes.

Tante Elschen hatte keine Angst.

Schon früh am nächsten Morgen kamen wieder Plünderer, und das erste, was sie fanden, waren meine kostbaren Zigaretten. Ulrich hatte in der Nacht den Knopfkasten vergraben. Er hatte sich in der Dunkelheit so ähnlich angefühlt wie der Zigarettenkasten.

Ein Regiment nach dem anderen stationierte in Henkhof einige Tage, graste den Ort immer neu nach Wertsachen und Frauen ab, eigente sich alles Eßbare an, was in den Häusern, Gärten oder Äkkern zu finden war, und wurde dann wieder abgelöst. Es schien, als würden sie nicht verpflegt, denn wir erlebten, daß ein Regiment die Dorfstraße mit einer Eisenbahnbarriere zusperrte und das nördliche das südliche Regiment nicht mehr durchließ. Es kam zu Schießereien und Toten, als die hungernden Ausgesperrten dennoch versuchten, durchzubrechen, denn das ihnen gebliebene Terrain bestand ja nur aus Wald.

Es dauerte nicht lange, dann bildete die deutsche Bevölkerung mit den Russen oft eine Notgemeinschaft, denn alle hatten meist gleich viel zu essen – nämlich absolut nichts. Alles, was Beine hatte, schwärmte bei Tagesanbruch aus, um Kräuter, Sauerampfer, Brennnesseln, Baumrinden, Pilze, Beeren oder sonst irgendwas zu finden, was eßbar war. Als dann Reiterregimenter mit Pferden kamen, war bald auf der ganzen Halbinsel jedes aus dem Boden sprießende Hälmchen und alles Laub von den Bäumen bis zur Höhe eines Pferdemaules abgefressen, alles, was gesät war, vernichtet.

Ich fühlte mich in die Zeit Dschingis-Khans versetzt, als die Hunnen wie Heuschrecken ins Land eingefallen waren und mit ihren vielen Pferden alles ratzekahl gefressen hatten. In unserem Garten und den dahinter liegenden Wiesen war Zelt an Zelt aufgebaut, so weit das Auge reichte, dazwischen Pferde über Pferde und wimmelnde Soldaten mit ihren rauhen Stimmen. Ich wartete immer vergeblich auf den berühmt schönen Gesang der Russen. Unsere waren wohl zu schlaff und zu hungrig dazu. Meistens hatten sie nichts anderes als Fische und Fleisch von vor Hunger verreckten Pferden. Das mußte ich ihnen in meiner Küche kochen. Sie gaben aber nichts ab.

Ich stellte daher Judith und Nella als Beobachter auf. Wenn irgendeine Bewegung durch die vielen Soldaten auf den Wiesen ging und man Leute zu einer Stelle rennen sah, dann gaben die Kinder Alarm. Ich ergriff eine Schüssel und ein Messer und rannte inmitten ebenfalls rennender Soldaten zu dieser Stelle. Dann lag da ein totes

Pferd, und jeder schnitt sich ab, soviel er konnte und soviel man ihn ließ. Kam man rechtzeitig, konnte man manchmal noch etwas Blut abbekommen. Das schmeckte wie Rührei, wenn man es sofort auf die Pfanne tat und über dem Feuer gerinnen ließ.

Die Kranken und Alten, die von mir verpflegt sein wollten, verweigerten dieses Fleisch, weil es blasig und ungesalzen war. Woher Salz nehmen?

Es mußte Meerwasser destilliert werden. Die Russen sperrten den Strand ab. Es war ja noch Krieg. Endlich wurde erlaubt, einmal am Tag unter Bewachung eine halbe Stunde an den Strand zu gehen und Wasser zu holen. Die Stelle war weit entfernt von unserem Haus. Judith, Nella und ich stellten Eimer auf den Bollerwagen und legten Zweige aufs Wasser, damit beim langen Weg nicht alles herausschwappte. Für die Salzzubereitung mußte Holz verbrannt werden, das zum Kochen und Heizen fehlen würde. Ich bettelte den Bäcker um ein wenig Viehsalz an, gab ihm einen halben Briefumschlag voll Kippentabak dafür. Er wog den Tabak und gab gleichviel Gramm nasses Viehsalz. Ich sagte ihm, die Großmama, an der er früher so viel verdient hatte, sei so hungrig, habe so lange kein Brot mehr gesehen. Er lachte: »Die Brechts, die bei Ihnen wohnen, haben doch jede Menge Bot im Vorrat. Sie haben doch die Marken aus Stubbenhof mitgebracht, ich hab's ihnen ja selbst gebacken!«

Da hatte Tante Hedwig ihnen also Marken für alle sechs und ganz besonders für die Großmama anvertraut, und sie hatten alles für sich allein genommen, hatten mir und meinen Kindern noch unsere Marken abgebettelt, als es noch Brot gab und ich auch einen Vorrat hätte anlegen können. Da waren ja diese Brechts kein bißchen besser als die asozialen Ortelsburger! Die wußten wenigstens nicht, was sie taten, wenn sie stahlen.

Aber jetzt stahlen sie nicht mehr. Jetzt verkauften die beiden Mütter sich selbst und auch ihre Töchter, dreizehn und fünfzehn Jahre alt, Nacht für Nacht an die Russen. Hatte ich mir früher die Nase wegen des Gestanks zuhalten müssen, der aus ihren Zimmern drang, so jetzt, weil mir sonst das Wasser im Munde zusammenlief, so lecker roch es nach Essen aus ihrem Dauereintopf! Sie boten mir knicksend und freundlich davon an, und ich ließ die Kinder und die Großmama davon essen. Ich bedankte mich für den guten Willen und ließ sie nicht merken, warum ich den Sündenlohn nicht essen konnte. Ich gestand mir aber ehrlich ein, daß ich es nicht nur den Wandschränken, nicht nur meiner Furchtlosigkeit, sondern hauptsächlich den armen verkauften Kindern zu verdanken hatte, daß die Russen mich in Ruhe ließen.

Überhaupt erwies sich meine fest eingebrannte Programmierung auf das »Gute« und das »Böse« in dieser Lage häufig als unpraktisch. So liefen einmal Nachbars Hühner (die Bauern hatten noch Futter für Kleinvieh) in unserem Garten herum, der ohne jedes Grün lehmig und zertreten dalag. Ein Raubvogel stieß herunter, hackte auf den Kopf eines Huhnes und versuchte, es mit seinen Krallen hochzuheben und mit in die Luft zu tragen. Das Huhn gakkerte, wehrte sich, der Raubvogel war zu schwach, er schaffte es nicht. Immer wieder zog ihn das Huhn auf die Erde. Schließlich ließ er es los und entflog ohne die Beute. Das Huhn lag da, zuckte noch ein wenig und verendete dann. Nur einen Moment schwebten vor meinen Augen und meiner Nase Anblick und Geruch einer schönen kräftigen Hühnersuppe, vor allem für die Alten. Noch stärker jedoch war die Vorstellung, irgend jemand habe mich gesehen und würde, wenn ich das leckere Huhn ins eigene Haus trüge, mit den Worten »Dieb! Dieb!« hinter mir herrennen.

Wirklich schweren Herzens und in der stillen Hoffnung, die Nachbarn würden so edelmütig sein, mir wenigstens die Hälfte des Huhnes zu lassen, wenn ich in diesen Zeiten schon so ehrlich war, es ihnen zurückzubringen, ging ich zu den Bauern und erzählte vom Überfall des Raubvogels. »Leg's da hin«, sagte die Bäuerin nur, ohne aufzublicken und sich zu bedanken, und nach einer Weile des Schweigens ging ich stumm und gekränkt davon.

Meine Freundinnen lachten mich wegen dieser übertriebenen Ehrlichkeit aus. Die lebten vom Klauen, wie in dieser Zeit so ziemlich alle in Henkhof. Leider gab es eine Möglichkeit zum Klauen erst nach einem viele Kilometer langen Marsch. Ich jedoch konnte weder die kleinen Kinder noch die Alten so lange Zeit allein lassen, wie ich benötigt hätte, um noch irgendwo eine Diebesbeute machen zu können.

Gleich nach Ankunft der ersten Regimenter hatte jeder von uns sein Radio an die Kommandantur abliefern müssen. Es gab keinen

Strom. Es gab auch keine Zeitungen. So erfuhr in Henkhof niemand, vermutlich auch die Russen nicht, daß und wann der Krieg zu Ende und der Friede »ausgebrochen« war. Kampfhandlungen mit Deutschen hatten in Henkhof nie stattgefunden, aber irgendwelche deutschen Familienväter waren auch nicht zurückgekehrt. Man hörte häufig Schießen, mal hieß es, die Russen schössen gegenseitig aufeinander, mal hieß es, daß dieser oder jener Bewohner Henkhofs »versehentlich« durch das Herumballern der Russen zu Tode gekommen war. Ich wurde eines Tages beim Meerwasserholen beinahe selbst eines dieser vielen Opfer des Schießens aus reiner Langeweile. Eine Kugel zischte mir so laut um die Ohren, daß ich mich umblickte, um zu sehen, wer mit der Peitsche neben meinem Kopf schlug. Aber da war niemand. Wenige Schritte weiter sah ich in einem Nebenweg einen Soldaten, der durch die Büsche weiter in die Richtung zielte und schoß, aus der ich gerade gekommen war.

Der erste Tote aus Langeweile und Spieltrieb der unbeschäftigten Soldaten war der Dorftrottel gewesen. Er bekam noch zur Genugtuung seiner Eltern einen langen Leichenzug. Die weiteren Toten fanden nicht mehr solche Beachtung. Man gewöhnte sich daran, daß immer wieder jemand erschossen oder angeschossen wurde. Nur nach einem berühmten Maler, der vom Pilzesammeln nicht zurückkehrte, raffte sich das Dorf noch einmal zu einer großen Suche auf. Man fand ihn nie.

Keine Särge

Der Tod hielt in diesem Frühjahr und Sommer 1945 überhaupt reiche Ernte. Seuchen brachen aus, und viele, oft ganze Familien, brachten sich selber um. Mich holte am zweitenTag des Russeneinmarsches die Nachbarstochter aufs Feld. Da saß Herr Werland, der Mann der rührigen Nationalsozialistin Frau Werland, die sich wegen Gretchen als meine Verwandte gefühlt hatte, hielt eine Pistole in der Hand, und das Blut tropfte noch aus seinem Mund, in den er sich geschossen hatte. Neben ihm lag, das Gesicht mit einem Schal zugedeckt, seine Frau. Bis zuletzt hatten beide fröhlichen Optimismus um sich verbreitet und jeden ausgelacht, der Vermutungen anstellte, die Russen könnten kommen. Bis zuletzt hatten sie ihren blinden Glauben an den geliebten Führer behalten und nicht ein einziges der »bösartigen Gerüchte« geglaubt, die ihm Verbrechen unterstellten. Sie starben in der Überzeugung, ihr Leben für *»Das Gute«* hingegeben zu haben.

Auch eine Flüchtlingsfrau, die sich zur Pflege der Großmama anbot und die ich zunächst einmal auf ein Sofa legte, weil sie so erschöpft aussah, war plötzlich tot. Sie hatte kein Gepäck, keine Papiere, kein Geld und keinen Namen, ging einfach in ein fremdes Haus und starb dort.

Es wurden unbekannte Leichen an den Strand gespült, zu Gebirgen aufgequollene Männer mit unkenntlichen, halb weggefressenen kleinen Gesichtern.

Es gab weder Särge noch Ölpapier oder Ähnliches, in das die Toten gehüllt werden konnten oder womit kaschiert werden konnte, daß das Wort noch galt: »Du bist Erde und sollst zu Erde werden.«

Für die Frauen waren immer nur die Tage gefährlich, an denen die Regimenter wechselten und Satte die Hungrigen ablösten. Nach acht Tagen Hunger waren dann auch die Neuen nur noch selten zu Vergewaltigungen fähig.

Am Tag eines solchen Wechsels erschien einmal ein Trupp schwer Bewaffneter und riß den sabbernden, brabbelnden Ulrich aus dem Sessel. »Du Offizier! Du nicht alt! Hinstellen! Totschießen! Schwein! Chitlär! Offizier!« Ulrich verlor seine Geistesgegenwart nicht, blieb seiner Rolle treu, tat, als sei er zu krank, um überhaupt aufrecht stehen zu können und zu verstehen, was man von ihm wollte, rief jedoch Judith und Cornelia, die vor Schreck erstarrt neben mir standen, zu: »Kinder! Klavier!«

Judith und Cornelia, sieben und acht Jahre alt und klein für ihr Alter, konnten vierhändig sehr virtuos und mit allen Variationen den Flohwalzer spielen und hatten damit schon oft bei plündernden Russen so großen Erfolg gehabt, daß diese ein böses Vorhaben aufgaben, die kleinen Mädchen anstaunten und zu tanzen begannen. Es war ein unfehlbares Mittel, aufregende Situationen zu entspannen. So wußten sie sofort, was der Vater meinte, wenn er »Klavier« rief, eilten an den Flügel und griffen, so laut sie konnten, in die Tasten.

Ulrich stand bereits an der Wand, und die Russen legten auf ihn an. Kaum erklang der Flohwalzer, drehten sie sich nach den Kindern um, begannen zu lachen, legten ihre Gewehre beiseite, umringten das Klavier mit den Kindern, tanzten und ließen sich schließlich von den Kindern zeigen, wie das ging. Da der Flohwalzer ganz toll klingt, aber kinderleicht zu lernen ist, erteilten die Kinder, wie schon mehrfach vorher anderen Russen, auch diesem Hinrichtungskommando geduldigen Unterricht, bis zwei von ihnen es schließlich konnten, während sich Ulrich schnell aus dem Staub gemacht hatte. Man suchte dann auch nicht mehr nach ihm.

Ich erfuhr noch am selben Tag, daß die Finnen, denen ich wegen des Eintreffens der Großmama ihr Zimmer fortnehmen mußte, den Russen aus Rache verraten hatten, daß Ulrich Offizier gewesen war.

Obwohl Ulrich vor den Russen stark simulierte, blieb doch Tatsache, daß er schwerkrank war und sich wegen des Hungers kaum noch auf den Beinen halten konnte.

Im Juni, zehn Wochen, nachdem die Russen gekommen waren, setzte ein solches Massensterben ein, daß der neue Kommandant den Befehl erhielt, jeder gegenwärtige Bewohner des Ortes, der nicht Einheimischer oder Forense oder mit diesen nahe verwandt sei, müsse innerhalb von vierundzwanzig Stunden den Ort verlassen. Das gab ein fürchterliches Heulen und Wehklagen, als die Lastwagen in den Ort fuhren und kranke, meist fiebernde Frauen und Kinder oft ohne Gepäck gewaltsam aufgeladen wurden. Die Männer dieser Frauen hatten sich fast alle noch nicht gemeldet, ihr Zuhause war ausgebombt oder irgendwo in Feindesland, wo sollten sie hin?

Aus unserem Haus wurden der Onkel und die Tante Daubler, das Ehepaar Brecht und alle neun Ortelsburger hinausgezerrt. Die letzteren fielen mir zum Abschied alle um den Hals, küßten mir abermals den Rocksaum und versicherten, so »schön« wie hier hätten sie es in ihrem Leben noch niemals gehabt. Daublers und Brechts hatten das Glück, eine westliche Adresse angeben zu können. Die Ortelsburger wurden, wie alle Pommern und Ostpreußen, in Güterzüge verfrachtet und gen Osten geschickt. Was ihnen bei dieser sogenannten Rücksiedlung widerfahren würde, mochte ich mir gar nicht ausmalen.

Ich blieb mit dem schwerkranken Ulrich, der schwerkranken Großmama, der kranken Tante Elschen und den vier kleinen Kindern allein zurück. Ich sollte alle ernähren mit einem verwüsteten Garten, ohne Lebensmittelmarken, ohne Geld. Alle Läden im Ort waren geschlossen. Judith und Nella mußten auf Betty und Susi aufpassen, Tante Elschen auf die Großmama, Ulrich mußte sich selbst helfen, und ich wanderte über Land, meilenweit, zum Betteln und Tauschen. Für zwanzig Pfund Kartoffelschalen, die früher den Schweinen verfüttert worden wären, zahlte ich beispielsweise einen Plattenspieler mit zwanzig Platten, welchen die Russen nicht gefunden hatten.

Allen Henkhofer Frauen ging es wie mir, aber nicht alle mußten allein für sieben Hilflose sorgen. Fischen war für Deutsche immer noch verboten.

Trennung

Anfang Juni kam, was kommen mußte: Ich bekam infektiöse Gelbsucht und wurde augenblicklich nach der Diagnose zusammen mit Ulrich auf einen Leiterwagen ohne Stroh gepackt und in das sechs Kilometer entfernte Nachbardorf gefahren, wo Dr. Behrend jetzt ein Krankenhaus für alle Seuchenkranken eingerichtet hatte. Zwei befreundete Familien nahmen je zwei meiner Kinder bei sich auf, eine dritte holte Tante Elschen und die Großmama zu sich. Jeder dieser drei Familien ging es fast ebenso schlecht wie mir, und es war typisch für die Solidarität all dieser Ärmsten, daß Dr. Behrend nur zu fragen brauchte, und alle waren bereit, das Letzte mit denen zu teilen, denen es noch schlechter ging.

Das Krankenhaus hatte Dr. Behrend in einer ehemaligen großen Villa eingerichtet mit zwar vielen, aber relativ kleinen Zimmern. Einige Frauen hatten sich freiwillig als »Schwestern« zur Verfügung gestellt, obwohl sie natürlich alle keine gelernten Schwestern waren. Da es keinerlei Medikamente gab, war es jedoch nicht nötig, Schwester gelernt zu haben. Der Zweck des Krankenhauses war nicht Heilung der Patienten, sondern ihre Isolierung, damit die Seuchen nicht noch größere Ausmaße annahmen.

Ulrich und ich wurden zusammen in ein Zimmer gelegt. Meine Gelbsucht wurde mit »Diät« behandelt, worüber sogar Dr. Behrend lachen mußte, denn die »Diät« verbot *Fett*, das ohnehin seit Monaten niemand mehr gesehen hatte. Waren nach Henkhof seit dem 9. April überhaupt keine Lebensmittel mehr geliefert worden, so erhielt dieses Krankenhaus auf Befehl und mit Hilfe der Russen wenigstens ein klein wenig Nahrung zugeteilt. Es gab hin und wieder mal ein Stück Brot, manchmal etwas Gemüse, gelegentlich ein wenig Grütze in der Suppe oder – selten – Spuren von Fisch. Fleisch oder Fett, Milch oder Eier gab es natürlich gar nicht. Das Essen hatte vermutlich die gleiche Kalorienmenge wie in den russischen Straflagern.

Schon am zweiten Tag unseres Aufenthalts in diesem Krankenhaus erschienen bei uns Judith, Cornelia, Betty und Susi. Die beiden Großen hatten die beiden Kleinen im Bollerwagen die sechs Kilometer hingezogen, so groß war die verzweifelte Sehnsucht nach der Mutter, von der sie noch nie getrennt gewesen waren. Natürlich teilten wir das uns zugeteilte bißchen Essen mit den vier Töchtern, und so machten die kleinen Mädchen dann täglich den anstrengenden Marsch, so daß meine »Diät« zur perfekten Nulldiät wurde. Ich konnte die hungrigen Augen der Kinder nicht sehen.

Jeden Morgen in der Frühe, wenn die »Krankenschwestern« kamen, um die Betten zu machen und den Patienten beim Waschen zu helfen, sahen Ulrich und ich aus dem Fenster, denn dann wurden die am Vortag und nachts Gestorbenen auf einen Leiterwagen geworfen und fortgefahren. Alle Toten waren nackt, und es war schwer, Bekannte in diesen zu Skeletten abgemagerten Leichen auszumachen, aber einige identifizierten wir doch: den Briefträger, das Fräulein von der Post, eine Flüchtlingsfrau mit fünf Kindern, die vielleicht schon vor der Rücksiedlung hierher gekommen war, und andere, die wir nur vom Sehen kannten. Das Entsetzen vor dem Tod hatte ich in letzter Zeit verloren, aber ich konnte nicht begreifen, warum man den Toten die Würde nahm, indem man sie alle nackt auszog, und warum man sie wie Abfall über- und untereinander auf die Leiterwagen schmiß. Die Gier nach abgelegter, nicht mehr benötigter Kleidung war wohl zu groß, und vielleicht wurden diejenigen, welche die Toten wegschaffen mußten, mit dieser Kleidung bezahlt, wenn sie schon weder mit Essen noch mit Geld entlohnt werden konnten. Immerhin bekam man ja von den Bauern für Kleidung noch hin und wieder etwas Eßbares.

»Gott sei Dank«, sagte ich zu Ulrich, »bin ich jetzt so dünn geworden. Ich müßte mich ja zu Tode genieren, wenn man mich so fett, wie ich früher war, auf den Wagen schmeißen würde.«

Der unermüdlich für seine Mitmenschen tätige Dr. Behrend, der trotz eigener Schwäche seine Augen und Ohren überall hatte, kam eines Tages von seiner regelmäßigen Tour, bei der er an Seuchen Erkrankte einsammelte, aus Henkhof zurück in sein Krankenhaus und brachte einen Koffer mit, in welchen er von Ulrichs Kleidung eingepackt hatte, was er finden konnte und für erforderlich hielt. »Herr Dr. Röder«, sagte er, »Sie müssen sofort weg. Ich hab gehört, Sie sollen morgen hier abgeholt werden. Die Leute wurden gezwungen, Offiziere zu melden. Ich hab schon eine Fuhre organisiert, mit der Sie mit können. Ziehen Sie sich rasch an.« Der Abschied von meinem Mann fiel mir diesmal schwer. Wir waren uns in der Zeit, in der wir beide hier im Krankenhaus lagen und gemeinsam unser Essen mit den Kindern geteilt hatten, doch nahe gekommen.

Ich machte mir Sorgen, wo denn der schwerkranke Mann hin sollte im Westen. Und würde er heil über die Grenze kommen? Würde er Pflege finden? Ulrich meinte, er werde versuchen, nach Heidelberg zu gelangen, wo er studiert hatte und noch einige Menschen kannte. Im amerikanischen Sektor, sagte Dr. Behrend, sei es derzeit am besten.

Rüben und Lupinen

Ende August wurde ich aus dem Krankenhaus entlassen und nahm die Kinder, die Großmama und Tante Elschen wieder zu mir. In den Gipfeln der Gartenbäume, da, wo die Pferde das Laub nicht hatten abfressen können, hing jetzt unreifes Obst, das ich abpflückte, damit es nicht gestohlen wurde, und zum Nachreifen auf und in die Schränke legte. Was unreif herunterfiel, wurde gekocht und gleich gegessen. Unter der Erde fanden sich Rüben, die trotz der Gartenverwüstung gediehen waren. Im Wald gab es Beeren und Pilze, wenn man sofort nach Sonnenaufgang suchte und als erster die Plätze fand.

Bei den Russen war wohl wegen der Seuchen die Zahl der Soldaten reduziert worden, sie hausten jetzt nicht mehr in Zelten, sondern in den von Flüchtlingen und Evakuierten freigemachten Häusern und hatten keine Pferde mehr dabei. Dies letztere war bedauerlich wegen des Fleisches der toten Tiere.

Bäcker-, Fleischer-, Kolonialwarenladen – die einzigen Läden im Ort – waren und blieben geschlossen. Nur für die verbliebenen Russen kam ein – jetzt schwerbewachter – Konvoi mit Lebensmitteln hin und wieder durch. Wer also Beziehungen zu den Soldaten anknüpfte, konnte gelegentlich mit ein wenig Essen rechnen.

In Henkhofs guten Friedenszeiten war das sogenannte Kurhaus das führende und einzige Hotel am Platz gewesen. Die Besitzer hatten eine sehr tüchtige und resolute Tochter, die jetzt etwa fünfundzwanzig Jahre alt war. Die Familie hatte sich rechtzeitig davongemacht, die Tochter hatte jedoch erfahren, daß ganz Henkhof dem Hungertod preisgegeben war und es keine offizielle Stelle gab, die sich um diesen abgeschnittenen Ort kümmerte. Daraufhin wußte dieses tapfere Mädchen einen Trupp Russen für ihren Plan zu gewinnen, überfiel mit ihnen einen Güterzug und gelangte in den Besitz von zwei oder drei Wagen mit frisch geernteten Zuckerrüben, an denen das Kraut noch hing, und brachte diese Rüben mit einem von Russen verteidigten Konvoi nach Henkhof. Jede Person im Dorf bekam zwei Zentner, ich also für mich und meine sechs Pflegepersonen vierzehn Zentner. Mit dieser selbstlosen Heldentat rettete die Kurhaus-Tochter allen das Leben, die in Henkhof noch am Leben geblieben waren. Nach Verteilung ihrer Beute verschwand sie wieder gen Westen, wo sie hergekommen war.

Zunächst verarbeitete ich das grüne Kraut der Rüben zu Spinat und weckte diesen ein. Dann mußten die Rüben von Hand fein geschnitzelt und mit viel Wasser stundenlang im Waschkessel gekocht werden. Danach schüttete ich die ausgelaugten Schnitzel durch Siebe und trocknete sie in der Sonne, während das Kochwasser abermals stundenlang zu Sirup ausgekocht wurde. Die Schnitzel, die kaum noch Nährwert enthielten, dienten für den nagenden

Hunger als unschädlicher Magenfüller. Der Sirup kam in Töpfe und Gläser und wurde für uns sieben die rettende Hauptnahrung für Herbst und Winter.

Im Spätsommer fuhr gelegentlich der Dampfer wieder zum Festland, und dann schwärmten wir Henkhofer Frauen mit allen Kindern, die irgendwie tragen helfen konnten, in fruchtbarere Landstriche aus. Dort waren die Tauschpreise etwas weniger maßlos, allerdings erheblich unanständiger. Ein mehlbestäubter Müller bot mir scheinbar völlig sachlich und kalt an: »Für 'n Kuß zwanzig Pfund, für alles ein Zentner.« Ich nahm zwanzig Pfund und wusch mich in der nächsten Quelle. Ein Bauer, zu dem ich in meinem einzigen Paar Schuhe kam, begleitet von zwei barfüßigen kleinen Mädchen, wollte meine Schuhe für seine Frau. Bei dem verzichtete ich.

Bei einem sehr netten Försterehepaar stellte sich gesprächsweise heraus, daß sie Tante Hedwig kannten. Die schenkten mir einen Sack Lupinen und brachten mir bei, wie man sie rösten und mahlen kann, damit sie wie Kaffee schmecken. Das war etwas für die Großmama, die so nach Kaffee jammerte. Und dann brachten sie mir bei, wie man aus Kartoffelschalen Kartoffelmehl machen kann, damit sie nicht wie Schweinefutter schmecken. Man mußte sie in einer Kartoffelschälmaschine ganz und gar zu Brei zerreiben, in große feine Siebe tun, immer viel, viel Wasser drübergießen und dieses auffangen. Darin setzte sich weißes Mehl ab, das man dann nur noch trocknete. Was in den Sieben übrigblieb, konnte man rösten und als nährwertlosen, aber ungefährlichen Magenfüller essen. Der Förster versprach, im Oktober nach Henkhof zu kommen und mir beim Bäumefällen zu helfen, damit ich im Winter heizen könnte. Reich beschenkt kam ich an diesem Tag nach Hause.

Die Großmutter ließ sich durch gar nichts davon überzeugen, daß es tatsächlich nichts zu essen gab und daß das wenige, was ich ihr vorsetzen konnte, nur mit unmenschlichen Anstrengungen hatte besorgt werden können. Es hatte sich bei ihr die Vorstellung festgesetzt, ich sei es leid, zwei alte Kranke zu versorgen, und lasse sie und Tante Elschen absichtlich verhungern. Den ganzen Tag unterhielt sie sich sehr laut mit Tante Elschen über dieses Mordthema, da sie selbst schwerhörig war und glaubte, andere seien es auch. Es war für mich sehr schwer, das täglich mit anzuhören, andererseits rührte es mich zu Tränen, daß die Großmama trotz ihrer festen Überzeugung, einer Mörderin ausgeliefert zu sein, Tante Elschen um Verzeihung für die mißratene Enkelin bat: »Das arme Kind kann ja nichts dafür, sie ist ja schizophren.«

Tante Elschen hatte sich trotz eigener großer Hungerschwäche völlig zur Sklavin ihrer Schwester gemacht. Die Großmama konnte nicht aufstehen, sie mußte gewaschen und gebettet und aufs Becken gehoben werden, ja, teilweise mußte man sie auch füttern. Das ging weit über Tante Elschens Kräfte, aber sie riß sich zusammen und ließ sich nur selten von mir helfen. Außerdem hatte die Großmutter Tag und Nacht ständig irgendwelche Wünsche. Sie konnte nicht mit ansehen, wenn Tante Elschen einen Moment untätig und nicht ausschließlich für sie beschäftigt war. Da Tante Elschen nichts so glücklich machte, wie daß sie gebraucht wurde, was ja selten genug in ihrem Leben der Fall gewesen war, machte sie trotz der körperlichen Leiden dabei fast einen glücklichen Eindruck. Hin und wieder holte sie auch eines der Kinder herauf in ihr Stübchen und fertigte ihre zauberhaften Rötelzeichnungen von jedem der kleinen Mädchen an. Manchmal, allerdings nur selten, machte Tante Elschen auch noch Wanderungen mit dem Zeichenblock, von denen sie schöne Bilder mitbrachte.

Als ich einmal vom Holzholen aus dem Wald ins Dorf zurückkam, sah ich in den Häusern und Gärten meiner Freundinnen Kinder Apfelsinen essen. Schwere Herbststürme hatten schon eingesetzt, es war sehr kalt.

»Wo habt ihr denn die Apfelsinen her?« fragte ich neidisch.

»Oh«, sagten die Freundinnen, »schade, daß du nicht da warst. Irgendwo ist ein Schiff gekentert, auf dem Meer schwammen massenhaft Apfelsinenkisten. Da sind wir ins Wasser gelaufen und haben sie geholt.«

Ich war außer mir, daß ich diesen Segen verpaßt hatte, und erzählte Tante Elschen und der Großmama davon. »Ja, das weiß ich«, sagte Tante Elschen seelenruhig, »ich habe die Kisten auch schwimmen sehen.«

»Um Gottes willen, Tante Elschen! Warum hast du mir nichts davon gesagt?«

»Das konnte ich doch nicht tun«, meinte sie. »Du hättest es fertiggebracht, wärst in das nur fünf Grad kalte Wasser gelaufen und hättest dich zu Tode erkältet.«

»Natürlich hätte ich das getan und wäre dabei genauso wenig zu Tode gekommen wie meine glücklicheren Freundinnen.«

Aber, na ja, die Chance war verpaßt, man mußte sich abfinden.

Was die einzelnen Frauen alles fertigbrachten, um für ihre Familien an Nahrung zu kommen, war sehr unterschiedlich. Die meisten klauten nur, aber einige gingen auf Angebote wie die des Müllers ein, der für einen Zentner Mehl »alles« wollte, ja, ich hörte auch von Frauen, die für Fisch russischen Soldaten freiwillig zu Willen waren, wie meine Ortelsburger Asozialen. Aber wo waren da die Grenzen? Als der Förster wirklich kam, wirklich mit mir im Wald Holz machte, es wirklich nachts mit mir im Bollerwagen heimlich nach Hause karrte, kriegte auch er von mir den Dank, den ich dem Bauern abgeschlagen hatte. Ein Austausch von wirklicher Nächstenliebe, dachte ich, ist doch wohl nicht ganz so verwerflich wie Geschäfte mit Sex.

Waldarbeiterin

Ich hatte die Technik des Bäumefällens gerade gelernt, da merkte der gegenwärtige russische Kommandant, daß seine Soldaten nicht genug zu heizen hatten. Alle Frauen im Dorf unter fünfzig Jahren, wie viele kleine Kinder, Alte oder Kranke sie auch zu versorgen hatten, wurden morgens um 6 Uhr in noch pechschwarzer Dunkelheit zu einem Treffpunkt an der Dorfstraße kommandiert, mit Äxten und Sägen ausgerüstet und mußten nun, bewacht von schwerbewaffneten Soldaten, tief in den Wald hineinmarschieren, um dort Bäume zu fällen und in Meterstücke zu zersägen.

Ich mußte Judith und Cornelia die beiden Kleinen ganz anvertrauen und Tante Elschen die Großmama ganz allein versorgen lassen, wobei auf Ofenheizen und Kochen verzichtet werden mußte, bis ich, zu Tode erschöpft von der Schwerarbeit, aus dem Wald zurückkam. Auch ich war nach der infektiösen Gelbsucht nicht mehr die Stärkste. Ich hatte allen geraten, einfach im Bett zu bleiben, bis ich wiederkäme. Das taten sie dann auch. Ich fand abends meine armen Sechs je zu dritt in Großmamas und Tante Elschens Betten vor, wobei die beiden alten Damen mal wieder eine erstaunliche Leidensfähigkeit bewiesen und vor allem Tante Elschen sich an Humor selbst übertraf.

Die Waldarbeit dauerte so lange, bis es im Dezember schneite und es den russichen Bewachern zu kalt wurde beim tatenlosen Herumstehen und Zugucken, wie die halbverhungerten Frauen sich abrakkerten. Später wurden wir nur an trockenen, nicht allzu kalten Tagen geholt.

Ich brachte aus dem Wald stets Kienspäne mit, so daß ich, wenn ich abends nach Hause kam, Licht machen und meine Hausarbeit erledigen konnte. Für das Aufhängen der Herdringe gab es im Haus ein Eisengestell, das seinen Zweck nicht mehr erfüllte, da alle Herdringe in Stücke zerbrochen waren. Nun befestigte ich daran mit Wäscheklammern je zehn Kienspäne und zündete mit einem jeweils fast ausgebrannten den nächsten Span an. Es gab ja immer noch keine Kerzen, keine Streichhölzer und keinen Strom. Wer keine Briketts hatte, für den war es eine große Kunst, so viel Glut in der Nacht zu bewahren, daß er am nächsten Morgen Feuer machen konnte. Sehr oft mußte ich mit einem Kienspan zu den Nachbarn laufen, ihn dort entzünden und dann die Kunst fertigbringen, ihn durch den Sturm nach Hause zu schaffen, ohne daß er dabei ausging. Ich litt ständig an Schlaflosigkeit, weil ich meist nächtelang »das Feuer« bewachen und erhalten mußte. Ein Nachbar verstand die Kunst des Feuerschlagens mit Feuersteinen, die er am Strand fand. Ich lernte das nie, weil mir die Geduld fehlte (und auch die Zeit), stundenlang auf den ersten Funken zu warten.

Auch Buchenscheite brachte ich aus dem Wald mit, denn reine Buchenasche, so sagte man mir, sei ein guter Seifenersatz. Im Sommer hatte ich die Wäsche einfach nur in Wasser gekocht und dann auf der Wiese gebleicht, immer wieder begossen und neu getrocknet, bis sie einigermaßen weiß war. Jetzt im Herbst und Winter ging das nicht mehr. Susis Windeln waren nicht nur von ihren drei Vorgängerinnen bereits zu Lumpen zerrissen, sie wurden auch nicht mehr sauber, da mußte nun Buchenasche helfen, und der Erfolg war recht erfreulich.

Dennoch waren wir alle unbeschreiblich dreckig. Die Kienspäne rußten fürchterlich, wo man hinfaßte, wurde man schwarz, und das Wasserholen aus dem Waschhaus, immer den lehmig glitschigen Berg hinauf, ging oft über meine Kraft, so daß auch an dem einzigen gespart werden mußte, woran in Henkhof kein Mangel war, an Wasser. Weil die Spülklosetts verstopft waren, mußten alle Hausbewohner Nachttöpfe und Eimer benutzen, und ich schleppte den Inhalt zum Komposthaufen, um im nächsten Jahr etwas Dünger zu haben. Auch das war nach einem zehnstündigen Schwerarbeitstag oft mehr, als ich noch leisten konnte. Die Großmama konnte nicht mehr sauber sein, ihre Bettwäsche mußte allzu oft gewaschen und gewechselt werden.

Einmal kam ich bei der Waldarbeit um ein Haar ums Leben. Ich hatte die Frauen immer wieder darüber belehrt, woran man erkennt, in welche Richtung ein Baum umfällt, den man angesägt hat, und sie ermahnt, jedesmal rechtzeitig die anderen Frauen zu warnen. Aber die waren alle zu müde, zu gleichgültig, zu erschlafft, als daß sie begriffen, wie gefährlich Bäumefällen werden konnte. Ich kniete gerade auf der Erde und sägte mit einer anderen Frau einen Stamm durch, als diese plötzlich die Säge losließ, aufsprang und fortrannte. Instinktiv griff ich nach der Säge, damit diese nicht zerbrach, und sah erst dann auf und um mich. Eine lange, dicke Kiefer kam mir krachend entgegengefallen, so daß ich mich nur noch schnell auf den Rücken werfen und die Beine in die Luft strecken konnte. Die Kiefer ratschte an meinen Schenkeln entlang und schürfte deren Haut auf, aber ich war gerade noch mit dem Leben davongekommen. Zu meiner heimlichen Freude wurde das Fahrrad eines der russischen Bewacher, das neben mir gelegen hatte, von dem Baum zertrümmert.

Am meisten ärgerte mich, daß die Frauen für diese viel zu schwere Arbeit für die Russen überhaupt nichts bezahlt bekamen und sogar daran gehindert wurden, auf dem Heimweg wenigstens ein bißchen Feuerholz zu sammeln. Wir waren ja keine Sträflinge, aber offenbar dachten das die Soldaten.

Ein weiteres schier unlösbares Problem waren die Schuhe der Kinder. Judith und Cornelia hatten gar keine mehr, für Betty und Susi waren die ausgewachsenen Latschen der Älteren noch viel zu groß. Ich mußte also heimlich unter meinem unverwüstlichen Hosenanzug Holzkloben heimschmuggeln, die sich zum Schnitzen von Holzpantinen nach holländischem Muster eigneten. Da geeignete Messer und ausreichendes Licht zur Arbeit fehlten, wurden die Dinger jedoch sehr unvollkommen und schmerzten die Kinder. Besser gelang es mir, Strohschuhe zu flechten, die allerdings im Schnee und Matsch sofort auseinanderfielen. Also durften die Kinder nicht mehr nach draußen, sobald es naßkalt wurde. Tante Trudchens hinterlassene Strümpfe schnitt ich in Streifen und flocht daraus ebenfalls Hausschuhe für die Kinder. Da ich so gut wie nichts mehr besaß, was bei Bauern einen Tauschwert hatte, erlernte ich eine Methode, aus den Schäften alter Strümpfe neue Sohlen zu schneidern, so daß ein an den Füßen zerrissenes Strumpfpaar wieder »wie neu« wurde, wenn ein zweites zerrissenes Paar dafür geopfert wurde. Das gefiel den Bauersfrauen, die ja sehr selten Zeit zum Nähen finden und darin meist ungeschickt sind. Sie gaben mir auch Nähgarn für diese Arbeit, und da fiel manches Fädchen ab, um auch mal Sachen der Kinder stopfen oder nähen zu können, außer dem Lohn, der aus ein wenig Essen bestand.

Näh- oder Stopfgarn war für Geld nicht zu bekommen. Wer laufen konnte, war unterwegs und handelte und tauschte mit all diesen unentbehrlichen Dingen, mit dem einzigen Ziel: *Essen!* Da nur die Bauern Essen hatten, hatten sie auch Nähgarn, Stopfgarn, Glühbirnen, Streichhölzer, Kerzen, Taschenlampenbatterien und dergleichen und konnten nach Bedarf tauschen. Manchmal mußte ich mich wundern, daß in Henkhof jetzt, Anfang Dezember 1945, immer noch einige hundert Menschen am Leben geblieben waren. Außer den paar Mark für die seltenen Dampferfahrten war seit dem 9. April für uns alle kein Geld mehr ausgegeben worden. Geld hatte seine ehemalige Bedeutung gänzlich eingebüßt. Die Sorge, wovon wir leben sollten, wenn Ulrich nichts verdiente und nichts schickte, war bedeutungslos, die Sparbücher waren gesperrt und wertlos, und wenn eine Bäuerin, wie es gelegentlich vorkam, für eine kleine Rolle Nähseide hundertzwanzig Mark verlangte, empfand ich das als Witz und nahm es noch nicht ernst. Auch die Rolle der Lebensmittelmarken war ausgespielt. Es kamen keine Waren nach Henkhof.

Das Essen bestand meistens aus Wassersuppen, in welche Kartoffelschalen gerieben und zum Magenfüllen ausgelaugte Zuckerrübenschnitzel getan wurden. In das Ganze kam etwas Sirup; es wurde von den Kindern »Schokoladensuppe« genannt, weil ich dünnen Lupinenkaffee als Wasser benutzte, der schwarz aussah. Mohrrüben gab ich den Kindern roh wegen der Vitamine und kochte sie nur für die alten Damen. Sonntags gab es eine Suppe aus Lupinenkaffee und Roggenkleie und als Nachtisch den eingeweckten Spinat aus dem Zuckerrübenkraut und für jeden einen Apfel. Die Idee, mit einer Maschine die Kartoffelschalen so zu reiben, daß man daraus Kartoffelmehl herstellen konnte, ließ sich noch nicht verwirklichen, weil ich zwar eine alte Kartoffelschälmaschine geliehen bekommen hatte, es aber fast nie Strom gab, um sie benutzen zu können.

Tante Elschen

In der atemlosen Geschäftigkeit, mit der ich abends alles erledigen mußte, um wenigstens noch drei bis vier Stunden Schlaf für mich herauszuschinden (was meistens nicht gelang, weil die Kinder nachts putzmunter waren, da sie ja am Tag geschlafen hatten), fiel es mir kaum auf, daß Tante Elschen gar nicht mehr aufstand. Auch das laute Schimpfen der Großmama über die »Faulheit« der Schwester, die doch nun »weiß Gott nichts anderes zu tun hatte«, als ihr irgend etwas zu bringen, konnte sie nicht mehr aus ihrer Lethargie reißen. Judith mußte mich schließlich darauf aufmerksam machen, daß Tante Elschen jedes Essen, das ich ihr brachte, der Großmama gab und diese es gierig verschlang. Mit Entsetzen stellte ich fest, daß Tante Elschens Beine dick angeschwollen waren. Sie konnte gar nicht mehr aufstehen, auch wenn sie wollte. Es war ein Segen, daß es jetzt schneite und ich morgens nicht mehr zur Fronarbeit in den Wald geholt wurde. Dr. Behrend, der hin und wieder nach der Großmama sah, stellte bei Tante Elschen Wassersucht fest, eine Folge des Hungers, und gab ihr keine Chance mehr.

Aussicht, eiweißhaltige Nahrung aufzutreiben, bestand für diesen Winter nicht. Die Bauern-Nachbarn jagten jeden, auch mich, mit ihrem von der Kette losgemachten »Strom« vom Hof und weigerten sich sogar, den Schaum, der nach dem Zentrifugieren der Milch und dem Abgießen der Magermilch übrigblieb, für die Alten oder die Kinder herzugeben. Sie wuschen ihn mit heißem Wasser ab, und das Spülwasser ihres Geschirrs gaben sie ihren Schweinen.

Seit Strom, der gleichrassige Nachfolger des Hundes, vor dem ich als Kind solche Angst gehabt hatte, aus der Daublerschen Küche die Fleischportionen der Ortelsburger geklaut und ich mich vergeblich bemüht hatte, an das Gewissen der alten Bauersfrau zu rühren, damit sie den damals noch nicht von den Russen gefütterten armen Leuten Ersatz gab, war es mit der guten Nachbarschaft zu Ende. Die Alte hatte sich nicht einmal entschuldigt, und obwohl der Hund vor ihren Augen das Fleisch der Flüchtlinge aufschmatzte, lachte sie nur, sagte, das geschehe den Pollacken recht, was hätten die hier in Henkhof auch zu suchen.

Wenn Großmama behauptete, Hitler habe alle Menschen *böse* gemacht, widersprach Tante Elschen stets dieser düsteren Weltsicht, aber in letzter Zeit immer leiser, so daß die Großmama schimpfte: »Warum flüsterst du? Sprich doch gefälligst anständig, wenn ich mit dir rede.«

Es war ein Adventssonntag im Dezember. Ich saß mit den vier Kindern bei den beiden Kranken, wieder einmal beim Licht von Kienspänen, flocht einen Adventskranz und sang mit den Kindern Weihnachtslieder. Das genossen die beiden Alten, da die kleinen Mädchen so glockenrein und dreistimmig sangen. Da klopfte es leise an der Tür, und herein kam ein zehnjähriges Kind, die Tochter eines ehemaligen Dienstmädchens der Großmama. Sie trug einen Henkeltopf mit Hühnerbrühe und war ganz atemlos, weil sie geduckt über die Wiesen gelaufen war. »Schönen Gruß von der Mutti«, sagte sie, »sie schickt Ihnen die Suppe, damit Sie wieder zu Kräften kommen.«

Das war eine Freude! Ich rannte in die Küche, um die Suppe wieder warmzumachen, und Judith und Cornelia holten Löffel und Tassen für die Alten. Erst mußte ich natürlich die Großmama trinken lassen, die sich die Lippen leckte und gar nicht genug bekommen konnte. Dann setzte ich vorsichtig Tante Elschen die Tasse an die Lippen, doch ehe sie trank, sagte sie strahlend zu ihrer Schwester: »Siehst du, Mariechen, ich habe doch recht! Es gibt *doch* noch *gute* Menschen!«

»Was hast du gesagt? Sprich doch lauter!« schrie die Großmama, aber Tante Elschen konnte den Satz weder wiederholen noch von der Suppe trinken. Sie war tot. Nach diesen letzten Worten war ihr Gesicht lächelnd stehengeblieben.

Ich sagte leise zu meinen Kindern, Tante Elschen sei eingeschlafen, sie sollten doch die Kleine, die die Suppe gebracht hatte, ein Stück begleiten, und verabschiedete diese mit dem herzlichsten Dank.

Danach mußte ich der Großmama laut in die Ohren schreien, weil sie es auf keine andere Weise begreifen wollte: »Tante Elschen ist gestorben!«

Da reagierte die Großmama wie die Bauersfrau nebenan. Sie weinte nicht, sie klagte nicht, sie *schimpfte*. Sie schrie auf die Schwester ein, die regungslos und lächelnd im Nebenbett lag: »Was fällt dir ein! Ich brauche dich doch! Du bist doch überhaupt nicht krank! Du hast doch gar nicht das Recht, dich einfach zu drücken! Ich bin doch die Kranke und nicht du! Was bildest du dir denn bloß ein! Reiß dich doch zusammen! Nimm dir doch mal ein Beispiel an mir! Verdammt noch mal, steh auf! Was soll das Theater!«

So ging es stundenlang. Ich hinderte sie nicht daran, ihrem Schmerz auf diese Weise Ausdruck zu geben. Ich drückte der Toten die Augen zu und setzte mich noch eine Weile neben sie. Dies war der selbstloseste, gütigste Mensch gewesen, den ich jemals gekannt hatte. So etwas wie sie würde es in der neuen Zeit, die jetzt anbrach, wohl nicht wieder geben. Auf sie trafen alle Seligpreisungen zu, auch die: »Selig sind, die da geistig arm sind.« Wenn ich später von Versuchen las, das Wort »geistig« anders zu deuten denn als das, woran Tante Elschen arm war, dann mußte ich lächeln und glaubte es besser zu wissen. Intelligenz macht nicht selig!

Nun aber schwor ich mir: »Tante Elschen wird nicht nackt in die Grube geworfen wie alle anderen Verhungerten! Das kommt nicht in Frage! Sie kriegt einen Sarg, und sie kriegt einen Pfarrer!«

Noch am gleichen Abend schlich ich mich über die Wiesen zum alten achtzigjährigen Tischler, der einer von denen war, von denen die Großmutter früher sagte, sie seien »adelig«. Jetzt lebte er ausgedörrt und halbverhungert wie alle in Henkhof mit seiner 55jährigen Tochter zusammen, die nach dem Tod der Mutter den Verstand verloren hatte und sich nur noch in Schränken aufhielt. Auch der alte Papenstiel war nicht mehr ganz bei sich. In seiner Werkstatt stand ein wundervoller, polierter großer Sarg mit allen Schikanen, und darin schlief der alte Mann aus Angst, man könnte auch ihn nackend in die Grube werfen. Sein Leben spielte sich nur noch in der Werkstatt ab, damit er den Sarg auch immer im Auge behalten konnte.

Als ich ihm von Tante Elschens Hungertod erzählte und mit welchen Worten sie starb, wurde der Alte so gerührt, daß er versprach, wenn schon keinen richtigen Sarg, so doch eine Kiste zu zimmern. Das Holz dafür habe er zwar für seine Tochter aufbewahrt, aber sie könne trotz ihrer Verrücktheit noch lange leben, bis dahin würde er neues beschaffen.

»Aber«, meinte er, »zu Daublers tragen kann ich die Kiste nicht, damit traue ich mich nicht über die Dorfstraße. Du mußt zusehen, wie du sie holst. Und dann gibt es ja auch noch das Problem, wie man die Leiche in der Kiste zum Friedhof schafft. Männer, die als Sargträger zu gebrauchen sind, gibt's nicht im Dorf. Fast alle haben Angehörige, die ohne Sarg in die Erde gekommen sind. Nee, nee, im Dorf darfst du niemandem was von einer Sargbeerdigung sagen. Das muß ganz in der Stille gemacht werden, sonst wird man mir ja wohl den Kopf abreißen.«

Am nächsten Tag lief ich ins Nachbardorf, um den dortigen Pfarrer zu beschwören, Tante Elschen christlich zu beerdigen. Dann war nur noch das Problem der Sargträger zu lösen. Der Pfarrer gab mir Adressen, und in dem fremden Dorf trieb ich vier Männer auf, die bereit waren, gegen den Lohn von zehn Zigarren pro Kopf den Sarg über die Straße zum nahe gelegenen Friedhof zu tragen.

Ich versprach Zigarren, ohne noch zu ahnen, wo ich sie hernehmen sollte. Aber wie immer konnte ich mich auf meine Freundinnen verlassen. Ulla hatte eine Mutter, die ihr die Kinder hüten konnte, während sie nach Berlin fuhr. Alle gaben wir ihr Tauschwaren mit auf die Reise, und wirklich, pünktlich zum Tag der Beerdigung erschien sie mit einer Kiste von vierzig Zigarren.

Auch der Pfarrer kam ängstlich und vergewisserte sich, daß niemand da war, dessen Angehörigen er ein Begräbnis verweigert hatte. Während der Predigt tropfte es schaurig aus der Kiste, in die wir die wassersüchtige Tante Elschen zur letzten Ruhe gebettet hatten. Ehe wir aus dem Haus zum Friedhof gingen, zeigte ich den vier Sargträger noch die Zigarren und stellte sie auf den Küchenschrank.

Als wir zurückkamen und ich den Männern ihren Lohn geben wollte, war die Kiste verschwunden. Mir blieb das Herz stehen. Nur Betti und Susi und die Großmama waren zu Hause geblieben. Ich suchte die Kinder. Da fand ich sie draußen auf dem Acker »Sämann« spielen. Sie hatten die Zigarren zu »Saat« zerkrümelt, hielten sie in ihren blauen Schürzchen und streuten den kostbaren unwiederbringlichen Tabak mit weit ausholenden Bewegungen über den Schnee, wohl in der Hoffnung, dadurch aus vierzig Zigarren Hunderte wachsen lassen zu können.

Ich holte schleunigst die vier Männer, um ihnen zu zeigen, was passiert war. So konnte ich den Verdacht entkräften, einen Betrug versucht zu haben, aber es war einfach entsetzlich.

Dr. Behrend hatte mal wieder sofort gesehen und begriffen, daß Tante Elschen trotz ihrer schweren Krankheit unentbehrlich für mich gewesen war als Ansprechpartnerin für die Großmama und sanft lenkende Autorität für die Kinder, die ja fast immer sich selbst überlassen werden mußten. So brachte er zur Beerdigung ein altes Weiblein mit, das gleich in das Bett von Tante Elschen kroch, froh war, sich in einem geheizten Zimmer aufhalten zu dürfen und von mir mit dem Vorhandenen gefüttert zu werden. Die Kinder ekelten sich zwar vor ihr, aber sie konnte die Großmama aufs Becken heben oder ihre Wäsche frisch beziehen, ja, sie half sogar beim Waschen. Und sie war völlig unempfindlich gegen die Schimpforgien der Großmama, die sogar hin und wieder mit Gegenständen nach ihr warf, wenn sie nicht sofort parierte.

Immer noch, auch in ihrem völlig verwirrten Zustand, strahlte die Großmama Autorität aus, und das war es, was das fremde alte Weiblein »genoß«.

Seit dem 9. April war nach Henkhof keine Post mehr gekommen. Täglich beschimpfte mich die Großmama, ihr Briefe zu unterschlagen und Pakete zu entwenden, denn es sei »ganz ausgeschlossen«, daß weder Tante Hedwig noch Onkel Otto, noch Annemarie, noch die Enkel von Stubbenhof an ihre Mutter oder Großmutter dächten. Post sei immer gekommen, die gebe es auch in Rußland, warum sollten die Russen daran etwas geändert haben?

Nun aber kam – kurz nach dem Tod Tante Elschens – am 15. Dezember 1945 das erste Mal Post in den Ort. Nichts für mich, aber ein Paket für die Großmama von Tante Hedwigs Sohn Fritz. Es war nicht zu fassen! Fritz lebte also! Immerhin hätte es ja auch sein können, daß alle Verwandten tot waren. Und Fritz dachte an seine alte Großmama und schickte ihr etwas zu essen! Er ließ sie nicht verhungern wie Erika.

Jetzt war die große Frage: Sollte das Paket sofort aufgemacht werden, oder sollte sie damit bis zum Heiligabend warten. Stundenlang debattierte die Großmama mit Judith, Cornelia, Betty und Susi über dieses Problem. Machte man es gleich auf, gab es Weihnachten keine Freude. Ließ man es solange zu, mußte man noch neun lange Tage auf Leckerbissen oder Kaffee verzichten. Der Standpunkt der Kinder setzte sich durch. Weihnachten sollte es geöffnet werden, denn außer diesem Paket für die Großmama waren keine Überraschungen zum Fest zu erwarten. Sie wußten schon, daß die Russen diesmal verboten hatten, Weihnachtsbäume im Wald zu holen wie sonst, obwohl doch die Mutter immer für sie Holz gemacht und im Wald gearbeitet hatte.

Ich versuchte, ihnen einen Rest früherer Weihnachtsseligkeiten zu erhalten, indem ich mal hier einen alten Lamettafaden, mal dort ein Goldhaar versteckte. Dadurch glaubten die Kinder sich doch von überirdischen, liebenden Wesen umgeben und behütet und lernten, kein materielles Glück zu erhoffen. Vom pädagogischen Standpunkt aus empfand ich es nicht als Unglück, daß die Kinder in dieser Weihnachtszeit lediglich eine Freude für die Großmama erhofften und erwarteten und nichts für sich selbst. Aber wohl selten ist ein Paket neun Tage lang so ausgiebig von außen befingert worden und setzte so viele Kräfte frei, sich zu bezwingen, seiner Neugier und Erwartung Herr zu werden und Vorfreude zu genießen, wie dieses.

Am Heiligabend dann, nach wohleinstudiertem Gesang, nach dem Lesen der Weihnachtsgeschichte und dem Aufsagen von Gedichten, während rußende Kienspäne das Zimmer erhellten, auf dem Ofen zur Feier des Tages ein dicker Kleiebrei mit Sirup brodelte und ich mit den Nadeln eines Tannenzweiges kokelte, um weihnachtlichen Duft zu erzeugen, kam dann der große Augenblick: Das Paket wurde geöffnet. Der Großmama zitterten die Hände dabei so stark, daß trotz der Notwendigkeit, Paketstrippen aufzubewahren, eine Schere geholt werden mußte, um es zu öffnen. Es kam unendlich viel Zeitungspapier zum Vorschein, eine Lage nach der anderen. Ganz innen drin war etwas weiß eingewickelt. Es war – ein grüner Kunststoffbecher! Und auf dem weißen Papier stand mit Schreibmaschine, wohl von einer Sekretärin getippt: »Großmama, freue Dich, wir produzieren wieder!«

Die Großmama schrie und heulte wie ein Kind und war gar nicht zu beruhigen. Auch die Kinder weinten mit. Ich versuchte, alle damit zu beruhigen, daß das eigentliche Geschenk das Zeitungspapier sei, da wir ja seit neun Monaten keinerlei Nachrichten mehr aus der Welt erhalten hatten, und ich begann, die Nachrichten, die diesen Einwickelfetzen zu entnehmen waren, so dramatisch vorzulesen, daß ich schließlich alle zum Lachen brachte. Dann ließ ich die Kinder suchen, und sie fanden in den Ecken der Stube längst vergessenes Spielzeug aus den Vorjahren, einen Klingelball für Susi, einen Dackel zum Nachziehen für Betty, und für Judith und Cornelia hatte ich die alte Puppenstube wieder aufgebaut, mit der Annemarie und ich schon gespielt hatten. Dann spielten wir Feuerwerk, warfen den Kunststoffbecher in den Ofen, wo er explosionsartig verzischte und die Erinnerung an die Enttäuschung mit sich nahm.

Als wieder Männer in den Ort zurückkehrten, wurde die Verwaltung von Deutschen erledigt, die Zahl der hier stationierten Russen wurde abermals geringer, sie wohnten jetzt in der ehemaligen Kaserne der Marinesoldaten und in den Hotels. In die Stuben der Einheimischen verirrten sie sich seltener, verhinderten aber mit ihren Räubereien immer noch jede Essen-Vorrats-Wirtschaft. In Görings Naturschutzpark knallten sie ab, was ihnen vor die Flinte kam, und verursachten unter Wildschweinen und Elchen offensichtlich eine wahre Panik. Einmal war ich gerade auf der Dorfstraße, als ein Russe mit einem Panjewagen ein Wildschwein vor sich hertrieb, das zielstrebig auf den Schlachterladen zurannte. Leider waren nicht genug Frauen da, um es dem Schlachter in die Arme treiben zu können. Es roch den Braten und bog im letzten Augenblick ab Richtung Strand, wohin die Zivilbevölkerung nicht durfte.

In der Faschingszeit kam eines Tages Ulla angelaufen mit der aufregenden Nachricht, in einem der leerstehenden Forensenhäuser sei der Fundus der Hamburger Oper aufgefunden und die kostbarsten Kostüme seien in allen Häusern verteilt worden. Nun sei bei den Russen angefragt worden, ob im Gasthaus des Nachbarortes ein Faschingsfest gefeiert werden dürfe. Die Russen hätten nicht nur zugesagt, sondern zu dem Fest auch ausreichend Schnaps zur Verfügung gestellt. Sie selbst, alle Freundinnen und ihre Männer hätten ganz tolle Kostüme, und heute abend würden wir alle mal richtig feiern und lustig sein, nach all der Not.

Ich zog mir ein Kleid der Großmama an, das mir früher viel, viel zu klein gewesen wäre, jetzt aber paßte, und putzte mich als Kammerzofe zurecht. Die Kinder waren begeistert, wie hübsch ich aussehen konnte, wenn ich nicht den Deckenhosenanzug trug.

Nicht gewohnt, an den Beinen bei der Kälte nur Strümpfe zu haben, kam ich fast erfroren in dem Gasthaus an, wo meine Freunde mir sofort zum Erwärmen Russenschnaps in die Kehle gossen, den ich noch nie im Leben getrunken hatte.

Alle hatten wir seit April kein Fett gegessen, kaum einweißhaltige Nahrung gehabt, und ich hatte an diesem Tag nichts als zwei Mohrrüben und zwei Eßlöffel mit Sirup zu mir genommen.

Niemand war darauf vorbereitet gewesen, sofort vollständig betrunken zu werden, am wenigsten ich, die überhaupt keine Erfahrungen mit Alkohol hatte und die ersten zwei, drei Gläser einfach aus Durst und zum Erwärmen herunterspülte.

Der Rausch war eine völlig neue, wundervolle Erfahrung. Für alle war es, als würden wir aus Schlamm und Dreck plötzlich emporgetragen und schwebten im Himmel. Nie wieder in meinem Leben war ich mit solch unschuldiger Unbefangenheit enthemmt betrunken, denn ich ahnte nichts von der Beschaffenheit meines Zustandes. Alles und jedes, was ich sah, kam mir so ungeheuer komisch und lustig vor, daß ich mich ausschütten wollte vor Lachen, und jeden, der mit mir tanzte, fand ich so reizend und bezaubernd, daß ich mich willig und freudig umarmen und küssen ließ. Ich fühlte mich schön, ich fühlte mich jung, ich fühlte mich begehrenswert, voller Lebensfreude und Lebenslust, und alle furchtbaren Lasten, die ich bin dahin geschleppt hatte, waren abgefallen. Ganz instinktiv wehrte ich das Trinken von noch mehr Schnaps ab, weil ich den Zustand, in dem ich mich befand, beibehalten wollte, und vermied auf diese Weise häßliche Begleiterscheinungen. Auch meine Freundinnen und Freunde hielten das Trinken in Grenzen, nur einer fiel plötzlich um wie tot, war nicht mehr zu erwecken, und schließlich luden wir ihn auf einen Schubkarren und karrten ihn unter nicht enden wollendem Gelächter heim.

1945/46 war ein milder Winter, und der Frühling setzte früh ein. Ich konnte mit den beiden großen Kindern mit dem Dampfer zum Festland fahren und die Kleinen beim alten Weiblein und der Großmama oder bei den Freundinnen spielen lassen, die Mütter hatten. Im März kam das erste Paket mit Lebensmitteln aus dem Westen von Annemarie. Regens waren gerade nach vielen Abenteuern in einer Pfarrei in Bayern gelandet. Man hatte Annemarie zum Empfang Lebensmittel geschenkt, und als erstes dachte sie an die Großmama. Sie schrieb, Tante Hedwig arbeite jetzt in der Praxis von Onkel Otto in Berlin, und außer dem in Stalingrad vermißten Karl seien alle von Stubbens heil und gesund im Westen. Seit unser Vater nach Dresden gefahren sei, habe sie von ihm und Gretchen nichts gehört.

Mit Ulrich hatte ich verabredet, daß er mir über seinen Freund in

Rostock Nachrichten zukommen lassen wollte. Ich erfuhr, daß er lange sehr krank gewesen und nun bei einer Dame in Heidelberg untergekommen sei. Irgend etwas zu schicken sei ihm noch nicht möglich.

Als Anfang April 1946 wunderschöne, sonnige Frühlingstage anbrachen, bettete ich die Großmama auf den Balkon. Nach einigen Tagen schien sich ein Wunder anzubahnen. Sie sprach plötzlich klar und den Umständen angepaßt, sie schimpfte und jammerte nicht mehr, sie erzählte den Kindern Geschichten, und dann – eines Tages – verlangte sie plötzlich angezogen zu werden und aufzustehen. Sie ging, gestützt auf Judith und Cornelia, in den Garten, und dort, so befand sie, sei es an der Zeit, daß sie für jede der vier Urenkeltöchter ein Bäumchen pflanzte.

Die Kinder gruben Löcher, ich überreichte der Großmama Pflänzchen, und ganz feierlich wurde die Baumpflanzzeremonie vollzogen.

Dann blickte die Großmama über das Land und zum Friedhof hinüber, ohne jedoch von ihrem Platz aus sehen zu können, daß er seine Ausmaße stark vergrößert hatte, und bestimmte: »Dort, unter diesen Bäumen da, will ich begraben werden. Das mußt du mir versprechen, Erika.«

»Ja«, sagte ich, »das verspreche ich, da liegen auch schon Tante Trudchen und Tante Elschen.«

Nach diesem euphorischen Tag kroch die Großmama still in ihr Bett zurück und war nach wenigen Tagen wieder so gestört wie vorher.

Leider bedeutete das wärmere Wetter für mich erneut Fronarbeit im Wald, an der zunächst auch die zurückgekehrten Männer teilnehmen mußten. Diese Männer setzten bei den Russen beziehungsweise bei der Verwaltung durch, daß jede der für die Russen arbeitenden deutschen Frauen einen Jagen im Wald zugewiesen bekam, an dem sie nach Feierabend auch für sich selbst und ihre Familie Holz machen durfte. Daß man damit im Frühjahr anfangen mußte, war inzwischen den Russen klargeworden, die mit dem nassen Holz auch nur schlecht hatten heizen können.

Dann jedoch fand es die Besatzungsmacht praktischer, wenn weiterhin nur Frauen in den Wald geschickt wurden, die Männer jedoch für sie fischten. Dabei fuhren immer Russen mit, so daß höchstens Abfälle für die Deutschen blieben.

Sommergäste

Anfang Mai schlichen zwei zerlumpte Elendsgestalten in meinen Garten, und mit einem Aufschrei fiel mir eine der beiden um den Hals. Es war die Mutter der größeren von den beiden Ortelsburger Familien, die »rückgesiedelt« worden waren; die andere war der sechzehnjährige Sohn der kleineren Familie. Alle sieben anderen waren tot, erzählten sie.

Sie waren im Juni 1945 in Henkhof in Leiterwagen verladen und in die Kreisstadt gebracht worden. Dort hatte man sie auf offene Güterwagen getrieben, wo sie so enggedrängt stehen mußten, daß sie sich nicht auf ihr bißchen Gepäck setzen konnten. Kaum fuhr der Zug durch polnisches Gebiet, wurde er von Horden mit Knüppeln bewaffneter Polen zum Stehen gebracht und überfallen. Es wurde ihnen nicht nur alles Gepäck abgenommen, sondern auch alles, was sie Brauchbares am Leib trugen, vor allen Dingen ihre Schuhe. Der Zug fuhr ohne sie zurück nach Deutschland, und sie wurden barfuß und ohne beköstigt zu werden – mal von Russen, mal von Polen bewacht – immer weiter nach Osten getrieben. Nach wochenlangen unsäglichen Strapazen, an denen die Großeltern starben, kamen die beiden Ehepaare mit ihren Kindern in ihrem Heimatort an, der aber vollständig abgebrannt war. In den Ruinen hausten Russen. Man ließ sie nicht hinein und beköstigte sie auch nicht. Jetzt hieß es »wieder zurück nach Deutschland«. Wieder wurde ein von Sowjets bewachter Elendszug zusammengestellt, der in seinen Lumpen, barfuß, ohne Gepäck, ohne Geld, ohne Beköstigung jetzt wieder nach Westen vertrieben wurde. Der Winter setzte ein, die Sowjets hatten es eilig, diese Menschen loszuwerden, »Dawai, dawai!« hetzten sie, schlugen mit Peitschen und erschossen die beiden Männer, die vor einem Jahr schon keine »Männer«, sondern Jammergestalten gewesen waren. Irgendwann nahmen die Russen die Fünfzehnjährige mit sich, und das nun dreizehnjährige Irmgardchen, »dat is hinjefallen und konnt nich mehr aufstehen, un dat hat ihr Bein so komisch hochjestreckt im Schnee, un ik hab kucken wolln, aber ik habs mit der Peitsche jekriecht, dawai, dawai, un ik hab mich immer wieder umjedreht, un da hat das Irmgardchen immer noch so jelejen, wie sie hinjefallen is, janz steif un dat Bein in die Höh, un alle haben jesagt, die is tot, jottseidank, die hats hinter sich. Un wenn se noch nich tot war, wie se hinjefallen is, denn war se det nu bestimmmt. Es war ja Frost.«

Der Sechzehnjährige erzählte, daß alle von dem Hunger und dem Fraß, den sie unterwegs im Dreck gefunden und verschlungen hätten, Ruhr und Durchfall gehabt hätten. Und da hätten sie mal auf einem Müllplatz alte leere Flaschen gefunden, in denen noch Korken steckten. Da seien sie auf die Idee gekommen, sich hinten zuzustöpseln, damit ihnen die Sch... nicht immer aus den Hosen lief, und an dem Quatsch seien viele gestorben, wohl auch die Irmgard. Er hätte sich das ja noch rechtzeitig wieder rausmachen können.

Ich bereitete den beiden unglückseligen Menschen erst einmal ein Bad, entlauste und entwanzte sie, gab der Mutter was von Tante Elschen zum Anziehen und dem Jungen was von Ulrich, aber ordentlich »speisen« konnte ich sie nicht. Ich ließ sie jedoch vorläufig im Haus wohnen und drückte beide Augen zu, wenn sie Geklautes heimbrachten. Ich selbst wurde von den beiden nicht mehr beklaut, und der Junge half mir beim Holzzerkleinern und bei der Bestellung des Gartens.

Der Großmama durfte ich nicht sagen, daß ich diese »furchtbaren Menschen« wieder aufgenommen hatte, und angemeldet werden durften sie auch nicht, denn der Ort nahm keine Fremden mehr auf.

Flüchtlinge und Vertriebene durften nicht mehr herein, vorläufig, aber die kommunistische Dorfverwaltung hatte im Verein mit dem russischen Kommandanten eine aberwitzige Idee! Henkhof, früher einmal das »Worpswede der Ostsee«, bekannt durch die vielen Künstler, die hier gemalt und ihre Häuser gebaut hatten, berühmt durch die skurrile, seltsame Landschaft mit den vom Wind schiefgewehten Bäumen, den sogenannten »Windflüchtern«, seinen Wald, seine Wolken, seinen ewigen Sturm; der Ort, von dem die Forensen mit Gewalt hatten verhindern wollen, daß er zu einem bekannten Badeort wurde, damit er ein Geheimtip für Auserwählte blieb, er sollte diesen Sommer die großen und bedeutenden kommunistischen Künstler und Politiker als Gäste beherbergen, die teils während der Nazizeit in Rußland gewesen, teils aus den Konzentrationslagern befreit worden, teils aus dem Ausland zurückgekehrt waren. Es wurden das Kurhaus und zwei kleinere frühere Hotels, die eher Pensionen gewesen waren, beschlagnahmt, die dort inzwischen geklauten oder verheizten Möbel wurden durch andere ersetzt, welche woanders geklaut wurden, es kamen bei Nacht und Nebel, zunächst ganz unbemerkt von der Dorfbevölkerung, die immer noch keine Lebensmittelmarken bekam und für die auch keine Nahrung angeliefert wurde, Lastkraftwagen so nahe an den Ort heran, wie es ging. Deren Inhalt wurde dann mit russischen Pferdefuhrwerken in die drei Beherbergungsbetriebe gebracht, und plötzlich – es war einfach nicht zu glauben – schritten feingekleidete, teils auch magere, teils auch geradezu fette *Sommergäste* auf der Dorfstraße und, man staune, auch am bisher verbotenen Strand entlang, den meine Lumpenkinder nun wieder betreten durften.

Und was die Kinder dort am Strand vorfanden, war fast zu schön, um wahr zu sein: ein richtiges, riesengroßes, eisernes, gestrandetes Kriegsschiff mit unzähligen Räumen, in denen das Wasser leise gluckerte, und von dem alles, alles abmontiert war, was sich mit den primitiven Handwerksmitteln der Einheimischen überhaupt nur abmontieren ließ. Das war wieder einmal »Strandgut« gewesen. Jetzt diente es als herrliches Spielzeug der seelischen und körperlichen Gesundung aller Henkhofer Kinder.

Hin und wieder steckten die Sommergäste den Kindern etwas zu essen zu oder holten die Kleinen zum Strand ab, weil sie so niedlich waren. Bekanntschaften mit ihnen kamen etwa so zustande, daß eine sehr feine Dame auf der Straße ein von der ewig durchfallkranken kleinen Susi achtlos weggeschmissenes schmutziges Höschen fand, es auf einen Zweig piekte, damit zu mir kam und lachend fragte: »Wie ich die Dinge hier sehe, gehört das Ihnen?« Oder Nella machte am Strand mit den Rötelstiften von Tante Elschen erstaunlich ähnliche Porträts der Sommergastkinder, bekam dafür etwas zu essen und führte deren erstaunte Eltern zu mir. Journalisten fotografierten Nella im Kreis ihrer »schönen Schwestern«, kurz, die Kinder erregten im privilegierten Kreis der Intellektuellen und

Künstler irgendwie Aufsehen, und so sahen dann viele mit eigenen Augen und ziemlich fassungslos, wie wir lebten. In den Städten gab es doch schon lange wieder Lebensmittelmarken, wenn auch Hungerrationen!

Einige von ihnen hatten jedoch so viel Schlimmeres durchgemacht als wir, daß ich mich mit unserem bißchen Not vor ihnen schämte. Was ich bisher nur gerüchteweise gehört hatte und kaum glauben konnte, erfuhr ich nun von denen, die es erlebt hatten, die dabeiwaren: was in den Konzentrationslagern geschehen war.

Seitdem regte ich mich nicht mehr auf über einen Fuhrmann, der mir trotz eines Brillantringes und eines Anzugs von Ulrich mein Holz nicht holte; über den Bäcker, der einen bei ihm einquartierten alten kranken Mann nie in der warmen Backstube, sondern bei der Kälte in einem offenen Schuppen nächtigen ließ und, als er nach dessen Tod ein Vermögen bei ihm fand, sagte: »Ja, so macht sich Güte bezahlt«; ich regte mich nicht mehr auf über Hartherzigkeiten und Eigennutz vieler Menschen, vor allem derer, bei denen ich betteln gehen mußte. So was lag ja in der menschlichen Natur, so war es wohl immer gewesen, nur ich hatte in meinem behüteten, wohlhabenden Leben damit noch keine Bekanntschaft gemacht. Es gab viel Schrecklicheres, was mit der »menschlichen Natur« nicht mehr zu erklären war.

Großmamas Ende

Die Schmerzen der Großmama wurden immer unerträglicher. Sie, die früher so hart mit sich gewesen war und Wehleidigkeit auf den Tod nicht ausstehen konnte, schrie jetzt oft stundenlang. Es gab keine schmerzbetäubenden Mittel, und Dr. Behrend riet zu einer Operation in Rostock, bei welcher der Nervenstrang durchschnitten werden sollte. Sie würde dann zwar gelähmt sein, aber keine Schmerzen mehr haben.

Dr. Behrend erreichte bei den Russen viel für seine Patienten. So erschien er eines Morgens früh um 8 Uhr, half mir, die Kranke anzuziehen, und gab ihr eine seiner wenigen Betäubungsinjektionen, damit sie die Fahrt nach Rostock durchstehen konnte. Wir setzten sie auf einen Sessel, und Dr. Behrend verabschiedete sich: »Der Kommandant hat versprochen, um 8.30 Uhr einen Jeep zu schicken und die Großmama ins Krankenhaus nach Rostock zu bringen. Der wird jeden Augenblick da sein. Machen Sie sich auch fertig.«

Wir warteten bis 11.30 Uhr. Die Wirkung der Injektionsspritze war verflogen. Die Großmama schrie, als die Soldaten und ich sie auf den Boden des Jeeps legten. Sitzen konnte sie nicht. Es wurde eine Höllenfahrt in dem klappernden und stoßenden Gefährt. Mir brach dabei fast das Herz.

Trotz telefonischer Absprache war der behandelnde Arzt im Krankenhaus nicht mehr erreichbar. Wir waren zu spät gekommen. Die Schwestern wußten von nichts. Gleichgültig und abgebrüht trugen sie die Großmama in einen Saal voller alter Frauen, wobei sie sie an Händen und Füßen packten, ohne sich die Mühe zu machen, sie auf eine Bahre zu legen. Sie scherten sich nicht darum, wie die alte Frau schrie oder wie ich protestierte, zogen sie aus und *warfen* (nicht legten) Frau Geheimrat Daubler nackt auf ein Bett, das nur mit einem Gummituch bedeckt war. Ich rannte hinterher mit ihren Seidentüchern und Seidenhemden, dem einzigen Stoffmaterial, das die Großmama an sich ertrug, aber die Schwestern schnauzten mich an, hier gäb's keine Extrawürste, wo kämen wir denn da hin, die Oma solle sich nicht so anstellen, hier seien noch mehr Alte, denen gehe es nicht besser, und die brüllten auch nicht so herum.

»Halt's Maul, Oma!« schrie eine der Schwestern die Großmama an, und dann zu mir: »Auch noch Seidentücher, wenn sie alles vollpinkelt! Nehmen Sie den Scheiß wieder mit und gehen Sie hier aus dem Weg, wir haben genug Arbeit!«

Ich suchte das ganze Krankenhaus nach dem Chefarzt ab, mit dem Dr. Behrend gesprochen hatte, fand ihn aber an diesem Tag nicht, und der Verantwortliche für den Saal, in den man die Großmama gebracht hatte, sagte, Einzelzimmer gäb's nicht mehr, die Schwestern seien alle überlastet, alle Entscheidungen würden morgen getroffen. Jetzt könne er nichts ändern.

Ich blieb die Nacht über bei Freunden in Rostock und fand am nächsten Tag die Großmutter doch in einem separaten Raum, aber nicht mit Rücksicht auf sie, sondern auf die eigenen Nerven der

Schwestern, die das fürchterliche Gebrüll im Saal nicht aushalten konnten. Immer noch lag sie nackt auf einem Gummi, aber sie erkannte mich nicht mehr, wußte nicht mehr, wo sie war.

Mit dem Chefarzt besprach ich, daß ich das alte Weiblein nach Rostock in die Klinik schicken würde, die dann die pflegerischen Aufgaben wie bisher übernehmen könnte, so daß die abgebrühten Schwestern weniger mit der Großmama zu tun hätten. Ob und wann die Operation gemacht werden könne, wußte der Arzt nicht zu sagen.

Daß die Großmama sterben würde, empfand ich nicht als tragisch, sondern als etwas Natürliches. Wir hatten ja im Januar 1943 schon einmal in Würde von ihr Abschied genommen, in Stubbenhof.

Aber daß die innerlich so große und so stolze alte Dame, die so viele entsetzliche Schicksalsschläge so heroisch überwunden hatte, am Ende ihres Lebens noch derartig entwürdigt wurde, daß man sie duzte, Oma nannte, nackt auf ein Gummituch warf – darüber kam ich nicht weg. Ihr Leben lang hatte sie intensiv an sich selbst gearbeitet, hatte über sechzig Jahre lang regelmäßig Tagebuch geführt, um sich über jede Stunde ihres Lebens Rechenschaft abzulegen. Das alles doch, um am Ende vor Gott treten und sagen zu können: »Sieh, das hab ich aus meinem Leben gemacht, so habe ich mit den Pfunden gearbeitet, die du mir verliehen hast.« Und was stand nun unter dem Strich dieser Lebensarbeit hier auf Erden? Nichts, absolut *nichts*! Man hatte sie schon zu Dreck gemacht, ehe noch der Körper zu Erde zerfallen war.

Ich wußte schon immer, daß die materiellen Güter, nach denen die Menschen im Leben so streben, angesichts des Todes keinerlei Wert haben und ihre Glücksversprechen nicht einhalten. Was man besitzt, muß man bereit sein, jederzeit wieder zu verlieren, und dies ganz dem Zufall überlassen. Das war mir früher schon klargeworden, eigentlich schon als Kind. Ich hatte verstanden, warum Jesus riet, das Streben danach aufzugeben, Menschlichkeit davon abhängig zu machen, wieweit man seinen tierischen Raff- und Sammelinstinkt, das Habenwollen, unter Kontrolle bekäme.

Nun aber stellte ich mir die Frage: Waren auch ideelle Güter wie Mut, Selbstdisziplin, Gerechtigkeit, Tüchtigkeit, Herzensbildung hier auf der Erde ebenfalls wertlos und ein Phantom? Und ich mußte mir die Antwort geben: Ja, sofern nach all diesem um eines Lohnes willen gestrebt wird, um des Lohnes der Ehre, um des Lohnes der Würde, um des Lohnes des Ansehens vor den Leuten willen, um irgend etwas willen, was von mir bleibt, denn es bleibt nichts. Auch Liebe um des Lohnes willen, wiedergeliebt zu werden, war umsonst. Alles, alles, was der Mensch das »Gute« nennt, sein seelischer, sein materieller, sein geistiger Besitz, sind Phantome mit Wert und Glücksversprechen, die falsch sind. Das Himmelreich hier auf Erden ist damit nicht zu gewinnen.

Ich weinte um Wert und Würde der geliebten Großmama, aber Wert und Würde vieler anderer Menschen waren in diesem Krieg genauso entwertet und entwürdigt worden.

Wenn Juden, Zigeuner, Nazigegner und Kriegsgefangene in Massen umgebracht worden waren, dann war Großmamas würdeloses Sterben ja noch vergleichsweise human.

Ich fing damals an, fragen zu lernen, daß es möglicherweise Realität und keine Utopie, Wahrheit und kein Unsinn war, daß der total würdelose, total entehrte allergrausamste Tod eines relativ jungen Mannes wie dieses merkwürdigen Jesus, der zum Schluß von allen verlassen war – wie die Juden in den KZs –, auf einen »Sinn« jeglichen menschlichen Lebens und Strebens hinwies, der vielleicht weit außerhalb dessen liegt, was die Menschen mit dem Wort »gut« begreifen können, denn schon das Wort »be-greifen« impliziert das »Haben«-, das »Fassen«-Wollen. Das, wovon dieser Jesus sprach, schien aber doch »von Gott erfaßt werden können« zu bedeuten. Vielleicht muß das, was von Gott erfaßt werden kann, vorher so nackt und ohne allen materiellen, seelischen und geistigen Besitz in den Tod gehen, damit das Grund-Lebensprinzip, der Stoffwechsel zwischen belebter und unbelebter Materie, erhalten und die abgelebten Leben auch weiterhin Ton in des Schöpfers Hand bleiben und zu höheren Lebewesen geformt werden können? Gab es als Lebensprinzip vielleicht nicht nur Stoffwechsel, sondern auch *Geistwechsel*?

War es nicht solch ein Tod, durch den das, was wirklich das reine Leben an sich ist, erlöst wird aus der Umklammerung des Irdischen zur Freiheit der ewigen »Wirk«lichkeit?

Ich dachte mir, solange der Stoffwechsel das Prinzip alles irdischen Lebens bleiben muß, war »das Himmelreich« hier auf Erden nie zu gewinnen. Ewiges Leben setzt ewiges Sterben voraus, ewiges Aufbauen ewiges Zerstören, Haben Verlieren, Gerechtigkeit Ungerechtigkeit, Gutes Böses – niemals ist das eine ohne sein Gegenteil zu haben. Wie Helles durch Drehung der Erde um die Sonne schnell wieder zu Dunklem wird, so werden Werte einer Kultur zu Unwerten der anderen.

Ich begriff, wovon Christus die Menschen erlöst, wovon und wozu er sie befreit – nicht von »Strafen« für ihre »Sünden«, sondern von ihrer Fesselung ans Irdische.

Aber ich hatte jetzt wenig Zeit, philosophische Gedanken zu durchdenken. Ich schickte das alte Weiblein nach Rostock und gab ihr das Tagebuch der Großmama mit, das diese vergessen hatte einpacken zu lassen. Ich fand darin Sätze wie: »Heute war Gott sei Dank endlich Hedwig hier, dachte schon, sie hätte mich vergessen. Von Manuela und Walther Briefe erhalten. Kurzer Besuch von Annemarie« usw. Alles, was die letzten Seiten des Tagebuches füllte, waren Wunschgedanken. Niemand war dagewesen, niemand hatte geschrieben, keine Pakete waren gekommen.

Ich rief täglich im Krankenhaus an, die Operation wurde immer weiter verschoben, die Großmama kam auch nie wieder voll zur Besinnung. Nach vier Wochen dann starb sie – an der Operation.

Schieben

Bürokratie

Bisher hatte man in Henkhof nicht unterscheiden können, welche behördlichen Maßnahmen und Schikanen dem privaten Rachebedürfnis der jeweils herrschenden russischen Kommandeure entsprangen und willkürlich angeordnet wurden, oder aber durch welche Maßnahmen nun offiziell der Kommunismus eingeführt werden sollte. Jetzt suchten die Sowjets zur Bewältigung von Verwaltungsarbeiten Leute aus, von denen ihnen gesagt wurde, daß sie Kommunisten gewesen seien, die das von sich behaupteten oder die dies sogar nachweisen konnten. So kamen in die Rat- und Gemeindehäuser Männer, die alles andere gelernt haben mochten, nur nicht, wie man behördliche Arbeiten erledigt. Die Schulen blieben ganz geschlossen. Die in Henkhof eingesetzten Bürgermeister und Gemeinderäte waren alle ortsfremd und wurden von Rostock aus telefonisch darüber informiert, was sie täglich tun sollten. Ihre wichtigste Aufgabe war es, Botengänge zu erledigen. So wurde ihnen per Tagesbefehl übermittelt, was der einzige Bauer im Dorf, mein Nachbar, heute zu tun habe: »Wiese mähen«, »Heu schneiden oder wenden«, »Weizen schneiden«, »Kartoffeln hacken« und ähnliches. Der Bürgermeister traf auf dem Hof meist niemanden mehr an, da die Familie längst auf den Feldern war, um die tatsächlich anfallende, tatsächlich heute mögliche und sinnvolle Arbeit zu tun. Bauern stehen im Sommer früher auf als Stadtleute.

Der Nachbar erzählte mir, er habe beispielsweise den Befehl erhalten, einige Zentner Heu, das er entgegen den Befehlen weder geschnitten noch gewendet hatte, weil es die Wiese, auf die Bezug genommen worden war, gar nicht gab, »in die Kreisstadt zu fahren und an die Genossenschaft zu verkaufen«.

Aus Angst vor allen Ernstes angedrohter Prügelstrafe bei Nichtbefolgung der Anordnungen opferte er einen Arbeitstag, um mit seinem einzigen Pferd vor einem leeren Wagen die zwanzig Kilometer zur Kreisstadt zu fahren. Dann kaufte er in der Genossenschaft für fünf Mark pro Zentner die befohlene Heumenge und lieferte sie bei eben dieser Genossenschaft für vier Mark pro Zentner wieder ab. Dort wunderten sich die Planer, daß die in der Genossenschaft lagernde Heumenge nie zu- und nie abnahm, nur allmählich durch das dauernde Auf- und Abladen ganz zerfleddert und unbrauchbar für Tiere wurde. Dann mußte er noch einen Arbeitstag opfern, um auf den Dörfern Heu für seine Kühe gegen andere Naturalien einzutauschen.

In den städtischen Büros traute natürlich niemand den Angaben der Bauern, wieviel Hühner oder Vieh sie hätten. Deshalb mußten jahrelang städtische Büroangestellte sonntags ihre Freizeit opfern und auf die Dörfer fahren, um Groß- und Kleinvieh zu zählen.

Planer und Dirigisten hatten den Ort Henkhof auf irgendeiner Landkarte entdeckt und gefunden, daß dort Forensenhäuser leer standen. Daß es keine gepflasterte Zufahrtsstraße zu diesem Ort gab, bemerkten sie sowenig wie die Kommandeure, die dort ihre Regimenter hindirigiert hatten. Keiner erinnerte sich an die Hungersnot vom Vorjahr und warum die Menschen dort nicht nur verhungerten, sondern auch erfroren.

Also kam ein Schwung Sudetendeutscher in unser Dorf, die man 1946 innerhalb weniger Stunden aus ihrer Heimat vertrieben hatte. Die Ostpreußen, die seinerzeit nach Henkhof verlegt worden waren, als es noch versorgt werden konnte, kamen aus dem Norden und waren Ostseeklima gewohnt. Die Sudetendeutschen aus dem Riesengebirge hatten das Meer in ihrem Leben noch nicht gesehen, und das Klima machte sie krank. Außerdem passen Fischer und Gebirgsbauern nicht zueinander.

Zu mir kam eine etwa fünfundfünfzigjährige dicke Bäuerin mit drei Töchtern und einem Schwiegersohn. Sie verhielten sich wie die alten Verwandten, welche die Großmama aus Stubbenhof mitgebracht hatte: Sie legten sich in ihre Betten, weinten und sagten: »Bitte lassen Sie uns sterben.«

Daran gewöhnt, daß in der Nazizeit alles organisiert wurde und man sich um die meisten Dinge nicht zu kümmern brauchte, sahen sie in mir die Instanz, die hochdeutsch sprach und alles für sie regeln müsse und könne. Der Hinweis, daß wir alle gleich hilflos in einem Boot säßen, verfing nicht. Ich war der Boß und verantwortlich für alle Hausbewohner. Das war für sie erwiesen durch die Tatsache, daß die verstorbene Hausbesitzerin meine Großmutter und ich natürlich die Erbin war. Wieder einmal sollte ich aus dem absoluten Nichts zwölf Menschen ernähren und fand für diese geradezu groteske Zumutung nicht einmal Verständnis bei der kommunistischen Dorfverwaltung. Dem gegenwärtigen Bürgermeister waren die besonderen Probleme dieses Dorfes so unbekannt, daß ihn meine Vorstellungen nicht interessierten. Die Sudetendeutschen sollten arbeiten, meinte er, wobei er wohl die eigene Versorgung durch die Russen vor Augen hatte, und wischte meine Frage: »Was denn und wo denn?« als lästiges Genörgel fort. »Ich arbeite ja auch, ich komme auch nicht von hier.«

Daß er der einzige im Ort war, der Arbeit hatte, wußte er nicht.

»Und wo sollen die Leute Holz herbekommen, um zu heizen?«

»Na«, lachte der Bürgermeister, »wie alle, aus dem Wald.«

»Sagen Sie das im Ernst?«

Ich nahm an, er heizte mit dem Holz, das ich für die Russen hatte schlagen müssen. Im Wald gab es kein Reisig mehr.

»Schreien Sie doch nicht so«, meinte er. »Geben Sie jetzt den Leuten von Ihrem Holz, dann werden sie Ihnen später von ihrem Holz geben.«

»Glauben Sie, ich habe welches?« schrie ich weiter, die ihr selbstgemachtes Holz immer noch nicht zu Hause hatte und nie nach Hause bekommen würde, trotz allem, was ich bereits dafür bezahlt hatte, und die nun selbst darauf angewiesen war, bei den Russen zu klauen.

Da sagte dieser Ignorant: »Liebe Frau, Sie müssen im sozialistischen Arbeiter- und Bauern-Staat noch viel lernen. Hier geht Gemeinnutz vor Eigennutz, hier erhält jeder entsprechend seinen Leistungen und nach seinen Bedürfnissen.«

Und damit war ich entlassen.

Ich kam verzweifelt von diesem ergebnislosen Gespräch nach Hause. Dies bemerkte einer der »Spätsaison-Sommergäste«, eine elegant gekleidete und gut genährte Dame. Sie hörte sich meine Existenzprobleme an und sagte dann kopfschüttelnd: »Also, Frau Röder, ich muß Ihnen ehrlich sagen, Sie sind ausgesprochen untüchtig.«

Ich war vollkommen perplex. Ich und untüchtig? Ich, die seit fast zwei Jahren unzählige fremde Menschen durchfütterte, ich, deren vier Kinder nicht verhungert waren, obwohl viele andere Kinder in gleicher Situation umkamen? Ich, die Tag und Nacht arbeitete und schon fast vergessen hatte, was Schlaf ist, nur damit alle, für die ich mich verantwortlich fühlte, nicht verreckten? Das konnte jemand mit Untüchtigkeit bezeichnen?

Sehr geduldig erklärte mir die elegante Kulturbundgenossin, daß nach ihrem Sprachgebrauch Tüchtigkeit mit »smart« zu übersetzen sei, also nicht die Summe der geleisteten Arbeitsstunden meine, sondern deren Effektivität. Was ich alles tat, das Schuften im Wald für nichts, das Rennen zu den Bauern mit einem Minimum an Gewinn bei den Tauschgeschäften, das Betteln, die Gartenarbeit in einem Garten ohne Humus und Dung auf reinem Lehm – das war doch alles ganz unnütz vergeudete Kraft und damit untüchtig! Und sie begann mich darin zu unterrichten, wie »smart« und wie »effektiv« Schiebergeschäfte seien.

»Ich mag Sie«, sagte sie. »Ich finde Sie toll und finde Ihre Kinder außergewöhnlich. Es ist eine Schande, daß ihr keine Lebensmittelzuteilungen kriegt. Ich will Ihnen wirklich helfen. Ich habe zur Zeit mehr als genug zum Leben. Sehen Sie, hier leihe ich Ihnen eine Stange amerikanischer Zigaretten, zwanzig Schachteln. Ich gehe jede Wette ein, bei Ihrer Erziehung habe ich diese Stange in spätestens vier Monaten mit Zinsen wieder zurück. Jetzt nehmen Sie diese schönen, weißroten Schachteln in dem angenehmen Cellophanpapier, um das die russischen Soldaten sich reißen, weil eine Krone darauf abgebildet ist (das Wort ›Royal‹ können sie nicht lesen, das macht nichts; die Krone und das Cellophanpapier genügen vollkommen), und gehen damit zu Ihrer Henkhofer Kommandantur. Die Russen werden Ihnen für jede einzelne Schachtel dieser herrlichen monarchistischen Zigaretten je eine Flasche ordinären sozialistischen Schnaps anbieten. Mit zwanzig Flaschen Russenschnaps reisen Sie nach Berlin. Damit Sie unterwegs kein Risiko eingehen, geben Sie fünfzehn dieser Flaschen einfach mit Ihrem Gepäck auf und lassen sie ohne Ihre Begleitung die Reise nach Berlin machen. Dabei gehen Sie das Risiko ein, daß diese Flaschen verlorengehen. Dann behalten Sie immer noch die fünf in Ihrem Handgepäck und haben bei der Reise weder etwas verloren noch etwas gewonnen. Kommen die aufgegebenen Flaschen jedoch heil in Berlin an, verscherbeln Sie sie (ich gebe Ihnen Adressen), und zwar nicht gegen Geld, sondern gegen Waren, welche die Bauern rund um Ihre Kreisstadt brauchen: Nähgarn, Glühbirnen, Batterien, Nägel, Streichhölzer, Kerzen, Strümpfe, kurz, Mangelware jeder Art. Damit packen Sie Ihre vom Schnaps entleerten Koffer voll, reisen zurück in Ihre Kreisstadt, wandern über die Dörfer und haben nun Tauschobjekte genug, um Lebensmittel für zwölf Menschen einzuhandeln. Natürlich würde ich Ihnen raten, nicht zwölf Leute, sondern nur Ihre vier Kinder zu ernähren. Daß Sie ›Gemeinnutz geht vor Eigennutz‹ so ernst nehmen, find ich lächerlich. Aber auch wenn Sie sich von den Sudeten abnehmen lassen, was Sie verdienen, wird das Schieben Sie am Leben erhalten.«

Ich war aufs höchste erstaunt, diesen wirklich klugen, aber auch ziemlich kapitalistischen Rat ausgerechnet von einer Kommunistin zu erhalten, aber ich befolgte ihn. Es klappte genau wie vorausgesagt, und wirklich konnte ich schon in drei Monaten das geliehene Anfangskapital zurückzahlen.

Nur eines hatte die kluge Frau nicht bedacht und berücksichtigt bei ihren Überlegungen: daß Henkhofs unglückselige Lage ein Hindernis ganz besonderer Art war, das zu überwinden nicht nur Gerissenheit, sondern eine ungewöhnlich stabile Körperkonstitution erforderte.

Meine Überlebenspraktiken sahen jetzt so aus: Dreimal im Monat war ich für je sechs Tage unterwegs, nachdem ich jeweils, wie vorausgesagt, auf der Kommandantur für eine Schachtel mit der schönen monarchistischen Krone eine Flasche sozialistischen Schnaps eingehandelt hatte.

Sechs Kilometer wanderte ich zu Fuß mit dem Bollerwagen oder dem Schlitten – je nach dem Wetter –, beladen mit einem Koffer, in dem sich fünfzehn Flaschen Schnaps befanden, und einem Handkoffer, der fünf Flaschen Schnaps enthielt, ins nächste Dorf zum Hafen. Dort bestieg ich, wenn es nicht fror, den Dampfer, wenn es fror, was in dem besonders kalten Winter 1946/47 die Regel war, den Segelschlitten. Mit dem dauerte es je nach Windlage drei bis sechs Stunden, um über das Eis in die Kreisstadt zu gelangen. Meist kam ich dort an mit Eiszapfen unter der Nase, zugefrorenem Mund, zugefrorenen Augen, das Gesicht, die Hände und Füße taub. Dann schleppte ich den Schnaps ohne Wagen oder Schlitten anderthalb Kilometer zum Bahnhof. Dort mußte ich zunächst in eine Baracke gehen, wo mir Läusepulver mit einer großen Spritze unter die Kleidung gespritzt wurde, wofür ich eine Bescheinigung bekam. Mit dem Attest, entlaust zu sein, durfte ich eine Fahrkarte kaufen und damit den großen Koffer mit den fünfzehn Flaschen der Gepäckaufgabe anvertrauen. Daraufhin – mit »Kultur« angereichert und vom Schleppen der meisten Flaschen befreit – durfte ich mit dem Handkoffer den Wartesaal betreten. Dort sorgten wieder Soldaten für ein vorschriftsmäßig zivilisiertes Betragen. Deutsche durften sich weder auf die Erde noch auf ihre Koffer setzen, um sich auszuruhen oder aufzutauen. Ein Nazi hatte zu stehen! So wie wir die Juden behandelt hatten, wurden jetzt wir behandelt. Die Vorschrift wurde mit Gewehrkolben und Schlägen durchgesetzt, auch wenn mehr als acht Stunden gestanden werden mußte.

Dann kam der spannende Moment, wenn ein Zug in den Bahnhof einrollte. Die Masse der stundenlang wartenden Menschen stürmte auf die Gleise und kämpfte um Plätze auf den Trittbrettern, auf den Dächern, den Puffern und den Klos der Züge, die alle weder Fenster noch Türen mehr hatten und schon überfüllt auf den Bahnhöfen einliefen. Ich wandte eine meist recht erfolgreiche Technik an. Ich warf meinen Handkoffer mit den fünf Flaschen ins nächste beste Abteil durch eine der Fensterhöhlen, kletterte, ungeachtet aller Mitkletterer und diese rüde beiseite schiebend, am Wagen hoch und ließ mich dann auf den kreischenden Menschenhaufen fallen, der das Abteil füllte. Meist erst nach einigen Minuten, wenn der Zug längst wieder fuhr, bekam ich Boden unter die Füße, hatten sich die Leute so zusammengequetscht, daß ich in die Sardinenbüchse auch noch hineinpaßte. Das Fahren auf dem Trittbrett oder auf dem Dach war zwar am Anfang leichter zu bewerkstelligen, auf die Dauer aber schwerer durchzuhalten. Ich hatte dabei oft um mein Leben gezittert. Auch die Fahrt zu fünft in einem der winzigen Klos war höchst unerfreulich gewesen und hatte mich schockiert. Das Reinfallenlassen durch das Fenster bewährte sich am besten. Einmal war auch dabei etwas passiert. Ich hatte den Boden mit meinen Füßen noch nicht erreicht, als ein fürchterliches Geschrei anhob, es werde in den Wagen geschossen, eine Frau hinter mir sei blutüberströmt zusammengebrochen. Möglich war ja so etwas. Deshalb erschrak ich auch derart, daß ich bald selbst in Ohnmacht gefallen wäre, wie die Frau hinter mir. Dann wagte jedoch jemand an dem »Blut« der Hingefallenen zu lecken und stellte fest, es war Sirup. Das Glas in meinem Rucksack war durch das Gedränge zerbrochen, der Sirup war ausgelaufen und hatte die Frau beschmiert. Man lachte, leckte und schleckte und kam wieder zu sich.

Fast alle Reisenden waren Frauen, fast alle nahmen diese Strapazen zur Ernährung ihrer Familien auf sich. Jede hatte etwas Eß- oder Trinkbares bei sich, man teilte, alle fühlten sich miteinander solidarisch. Wir lachten viel über lustige Geschichten, ob sie nun wahr waren oder nicht, wie das Gerücht von der Familie mit dem Carepaket. Die Familie hatte von Verwandten aus Amerika ein Paket erhalten, das nur eine Blechdose ohne Inschrift enthielt und einen Zettel: »Brief abwarten!« Sie glaubten, es sei ein Carepaket, und da der Hunger groß war, der Brief aber nicht eintraf, dachten sie sich, Kalorien sind Kalorien, ob man diese komischen amerikanischen Pulver nun so oder so zubereitet. Es kam ja nicht auf das Rezept und den Geschmack an, sondern darauf, daß man nicht verhungerte. Sie öffneten die Dose, kochten das darin befindliche Pulver mit Wasser, machten sich nicht viel daraus, daß es gar nicht gut schmeckte, glaubten aber, ihrer Gesundheit gedient zu haben. Viel später kam der Brief: »Die Oma ist gestorben und will in deutscher Erde beerdigt sein. Wir haben Euch die Urne geschickt, hoffentlich bestattet Ihr sie so, wie sie es sich wünschte.«

Ich konnte mit der wahren Geschichte von der Kloliesel aus Henkhof dienen, welche morgens die Dreckeimer der Forensen einsammelte und entleerte. Auch sie war mit dem Segelschlitten über das Eis zur Kreisstadt gefahren, und es war ihr mit mir zusammen passiert, was manchmal vorkam: Der Schlitten war in voller Fahrt umgekippt und die Kloliesel mit fliegenden Röcken über das Eis geschliddert. Dabei haben wir es alle gesehen: Sie hatte Unterhosen an, die sie aus Kranzschleifen vom Friedhof genäht hatte: »Ruhe sanft« war zu lesen.

Fast alle Reisenden hatten es irgendwann schon einmal erlebt und hatten mich auf die Möglichkeit seelisch vorbereitet, und dann passierte es auch mir: In der Dunkelheit wurde der überfüllte Zug auf freier Strecke von einer Kompanie russischer Soldaten zum Stehen gebracht, und die Menschen aus dem Wagen, in dem ich war, wurden mit Gewehrkolben hinausgestoßen in den Schnee auf einen Akker. Da standen nun die Leute, die sich eben noch dicht aneinandergedrängt gegenseitig gewärmt hatten, vereinzelt in der Eiseskälte mit all den Koffern, Kisten, Säcken, Rucksäcken, Körben und Taschen, und erst weit hinten am Horizont, viele Kilometer entfernt, waren schwach Lichter zu sehen, die das Vorhandensein einer Stadt oder eines Dorfes andeuteten. Ob es da eine Bahnstation geben würde, war noch ganz ungewiß, und wenn, so würde man wieder lange warten müssen, bis ein neuer Zug kam.

Die alle mehr oder weniger angetrunkenen Soldaten versuchten, ehe sie den Wagen erklommen, von den Hamsterern und Schiebern noch Wegzehrung zu ergattern. Einer von ihnen schlug mir auf die Schulter und fragte: »Du, Frau, Schnaps?«

Das Entsetzen bei der Vorstellung, mich mit dem Rucksack auf dem Rücken und den fünf Flaschen Schnaps im Koffer eine so weite Strecke ohne Weg und Steg über die verschneiten Felder quälen zu müssen, verhalf mir zu der geistesgegenwärtigen, aber recht riskanten Antwort: »Ja! Ich Schnaps!«

»Komm, Frau!« rief der Soldat selig und half mir wieder in den Waggon hinein, wo mir eilfertig ein Eckplatz freigemacht wurde.

Ich holte vorsichtig eine Flasche Schnaps aus meinem kleinen Koffer, damit die Russen nicht sahen, daß ich fünf davon hatte, gab sie ihnen, sie bezahlten mit einem Hundertmarkschein, teilten den Schnaps in ihre Becher gerecht auf und tranken ihn wie Wasser. Auch mir boten sie davon an, sagten höflich »Mutti« zu mir und fingen dann an, Mundharmonika zu spielen und zu singen. So komfortabel war ich noch nie nach Berlin gefahren. Ich hatte mehr Glück als Verstand, es passierte mir nichts. Im Gegenteil. Kurz vor Berlin mußten die Soldaten aussteigen. So lange, bis der Zug wieder anfuhr, stellten sie sich mit ausgebreiteten Armen vor Türen und Fenster, wobei ihnen noch andere Kameraden halfen, und verhinderten gewaltsam, daß die andrängende Menge, die hier wie überall auf dem Bahnsteig wartete, in den Wagen gelangte. Sie machten es sich zum Sport, die Kreischenden und Drängelnden mit wilden Drohgebärden fortzuscheuchen. So fuhr ich mutterseelenallein in einem Waggon in Berlin ein, während alle anderen Waggons des langen Zuges mit Menschentrauben behängt waren.

Den aufgegebenen Koffer mit den fünf Flaschen Schnaps fand ich meist schon in Berlin vor oder konnte ihn am nächsten Tag abholen, mir ging nie einer verloren. Einmal glaubte ich schon, es sei alles aus, als mir in der Gepäckausgabe ein fürchterlicher Schnapsgestank entgegenschlug und ich meinen Koffer unter dem anderen Gepäck erkannte. Er war völlig durchnäßt, einige Flaschen waren zerbrochen und ausgelaufen. Es war jedoch weder ein Russe noch ein Kontrolleur in der Nähe, und die solche Pannen gewohnten Bahnbeamten händigten mir das stinkende Beweisstück für ein Verbrechen, das hart bestraft wurde, mit unbeweglicher Miene aus.

Der Rat, den Koffer aufzugeben, war gut gewesen. Frauen, die ihre größeren Gepäckstücke bei sich trugen, mußten diese oft öffnen. Dann wurde ihnen alles weggenommen, was sie unter Opfern und Strapazen bis hierher geschleppt hatten, sie mußten im günstigsten Fall hohe Strafen zahlen und wurden, wenn sie Pech hatten, mit Schimpfen und Tritten ins Gefängnis abgeführt. Je mehr sie dabei weinten und jammerten, desto härter ging man mit ihnen um. Das aufgegebene Gepäck zu kontrollieren, war vermutlich organisatorisch nicht zu bewerkstelligen, weil darunter auch Gepäck mit Hamstergut von höhergestellten Persönlichkeiten war. Hätte man das Öffnen der anonymen Gepäckstücke erlaubt, wäre kein Halten mehr gewesen, weder bei den Russen noch bei den deutschen Bahnbeamten, alles Gepäck wäre regelmäßig völlig ausgeraubt worden, und dann hätten die Frauen der Kontrolleure – die russischen und die deutschen – selbst nicht mehr hamstern können. Wer nicht hamsterte, starb aber, wenn er keine Verwandten oder Bekannten in Amerika hatte.

Wegen der vielen Menschen auf den Dächern und Trittbrettern fuhren die Züge sehr, sehr langsam, die Fahrpläne waren nicht koordiniert, auf vielen Strecken konnte nur noch eingleisig gefahren werden, da die Schienen abmontiert und nach Rußland gebracht worden waren, kurz: die Tour von Henkhof bis Berlin zum Hohenzollerndamm und zurück dauerte für mich stets sechs Tage.

Das erste Wiedersehen mit dem Vater war erschütternd gewesen. Gretchen war in Dresden umgekommen! Sein Haus war nicht verbrannt, nicht von Bomben getroffen, aber natürlich, wie auch unser Haus in Rostock, ohne Fenster, mit eingedrückten Türen und Fensterrahmen, von Splitterlöchern an der Außenfront übersät, ohne Dachziegel und mit zum Teil eingefallenen Innenwänden. Als ich das erste Mal hinkam, hauste der Vater noch allein in den sieben Zimmern, die alle aussahen, als habe ein Wirbelsturm darin gewütet, und die alle keine Fensterscheiben hatten. In einem Zimmer hatte der Vater sein Architektenpauspapier, eine Art Pergamentpapier, mit Reißzwecken vor die Fenster geheftet. In der Mitte des Raumes stand ein kleiner Kanonenofen, dessen Rohr an der Decke entlanglief und den Rauch dann zum Fenster hinausblies. Er wurde mit dem Holz geheizt, das der Vater reichlich in den Trümmern der Nachbarhäuser fand, Stühle, Tische, Schränke, Türen, und kaum zersägen mußte, so »zerhackt« war alles schon durch die Explosionen. Warm wurde der Raum trotzdem nicht. Da auch hier am Hohenzollerndamm weder Gas noch Elektrizität funktionierten, hatte sich der Vater auf dem Balkon aus Trümmersteinen einen Herd gebaut, auf den er sehr stolz war. Im Ersten Weltkrieg hatte er aus Polen einen Bauernpelz mitgebracht, einen vom Hals bis zu den Füßen mit nicht geschorenem wolligen Schafvlies gefütterten unverwüstlichen Tuchmantel. Den trug er nun und konnte es deshalb in den zugigen, eiskalten Räumen aushalten.

Was er auf dem Balkon kochte, war die winterfeste Ernte seines Schrebergartens: Rote Bete und Grünkohl. Da es in diesem Winter 1946/47 im Gegensatz zum vorigen Jahr ganz ungewöhnlich kalt war, mußten er und ich unsere Gerichte stets schnell essen, sonst froren sie auf dem Teller fest. Es gab in Berlin Lebensmittelkarten, sie wurden auch beliefert, aber natürlich hatte der dreiundsechzigjährige arbeitslose Architekt die Mindestkarte für Nichtarbeitende mit nur 1200 Kalorien.

So ging Dr. Michael Kernrebe, der alte Herr mit dem Aussehen eines vornehmen englischen Lords, auf die Straße, hielt in seinen ausgestreckten Händen einen großen Strauß seines Grünkohls und sah nicht rechts und sah nicht links. Dann kamen aus den Löchern und Trümmern Lumpengestalten angelaufen, umringten ihn, fragten: »Was wollen Sie für den Kohl haben?«

Aber Dr. Kernrebe schwieg und ging stumm so lange weiter, bis konkrete Angebote kamen: »Ein Pfund Brot?« – »Ein halbes Pfund Kaffee?« – »Anderthalb Pfund Brot?« – »Fünf Eier?«

Dann ließ er sich herab, den Tausch zu bewilligen, der ihn im Augenblick am meisten reizte. Meist war es simples Brot. Für mich ein Hochgenuß, da ich seit März 45 kein Brot mehr zu sehen bekommen hatte. Auch des Vaters Grünkohl war mir eine Delikatesse, da er auf meinem Lehmboden nicht wuchs. Ihm jedoch war der aus Zuckerrüben hergestellte Sirup ein Hochgenuß. Oft gingen wir beide auf den Wochenmarkt, der nie aufgehört hatte zu existieren, nur daß die angebotene Ware sich erheblich von früher unterschied. Alles, was man vormals vom Gemüse oder vom Obst als Abfall weggeworfen hatte, wurde jetzt auf dem Tauschwege teuer verkauft. Es entwickelte sich dort ein Schwarzmarkt, auf dem man für ungeheuerliche Gegenwerte Dinge bekommen konnte, die den Hunger stillten. Der Vater hatte viele Kunstschätze besessen, vor allem wertvolle Bilder. Von deren Verkauf lebte er. Aber er war ein gebrochener Mann.

Wie er erzählte, war er nach langem tapferen Widerstand auf das unaufhörliche Drängen Gretchens hin Ende 1944 doch noch in die Partei eingetreten, um einen Auftrag in Dresden zu erhalten und weiter existieren zu können. Bei der Personenstandsaufnahme der neuen Behörden hatte er diese Tatsache nicht verschwiegen. Es gab ja kaum noch jemanden, der aus Opportunitätsgründen nicht in der Partei gewesen wäre, dachte er. Nun sah er sich plötzlich in seinem Bezirk als nahezu *einzigen* Nazi geschmäht. Alle anderen hatten ihre Parteizugehörigkeit einfach abgeleugnet, da ihnen bekannt war, daß die Namenslisten der Partei verbrannt worden waren. Nun hatte er zum Spott der wirklichen Nazis zur Strafe die verwesten Leichen aus den Trümmerhäusern bergen müssen. Das demütigte ihn ganz unerträglich. Dann waren nahezu alle seine Bauten in Berlin, sein gesamtes Lebenswerk, von dem er sich Nachruhm erhofft hatte, zerbombt worden. Außerhalb Berlins hatte er nur in Pommern gebaut, das war auch alles verloren.

Mein Vater hatte nie viel Aufhebens um seine Person und sein Werk gemacht. Er war ein zutiefst bescheidener Mann. Er hatte sich immer darauf verlassen, daß die von ihm geschaffenen Bauten von allein sein Andenken für die Nachwelt wahren würden. Dieser Traum war ausgeträumt. Damit fertig zu werden war für ihn sehr schwer. Es tröstete ihn kaum, daß das Mietshaus, welches er für sich selbst zur Altersversorgung in Charlottenburg gebaut hatte, unversehrt geblieben war. Vorläufig hatten es die Amerikaner beschlagnahmt, er erhielt keine Miete, und wie alle anderen Berliner Häuser sah es jetzt kläglich und verwahrlost aus. Natürlich teilte mein Vater dieses Schicksal mit wohl den meisten Berliner Architekten.

Für mich war es ein Schock, als ich das erste Mal wieder mit der S-Bahn durch Berlin fuhr. Es gab Strecken, wo man, so weit das Auge reichte, nur Trümmer entdeckte. Eine derartige Verwüstung dieser Millionenstadt war für niemanden vorstellbar, der es nicht mit eigenen Augen sah. Und wenn ich in all diesen Trümmern die Hunderttausende von Trümmerfrauen beobachtete, wie sie sich da in der Eiseskälte, völlig unzureichend bekleidet, gegenseitig die Steine zureichten, dann mußte ich mir eingestehen, daß ich selbst und alle meine Angehörigen, deren Schicksal ich bis jetzt erfahren hatte, einschließlich der Großmama, noch zu den Glücklicheren gehörten.

Was meinen Vater aber am allerschwersten getroffen hatte, war der Verlust seiner Frau. Neunzehn Jahre hatte er gebraucht, um den Tod meiner Mutter zu verwinden, die er mit aller Leidenschaft geliebt hatte. Dann war das Wunder geschehen, daß er noch einmal mit gleicher Kraft lieben konnte, und nun war Gretchen in Dresden umgekommen. Er hatte dort Arbeit gefunden, sie hatte ihn gerade besuchen wollen, als das Bombardement einsetzte, dem er entrann, sie aber nicht. Er hatte es niemandem mitteilen können, weil sie nicht gefunden worden war. Aber es bestand kein Zweifel mehr.

Der Vater freute sich natürlich, mich wiederzusehen und zu erfahren, daß auch die Enkel lebten. Er bedauerte höflich den Tod der Großmama und der Tanten, aber man merkte ihm an, daß ihn eigentlich gar nichts mehr interessierte. Ich gab es bald auf, über etwas anderes mit ihm zu reden als über die Schieber- und Hamstergeschäfte, um derentwillen ich gekommen war und mit denen ich nun auch den Vater unterstützen konnte.

Wenn ich meinen Schnaps abgeliefert und in Bedarfsartikel für die Bauern eingetauscht hatte, machte ich mich auf den nicht minder strapaziösen Rückweg. In Berlin entfiel der Zwang, im Wartesaal zu stehen und sich eine Lausespritze verpassen zu lassen. Dafür war der Massenansturm auf die einfahrenden Züge noch gefährlicher. Der mich begleitende Vater geriet einmal in den Sog, obwohl er ja gar nicht in den Zug wollte, wurde umgestoßen, weil er versuchte, gegen den Strom zu drücken, und es war mir absolut unmöglich, umzudrehen, um dem alten Mann zu helfen, über den die Leute wegtrampelten, oder auch nur festzustellen, ob ihm etwas passiert war.

Ich ging von der Kreisstadt aus nicht mehr jedesmal zu den mir bekannten Förstern, der Weg wäre zu weit gewesen. Ich hatte allmählich näher gelegene Geschäftspartner gefunden, die mir auch, als ich wirklich nützliche Dinge zum Tauschen anbot, den Roggenschrot zum Hafen brachten oder feste Aufträge erteilten, was ich in Berlin für sie besorgen sollte. Da jedoch in diesem Winter das Thermometer manchmal auf mehr als 30 Grad unter Null sank und ich nur sehr unzureichend bekleidet war, mit vielen Löchern in den Stiefeln, mußte ich die Zähne schon sehr zusammenbeißen, um diese Wanderungen nach der langen Bahnfahrt auch noch zu überstehen. Danach kamen noch einmal der Segelschlitten und die sechs Kilometer mit dem Schrot auf dem Schlitten oder dem Bollerwagen, ehe ich zu Hause war.

Schon nach meinen ersten Fahrten stellte es sich heraus, daß ich meine Kinder nicht jeweils sechs Tage hintereinander nur unter der Aufsicht der Sudeten und Ortelsburger lassen konnte. Die Sudeten waren zwar von Haus aus sehr ordentliche Menschen, aber hier war alle gewohnte Ordnung für sie derart auf den Kopf gestellt, daß sie sich noch nicht wieder zurechtfanden. Was ich – man kann sagen, unter Einsatz meines Lebens – an Lebensmitteln herbeischaffte und auch mit den hilflosen Hausgenossen zu teilen bereit war, erschien diesen wie ein unerschöpfliches Tischleindeckdich, das einzuteilen und sorgsam zu rationieren unnötig war. Ich erhielt keinen Dank dafür. Im Gegenteil schienen die Sudeten starrsinnig und mit bäuerlichem Mißtrauen der Überzeugung zu sein, ich bliebe nur deshalb immer sechs Tage fort, um in der Kreisstadt die doch sicherlich vom Staat zugeteilten Rationen für sie alle in Empfang zu nehmen.

Wieder einmal half Dr. Behrend. Er brachte mir eine ehemalige Krankenschwester aus Ostpreußen, die den Untergang der »Wilhelm Gustloff« mit ihren Tausenden von Flüchtlingen miterlebt hatte. Zu den wenigen, die aus dem Eiswasser gerettet worden waren, gehörte Adele. Sie war seitdem etwas verwirrt, nicht mehr geeignet, in einem Krankenhaus Verantwortung zu übernehmen, aber noch in der Lage, meine Kinder liebevoll zu hüten und die Lebensmittel zu rationieren, die ich mitgebracht hatte. Wie immer half Dr. Behrend mit dieser Vermittlung nicht nur mir, sondern auch der trost- und liebebedürftigen Adele.

Besuch von Tante Hedwig

Im November 1946 – ich hatte erst eine meiner Schieberfahrten hinter mir und das erste Mal Roggenschrot im Haus – kam Tante Hedwig nach Henkhof, die zum Begräbnis ihrer Mutter nicht hatte kommen können. Die Kinder und ich erkannten sie kaum, da sie sich die Zähne hatte ziehen lassen müssen und noch keine Gelegenheit gefunden hatte, dritte in Auftrag zu geben. Statt der ehemals drei um den Kopf geschlungenen Zöpfe hatte sie jetzt nur einen, aber auch der war noch dick genug. Immer noch hatten ihre Augen die leuchtende Bläue von Seefahrern und wirkte ihre klare Stimme wie Balsam auf alle meine Wunden. Judith und Cornelia malten ein wunderschönes Plakat: »Tante Hedwig, wir freuen uns, daß Du gekommen bist!« Zur Feier des Tages gab es diesmal gar nichts aus Kartoffelschalen, Kleie oder Zuckerrübenschnitzeln, sondern das erste Mal Roggenschrotsuppe mit Sirup.

»Ach, ihr Armen«, sagte Tante Hedwig angesichts des für uns Henkhofer außergewöhnlichen Festmahles: »Habt ihr auch schon einen Mehlnährschaden? Wir haben auch nie was anderes als Mehl und Schrot.«

Ich lachte: »O Tante Hedwig, wenn du wüßtest, wie liebend gern wir einen Mehlnährschaden hätten!«

Tante Hedwig erzählte von den letzten Tagen in Stubbenhof. In der Zeit, als sie die Großmama mit Brechts und Daublers auf den Transport nach Henkhof schickte, hatten im Schloß bereits täglich durchziehende Trecks übernachtet. Unzählige Menschen mußten beköstigt, Kranke notdürftig versorgt werden. Mitten in dem heillosen Durcheinander hatte sie die Diphtherie bekommen, und der diagnostizierende Arzt hatte sie einfach in sein Auto gepackt und ins Kreiskrankenhaus verfrachtet. Als sie auf dem Weg der Besserung war, erschien plötzlich ihr Sohn Fritz, der als Offizier eine Gelegenheit wahrnehmen wollte, seine Mutter aus der Gefahrenzone zu bringen: »Die Front verläuft schon westlich von Stubbenhof, wir sind hier hinter den feindlichen Linien. Ich weiß aber noch einen Weg, wie du rauskommst.«

Tante Hedwig zog sich eine Strickjacke und einen Mantel über ihr Nachthemd, Stiefel an die Füße und befahl Fritz, sie mit seinem Jeep bis vor das Stubbenhofer Wäldchen zu bringen. Unter keinen Umständen würde sie ohne ihre Leute fliehen. Fritz gab ihr eine Karte, auf der sie erkennen konnte, wo noch ein Durchkommen möglich war, und eilte wieder zu seiner Einheit. Seine Mutter rannte ins Dorf, wo weinende Frauen und brüllende Kinder versuchten, einen Treck zusammenzustellen, Plünderer bereits im Schloß waren und gelegentlich russische Tiefflieger dazwischen schossen. Ohne noch einmal ins Schloß zu gehen, um für sich selbst Kleidung, Wertsachen, Andenken oder Geld zusammenzusuchen, brachte Tante Hedwig Ordnung in das Durcheinander auf dem Hof, der Treck wurde zusammengestellt und nach Abenteuern und Irrfahrten tatsächlich aus der Gefahrenzone gebracht. Dann schloß er sich einem größeren Treck an, wo Fritz seine Mutter wieder aufspürte und in einem Jeep nach Berlin bringen ließ. Sie besaß nichts mehr, als was sie auf dem Leib trug, und das waren außer Nachthemd, Jacke, Mantel und Stiefeln nun auch noch geschenkte Unterwäsche, Strümpfe und ein Kleid von den Dorffrauen.

Onkel Otto in Berlin kurierte erst einmal ihre Diphtherie aus. Jetzt arbeitete sie bei ihm als Sprechstundenhilfe in seiner Praxis.

»Was ich da täglich an Elend sehe, läßt keine Besinnung und kein Beklagen eigenen Leides zu«, sagte sie.

Ich erzählte nun kurz, wie es uns in Henkhof ergangen war, verschwieg jedoch, wie die Großmama starb. Ich erwähnte nur, daß sie so gern in Henkhof begraben worden wäre, Onkel Ottos Frau aber die Urne aus Rostock gleich mit nach Berlin genommen habe.

»Wenn wir die Urne in Berlin beisetzen, werde ich ihr Henkhofer Erde ins Grab tun«, meinte Tante Hedwig. Sie glaubte an die Kraft von Symbolen. Mir half es nicht darüber weg, daß ich mein der Großmama gegebenes Versprechen nicht hatte einlösen dürfen.

Vieles erfuhr ich nun, was ich bis dahin nur bruchstückhaft und gerüchteweise erfahren hatte. In Henkhof hatte ja seit März 1945 niemand mehr ein Radio, und Zeitungen wurden so wenig in den Ort geliefert wie Lebensmittel. Ich erfuhr den Namen der Frau Ursula, die Tante Hedwig mir Weihnachten 1944 zum Verstecken geschickt hatte, und daß deren Vater hingerichtet worden war. Ich erfuhr, wer alles von Freunden und Verwandten in der Widerstandsbewegung gewesen war, wer sich retten konnte und wer nicht. Ich erfuhr von den Nürnberger Kriegsverbrecherprozesssen, deren Urteilen und vor allem, was dabei an Untaten der Nazis bekannt wurde. Ich hatte mir schon immer Gräßliches vorgestellt. Es hatte ja genügt, die offiziellen Nachrichten zu hören, um zu ahnen, daß unvorstellbare Verbrechen nicht nur begangen, sondern, schlimmer noch, von oben angeordnet worden waren. Daß aber *sechs Millionen* zivile Personen, Männer, Frauen, Kinder, vorwiegend Juden, in Polen und Rußland fabrikmäßig umgebracht worden seien durch Vergasen, Verhungern, Erschießen und die Leichen von den eigenen Leuten in riesigen Krematorien hätten verbrannt werden müssen, bis sie selbst an der Reihe waren... das überstieg mein Fassungsvermögen.

»Wo hab ich denn gelebt«, rief ich aus, »daß mir persönlich nie ein Mensch begegnet ist, dem ich zugetraut hätte, sich an so etwas beteiligen zu können! Aus welchen verborgenen Höhlen sind denn plötzlich all diese Bestien gekrochen! Schützt denn die Zivilisation, die Erziehung überhaupt nicht davor, daß das Tier im Menschen wieder hervorbrechen kann?«

Tante Hedwig klärte mich darüber auf, daß die Deutschen nicht im Blutrausch gemordet hätten, nicht aus Lust am Töten, daß sie es für eine »Schmutzarbeit« gehalten haben, die ihnen »spätere Generationen ewig danken« werden. Sie sagte, sie habe in den Wochenschauen ihre Gesichter gesehen. Sie waren stolz auf das, was sie getan oder angeordnet hatten. Sie waren überzeugt, der Welt damit einen großen Dienst erwiesen zu haben. SA- und SS-Leute seien so gedrillt worden, daß bei ihnen das eigene Gewissen völlig durch Gehorsam ersetzt worden sei. Man redete ihnen ein, sie täten nichts anderes, als was Metzger auf Schlachthöfen auch tun, etwas Nötiges und Nützliches.

Jetzt wurde mir verständlich, warum in den zeitweilig besetzten Gebieten ein Rachedurst entfesselt worden war, dem nun ebenfalls Millionen von unschuldigen deutschen Frauen und Kindern auf gräßliche Weise zum Opfer gefallen waren. Diese Morde aber hatte niemand kaltblütig von oben angeordnet und wie Hinrichtungen vollstrecken lassen, niemand hatte sie für gut erklärt, außer vielleicht Ilja Ehrenburg mit seinem Aufruf: »Nur ein toter Deutscher ist ein guter Deutscher.«

Von Tante Hedwig erfuhr ich auch Näheres über die Erfindung der Atombombe und über Hiroshima und Nagasaki. Es war zuviel, was ich hörte. Ich konnte das alles in meinem Kopf gar nicht fassen und einordnen. Die Möglichkeit, daß es einen »Teufel« geben könnte, hatte ich bisher weit von mir gewiesen. Jetzt war ich mir dessen nicht mehr so gewiß.

Was hätten wir tun müssen, was hätten wir tun können, war die Frage, die uns in unseren Gesprächen immer wieder beschäftigte.

»Veras Mutter und andere Parteigenossen haben sich bei der Regierung über die Tötung der Geisteskranken beschwert, da hörten die Morde auf. Die Widerstandskämpfer hätten vielleicht besser daran getan, die Ermordung der Juden und Polen und Gefangenen allgemein und glaubwürdig bekanntzumachen. Feindliche Flugblätter hat man für Propagandalügen gehalten, aber wenn Generale es im deutschen Radio gewagt hätten, die Wahrheit zu erzählen, immer wieder, auch wenn sie mit Sicherheit dafür erschossen worden wären, dann hätte es das Volk doch allmählich geglaubt, vor allem, weil ja viele Mitwisser, die bisher unter dem Schweigegebot standen, dann doch den Mut zum Reden gefunden hätten. Es wäre bestimmt nicht so schwer gewesen, die Wehrmacht gegen SA und SS aufzuwiegeln. Die normalen Soldaten kämpften ja in der Mehrzahl doch fürs Vaterland und nicht für Hitler, sie hatten noch eine andere Ehre.«

»Viele Holländer haben ihre Pässe geändert und als Vornamen Sara oder Israel eingetragen. Das hätten wir auch alle tun sollen!« sagte die Tante. Sie litt vor allem darunter, daß die Christen so versagt hatten und sie selbst als Christin. »Niemand war bereit gewesen, sich selbst zu opfern, auch beide Kirchen nicht. Wollten sie glaubwürdig bleiben, Nachfolger Jesu sein, hätten sie die Erhaltung ihrer Organisation nicht für wichtiger halten dürfen als die Wahrheit. Sie hätten sich opfern müssen, nur so hätten sie wieder auferstehen können. Es haben sich immer nur wenige einzelne geopfert.«

»Weißt du, Tante Hedwig«, sagte ich, »was mich bisher immer am Glauben gehindert hat? Es waren die kirchlichen Dogmen. Der Zwang, sich ganz bestimmte Vorstellungen zu machen. Der Anspruch, ›die Wahrheit zu besitzen‹. Niemand besitzt eine Wahrheit, sie ist wohl nur wie ein Licht im Dunkeln, auf das man zugehen, das man aber nie erreichen kann, aber auf die Richtung dieses Weges kommt es an, daß man das Licht nicht aus den Augen verliert und nicht verwechselt mit dem Irrlicht des Teufels. Und man darf nie wieder Menschen so dressieren, daß sie Gehorsam an die Stelle des eigenen Gewissens setzen.«

Tante Hedwig und ich kamen uns sehr nahe in diesen Tagen.

Seit März 1945 hatte es in Henkhof für die Kinder keinen Schulunterricht gegeben, weil der Dorflehrer Mormann natürlich, wie alle Lehrer, in der NSDAP gewesen war. Jetzt kam im November 1946 ein in aller Eile zum Lehrer ausgebildeter ehemaliger Postbote und erteilte in der einklassigen Dorfschule wieder Unterricht. Der Schulbesuch der beiden Großen war wegen der fehlenden Schuhe ein Problem. Ich hatte zwar jetzt auf meinen Berlinfahrten richtige holländische Holzpantinen beschaffen können, aber leider keine warmen Strümpfe oder Wolle zum Stricken. Das Bargeld, das ich im Haus gehabt hatte, als die Russen kamen, ein paar hundert Mark, mußte jetzt für die Fahrkarten reichen, und neues kam ja nicht hinzu, seit fast zwei Jahren. Was für Geld zu haben war – außer Fahrkarten, die zum alten Preis abgegeben wurden –, hatte Schwarzpreise, bei denen einem schwindlig wurde. So war natürlich gar nicht daran zu denken, daß ich in Berlin für die Kinder etwa Weihnachtsgeschenke kaufte.

Die beiden Großen erkannten die Situation, erinnerten sich an das Vorjahr ohne Weihnachtsbaum und mit dem Kunststoffbecher, erwarteten daher nichts und freuten sich auf das Spielen mit der alten Puppenstube, die wohlweislich ab Januar 1946 wieder verschlossen worden war. Viel wichtiger, als was sie selbst kriegen würden, waren ihnen die Überraschungen, welche sie für mich und die Geschwister bastelten. Susi wußte noch nicht, daß man Weihnachten etwas bekommen kann. Für sie waren ein paar Kastanien, Tannenzapfen und zwei oder drei reife Äpfel, die sie allein essen durfte, Grund genug zum Freuen. Das Schönste für sie war allerdings, daß jetzt gelegentlich das elektrische Licht für einige Zeit funktionierte. Das benutzte und entfremdete sie für die phantasievollsten Spiele. Ich hörte es einmal gefährlich krachen und rannte ins Musikzimmer, um zu sehen, was Susi nun wieder angestellt hatte. Da stand sie auf dem Flügel, hielt einen Besen quer vor ihren Bauch, trampelte auf dem Deckel des Instrumentes und schmiß sich dann lang hin, wobei der Besen das laute Gepolter noch verstärkte. Harry, ihr kleiner Freund mit der ewigen Triefnase, stand am Lichtschalter und knipste das Licht an und aus und an und aus.

»Kinder! Was macht ihr denn da!?«

»Wir spielen doch Gewitter! Harry ist der Blitz, und ich bin der Donner!«

Nein, für Susi brauchte zu Weihnachten kein Spielzeug gekauft zu werden. Sie spielte mit allem, mit jedem Lappen, mit jedem Stöckchen.

Nur Betty war ein Problem. Dieses Kind wollte immer arbeiten, alles das tun und nachmachen, was die Mutter tat. Wenn ich fegte, so fegte sie auch und tat den Dreck auf die Müllschaufel. Die kippte sie dann allerdings irgendwohin aus, einmal auch in den strapazierten Flügel, als dessen Deckel offenstand. Wenn ich aufräumte, räumte sie auch auf und nahm alles fort, was das Ebenmaß einer glatten Fläche störte. So zog sie einmal aus lauter Ordnungsliebe überall die Schlüssel aus den Türen und Schränken und warf sie in den Ofen. Ihr noch einmal, wie voriges Jahr, den alten Klingelball und das Hundchen zum Nachziehen zum Spielen zu geben, hätte ihr keine allzu große Freude gemacht.

Ich wußte, das Kind wünschte sich sehnsüchtig eine Puppe und litt sehr darunter, daß Judith und Cornelia von früher her je eine Puppe besaßen, sie aber nicht. Die Großen waren bei aller Liebe zum Schwesterchen nicht selbstlos genug, um ihm ihre Puppen zum Spielen anzuvertrauen. Sie sahen ja, wieviel Unheil Betty in bester Absicht oft anrichtete. Bettys sehnsüchtige Blicke veranlaßten mich, noch mehr Schlaf zu opfern und zu versuchen, selbst eine Puppe zu nähen. Ich hatte dafür kein Schnittmuster und kein Vorbild, auch konnte ich als Stoff für den Leib, der dann ausgestopft werden sollte, nur Fetzen von alten Bettlaken nehmen, die beim Flicken derselben angefallen waren. Der Leib war also weiß und nicht rosa, wie es sich für ein Kind gehört. Er wurde auch zu dünn und die Arme und Beine zu lang, der Kopf zu platt und die Haare aus alten Fäden zu struppig. Auch das Gesicht gelang mir nicht gut. Ich stickte blaue Augen und einen roten Mund, aber ich kriegte den typischen Puppenunschuldsblick nicht hin. Das Kind sah ernst und streng aus. Ich war verzweifelt über die Mißgeburt, machte ihr noch Unterwäsche und ein paar Kleider, die das Schlimmste kaschierten, aber auch die waren unschön.

Dieses Weihnachten 1946, bei dem kein Kind etwas Neues bekam außer Betty, bei dem es von der Kommandantur wieder verboten war, sich ein Bäumchen aus dem Wald zu holen, und statt dessen ein Kiefernzweig zugeteilt worden war, den ich mit meinem alten Weihnachtsschmuck behängte, bei dem es weder Kerzen noch, wie im vorigen Jahr, wenigstens Kienspäne gab, dafür aber elektrisches Licht, das ich der Festlichkeit halb rötlich verdunkelte, bei dem der außergewöhnliche Festschmaus darin bestand, daß das Schrot nicht wie sonst dünn in der Wassersuppe schwamm, sondern mit Sirup zu kleinen festen Broten gebacken war – dieses Weihnachten wurde das schönste seit Jahren, auch für die Sudeten, die beabsichtigt hatten, an diesem Tag nur zu weinen, auch für die beiden übriggebliebenen Ortelsburger, die am meisten Grund hatten zu weinen, und das alles wegen Betty.

Man hatte im Dunkeln gesungen – alle zusammen –, Judith hatte auf dem Flügel Weihnachtslieder gespielt, Cornelia hatte die Weihnachtsgeschichte aufgesagt, Betty und Susi hatten kleine Verse gesprochen, dann hatte ich das Licht angemacht – und dann saß da unter dem kläglichen Kiefernzweig die grausliche Puppe. Außerdem stand da die alte Vitrine mit der uralten Puppenstube und lagen da Susis Kastanien und Tannenzapfen.

Niemals in meinem Leben vergesse ich Bettys Jubelschrei! Sie stürzte auf das Ungetüm zu, drückte es an ihr Herz wie eine Mutter, die ihr Kind nach jahrelanger Trennung erstmals wiedersieht. Freudentränen liefen ihr aus den Augen. Sie konnte vor Erschütterung und Freude kaum sprechen!

Über einen derartigen Ausbruch von Jubel und Begeisterung wurden alle Erwachsenen so gerührt, daß sie mitlachten, mitjubelten und alle, auch Judith und Cornelia und natürlich auch Susi, die mit angesteckt war vom Taumel der Seligkeit, den ganzen Abend mit Betty und deren Puppe spielten.

Erst um Mitternacht schlief das Kind auf dem Fußboden ein, die Puppe im Arm, von der sie sich nicht mehr trennte, bis sie in Fetzen zerfallen war und es mir gelang, eine richtige Puppe aufzutreiben.

Im Februar 1947 wurde ich unerwartet am Hafen des Nachbarortes vom Ortelsburger Jungen abgeholt, der mir den Schlitten nach Hause ziehen half und mir dabei vorsichtig und schonend beibrachte, in der vorigen Nacht sei bei uns eingebrochen worden.

Im Parterre gab es das große Musikzimmer, das voll von dem Gepäck aller Hausbewohner war, welches nicht in die bewohnten Räume hineinpaßte. In meinen beiden Zimmern hatte ich die Schränke so voll wie möglich gestopft und dort auch Lebensmittelvorräute und Äpfel aufbewahrt. Als Adele morgens die Kinder wecken und anziehen wollte, fand sie bei uns die Fenster trotz klirrender Kälte weit offen, Spuren von Lastwagen in den Gartenwegen davor und neben dem Kopfende der Etagenbetten, in welchen die Kinder schliefen, zwei dicke, große Knüppel. Die Zimmer selbst waren ausgeräumt. Alle Schränke und Fächer waren leer, alle Lebensmittel fort, und auf dem Tisch klebten völlig heruntergebrannte Kerzen und lagen Griebsche von Äpfeln herum, welche die Diebe in aller Ruhe während des Ausräumens der Zimmer gegessen haben mußten. Das Gepäck aus dem großen Musikzimmer war selbstverständlich auch fort.

Alle meine Hausbewohner hatten sich bereits darum bemüht, herauszufinden, wer diese Schandtat begangen haben konnte, und sie hatten Indizien gefunden, die deutlich auf eine Familie hinwiesen, in welcher drei ziemlich berüchtigte junge Männer lebten. Ich rannte ins Dorf, um mir die Zeugenaussagen von Bekannten anzuhören, welche die drei zwar nicht gesehen, aber gehört hatten, wie sie im Dunkeln losfuhren und sich zuriefen: »Haste Taschenlampen alles bei?«

Da Diebesgut von Henkhof nur per Schiff oder Segelschlitten vom Hafen des Nachbarortes abtransportiert weren konnte, rannte ich trotz meiner tödlichen Müdigkeit dahin zurück, begleitet vom hilfsbereiten Ortelsburger Jungen, und suchte dort den Gendarmen auf. Dieser war kein »gelernter« Polizist, sondern irgendein von der Kommandantur eingesetzter Mensch, der vorgab, Kommunist gewesen zu sein. Ich beschrieb ihm genau das Aussehen derjenigen, die wir im Verdacht hatten, und forderte ihn auf, für den Fall, daß diese Männer mit vielen Säcken und Kisten vom Hafen abfahren wollten, ihr Gepäck zu prüfen. Ich gab zu Protokoll, was alles fehlte. Den Ortelsburger Jungen ließ ich zusätzlich am Hafen, damit er dem Gendarmen die Verdächtigen zeigen konnte. Jetzt, meinte ich, könne eigentlich nichts mehr schiefgehen, die Diebe müßten gefaßt werden, meine Habe würde ich zurückerhalten. Ich konnte mich nicht mehr auf den Beinen halten, ich mußte erst einmal schlafen.

Der Junge erkannte die Diebe, zeigte sie dem Gendarmen, sie hatten alle Säcke und Kisten bei sich, meine Schreibmaschine trugen sie sogar ganz sorglos offen unter dem Arm, und dieser Gendarm wagte es nicht, einer gegen drei, sie anzusprechen, um die Säcke zu inspizieren. Auch der schmächtige Ortelsburger Junge genügte ihm nicht zu seinem Schutz.

»Ach, du lieber Augustin, alles ist hin«, sang ich mit den Kindern. Warum sollte ich nicht, wie Millionen anderer, auch noch das Letzte verlieren? Die Kinder lebten und waren nicht mit den Knüppeln erschlagen worden, die neben den Kopfenden ihrer Betten gestanden hatten, weil sie nicht aufgewacht waren. Das war das Wichtigste, alles andere war unwichtig.

Aber es war schon ärgerlich. Die mühsam herbeigeschleppten Lebensmittelvorräte von unzähligen gefährlichen Fahrten waren fort, alle Winteräpfel und Obstkonserven und vor allem unsere gesamte Kleidung. Die Kinder hatten nur ihre Nachthemden behalten, die sie am Leib trugen, ich nur den Mantel und den unverwüstlichen Militärdeckenhosenanzug, die ich an hatte.

Wie schon oft, bewährte sich auch diesmal der Zusammenhalt der Dorfbewohner. Alle, mit Ausnahme der vor Geiz kranken Bauernnachbarn, brachten voller Teilnahme irgend etwas, und wenn es nur ein Unterhöschen für Susi war. Wirkliche Wertsachen hatte ich ja gar nicht besessen. Ich mußte mich nur wundern, daß jemand hatte glauben können, ich, die Evakuierte aus Rostock mit meinen vier Kindern, die so viele Leute mit durchfüttern mußte, besäße irgend etwas, wofür sich ein solcher brutaler Einbruch wirklich lohnte.

Ob meine anstrengenden Fahrten überhaupt einen Sinn hatten, wenn in meiner notwendigen Abwesenheit dann doch alles gestohlen wurde? Aber es blieb nichts übrig, als weiterzumachen, wenn die Kinder nicht verhungern sollten. Jetzt allerdings verlangte ich mit Nachdruck von den drei Töchtern der Sudetenfrau und deren Schwiegersohn, mit dem Weinen aufzuhören, aus den Betten zu steigen und auf irgendeine Weise sich selbst zu ernähren. Ich hätte ja volles Verständnis für ihr Heimweh und ihre Verzweiflung, und daß sie sich in diesem Klima hier krank fühlten und unfähig zu irgendeiner Arbeit, aber es gebe nun einmal keine Lebensmittelverteilungsstelle, bei der ich immer nur etwas abgeholt hätte. Schieben sei hier, von Henkhof aus, harte Arbeit, und die müßten sie lernen, sonst müßten sie eben verhungern. Das täte mir dann leid, aber Millionen andere verhungerten auch. Ich könne mich nicht für alle Welt verantwortlich fühlen. Ich würde fortan nur noch für die Kinder und Adele sorgen. Was die asozialen Ortelsburger betraf, den übriggebliebenen Jungen und die übriggebliebene Mutter, so ernährten sie sich auf eine Weise selbst, der ich nicht näher nachforschte. Arbeiteten sie für mich, so erhielten sie dafür von mir auch etwas zu essen, sonst war ich froh, daß sie wenigstens mich nicht mehr beklauten.

Nun hätte der von der Kulturbundgenossin prophezeite Wohlstand über uns hereinbrechen können, wenn nicht abermals eine Katastrophe eingetreten wäre. Von einer der eiskalten Fahrten in Zügen ohne Fenster brachte ich eine Lungenentzündung mit. Dr. Behrend, der täglich kam und leider vor lauter Arbeitsüberlastung oft das Händewaschen vergaß oder unterließ, weil es ja doch keine Seife gab, steckte mich dann während meiner Krankheit mit Diphtherie an. Nun nützte es gar nichts, daß Adele Krankenschwester war. Seuchenkranke, das verlangten die Russen bei Androhung schlimmster Strafen von den Ärzten, mußten jetzt in das zwanzig Kilometer entfernte Kreiskrankenhaus geschafft werden, und zwar augenblicklich.

Da Dr. Behrend wußte, daß von ihm das Leben unzähliger seiner Patienten abhing, und er nicht riskieren durfte, verhaftet zu werden, mußte er diesen Befehl befolgen, wohl wissend, daß das meinen Tod bedeuten könnte.

Kurze Zeit nach der Katastrophendiagnose stand ein offener Leiterwagen vor der Tür, auf den eine dünne Lage Stroh geschüttet war. Darauf lag bereits Herr Mormann, der ehemalige Lehrer der Einklassenschule, der nicht mehr unterrichten durfte. Ich wurde neben ihn gelegt. Die Hausgenossen, die Nachbarn und die Kinder umstanden den Wagen heulend und wehklagend, konnten aber nicht verhindern, daß der Kutscher »Hüh« rief und das Gefährt bei Schneetreiben und zwanzig Grad Kälte mit den beiden Kranken, die man notdürftig zugedeckt hatte, davonfuhr. Jeder, der dabei war und das miterlebte, erzählte mir später, er sei gewiß gewesen, mich niemals lebend wiederzusehen, denn ich war ja noch nicht einmal von der Lungenentzündung genesen. Für Herrn Mormann hatte man noch Hoffnung.

Ich hatte so hohes Fieber, daß ich nur wenige Erinnerungen an diese fünf Stunden dauernde Schreckensfahrt habe. Ich erinnere mich nur, daß Herr Mormann einmal einen Witz machte über die Umstände unseres Beieinanderliegens und daß es unter anderen Umständen doch angenehmer hätte sein können.

Dann erinnere ich mich, daß der Leiterwagen stand und jemand sagte: »Die Diphtheriestation ist im vierten Stock, gehen Sie mal da die Treppe rauf.« Danach wachte ich in irgendeinem Bett auf, so daß mich wohl doch jemand hinaufgetragen haben mußte.

Ich war nur zwanzig Kilometer von meinen Kindern entfernt, die ich bei der verwirrten, wenn auch nicht ganz geistesgestörten Adele hatte zurücklassen müssen, ohne Geld, nur mit den wenigen Lebensmitteln meiner letzten Schieberfahrten. Aber jede Post von Henkhof in diese Kreisstadt wurde auf behördliche Anordnung über Schwerin geleitet, die Hauptstadt Mecklenburgs, und wurde dort gelesen. Das Briefgeheimnis war aufgehoben worden. So benötigte jeder Brief von und nach Henkhof ganze sechs Wochen, bis er seinen Adressaten erreichte, und ich erfuhr auf diese Weise während meines Krankenhausaufenthaltes nichts von meinen Kindern und diese nichts von mir. Die Briefe, die mir die Kinder täglich schrieben, erhielt ich erst nach Monaten, als ich längst wieder zu Hause war. Schlimm war die Sorge in Henkhof, wo man nach einigen Wochen der Nachrichtenlosigkeit sich damit abzufinden begann, daß ich gestorben sei.

Ich war auf Befehl der Kommandantur in das Kreiskrankenhaus gekommen, damit Seuchen verhütet würden. Jetzt lag ich mit anderen Diphtheriekranken auf einer Etage mit geschlechtskranken

Mädchen. Auf dem Flur dieser Etage befand sich eine winzige Blechwaschschüssel, in deren Wasser, das nur morgens erneuert wurde, Lysol zur Desinfektion hineinkam. Es lagen weder Seife noch Handtuch dabei. Ärzte und Schwestern, die aus meinem Zimmer kamen, tunkten ihre Fingerspitzen in dieses Wasser, gingen dann in die anderen Krankenzimmer und jeden Mittag zum Mittagessen und abends zum Abendessen und Schlafen zurück in die Stadt, wo sie wohnten und ihre Bazillen verstreuten. In Henkhof, zu Hause, wäre ich isoliert gewesen. Dieses Krankenhaus, so, wie es notgedrungen geführt werden mußte, verbreitete die Krankheit über das ganze Land. Wenn jemand etwas hätte erfinden wollen, um Pommern und Mecklenburg mit Diphtherie zu verseuchen, hätte es dieses Krankenhaus sein müssen.

Ich hatte eine Pferdenatur. Wie die schwere Lungenentzündung überstand ich die anschließende Diphtherie und behielt nur einen Herzschaden. Da ich vorher schon zweimal septisches Kindbettfieber, Ruhr und Hepatitis gehabt hatte, erwies ich mich als wahres Wunder an Widerstandsfähigkeit gegen Viren und Bakterien.

Im April 1947 wieder in Henkhof, von den jubelnden Kindern, von Adele, all meinen Hausbewohnern und den Nachbarn wie eine von den Toten Auferstandene begrüßt und gefeiert, stand ich nun vor dem Nichts.

Hamsterfahrten nach Berlin mit all den lebensgefährlichen Anstrengungen waren jetzt vorbei. Daran war gesundheitlich nicht mehr zu denken. Mir fiel beim besten Willen nichts mehr ein, womit ich in Zukunft meine Kinder würde ernähren können. In Henkhof gab es keine Arbeit. In Rostock war meine ehemalige Wohnung von Ausgebombten belegt, die auch alle meine Möbel in Gebrauch hatten, welche ich seinerzeit nicht mit auslagern konnte. Was nützte es, mit dem Leben davongekommen zu sein, wenn scheinbar doch beschlossen und gewiß war, daß wir alle sterben müßten wie die vielen auf dem Friedhof vor unserer Tür?

Gastwirtin

Das Musikzimmer

Ich zermarterte mir den Kopf. Wenn Schieben aus gesundheitlichen Gründen nicht mehr möglich war, wie könnte ich sonst meine Kinder ernähren? Es durften diesmal nicht nur Notlösungen gefunden werden, denn wer konnte dafür garantieren, daß die jetzt noch zahlreich im Ort befindlichen sowjetischen Soldaten auch weiterhin in solchem Überfluß mit Schnaps beliefert werden würden wie bisher? Könnten sie nicht auch eines Tages abgezogen werden?

Henkhof würde auch in diesem Jahr wieder von elitären Sommergästen des Kulturbundes besucht werden, für die in meinem Haus aber vorläufig keine Betten zur Verfügung standen. Die Stellen als Putzfrauen in den teils mit Russen, teils mit Kulturbundgästen belegten wenigen Gasthäusern waren von Vertriebenen besetzt. Der einzige Bauer hatte mehr als genug Hilfskräfte, die für ein paar Wruken arbeiteten. Andere Arbeit gab es nicht. Nur eines würde sich gegenüber den Vorjahren bessern. Es hieß, Bäcker, Fleischer- und Kolonialwarenladen würden demnächst wieder öffnen, und es werde wieder Lebensmittelkarten geben. Ich müßte also Geld verdienen, aber wie und womit?

Mit diesen Gedanken beschäftigt, durchstöberte ich Anfang Mai 1947 das Haus vom Keller bis zum Boden, ob sich nicht doch noch etwas fände, was sich gegen Lebensmittel tauschen ließe. Ich fand auf dem Dachboden, unter Gerümpel versteckt, mehrere Eimer grüner Ölfarbe, mit welcher vielleicht die grünen Tische und Stühle der säulengeschmückten Eingangshalle irgendwann nachgestrichen werden sollten. Da kam mir eine großartige Idee. Wenn ich alle weißen Tische und Stühle aus den Schlafzimmern des Hauses ebenfalls grün streichen würde, die Sudeten los würde, das Musikzimmer mit sämtlichen nun grünen Tischen und Stühlen einrichten, dann könnte ich das Daublersche Haus in ein Café umwandeln, in welchem sich Kulturbundgäste bewirten ließen. Ich würde für sie Lupinenkaffee kochen, der wie Bohnenkaffee schmeckte, und ich würde mit Kartoffelmehl markenfreie Puddings oder kleinere Kuchen herstellen, mit denen ich Hungrige zum Besuch meines Cafés verlokken könnte.

Seit es wieder Strom gab, hatte ich den Ratschlag des Försters, aus Kartoffelschalen mittels einer Kartoffelschälmaschine Stärke herzustellen, befolgt und auch Bauern gefunden, die mir Schalen und Abfälle gegen Zigaretten überließen. Die Herstellung dieses Mehls in größeren Mengen traute ich mir zu, weil sich im Haus Daubler mehrere besonders große, feinmaschige Siebe und ausreichend Wannen befanden. Es würde allerdings sehr arbeitsaufwendig werden. Die in den Sieben übrigbleibenden Kartoffelschalenreste könnte ich zu Krümeln rösten und als magenfüllende Streusel ohne Nährwert über die aus dem Mehl hergestellten Küchlein oder Puddings streuen.

Überwältigt und beschwingt von diesem phantastischen Einfall, nahm ich sofort alles in Angriff, was zur Verwirklichung des Planes notwendig war. Ich fuhr in die Kreisstadt, um die Konzession für die Eröffnung eines Cafés zu erwirken. Das war ohne Alkohollizenz relativ einfach. Man fragte nicht danach, ob ich Gastwirtschaft gelernt hätte. Dann wanderte ich durch das Dorf zu all meinen vielen Freunden, die mir schon in so manchen Situationen geholfen hatten, erklärte mein Vorhaben und erbettelte Tassen, Untertassen, Teller, Gläser und Löffel. In einem Waschkorb brachte ich heim, was man mir geschenkt hatte. Niemand verweigerte mir Hilfe, jeder sagte, ich sei total übergeschnappt, aber man wolle nicht schuld daran sein, wenn mein Plan mißglücke. Auf dem Bürgermeisteramt sah man ein, daß die Angehörigen des Kulturbundes ein Café benötigten, und quartierte die Sudeten und die zwei Ortelsburger woanders ein. Diese rächten sich nicht dafür, denn sie bekamen Zimmer mit besserer Heizmöglichkeit.

Nun brachte ich das Musikzimmer wieder auf Hochglanz, strich mit Feuereifer alle Tische und Stühle des Hauses grün, hängte die alten Mullstores wieder vor die Fenster, und als das Café fertig eingerichtet war, wirkte es mit dem Flügel, als sei es eigens zu diesem Zweck von einem Architekten geplant, harmonisch mit der Säulenhalle komponiert und außerordentlich einladend für Sommergäste, schattig, windgeschützt und wunderhübsch.

Ich taufte die neuerfundene Gaststätte wegen des Flügels »Das Musikzimmer«, da ja der Raum, in welchem jetzt die Tische und Stühle standen, schon von der Großmama »das Musikzimmer« genannt worden war. Für den Eröffnungstag meines Cafés – der einzigen Gastwirtschaft im Ort, die aufmachte, weil keine etwas anzubieten hatte – machte ich grüne, gelbe, rosa, blaue und rote Puddings aus Stärke, gefärbt mit Speisefarbe, aromatisiert mit künstlichem Speisearoma, gesüßt mit Süßstoff, und kochte Kaffee aus Lupinen.

Der Erfolg war überwältigend. Der Gedanke, ein markenfreies Gericht essen zu können, hatte nicht nur Sommergäste, sondern vor allem Einheimische und Forensen aus nah und fern in das Musikzimmer getrieben. Ich hatte gar nicht genug Stühle, um all den Gästen Platz zu schaffen, und ich hatte nach diesem ersten Tag plötzlich soviel Geld im Portemonnaie, wie ich lange nicht mehr beisammen gesehen hatte. Gleich am nächsten Tag wurde mir zugetragen, ich hieße nun weit und breit nur noch die Aroma-Erika, und man sei begeistert davon, etwas auf die Beine gestellt zu sehen, was kein gelernter Gastwirt gewagt hätte. Genau das habe hier in Henkhof gefehlt: ein Kommunikationszentrum.

Natürlich war es mit enormen Schwierigkeiten verbunden, so viel Kartoffelschalen herbeizuschaffen und zu Stärke zu verarbeiten, wie das bei dem Ansturm von Gästen nötig war. Ich hätte kapitulieren müssen, wenn nicht diejenigen eingetroffen wären, die dem Namen Musikzimmer erst wirklich seine Berechtigung verliehen. Eine wandernde Musikband – drei junge Männer, die New-Orleans-Jazz spielten – kam zufällig in Henkhof vorbei. Sie hörten von dem Café und machten mir ein Angebot: »Wir wollen von Ihnen keinen Pfennig, nur irgendwo einen Schlafplatz. Sie nehmen für Abende in Ihrem Haus aber ein Eintrittsgeld, und dieses Eintrittsgeld kriegen wir. Sie haben keine Alkohollizenz. Da machen Sie folgendes: Sie kaufen von den Russen Schnapsflaschen für Zigaretten. Auf diese Flaschen kleben Sie Schildchen mit den Namen Ihrer Gäste. Jeder Kontrolle sagen Sie, diese Flaschen bewahrten Sie für den Eigentümer, dessen Name auf dem Schildchen steht, nur auf. Wenn diese Gäste bei Ihnen säßen, um der Musik zu lauschen, verlangten Sie von ihnen nur ein sogenanntes Korkengeld. Sie gäben ihnen dafür ein Glas, um ihren eigenen Schnaps zu trinken, und einen Stuhl zum Sitzen. Damit sind Sie aus dem Schneider bei jeglicher Kontrolle. Sie aber verkaufen in Wirklichkeit Ihren Gästen den Russenschnaps in Flaschen gegen Zigaretten und haben dabei mit dem Korkengeld mehr Verdienst, als wenn Sie Alkoholkonzession hätten. Sie müssen sich nur mit jedem Gast absprechen. Keiner wird Sie im Stich lassen, denn alle haben Interesse daran, sich bei Ihnen in Ihren Räumen zu amüsieren, unsere schöne Musik zu hören und ihre Sorgen zu vergessen. Die Hauptmasse der Gäste wird dann abends kommen, und Sie brauchen nicht mehr so viel Kartoffelmehl herzustellen.«

Ich, baß erstaunt, was für Tricks es gab, um Vorschriften zu umgehen, ging auf den Vorschlag ein und hatte viele Vorteile davon. Jeden Abend war mein Café brechend voll, nie hatte ich genug Stühle, um allen Platz zu schaffen, und durch das willig gezahlte »Korkengeld« verdiente ich erheblich mehr als mit den Puddings.

Die Band spielte hervorragend Jazz, besonders der Trompeter, der Armstrong kopierte. Alle waren davon begeistert mit Ausnahme meiner Kinder, die bei dem Lärm nicht schlafen konnten. Cornelia erschien eines Nachts im Nachthemd im Musikzimmer und schrie die jungen Männer an: »Das macht ihr nur, um mich zu ärgern!«, womit sie begeisterten Applaus der Gäste auslöste.

Meine bei den Russen schon mit Erfolg erprobte Taktik, mit Betrunkenen umzugehen, bewährte sich in diesem neuen Beruf als »Gastwirtin«. Obwohl viel Alkohol konsumiert wurde, kam es nie zu Ausschreitungen, was mir den Ruf einbrachte, ich sei »der Fels in der Brandung«. Allabendlich an der Theke wurden mir Lebensschicksale erzählt, und ich hörte Beichten, als sei ich ein Priester. Meine bisherige leise Verachtung für Bardamen wich einem gewissen Respekt, denn eine gute Bardame war gewiß auch eine gute Psychiaterin.

Im Vorjahr hatte ich nur einige Sommergäste kennengelernt. Jetzt saßen abends viele Prominente bei mir im Lokal, und die Gespräche wurden oft so interessant, daß die Tische zusammengestellt wurden und man sich nebeneinandersetzte, um in größerer Runde zu diskutieren. Bisher hatte ich keine der neuen Kommunisten gekannt und mir darunter sowjetische Kommissare und Funktionäre vorgestellt. Deutsche Kommunisten hatte ich früher entweder für krakeelenden Mob gehalten, den ich von Nazis kaum unterschied, oder für Edelkommunisten, von denen bei uns mit lächelndem, verzeihendem Ton gesprochen wurde, als handle es sich um treugläubige, idealistische Typen mit utopischen Zielsetzungen.

Im Kulturbund hatte sich die kommunistische Intelligenz der sowjetisch besetzten Zone zusammengefunden, Künstler und Politiker. Einzelne waren während des Krieges in Konzentrationslagern, die meisten im Ausland gewesen. Ehemalige Parteiführer waren in der Sowjetunion in Kaderschulen jahrelang auf die Machtübernahme im besiegten Deutschland vorbereitet worden. Bei denen war von treugläubigem Idealismus keine Rede mehr. Theorie und Praxis ihres Glaubensbekenntnisses klafften weit auseinander, sie hatten auf alles vorgefertigte Antworten bereit, und wenn ich eine Frage stellte, auf die sie die Antwort nicht auswendig wußten, erwiderten sie so, als hätte ich etwas anderes gefragt. Die anderen äußerten Zweifel, waren offen, nachdenklich, diskutierten frei von Phrasen, undogmatisch, und hatten oft sehr verschiedene Ansichten.

»Laßt uns die gewonnene Freiheit überhaupt erst einmal ganz kosten, baut nicht schon wieder Schranken und Programme auf, so etwas läßt uns ganz kalt; laßt uns schaffen«, meinte einer der Künstler. »Laßt uns in Ruhe mit euren Vorschlägen und gutem Rat. Wir Künstler erleben die Zeit vielleicht noch stärker als andere, aber viel innerlicher, und müssen alles erst verarbeiten, bevor es zutage tritt. Wartet ab!« bekräftigte der nächste. Anderen war kaum verständlich, daß unmittelbar nach der Katastrophe, in die der Faschismus das deutsche Volk hineingeführt habe, so wenig Einsicht herrsche.

»Ihr seid Egoisten!« rief man ihnen zu. »Ihr müßt anpacken, um die Grundlagen zu einem Leben in Frieden und sozialer Gerechtigkeit zu schaffen! Alles was ihr schafft, muß den Sozialismus aufbauen!«

»Beruhigt euch«, wurde allen von den Politikern gesagt, »es liegen schon feste Richtlinien vor, wie man in Zukunft zu malen und zu dichten hat. Entweder man richtet sich danach, hilft den Arbeiter- und Bauern-Staat aufbauen oder hat bei uns im Kulturbund nichts zu suchen.«

Alle redeten so aufregend neu, daß ich oft mein Tablett absetzte und mich dazusetzte und zuhörte.

Wie schafft man Gerechtigkeit und eine bessere Welt? Das war die Frage, die auch mich brennend interessierte.

Meine Gäste hatten Freude an mir und meiner Neugierde. Sie machten mir bereitwillig Platz, und wenn es abends ans Abrechnen ging, gaben sie sich die größte Mühe, damit die Wirtin nicht zu kurz kam. Sie hatten nämlich alle schon bemerkt, daß ich mich immer zu meinen Ungunsten verrechnete. Ich brauchte nicht zu befürchten, sie durch meine dummen Fragen zu verletzen. Sie gestanden mir Narrenfreiheit zu, weil sie Urlaub hatten, weil sie sahen, daß ich sehr arm war, und weil junge Frauen für sie ohnehin Unmündige waren.

Zuerst versuchte ich herauszufinden, was sie mit bestimmten Worten eigentlich meinten. Es kam mir immer vor, als benutzten sie schlecht übersetzte Worte aus dem Russischen und sähen die hier in Deutschland 1947 vorhandene Realität gar nicht.

Wenn ich das Wort »Kapitalist« hörte, kam es mir vor, als ob sie damit das gleiche meinten, was die Nazis als »Juden« oder als »das Weltjudentum« bezeichnet hatten. Es entlud sich in dem Wort der gleiche Haß auf ein Phantom. Es war der Feind, der Klassenfeind!

Vergeblich hielt ich in der sowjetisch besetzten Zone nach diesem Feind Ausschau. Ich sah nur noch – völlig gleichgehobelt – einerseits hungernde Deutsche und hungernde sowjetische Soldaten der niederen Grade und andererseits satte Funktionäre aus beiderlei Nationen.

Sie redeten immer von »Bauern«, als meinten sie damit die Hofgänger in Stubbenhof, und es amüsierte mich, daß die Kinder der Bauern, die ich auf meinen Hausiertouren kennengelernt hatte, die ihre Kuhställe mit den Teppichen auslegen konnten, die sie gegen ein paar faule Rüben eingetauscht hatten, nun mit den Arbeiterkindern die besonders Bevorzugten waren. Immerhin hatte Stalin diese Kulaken umbringen lassen.

Auch, was sie unter »Proletariat« verstanden, konnten sie mir nicht erklären. Welche Rechtlosen in Deutschland waren es, die nun Diktatur ausüben sollten? Ich kannte keine Berufsgruppe, die seit 1918 noch rechtlos gewesen wäre. Außerdem ist ja jemand, der eine Diktatur ausübt, ganz oben, also weder rechtlos noch arm. Diejenigen, die diktieren wollten, machten sich demnach zum Sprecher derer, die »ganz unten« waren. Es machte aber nicht den Eindruck, als ob die Diskutanten sich in irgendeiner Weise für diejenigen interessierten, die jetzt »ganz unten« waren.

Die Angehörigen des Kulturbundes wirkten auf mich wie ein ganz exklusiver Klub Intellektueller, die zum gewöhnlichen Volk keinerlei Kontakte haben, dessen Sprache nicht verstehen und von ihm nicht verstanden werden. Sie erhielten Intelligenz-Lebensmittelkarten und andere Privilegien und konnten sich vom Elend abschotten, das sie umgab. Ganz genau wie früher oft reiche Gutsherren auf ihre armen Gutsarbeiter, blickten sie auf uns Nichtprivilegierte herab, als sei der Unterschied so gottgewollt wie der zwischen Menschen und Tieren. Verantwortlich für uns schienen sie sich aber nicht zu fühlen.

Eines Abends wurde vorgelesen, was Brecht über ein Erlebnis geschrieben hatte, das ihn als einundzwanzigjährigen Studenten beim Spartakusbund so sehr beeindruckt hatte:

»Die Stadt füllte sich plötzlich mit neuen Menschen, in großen Zügen aus den Vorstädten kommend, von einer Lebendigkeit, welche die Straße der Reichen, der Ämter und Kaufleute nicht kannte. Einige Tage lang sprachen Arbeiter in den schnell improvisierten Räten und wuschen jungen Arbeiterinnen in Soldatenkitteln die Köpfe, und die Fabriken hörten die Befehle der Arbeiter. Einige Tage! Aber was für Tage! Überall Kämpfer! Aber zugleich friedliche Leute! Aufbauende Leute!...«

Ich staunte. Die achtundzwanzig Jahre zurückliegende Bewegung der Spartakisten war doch von den Nazis längst um ihre Ideale betrogen worden, längst wie die treibenden Kräfte eines Hefekuchens im Ofen des Krieges verkohlt und verbrannt! Für mich, die

Rosas Denkungsart übernommen hatte, war unverständlich, daß man heute noch in Arbeitern *neue* Leute sehen und wer weiß was von ihnen erwarten konnte. Den Irrtum früherer Bürger, die sogenannte Unterschicht unterscheide sich wesensmäßig von der Oberschicht und könne durch Änderung ihrer Lebensumstände zu einer neuen Sorte Mensch veredelt werden, hatten die letzten Jahre der Nazizeit und des Krieges doch eindeutig widerlegt!

Die Kulturbundgenossen in meinem Café waren alle bürgerlicher Herkunft, es befand sich niemand darunter, der aus dem Arbeiter- und Bauernmilieu stammte. Ebenso wie das Wesen des »Klassenfeindes« phantasierten sie sich das Wesen der »Armen, Ausgebeuteten« zurecht, für deren Rechte sie eintreten wollten. Sie selbst waren erhaben über Gut und Böse und schienen nicht zu begreifen, daß die Menschen überall gleich gut und gleich böse sind, oben und unten.

Die Idealisten unter ihnen erinnerten mich an den jungen Revolutionär, von dem Großmama uns Kindern vorgelesen hatte und den wir so liebgewannen. Keiner dieser abendlichen Gäste aß meinen Aromapudding. Den gab's nachmittags für die Hungernden.

Bisher hatten wir in Henkhof, wo es weder Radio noch Zeitungen gab, angenommen, es seien russische Militärs, die jetzt regierten. Wir hatten die chaotische Organisation bei den Besatzungstruppen beobachtet und uns deshalb nicht gewundert, daß die neue Regierung noch keine Ordnung geschaffen hatte. Nur Deutsche waren ja in der Welt dafür bekannt, perfekt organisieren zu können. Es saßen aber doch wieder Deutsche in höchsten Ämtern, und zwar die, welche sich in meinem Café so unangenehm von den gläubigen Idealisten unterschieden und in Rußlands Kaderschulen für die Übernahme dieser Ämter ausgebildet worden waren. Sie waren in ihren Entscheidungen nicht frei, gehorchten blind detaillierten Anweisungen aus dem Kreml und bewirkten das Gegenteil der in sie gesetzten Erwartungen: Man vertraute ihnen nicht mehr, sondern weniger als den sowjetischen Militärs. Russen, so viel hatten nun wohl alle Deutschen begriffen, hatten ein Recht, die Besiegten zu schikanieren, die ihr Land überfallen hatten. Sieger waren eben Sieger. Diese Deutschen jedoch verachtete man, wie in den Gettos die Kalfaktoren verachtet wurden, welche die Anweisungen der Nazis gegen die eigenen Leidensgenossen durchführten, oder wie man in Frankreich und anderen von Deutschen besetzten Ländern die Typen verachtete, die den Deutschen zu Willen waren. Daß Ulbricht, Pieck und Genossen ihre Ämter ganz freiwillig ausübten, während die Kalfaktoren gezwungen wurden, machte sie niemandem sympathischer. So wurde zwischen Regierenden und Regierten der Abgrund immer tiefer, und all die schönen Reden von »Befreiung« oder der »Hoffnung auf die Segnungen des Sozialismus und das Wohlwollen unserer Brüder im Osten« prallten an der Verachtung der Bevölkerung für die ihnen aufgezwungene politische Prominenz ab. Wohl nur in meinem Café fanden sich ein paar Schwärmer zusammen, die ernsthafte Hoffnungen an die »Befreiung zum Sozialismus« knüpften und vor den Realitäten die Augen verschlossen. Wie die Bevölkerung dachte, wurde mir an einem Erlebnis deutlich:

Irgendeiner der vielen Bonzen, die niemand kannte, war gestorben, und es wurde »Volkstrauer« angeordnet, das Café durfte abends nicht geöffnet werden. Ich nutzte den freien Abend, um eine Freundin zu besuchen, und hing weisungsgemäß vor die Tür einen Zettel: »Wegen Todes von Minister X geschlossen.« Als ich spät in der Nacht heimkam, torkelte ein Betrunkener, von der verschlossenen Tür kommend, gerade die Treppen des Klinkerweges herunter. Dabei lallte er vor sich hin: »Ick bün ja so maßlos traurig! Ick bün ja so maßlos traurig, dat dei dod is! Wat wulln wi supen (wollen wir saufen), wenn die andern ok all dod sind!!«

Wegen der Musik hatte ich eigentlich keine Zimmer vermieten wollen. Ich hatte ja auch die Tische und Stühle aus den Schlafzimmern genommen. Während der Hochsaison kamen dann aber so viele und bettelten oft um eine Unterkunft, daß ich doch Betten vermietete und zusätzlich mittags für die Hausgäste kochte, die Lebensmittelmarken abgaben. Dann schaffte ich allerdings die Arbeit nicht mehr, denn ich kam ja praktisch gar nicht mehr zum Schlafen. Morgens früh mußte ich Kartoffelschalen verarbeiten, Lupinen rösten, Schnaps besorgen, Puddings kochen und sechzehn Leute verpflegen, einschließlich der Kinder und der Musiker, und dann jeden Nachmittag und Abend bis tief in die Nacht, meist bis morgens früh, im Café bedienen. Adele versorgte die Kinder, aber mehr Hilfe hatte ich nicht von ihr. So stellte ich noch eine Abwaschfrau ein und eine Bedienung.

Nie hätte ich früher geglaubt, daß das Bedienen in einem Lokal eine so verdammt schwere, anstrengende Arbeit ist. Immer wieder kam ich in die Küche und hatte total vergessen, was an jedem Tisch bestellt worden war. Allerdings war ich von der Diphtherie auch noch sehr geschwächt und herzkrank. Mit Sorge dachte ich an das Winterholz, dessen Beschaffung ich in diesem Jahr ganz dem Ortelsburger Jungen anvertrauen mußte. Aber ich verdiente ganz gut, und zwar nicht nur in Form von Mark und Pfennigen, sondern auch in der Währung, für die man 1947 noch alles bekam, in Zigaretten. Anfang September konnte ich mir sagen, daß wir den kommenden Winter wohl nicht Gefahr laufen würden zu verhungern. Vier Monate Schlaflosigkeit hatten sich gelohnt.

Der Überfall

Natürlich kamen zu mir wie zu allen Geschäften und Bauern laufend behördliche Anweisungen aus Rostock, was erlaubt und was verboten sei. Um die Befolgung der vielen, meist einfach sinnlos schikanösen Befehle zu gewährleisten, hatte die Stadt Kontrolleure eingestellt, die auf die Dörfer fuhren, um Sünder zu ertappen und Strafgeld einzukassieren. Da sich zu einem solchen Amt nur die minderwertigsten Kreaturen hergaben und man fürchten mußte, sie steckten das Strafgeld in die eigene Tasche, wurde ihnen ein Soll auferlegt, mit wieviel Geld sie heimkommen mußten. Damit hatte man die Zahl anständiger Menschen, die so etwas taten, noch mehr eingeschränkt, denn jetzt waren die Kontrolleure gezwungen, Straftaten zu erfinden, um ihr Soll zu erfüllen. Offensichtlich waren zu diesem Behuf Verbrecher aus Gefängnissen freigelassen worden, denn den Visagen dieser Menschen war sofort anzusehen, daß sie nichts Gutes im Schilde führten. Alle mußten, um in Henkhof einen Bauern, einen Kaufmann, einen Fischer oder mich zu überführen, erst einmal den Ort betreten. Da gab es nur einen einzigen Weg hinein. Dort wurden die Kontrolleure – es waren immer zwei zusammen – augenblicklich erkannt. Die Nachrichtenübermittlung unter uns Gefährdeten war glänzend eingespielt, ich erfuhr immer rechtzeitig, wenn solche Männer auf dem Weg zu mir waren. Sofort geschah nichts Verbotenes mehr, und alle Gäste spielten das Spiel mit, obwohl viele von ihnen Kommunisten waren. Die aber glaubten, solche unwürdigen Methoden der Verwaltung seien eine Kinderkrankheit, die bald überstanden sei. Niemals konnten die Männer auch nur den allergeringsten Verstoß gegen Vorschriften im Musikzimmer nachweisen.

Auch an diesem Nachmittag im September war ich rechtzeitig gewarnt worden, das Zeichen an die Gäste war gegeben, und im Lokal lief alles vorschriftsmäßig. Ich bewirtete die beiden Typen ganz unauffällig, ohne merken zu lassen, daß ich wußte, wer sie sind.

Sie bestellten Lupinenkaffee, und ich gab ihnen Lupinenkaffee. In dieser Hinsicht beging ich auch sonst keine Sünden, denn zum Handel mit dem streng verbotenen Bohnenkaffee fehlte mir das Kapital. Das Risiko wäre zu groß gewesen. Nur schikanöse Befehle und Verbote befolgte ich nicht. Nachmittags, wenn keine Musik spielte und es nur Lupinenkaffee und Puddings gab, Eintrittskarten von numerierten Blocks auszugeben, hätte zum Beispiel bedeutet, daß mir in Rostock ein erheblich höherer Umsatz unterstellt worden wäre, als ich je hatte.

Die Männer tranken ihren Kaffee, aßen ihren Pudding, machten plötzlich strenge Gesichter und forderten mich auf, mit ihnen unter vier beziehungsweise sechs Augen zu sprechen.

Ähnliches war schon mehrfach geschehen. Sie hatten beispielsweise gesagt: »Im Pudding ist Zucker. Sie haben keine Lebensmittelmarken verlangt. Dreihundert Mark Strafe.«

»Das stimmt nicht. Da würde ich mich ja nur selbst schädigen. Im Pudding ist Süßstoff. Ich zahle nichts.«

»Liebe Frau, was Sie sagen, gilt gar nichts. Wir sind zwei. Wenn wir das beschwören, dann war Zucker im Pudding.«

»Wie wollen Sie das beweisen?«

»Wir schwören das einfach, wir sind zwei. Kein Sommergast wird Ihretwegen, wenn im Winter der Prozeß stattfindet, nach Rostock reisen, um etwas zu beschwören, woran er sich dann gar nicht mehr erinnert. Also, was wollen Sie zahlen? Tun Sie es freiwillig, sonst wird es unangenehm für Sie.«

Ich sagte dann »fünf Mark«, die Männer gingen auf zweihundertneunzig runter, ich sagte »zehn Mark«, die Männer »zweihundertfünfzig«, und dann wurde so lange gefeilscht, bis ich mich freigekauft hatte. Meist zahlte ich nicht mehr als fünfzig Mark.

Diesmal behaupteten sie: »Sie verkaufen Bohnenkaffee. Dafür kommen Sie ins Gefängnis. Geben Sie uns alles Geld, was Sie im Haus haben.«

»Das sind geröstete Lupinen! Überzeugen Sie sich doch selbst! Glauben Sie, ich hätte Ihnen für so wenig Geld Bohnenkaffee ausgeschenkt?«

»Machen Sie keine Mätzchen! Das ist Bohnenkaffee, und was wir dafür bezahlt haben, werden wir vor Gericht beschwören!«

»Wie können Sie so etwas behaupten! Jeder weiß, daß es Lupinenkaffee ist, und jeder hat gesehen, was Sie bezahlt haben.«

»Das hat keiner gesehen, meine Dame!« Einer der Männer riß mir die Umhängetasche ab, in der ich das heute einkassierte Geld trug. »Wo haben Sie das andere Geld?«

»Geben Sie mir meine Tasche wieder! Hilfe! Überfall!« Ich riß die Tür zum Lokal auf, um die wenigen Gäste zu Hilfe zu holen, die zu dieser Stunde noch dagewesen waren, aber diese rannten fluchtartig davon.

Die Kinder waren mit Adele am Strand, die Bedienung und die Abwaschfrau in der Küche hatten sich versteckt.

»Sehen Sie?« lachten die Männer. »Zeigen Sie uns ruhig an. Wenn es zur Verhandlung kommt, haben Sie keinen einzigen Zeugen, und Sie müssen die Gerichtskosten obendrein zahlen. Also her mit dem Geld!«

Ich weigerte mich immer noch. Da begannen die Männer in Seelenruhe Lokal, Küche und Zimmer zu durchsuchen, warfen dabei unersetzliches Geschirr auf den Boden, kippten Schubladen aus, zerstreuten die gerösteten Lupinen auf den Boden, und als sie das Geld und die Zigaretten fanden und ich mich auf sie stürzte, um ihnen das Geraubte wieder zu entreißen, bekam ich von dem einen Mann einen Kinnhaken, so daß ich zu Boden ging.

Die Bedienung, die Abwaschfrau und zwei der Gäste hatten sich im Garten vor die Fenster gehockt und alles mitangesehen. Als die Räuber allmählich davongeschlendert waren, beladen nicht nur mit dem ganzen Verdienst von vier Monaten Arbeit fast ohne Schlaf, sondern schlimmer noch, mit dem ganzen Umsatz, von dem noch Rechnungen zu bezahlen gewesen waren und Steuern und Löhne, trauten sie sich langsam wieder ins Haus und legten mich auf mein Bett. »Wir dachten, die Kerle sind bewaffnet«, sagten sie zur Entschuldigung dafür, daß sie mir nicht geholfen hatten.

Seit Ausbruch des Krieges war dies die erste der vielen großen und kleinen Katastrophen, über die ich weinte. »Warum, warum«, heulte ich, »warum werde ausgerechnet ich immer wieder die Beute von Verbrechern! Ich kann so fleißig sein, wie ich will, so tapfer sein, wie ich will, ja, ich kann sogar lernen, smart und ›tüchtig‹ zu sein, rapple mich immer wieder hoch, fang immer wieder von vorn an und immer, immer kommt irgendwas und macht alles wieder kaputt. Immer bin ich allein mit allem, nie hab ich jemanden, der mir hilft oder beisteht, und ich will doch wirklich nichts für mich, ich will doch nur das eine, daß die Kinder nicht verhungern!!«

Meine Freundin Ulla, die auf die Schreckensnachricht herbeigeeilt war, sah mich prüfend an und meinte: »Vielleicht ziehst du die bösen Geister an?«

Ich fuhr nach Rostock und erstattete Anzeige wegen des Überfalls und hatte sogar trotz der Drohungen der Räuber vier Zeugen. Es wurde nicht bestritten, daß die sogenannten Kontrolleure nach Henkhof geschickt worden waren, aber natürlich wurde bestritten, solche rüden Methoden befohlen zu haben. Man erließ mir bis zur Klärung des Falls und Rückerstattung des geraubten Geldes Steuern und soziale Abgaben, aber wie ich Rechnungen und Löhne zahlen und wovon ich im Winter leben sollte, konnte man mir nicht sagen.

Meine lieben Freunde und Nachbarn zur Linken, die durch Carepakete aus Amerika zu einigem Wohlstand gelangt waren, und andere Freunde liehen mir, was ich zur Bezahlung meiner Rechnungen und Löhne benötigte, aber dann saß ich Anfang Oktober 1947 wieder einmal mit meinen Kindern im herbstlich sturmdurchschüttelten Haus und hatte keine Ahnung, wie wir den Winter überleben könnten.

Diesmal waren wir die einzigen, die in dem großen Haus wohnten, und ich fühlte mich entsetzlich verlassen und einsam. Mein Optimismus und mein bisheriger Lebensmut hatten mich ganz verlassen. Ich fühlte mich nur noch zu Tode erschöpft und ausgebrannt. Ich hatte kein Brennholz für den Winter, weil ich mich diesmal darauf verlassen hatte, es mit Zigaretten kaufen und vom Ortelsburger Jungen holen lassen zu können. Das Obst des Gartens war nicht, wie sonst, eingeweckt, sondern an die Gäste verkauft worden. Das bißchen Sirup aus den eigenen, im Garten gezogenen Zuckerrüben füllte nur wenige Gläser. Um die Hungerrationen zu kaufen, die es auf die Karten für *Nichtarbeitende* und Kinder gab, fehlte es an Geld, zum Tauschen fand sich nichts, aber auch gar nichts mehr im Haus, und für den Schieberhandel wie im vergangenen Jahr fehlten mir die gesundheitlichen Kräfte. Abgesehen von der Herzschwäche durch die Diphtherie machte sich nun infolge der überschweren Arbeit der letzten drei Jahre ein Wirbelsäulenleiden schmerzhaft bemerkbar. Als Antwort auf meine schriftlichen Hilfeschreie an Ulrich kamen heitere Schilderungen von Premieren und Konzerten, zärtlich witzige Zettelchen an Judith mit Grüßen an die Geschwister und einmal die Nachricht, er sei in den engen Gassen Heidelbergs auf dem Bürgersteig von einem Auto angefahren worden und liege im Bett. »Aber keine Sorge, Unkraut vergeht nicht!«

Judith und Cornelia waren jetzt zehn und neun Jahre alt und für ihr Alter sehr selbständig und verständig. Das abenteuerliche Spielen auf dem riesigen Schiffswrack am Strand mit der übrigen Dorfjugend war eine hervorragende Schulung in sozialer Kommunikation gewesen. Feste Freundschaften waren dabei entstanden, durch gegenseitiges Bekämpfen und gegenseitiges Erretten aus Gefahren. Das Schwimmen hatte sie gesundheitlich gekräftigt, trotz der Mangelernährung. Die Pflicht zur Beaufsichtigung der beiden kleinen Schwestern hatte ihr Verantwortungsbewußtsein wachsen lassen, und die häufige Abwesenheit der Mutter hatte alle vier zu einer festen Notgemeinschaft miteinander verbunden. Es war nicht von wechselnden Erwachsenen an ihnen herumerzogen worden, einzige Bezugsperson war nur ich gewesen, und ich hatte mir alle erdenkliche Mühe gegeben, mit ihnen fröhlich zu sein und mir Freuden auszudenken. Ich sah mit Staunen, daß kindliche Körper Entbehrungen, Hungern und Frieren lange Zeit ohne Mangelerscheinungen überstehen können, wenn sie viel lachen und sich freuen dürfen. Die Redensart: »Sie leben von Luft und Liebe« entspricht wohl einer uralten Erfahrung. Allerdings wurden die beiden Großen besser mit dem Hunger fertig als die Kleinen. Betty bekam doch einmal recht unappetitliche, nässende und eiternde Hungerödeme, und Susi bekam ein Hohlkreuz, weil ihr dicker, aufgequollener Suppenbauch schwer zu schleppen war.

Nun rief ich die beiden Großen zu mir, erklärte ihnen die verzweifelte Lage und ratschlagte mit ihnen, wie Abhilfe geschaffen werden könnte. Judith hatte einmal zu meinem Geburtstag gedichtet: »Muttilein, ich freu mich sehr, *denn* du hast ja Sorgen schwer«, womit sie zum Ausdruck bringen wollte, daß sie sich freute, der Mutter eine Hilfe zu sein. Nun fühlten sich beide Schwestern als Freundinnen der Mutter, welche alle Lasten mit ihr tragen, aber brauchbare Vorschläge fielen auch ihnen nicht ein. Judith wollte dem Vater selber schreiben und ihn bitten, Geld und Lebensmittel zu schicken. »Vielleicht hat er dich nicht verstanden, Mutti?« Cornelia brachte ihre Sparbüchse, in die sie im Sommer Pfennigstücke hatte werfen dürfen, die beim Geldwechseln im Geschäft abgefallen waren. Sie schenkte mir ihren ganzen, sorgsam gehüteten Schatz und meinte, daß damit die Not behoben sei. Ich überlegte, ob ich es nicht fertigbringen könnte, einen Schleifstein so an einem Fahrrad zu befestigen, daß ich damit durch die Dörfer fahren und Scheren und Messer schleifen könnte für die Leute. Aber ich mußte den Plan verwerfen. Die Kinder konnte man zwar zu Betteltouren in der näheren Umgebung mitnehmen, nicht aber zu tagelangen Märschen, wie dies beim Scherenschleifen erforderlich gewesen wäre. Außerdem hatte ich kein Fahrrad mehr, die Idee war eine Luftblase.

Die Tage wurden kürzer und kälter. Wir froren alle in unseren geschenkten Lumpen, da der Wind schon wieder so durch die geschlossenen Fenster wehte, daß er gelegentlich die Nachttischlampe umwarf. Die wenigen Lebensmittelvorräte gingen zur Neige.

Es kam ein Abend, an dem wir ohne Licht in der dunklen kalten Küche saßen und feststellten, daß wir nur noch fünf Kartoffeln hatten. Mit den Kindern beratschlagte ich, ob wir diese fünf Kartoffeln heute abend noch essen sollten, um uns dann morgen früh hungrig auf die Bettelwanderschaft zu machen, oder ob wir sie erst morgen früh verzehren wollten. Gerade hatten die Kinder eingesehen, daß es klüger sei, sie erst morgen früh zu essen, als es an der Küchentür klopfte. Draußen standen fünf Kinder ohne Erwachsene, die noch zerlumpter waren als meine und schon viel deutlicher vom Hunger gezeichnet. Beim Anblick dieser armen Geshöpfe tat mir das Herz weh. Ich mußte mir vorstellen, daß meine Kinder ebenfalls bald diese Stufe erreicht haben würden. Mit dem Gefühl, eigentlich unverantwortlich zu handeln, sagte ich spontan zu meinen Mädchen: »Wenn wir diesen Kindern jetzt unsere fünf Kartoffeln geben, werden euch die Leute morgen bestimmt auch was geben.«

Judith begriff sofort die Gedankengänge der Mutter und sagte: »Wenn wir bis morgen früh warten können, dann können wir auch noch etwas länger warten, bis uns jemand etwas schenkt.«

Betty und Susi nickten ernsthaft mit den Köpfen, und Nella meinte: »Die haben nicht mal ihre Mutti, die armen Kinder.«

So drückte ich jedem der fünf Bettelkinder je eine Kartoffel in die Hand und entließ die Armen wieder in die Dunkelheit.

Am nächsten Morgen, einem schulfreien Sonntag, tranken wir alle heißes Wasser, vermummten uns mit allen Lumpen, die wir hatten, und wollten uns gerade auf den Weg machen, als ein fremder, wohlgekleideter, gutgenährter Herr den Klinkerweg zu unserem Haus heraufkam.

Er stellte sich vor als Beauftragter des Kulturbundes, der für die Auswahl der Sommergäste und die Organisation der Übernachtungen verantwortlich war und auch die Leitung des Kulturhauses unter sich hatte.

Er eröffnete mir, der Kulturbund habe beschlossen, mein Haus als Clubhaus für den Kulturbund anzumieten, dort im nächsten Sommer Bilder- und Bücherausstellungen zu veranstalten und das Café – wie das Kurhaus – unter der Oberregie und Leitung des Kulturbundes zu führen, wobei mir natürlich der gleiche Verdienst bleiben sollte wie bisher. Nur wem erlaubt sein solle, das Clubhaus zu betreten, wolle der Bund bestimmen. Damit solle erreicht werden, daß in Henkhof nur noch für die geistige *Elite* Platz sei und Schieber dort keine Chance mehr hätten. Er habe gleich zweitausend Mark mitgebracht, um mir eine Anzahlung zu leisten.

Mir kam dieser Herr wie eine Erscheinung des Engels Gabriel vor, und auch die Töchter folgerten messerscharf, er sei von Gott gesandt, um sie für ihr Kartoffelopfer zu belohnen.

Im nächsten Jahr wurde mir klar: Man hatte die bevorstehende Währungsreform vorausgesehen und deshalb mit dem in Kürze abgewerteten Geld im voraus bezahlt. Dennoch war ich geneigt, den Vorfall ganz schlicht als ein »Wunder« zu betrachten. Nun brauchte ich im Winter 1947/48 nicht betteln zu gehen, konnte das Nötigste kaufen und verdiente ein wenig Lebensmittel dazu, indem ich Strümpfe besohlte für Leute, die Naturalien zu vergeben hatten.

Wiedersehen mit Karl-August

Im März 1948 kniete ich gerade im dunklen Flur auf der Erde, um Wäsche in die Wandschränke einzuordnen, als jemand mich an die Schulter faßte. Erschrocken drehte ich mich herum und sah in das Gesicht eines sehr großen, fremden Mannes. Dieser lachte mich erwartungsvoll an, bis es mir wie Schuppen von den Augen fiel: Es war mein Bruder Karl-August, der Juli, der seit acht Jahren in Kriegsgefangenschaft gewesen war! Schluchzend vor Freude und Erschütterung fiel ich ihm um den Hals und mußte dabei etwas beschämt daran denken, daß ich als Kind die Schwester des »Hänschen klein« immer verachtet hatte, von der es im Lied hieß: »Schwester spricht, welch Gesicht, kennt den Bruder nicht.«

Der jetzt Einunddreißigjährige sah tatsächlich sehr anders aus als vor acht Jahren. Das Naiv-Jungenhafte hatte er ganz verloren, und einige etwas zu frühe Falten im Gesicht deuteten auf erlittene Entbehrungen. Aber in jedem Gesicht hatten die letzten acht Jahre ihre Spuren hinterlassen, auch in meinem.

Karl-August war 1940 bei seinem zweiten Feindflug über England abgeschossen worden und mit dem Fallschirm auf einen Acker gesprungen. Bis die Bauern aus dem nächsten Ort herankamen, hatte er Zeit gehabt, Zivilkleidung anzuziehen und sich all dessen zu entledigen, was ihn als Deutschen auswies. Sein Flugzeug sah er in einiger Entfernung brennen, das würde ihn nicht verraten, hoffte er. Durch seine langen Aufenthalte in England als Schüler sprach er perfekt Englisch, also glückte es ihm auch anfangs, sich den Bauern gegenüber als Engländer auszugeben, die ihm zu seiner Rettung gratulierten und ihn im Triumph ins Dorf brachten, wo er gepflegt und bestens bewirtet wurde. Dann jedoch kamen Gendarmen, die die Flugzeugtrümmer genauer unter die Lupe genommen hatten, und entlarvten ihn als Deutschen. Immerhin war die Gefahr, gelyncht zu werden, durch die Anwesenheit der Gendarmen gebannt, und die anfängliche Täuschung der Bauern hatte sich gelohnt. Es wurde abgeführt und nach kurzen Aufenthalten in Gefängnissen mit anderen deutschen Piloten auf ein Schiff verfrachtet und nach Kanada transportiert.

Dort gab es in einsamer, waldreicher Gegend ein Camp, das nach den Regeln der Genfer Konventionen nur für deutsche Offiziere eingerichtet worden war. Mit deutschen Mannschaften, die wenigstens arbeiten durften, kamen sie nicht zusammen. In den großen Holzbaracken schliefen sie zu je dreißig Mann in übereinandergebauten Pritschen, auf denen sie auch tagsüber saßen und hockten, da es keine Tische und Stühle gab. Sie bekamen ausreichend und regelmäßig zu essen und wurden anfangs höflich, in den letzten Jahren dann immer weniger höflich behandelt. An Flucht zu denken war ganz sinnlos, da niemand aus Kanada herauskommen oder auf ein Schiff gelangen konnte. Das Schlimmste war die erzwungene Untätigkeit. Erst in den letzten Jahren durften die jungen Männer ein Handwerk lernen. Karl-August wurde Uhrmacher. Um den Bewegungsmangel auszugleichen, organisierten die gefangenen Offiziere regelmäßigen militärischen Drill und trieben Sport, so gut es ging. Nachrichten über den Kriegsverlauf und die politische Lage erhielten sie niemals.

»In den letzten drei Jahren wurden wir einer Gehirnwäsche unterzogen. Man zeigte uns fortgesetzte Bilder und Filme von Greueltaten, welche die Nazis begangen haben sollten, die an sadistischer Phantasie wahrlich nichts zu wünschen übrigließen.«

»Es sind unvorstellbare Greueltaten wirklich passiert, Juli«, versuchte ich richtigzustellen, »man hat Juden in Massen vergast.«

»Bist du so naiv und glaubst dieser Feindpropaganda?« Juli empörte sich: »Ich kann dir nur eins sagen. Uns haben sie Filme gezeigt, wie einer mit dem Bagger viele magere Leichen zusammenschaufelt und in eine Grube wirft. Und wen sieht man auf dem Film stehen und zugucken? Einen Kameraden von mir, der zu der uns angegebenen Zeit, als das passiert sein soll, schon längst bei uns im Camp war. Das sollten Juden gewesen sein, die in einem Konzentrationslager vorgefunden worden seien, dabei waren es Tote aus einem sowjetischen Lager, in dem die Cholera ausgebrochen und das deshalb beim Rückzug von den Sowjets sich selbst überlassen worden war.«

Wie sollte ich meinem weichherzigen, gutmütigen Bruder, der sein Kinderglück bei den Pfadfindern und später bei der Hitlerjugend gefunden hatte, plötzlich klarmachen, daß seine Idole Teufel gewesen waren? Andere junge überzeuge Nazis hatten im Lauf des Krieges und der ersten Nachkriegszeit ganz langsam ihren Glauben verloren, hatten sich immer wieder mit eigenen Augen und Ohren überzeugen *müssen*, daß ihr großer Held ein furchtbarer Verbrecher war. Auch für sie war das ein schmerzhafter Prozeß gewesen. Ein junger Mensch jedoch wie Juli, der, noch erfüllt und begeistert von der Glorie seines Führers, nach Kanada verfrachtet worden war, wo er acht Jahre lang nichts mehr selbst sehen, hören und erleben konnte, und für den und seine Kameraden es als patriotische Pflicht galt, keinerlei »Verleumdungen des Vaterlandes« zu dulden, war gar nicht in der Lage, auf bloßes Hörensagen hin zu glauben, was man ihm nun in Deutschland erzählte. Es war für diese um Jahre ihres Lebens betrogenen jungen Männer schon schlimm genug, daß der Krieg verloren war und ihre Heimatstädte in Trümmern lagen. Da wollten sie nicht auch noch das verlieren, was ihnen in der Gefangenschaft Halt und Stütze gewesen war, ihren Glauben.

Ich wollte nicht gleich Streit mit dem Heimkehrer haben und gab es vorläufig auf, ihn von der Wahrheit des Unglaublichen zu überzeugen.

Er teilte mir mit, daß er nach acht Jahren ohne Frauen sich entschlossen habe, sofort zu heiraten, damit er nicht auf die schiefe Bahn gerate. Er zeigte mir das Bild der Braut, die er erst seit vierzehn Tagen kannte. Sie war sehr schön und sehr schwarzhaarig. Er wollte sich zunächst als Uhrmacher versuchen und nicht mehr studieren.

Nach den Osterferien 1948 wurde Betty eingeschult. Judith mußte von nun an täglich die sechs Kilometer in das Nachbardorf laufen, da nur dort eine weiterführende Schule eingerichtet worden war. Das bedeutete, sie mußte um sechs Uhr aufstehen und sich um halb sieben Uhr mit den anderen Henkhofer Kindern auf den langen, beschwerlichen Weg machen. Wieder einmal verfluchte ich im stillen die Forensen, weil sei einen vernünftigen Ausbau dieser Straße verhindert hatten, so daß die Kinder nun durch Matsch und Schlaglöcher waten mußten und es keine Fahrmöglichkeit für sie gab. Später im Sommer allerdings, als immer häufiger Sommergäste im Hafen des Nachbarortes ankamen, wurde ein fensterloser, alter Lieferwagen innen mit zwei Bankreihen versehen und das Vehikel mit dem Gas eines Holzkohleofens betrieben, der außen angebracht worden war. Hin und wieder mußten dann die Fahrgäste aussteigen und schieben, wenn die Schlaglöcher zu tief waren oder eine kleine Steigung kam, aber der Wagen zog wenigstens auf einer hinten befestigten Karre das Gepäck der Sommergäste. Sahen die Kinder auf ihrem Schulweg dieses Gefährt, so sprangen sie auf die Gepäckkarre, ließen sich ziehen und sprangen ab, ohne daß der Fahrer sie bemerkte. Dabei verunglückte Judith einmal im Nachbardorf. Ich mußte sie beim Arzt abholen, obwohl es wegen der weichen Kuhscheiße, in die sie gesprungen war, noch einmal glimpflich abgegangen war.

Ganz streng verboten war es den Kindern, den Weg über die Steilküste zu benutzen, da diese mit Munition aus der Kriegszeit noch geradezu gespickt war. Die Mädchen folgten diesem Befehl, die Jungen wurden dadurch erst recht verlockt. Drei von Judiths Klassenkameraden buddelten eine Granate aus, die explodierte und einem der Jungen ein Bein abriß. Ehe Hilfe herbeigeholt werden konnte, war er längst verblutet. Beim Begräbnis überfiel die zwei Mittäter ein unwiderstehlicher Lachzwang, sie kicherten so, daß sie vom Friedhof geschickt werden mußten.

Als noch ein Junge auf diesem gefährlichen Schulweg tödlich verunglückte, weil er aus Übermut ein Pferd schlug, das daraufhin durchging und mit dem Wagen den Jungen überfuhr, beschloß ich, Judith ab Herbst in Rostock unterzubringen, damit sie dort gefahrloser die Schule besuchen konnte. Aber erst einmal mußte ich zusehen, daß ich wieder Geld in die Finger bekam.

Die Herren vom Kulturbund richteten in meinen Räumen eine kleine Bücherei ein und hängten einige Bilder an die Wand, sonst mischten sie sich nicht viel in meine Geschäftsführung. Da alle Sommergäste, die nach Henkhof fahren durften, Mitglieder des Kulturbundes waren, durften auch alle mein Lokal besuchen, und wie im Vorjahr wurde es zum Treffpunkt der Promimenz.

Die neue Gesellschaft

Im Juni 1948, noch bevor sich der Ort füllte, kam die Währungsreform. Wir erhielten neue Geldscheine für Bargeld und Bankguthaben im Verhältnis 1 : 1, aber gleichzeitig wurde alles Geld im Verhältnis 1 : 10 abgewertet. Ich hatte, wie alle anderen, 1945 schon ein Zehntel von meinen Sparbüchern abheben dürfen und von diesen kleinen Summen Preise zahlen müssen, die zehnmal höher waren als vor dem Ende. Jetzt gab es daher auf die Sparbücher nichts mehr. Bis zur Café-Eröffnung hatten wir von dem Zehntel gelebt. Meine Freunde, die mir nach dem Raub Geld geliehen hatten, damit ich Löhne und sonstiges Verbindlichkeiten zahlen konnte, mußten sich mit dem begnügen, was ich nach dem gewonnenen Prozeß gegen die Räuber zurückerstattet bekam. Für die Behörden galt nicht, was für diejenigen galt, die ihnen etwas schuldeten, nämlich 1 : 1 zurückzahlen zu müssen. Sie zahlten nur ein Zehntel der geraubten Summe. Das schlimmste war, daß Ost- und Westdeutsche nun jeweils anderes Geld mit anderer Bewertung hatten.

Auch in diesem Jahr hatte ich die gleiche Gruppe Musiker engagiert, die mir wieder das Lokal stets bis zum letzten Platz füllte. Während des ganzen Dritten Reiches war in Deutschland Jazzmusik als »Negermusik« verpönt und verboten gewesen, so schlugen Louis Armstrong und seine Nachahmer überall wie eine Bombe ein. Von weit her strömten die Leute in das Musikzimmer, und der Kulturbund war damals noch großzügig genug, New Orleans- und Dixieland-Jazz nicht zu verteufeln.

In diesem Sommer waren längst nicht mehr soviel hoffnungsvolle Idealisten unter meinen Gästen wie im vorigen. Ich fragte nach diesem und jenem und erhielt die Antwort, die hätten sich nach dem Westen abgesetzt. Man war nüchterner geworden. Aber immer noch vermißte ich, daß sich die Prominenten in meinem Café mit der Analyse der gegenwärtigen, im Sommer 1948 in der russisch besetzten Zone real existierenden gesellschaftlichen Zustände beschäftigten. Brecht schrieb in dieser Zeit, daß hier in der Ostzone auf *revolutionäre* Weise ein *kühner* Aufbau einer neuen Gesellschaft im Gange sei, deren Idealen sich alle fortschrittlichen Menschen verpflichtet hätten. Hier würde eine Zukunft für die Menschen von *unten* her, vom Standpunkt der Unterdrückten und Ausgebeuteten sichtbar.

Mit diesen Unterdrückten und Ausgebeuteten glaubten die Genossen solidarisch zu sein und mit ihnen gegen den Kapitalismus zu kämpfen!

Aus unserer Sicht in Henkhof jedoch wirkten die Kulturbundgenossen wie Kollaborateure, die sich den einzigen Unterdrückern und Ausbeutern im Land, den Siegern, willig zur Verfügung stellten *gegen* die ausgebeuteten, völlig verarmten und unterdrückten Deutschen, unter denen sich gar keine Kapitalisten mehr befanden. Die waren alle längst im Westen. Der Aufbau einer neuen Gesellschaft geschah mit militärischem Zwang, nicht revolutionär, und »kühn« wäre es gewesen, sich diesem Druck zu widersetzen, nicht, sich zu ducken. *Gar nichts* geschah von unten her, vom Standpunkt der Unterdrückten und Ausgebeuteten aus. Die Produktion aus Deutschland fuhr in Güterzügen ins ausgeblutete Rußland, wobei immer noch viel verdarb, weil die Bahnen wegen der Demontage der zweiten Gleise oft noch eingleisig fuhren. Es war, von den Russen aus gesehen, vollkommen verständlich, daß sie sich für den Überfall auf ihr Land jetzt an den Besiegten schadlos hielten. Wenn Deutsche das jedoch als »kühnen Aufbau einer neuen Gesellschaft« bezeichneten und darin die Ideale einer fortschrittlichen Menschheit verwirklicht sahen, so empfanden wir das als kaum zu überbietende Heuchelei.

Während Brecht schrieb, daß die Völker, die sich eine sozialistische Wirtschaft erkämpft hatten, eine wunderbare Position bezogen hätten, was den Frieden betrifft, und die Impulse aller Menschen friedlich gestimmt hätten, und er in vollem Ernst daran glaubte, der große Staat Lenins und Stalins sei der Staat der Arbeiter und Bauern und ein Staat des Friedens, entging ihm wohl unter der Glasglocke, in der er persönlich frei war, der niemals wieder auszulöschende Haß, den die Freiheit raubende Stalindiktatur auch und gerade in all den deutschen Menschen auslöste, die schon die Nazidiktatur gehaßt hatten. Es war den meisten Menschen, deren Lohn oder Gehalt vom Lohnbüro eines Betriebes ausgezahlt wurde und die, wie alle Menschen, nicht nur die Industriearbeiter, ihre Arbeitskraft verkauften, vollkommen egal, ob der Betrieb staatlich oder privat war. Sie wollten nur durch Gewerkschaften kontrollieren und notfalls erkämpfen können, daß die Entlohnung den Erträgnissen des Betriebes entsprach. Sie konnten doch nur lachen, wenn man ihnen sagte, dieser Betrieb ist Volkseigentum, er gehört euch, und dann über seine Erträge von Funktionären verfügt wurde, die sowjetische Interessen vertraten.

Nein, in der Realität der gegenwärtigen Ostzone sah man keine friedlichen, aufbauenden Kämpfer für die Ideale einer besseren, sozialistischen Welt! Sechs Jahre lang hatte man die Menschen aufgestachelt, »bis zum letzten Blutstropfen« für Hitlers »Ideal einer besseren Welt« zu kämpfen, jetzt sollten sie von heut auf morgen ihr vom Sockel gestoßenes Idol durch Stalin ersetzen? Das war nur Opportunisten möglich, die nie eigene Ideale hatten. Hier gab es eine gänzlich desillusionierte Bevölkerung, die durch die Schrecken der letzten Jahre gleichgehobelt, stumm, ergeben und schuldbewußt alles tat, was verlangt wurde, und alles über sich ergehen ließ, ohne aufzumucken, und es gab die Funktionäre.

Schul- und Zukunftsprobleme

Die Arbeit in meinem Café machte mir zwar viel Spaß, aber die Anstrengung kostete mich doch meine Gesundheit. Niemals hatte ich früher, wenn ich mich im Restaurant von Obern bedienen ließ, eine Vorstellung davon gehabt, wie die sich fühlen, wenn sie in der Küche mal erschöpft auf einen Stuhl sinken dürfen. Es ist nicht nur körperliche, sondern auch geistige Schwerarbeit. Wenn die Saison vorüber war, der Ort leer wurde und die Winterstürme einsetzten, wurde ich regelmäßig erst mal krank, und das war dann für die Kinder entsetzlich, die ohnehin in den Saisonmonaten wenig von mir gesehen hatten.

Wer Henkhof nur als Sommergast kannte und nie im Herbst, Winter oder Frühjahr dort lebte, hatte keine Ahnung vom wahren Gesicht und Charakter dieses Ortes. Als Kinder kannten wir nur diese Schokoladenseite, aber seit ich dort wohnte, begann Henkhof allmählich von mir Besitz zu ergreifen, wie das Meer von der Steilküste Besitz ergriff, mit kleinen und großen Wellen an ihr nagte, hier eine Lehmzacke abbrach, dort einen kleinen Erdrutsch verursachte, sie ununterbrochen umbrandete und umtoste. In jedem anderen Ort konnte man die Fenster schließen, sich wohlig im Lehnstuhl am Ofen niederlassen, den gewesenen Tag noch einmal am Auge vorüberziehen lassen und zu sich selbst finden. In Henkhof war man der Natur preisgegeben, auch im Zimmer bei geschlossenen Fenstern. Keinen Augenblick war es möglich, das Pfeifen des Windes zu überhören, das Biegen der Bäume zu übersehen, das Geschäume der Brandung zu überhören. Blies der Sturm Sand durch die Tür- und Fensterritzen, überfiel mich manchmal die Angst, selbst wie ein Sandkorn irgendwohin geblasen zu werden und keinen festen Halt zu haben.

War das Haus voller Menschen, die alle von mir bedient sein wollten, jammerte ich über die Arbeitslast. Wurde das Haus dann leer, jammerte ich über Einsamkeit und Verlassenheit. Ich hätte so liebend gerne einen Menschen, einen Beschützer gehabt, der mir gesagt hätte, fürchte dich nicht, ich bin ja bei dir. Aber gerade das wurde mir offensichtlich von frühester Kindheit an verwehrt. Und dabei war ich doch so eine ängstliche Natur. Ulrich lebte seit seiner Flucht in den Westen vor drei Jahren bei einer Dame in Heidelberg, die ihn pflegte und wohl größtenteils auch versorgte. Er war immer noch krank und arbeitsunfähig. Pensionen an ehemalige Offiziere wurden noch nicht gezahlt und würden wohl nie gezahlt werden, wie ich vermutete. So bekam er vom Versorgungsamt wegen seiner Verwundung gerade so viel Geld, daß er allein davon existieren konnte. Es war nicht daran zu denken, daß er uns hätte nachholen können. In Henkhof hatten wir wenigstens eine Unterkunft und einen Garten. Für das ihm ausgezahlte Kindergeld schickte er gelegentlich Lebensmittelpakete, aber das war für uns ein Tropfen auf den heißen Stein. Immer in Sorge, das, was er schickte, habe möglicherweise die fremde Dame spendiert, schrieb ich auch nie, was wir brauchten.

Aber da waren die vier Kinder, die rücksichtslos und radikal wie alle Kinder von mir verlangten, jede arbeitsfreie Minute ausschließlich ihnen zu widmen, und die keine Sekunde der Unaufmerksamkeit für ihre Interessen duldeten.

Es bereitete mir die größten Sorgen, wie Judith, die keine Wollsachen und kein festes Schuhwerk besaß, im Winter durch Eis und Schnee zur Schule laufen sollte, wenn der Lieferwagen nicht mehr fuhr. Sie konnte nicht hierbleiben.

Eine Freundin aus Rostock schrieb mir, sie verdiene sich jetzt ihren Unterhalt damit, daß sie Schülerinnen vom Land als Pensionärinnen aufnehme. Sie lerne auch Russisch, um ihnen bei den Schularbeiten helfen zu können. Als sie von meiner Sorge um Judith hörte, bot sie sich an, Judith zu verköstigen, wenn ich ihr dafür so viel Lebensmittel und Geld geben könnte, daß ihre Unkosten gedeckt seien. Sie könne ihr eine unheizbare Bodenkammer, die voll Gerümpel sei, zum Schlafen zur Verfügung stellen: »Es macht keinen Unterschied, ob tagsüber fünf oder sechs Mädchen um den Tisch sitzen oder ihre Schularbeiten machen, und Judith ist ein so freundliches und liebes Kind, der man beim Lernen nicht helfen muß und mit der man keine Erziehungsschwierigkeiten hat, da wird sich ihre Anwesenheit nur wohltuend auf die anderen Kinder auswirken.«

Immer wieder begegnete ich dieser großen Hilfsbereitschaft bei Menschen, die selber in Not waren! Ich nahm das Angebot natürlich mit größter Freude und Dankbarkeit an und brachte Judith zu ihr. Die Trennung war sehr tränenreich.

Die Unterbringung des Kindes war freilich kaum zu verantworten. Judith ängstigte sich sehr in der kalten Rumpelkammer auf dem Boden und litt unter furchtbarem Heimweh. Sie war aber abgehärtet, gesund, hatte einen guten Schlaf, und sie konnte sofort nach dem Aufwachen hinunterlaufen in die warme, gemütliche Wohnung meiner Freundin, wo die anderen Kinder waren. Dort saßen dann alle morgens und abends unter viel Gelächter um eine Schüssel mit Wasser herum und jagten und ertränkten ihre Flöhe. In Rostock herrschte immer noch – trotz angeordneter Entlausungsspritzen – eine schier unglaubliche Ungezieferplage. Ging man über die Straßen, hüpften einem sogenannte Sandflöhe unter die Strümpfe, Hosen und Kleider, und auch privat, nicht nur beim Fahrkartenkauf, ließ man sich freiwillig regelmäßig entlausen. Die Kammerjäger hatten ihre große Zeit, viele Freundinnen verdienten sich damit ihr Brot.

Ich hoffte, es werde für Judith nur eine Übergangslösung sein, und bemühte mich sehr, in Rostock oder in Berlin Arbeit und Wohnung zu finden, um mich nicht von den Kindern längere Zeit trennen zu müssen. Nella konnte ja auch nicht auf der Grundschule bleiben.

Seit Juni hatten die Sowjets Berlin gegen alle anderen Besatzungszonen militärisch abgesperrt. Sie wollten damit Berlins Status als Viermächtestadt aufheben und ganz Berlin zur Hauptstadt des von ihnen geplanten neuen Satellitenstaates in der Ostzone machen. Es hatte sich nämlich herausgestellt, daß Berlin ein nicht zu verstopfendes Loch geworden war, durch das die Menschenmassen aus der Ostzone unaufhaltsam hindurchsickerten auf der Flucht vor den Segnungen des Sozialismus in die Freiheit des Westens.

Erstmals in der Geschichte gingen aber die Provozierten nicht in die Falle und erfanden eine unblutige Methode der Erwiderung. Radio und Zeitungen versuchten uns einzureden, die kriegslüsternen, imperialistischen Westmächte stünden bis an die Zähne bewaffnet vor der Tür, bereit und willens, die Ostzone zu überfallen und sich einzuverleiben, aber diese Lüge wurde entlarvt. Anstatt die militärische Absperrung von ihren eigenen Gebieten militärisch zu durchbrechen, was zu dem erwünschten Krieg geführt hätte, erfanden die Amerikaner die Luftbrücke. Vom 24. Juni 1948 bis zum 12. Mai 1949 landete alle zwei bis drei Minuten in West-Berlin ein britisches oder amerikanisches Flugzeug mit Lebensmitteln und anderen lebensnotwendigen Waren. Da gaben die Sowjets die Sperre wieder auf.

Ein neues Morden konnten die Westmächte verhindern, nicht aber den sogenannten kalten Krieg, dessen hauptsächlichste Waffe zunächst die Weigerung der Ostzonenfunktionäre war, die Währungsreform ihrer Zone derjenigen des Westens anzugleichen. Geradezu rasant erholte sich die Deutsche Mark im Westen, während die Mark in der Ostzone immer weniger wert wurde. Offiziell wurde 1 : 4 getauscht, in der Praxis handelte man 1 : 10. Das hemmte natürlich die Flucht in den Westen noch zusätzlich zu den Strafen, die darauf standen. Wer floh, kam ganz ohne Geld im Berliner Westen an. Dort gab es zwar Auffanglager und viel karitative Hilfe für die Flüchtlingsströme, es bedeutete aber auch gleichzeitig für jeden, erst einmal zum Bettler degradiert zu werden.

Ich fand im Herbst 1948 in der Wohnung meines Vaters in jedem Zimmer zwei bis drei alleinstehende, ältere Fräulein, Witwen oder Geschiedene, die auf irgendeine Weise ihre ehemalige Bleibe verloren hatten und nun durch die Behörden zu dem älteren, alleinstehenden Witwer eingewiesen worden waren. In jedem Zimmer wurde auf kleinen Notherdchen gekocht, alle Nebengelasse und Flure hingen voll Wäsche, und alle Damen befanden sich in erbittertem Streit um die Gunst meines Vaters. Es wäre unmöglich gewesen, dort noch unterzukommen mit vier Kindern.

Bei meiner Rückkehr nach Henkhof kam ich gerade zurecht, um die diesjährige Katastrophe mitzuerleben! Ein Jahrhundertsturm, bei dem das Meer die Halbinsel fast überflutete und der Sturm mein Haus völlig abdeckte.

Alle Häuser in Henkhof waren mit Binsen gedeckt, einem Gras, das in halbsalzigem Wasser als Schilf gedieh. Die Kunst, dieses Gras zu schneiden – natürlich mit hohen Wasserstiefeln – und später zu Bündeln gebunden auf den Dächern zu befestigen, beherrschten einige Dachdeckermeister in der Gegend, aber es war völlig ausgeschlossen, daß nach diesem Sturm noch im gleichen Winter ein Dachdecker zu finden sein würde, der das Daublersche Haus deckte. Es blieb mir nichts anderes übrig, als diese Kunst zu lernen und das Dach selber zu decken. Wenigstens hatte ich das Glück, als Lehrherrn einen Meister zu finden, der – während er Dächer von Leuten deckte, die ihn auch bezahlen konnten – mir erlaubte, zuzugucken, mich unterrichtete und mir entsprechende Tips gab. Mit Hilfe geliehener Stiefel, geliehener Leitern, geliehener Messer und des gelehrigen Ortelsburger Jungen schaffte ich es, mein großes

Dach zu decken, benötigte dazu allerdings fünfmal soviel Zeit wie mein Lehrherr, und der gekaufte Draht riß ein großes Loch in meine Überlebenskasse.

Seit 1945 hatte ich gelernt, wie man Herde und Öfen so setzt, daß sie auch ziehen, wie man Wasserpumpen repariert und Kurzschlüsse beseitigt, wie man Jauchegruben aushebt, wie man Bäume fällt, zersägt und hackt, und nun auch, wie man Dächer deckt. Männer wurden für mein Leben immer überflüssiger. Dennoch fiel es mir verdammt schwer, allein und ohne Mann zu sein.

Sonst war der Winter 1948/49 etwas leichter zu überstehen als die vorigen. Hin und wieder gab es sogar ein paar Stunden Strom, so daß ich einmal wagte, zu Judiths Empfang im Elektroherd einen Kuchen zu backen, in dem etwas richtiges Mehl und sogar ein klein wenig Zucker war. Leider ging der Strom, ohne daß ich es bemerkte, gerade in dem Augenblick aus, als der Kuchen eben anhob, ein Kuchen zu werden. Ich zog ein steifes Brett aus dem Ofen, das die Kinder zu ihrem größten Vergnügen mit dem Beil zerhackten, daß die Späne nur so flogen, die sie auflutschten.

In diesem Winter schrieb ich auf einer Schreibmaschine, die mir jemand als Ersatz für meine gestohlene geschenkt hatte und die noch die in der Nazizeit geforderten gotischen Schriftzeichen hatte, ein Buch und schickte es an einen Berliner Verleger. Vielleicht kann ich damit Geld verdienen, dachte ich. Ich bekam es zurück mit dem Begleitbrief: »Manuskripte von *Unbelehrbaren*, die noch die Schrift der Nazis benutzen, lesen wir nicht.« So mußten meine Werke im Dunkel einer Schrift vermodern, die im Lauf der Zeit dann wirklich kaum jemand mehr lesen konnte. Es dauerte Jahrzehnte, bis ich mir wieder eine andere Maschine kaufen konnte.

Im Frühjahr 1949 beschloß ich, mit dem seitherigen Improvisieren aufzuhören und das Musikzimmer an einen gelernten Gastwirt zu verpachten, bei dem ich dann als Angestellte arbeiten wollte. Es war abzusehen, daß meine Puddings keine Abnehmer mehr finden würden. Meine gute Jazzband wollte in diesem Jahr nicht mehr kommen, und das Provisorium mit dem Korkengeld ließ sich in Notzeiten praktizieren, nicht aber mehr mit Gästen, die inzwischen gewohnt waren, immer mehr Sonderprivilegien zu genießen. Man trug nicht mehr ein »von« vor dem Namen, man unterschied sich vom »gewöhnlichen« Volk durch eine »Intelligenzlebensmittelkarte«!

Die Sache mußte jetzt professionell mit Alkohollizenz und einer Fachkraft aufgezogen werden. Ich sollte monatlich Pacht bekommen und für meine Arbeit als Köchin und Serviererin Gehalt beziehen. So hätte ich dann während der Saison schon etwas Geld in der Hand, das ich meiner Freundin geben konnte, die nach Ostern auch Nella aufnahm.

Litt Judith in der Fremde am meisten unter Heimweh, so waren Cornelias Beschwerden mehr irdischer Art. Sie schickte mir jammervolle Briefe mit der Schilderung aller ihrer Leiden, die durch meine Abwesenheit über sie hereinbrachen.

Einmal schrieb ich zurück: »Über die Schilderung aller Deiner Leiden hab ich halb weinen, halb lachen müssen. Komponier doch mal in den Stunden, in denen Du nicht ans Klavier darfst, ein Lied für zwei, vielleicht sogar einen Kanon, wenn Du das schaffst. Einer singt immer den Jammer und einer den Trost:

Blasen am Zeh,
und der Bauch tut mir weh,
Seife für Zeh,
für den Bauch einen Tee,
Löcher im Schuh,
und der Strumpf rutscht dazu,
Schuster für Schuh,
und das Strumpfband nähst Du,
Kleid ist zu klein,
ich paß nicht mehr rein,
ich nähe Dir ein
Kleidchen ganz fein.
Niemand ist nett,
und ich friere im Bett,
alle sind nett,
leg Dir Flasche ins Bett,
selbst das Klavier
verbietet man mir,
teil das Klavier,

zwischen Judith und Dir.
Mutti soll her,
sonst mag ich nicht mehr.
Freue Dich sehr,
bald kommst Du ja her.«

Nella antwortete auf diese Anregung, mit der ich sie zum Lachen bringen und ein wenig ablenken wollte, ebenfalls mit einem selbstverfaßten Gedicht: »Das große Leid« und schrieb dazu: »Wenn ich schon komponieren *soll*, dann will ich auch meine eigenen Verse dazu machen.« In dem Gedicht hieß es:

»Denn die Schule, ja die Schule
is an allen, allen Schuld,
und da reißt einen auch beinahe
die gepferdete Geduld.«

So sicher wie Judith war Nella nicht in Orthographie, da bei ihr die dritte Klasse ausgefallen war und die Kinder später beim Hilfslehrer nicht so viel lernten.

Der Pächter

Das Musikzimmer hatte im Sommer 1949 ein anderes, geschäftsmäßigeres Aussehen als in den beiden Jahren zuvor, als ich noch allein die Wirtin und der Fels in der Brandung gewesen war. Der Pächter, bei dem ich jetzt als Angestellte arbeitete, hatte Kellner gelernt und versuchte nun, mir die Tricks und Kniffe beizubringen, mit denen man seine Gäste bemogeln und schröpfen kann.

»Man kann den Zettel, auf dem man zur Abrechnung meist in Eile zusammenrechnet, was der Gast verzehrt hat, mit einem Datum versehen, als sei es eine Quittung, und dann das Datum mitaddieren, wenn es wie zufällig über den anderen Zahlen steht. Das merken die Gäste nur sehr selten, und wenn doch, dann kann man leicht sein ›Versehen‹ mit der Eile entschuldigen. Es gibt sogar Gäste, bei denen braucht man nur zu lachen und zu sagen: ›Manchmal klappt's!‹«

Die Gäste, die jetzt keine eigenen Flaschen mehr im Lokal aufbewahrten, sondern wie üblich den Alkohol glasweise eingeschenkt bekamen, betranken sich jetzt häufiger als in den Vorjahren. Obwohl sie alle ebenfalls Kulturbundmitglieder waren, war es meist keine geistige Elite mehr, die jetzt zu Gast war, sondern es kamen immer häufiger Typen, wie sie früher in braunen Uniformen durch die Straßen gegrölt hatten. Nun waren sie also errötet, obwohl von Scham keine Rede war. Wer keinen höheren Rang bekleidet hatte, also der durchschnittliche Parteigenosse, paßte sich an, war Mitläufer und Befehlsempfänger wie in der Nazizeit.

»Sobald man einem von ihnen anmerkt, daß er betrunken ist«, sagte mein Chef und Pächter, »darf man ihm statt Schnaps nur noch Wasser ins Schnapsgläschen gießen, was man aber natürlich später wie Schnaps berechnen muß, da ja die gebrachten Gläser auf dem Tisch gezählt werden. Reklamiert jemand, so muß man ruhig und bestimmt vom Gast fordern, daß er bezahlt und geht, denn wenn er Wasser nicht mehr von Schnaps unterscheiden kann, sei er so sinnlos betrunken, daß er den Raum verlassen muß.«

Unter meiner Regie war das Musikzimmer stets brechend voll gewesen, ja, ich hatte oft aus den Häusern der Nachbarn Stühle ausleihen müssen. Es waren Leute gekommen, die normalerweise niemals eine Bar oder ein Tanzcafé aufgesucht hätten. Ich sah den Menschen nicht an, ob sie Geld hatten, ich sah ihnen nur an, ob sie Kultur und Geist hatten, und dann behandelte ich diese Gäste besonders zuvorkommend, so daß sie immer wiederkamen.

Mein Pächter roch von weitem, ob jemand Geld hatte, und diesen Gästen widmete er seine ganze Aufmerksamkeit und Fürsorge. Gegen die Armen war er oft verletzend grob, auch wenn sie ihm geistig weit überlegen waren.

So war das Musikzimmer längst nicht mehr so voll, und doch lag abends ganz erheblich mehr Geld in der Kasse als zu meinen Zeiten. Einerseits war ich froh darüber, da ich bezweifelt hatte, ob der neue Wirt die Pacht und mein Gehalt zahlen und noch einen Gewinn für sich und seine Frau würde herausholen können, andererseits war ich außerstande, die Lehren meines Chefs zu beherzigen.

So war es mir lieber, mich mehr in der Küche als im Café aufzuhalten. Dort war nun, vier Jahre nach Kriegsende, die Zeit der Puddings zu Ende, die Gäste hatten Marken, der Wirt konnte Mehl und eine Bäckeremulsion, welche echtes Fett ersetzte, beschaffen, und ich hatte eine Methode erfunden, damit Waffeln zu backen, die *beinahe* so schmeckten, als enthielten sie auch Eier und Zucker. Außerdem war ein weißes Pulver im Handel, mit dem man einen Schaum schlagen konnte, der wie Schlagsahne aussah und für jeden auch so schmeckte, der seit fast neun Jahren keine Schlagsahne mehr gesehen und gekostet hatte. Auch die Zahl der Mittagsgäste erhöhte sich, da man im dörflichen Kaufladen nun endlich auch wieder etwas bekam, mit dem man eßbare Mahlzeiten kochen konnte. Der Holz- und Kohlefeuerungsherd hatte aber immer noch keine heilen Ringe über dem Feuerloch, so daß das tägliche Kochen für bald dreißig Menschen mit den riesigen rußigen Eisentöpfen eine kaum zu bewältigende Schwerarbeit war. Um das Wasser von den Kartoffeln zu gießen, mußte ich den meist über fünfzig Pfund schweren Topf nach draußen in den Garten schleppen und das kochende Wasser vor der Tür auskippen. Die elektrische Wasserpumpe hatte immer noch allen laienhaften Versuchen, sie dauerhaft zu heilen, widerstanden, so mußte ich alles benötigte Wasser den Hügel herauf ins Haus schleppen. Das Wäschewaschen für so viele Menschen erforderte ebenfalls viel Kraft, aber das Schlimmste bei diesen Tätigkeiten des Kochens, Backens und Waschens war die glühende Hitze durch die offenen Feuer, der ewige Dampf und der ewige Wechsel von heiß und kalt.

Mein körperlicher Zusammenbruch nach dieser dritten Saison war bereits etwas ernster und schwerer als in den Vorjahren.

Wieder schrieb Judith an ihren Vater, er möge doch die Familie nach Heidelberg holen oder aber Geld schicken, damit die Mutti nicht mehr so schwer arbeiten müsse.

Wir erfuhren in Henkhof spät davon, daß im Oktober 1949 aus unserer Ostzone endgültig ein geplanter Satellitenstaat geworden war, der sich nun *Deutsche Demokratische Republik* nannte.

Wir hätten darin auch keinen großen Unterschied zum bisherigen Zustand erblickt. Die Sowjetunion hatte sich selbst jeder Möglichkeit beraubt, die Bevölkerung all der Staaten, die sie nach 1945 ihrem Ostblock einverleibte und ihrer Oberhoheit unterstellte, wie Albanien, Bulgarien, Polen, Ungarn, Rumänien, die Tschechoslowakei und nun auch die DDR, für die sozialistische Ideologie zu gewinnen und von ihrer Friedensliebe zu überzeugen. Alle diese sogenannten Brüder der glorreichen Sowjetunion konnten von nun an nur noch mit militärischer Gewalt daran gehindert werden, sich von den Brüdern zu befreien, und die einmalige Chance eines Sozialismus in Freiheit, von dem die Edelkommunisten geträumt hatten, war für immer vertan. Wer sein wahres Gesicht einmal gezeigt hat, kann sich nachher mit keiner Maske mehr tarnen. Das Wort »Sozialismus« – einst für viele gleichbedeutend mit Humanität und edelster Menschlichkeit – wurde für die damit Beglückten gleichbedeutend mit unmenschlichster Diktatur und Unfreiheit, mit der Fratze des Menschenschlächters Stalin, und man würde in der Zukunft für seine ehemaligen Ideale einen anderen Namen erfinden müssen. Die Zeit der großen Heuchelei hielt ihren Einzug.

Die deutschen Funktionäre, welche die DDR ohne freie Befragung der Bevölkerung errichteten, schränkten nach sowjetischem Muster die Grundrechte der Bürger (freie Meinungsäußerung, Versammlungs-, Vereinsfreiheit, Brief- und Postgeheimnis usw.) teils ein, teils hoben sie sie ganz auf. Im Westen, in der Bundesrepublik, befanden sich bei ihrer Gründung bereits 15,9 Prozent Vertriebene und inzwischen aus der Ostzone Geflohene. Nun flohen von den DDR-Bürgern nach und nach noch zweieinhalb Millionen Menschen freiwillig ins freie Deutschland, unter Einbüßung ihres gesamten Besitzes, als Bettler, und trotz Androhung strengster Strafen wegen Republikflucht, bis diese Fluchtmöglichkeit später durch den Bau der Mauer 1961 endgültig beendet wurde. Da waren es drei Millionen. Siebzehn Millionen mußten bleiben.

Auch ich würde wohl zu denen gehören, die bleiben mußten. Ulrich, der nun im fünften Jahr von seiner Familie getrennt in Heidelberg lebte, hatte uns auf Judiths Hilferuf hin klarmachen müssen, daß auf Versorgung durch ihn nicht wieder gerechnet werden und er uns nicht holen könne. Hoffnung auf Offizierspension müsse man begraben, er sei zu achtzig Prozent arbeitsunfähig und sechsundfünfzig Jahre alt. Wenn er die Dame, die ihn pflegte und versorgte, nicht hätte, wäre er ganz verloren. Danach hatte er durch seinen Freund in Rostock eine Umzugsfirma schicken lassen, die seine Bücher in Henkhof in Kisten packte und auf geheimen Wegen in den Westen transportierte. Ich schlug ihm daraufhin die Scheidung vor, und er willigte ein. Wenn es streng bestraft wurde, von einem deutschen Staat in den anderen zu wechseln, um sich zu besuchen, konnte man eine Ehe nicht mehr aufrechterhalten. Ich mußte versuchen, mir allein eine Existenz aufzubauen, und das konnte ich nur als Geschiedene. Als Frau eines höheren Offiziers waren mir alle Berufswege verschlossen. Ulrich ließ sich durch einen Anwalt vertreten, ich fuhr nach Rostock, und da wir beide die »Schuld« zu gleichen Teilen auf uns nahmen und über den Verbleib der Kinder bei mir Einigkeit herrschte, ging die Scheidung schnell und schmerzlos über die Bühne.

Schulamt

Schule im Sozialismus

Ich besann mich darauf, daß ich einmal die Handelsschule besucht und ein Schreibbüro unterhalten hatte, übte also im Winter 1949/50 auf der Maschine mit den gotischen Buchstaben meine frühere Schnelligkeit und lernte die Stenographie völlig neu, weil ich sie ganz vergessen hatte. Ostern wurde Susi in Henkhof eingeschult, und ich hielt das meinem Pächter gegebene Versprechen, diese Saison noch bei ihm zu arbeiten.

Der Zufall wollte es, daß die ausgebombte Familie, welche 1943 in meine kaputte Rostocker Wohnung einquartiert worden war und meine wenigen dort noch hinterlassenen Möbel und Haushaltsgegenstände benutzt hatte, in den Westen floh. Sie benachrichtigten mich rechtzeitig und baten mich, doch meine alte Wohnung wieder zu übernehmen, damit sie ihrerseits ihre geretteten Möbel und Hausrat für spätere Zeiten aufbewahren könnten. Ich sollte doch bitte vorgeben, ihre Sachen seien meine, damit die Volkspolizei sie sich nicht aneigne. Es war nämlich so: Immer, wenn irgend jemand in den Westen floh, erschien sofort die Volkspolizei und beanspruchte den hinterlassenen Hausrat für sich.

Das Angebot kam mir wie gerufen, denn nun brauchte ich vorerst keinen großen Transport zu bezahlen und konnte mich in meiner alten Wohnung in teils eigenen, teils fremden Sachen einnisten. Der Volkspolizei meldete ich die Flucht der Familie, ehe das jemand anders tat: »Man hat mir die Leute in meine Wohnung gesetzt, als ich noch evakuiert war, und nachher wollten sie nicht mehr raus. Deshalb hab ich so lange auf dem Lande bleiben müssen. Alles, was sich in der Wohnung befindet, ist mein Eigentum. Jetzt ist sie wieder frei, und ich will rein.«

Da der Hauswirt nichts dagegen hatte, erhielt ich nach einigen Kämpfen und mehrfacher Prüfung durch einen Polizisten, ob nicht doch etwas den Republikflüchtigen gehört hatte und deshalb von ihm mitgenommen werden konnte, die offizielle Genehmigung, mit den vier Kindern in drei kleine Zimmer dieser Wohnung wieder einzuziehen. Die beiden großen Räume bekomme eine vierköpfige Volkspolizistenfamilie, mit der auch Bad und Küche zu teilen seien. Die Familie bestand aus Mann, Frau, Kind und einer alten Mutter. Wir würden also zu neunt in den achtzig Quadratmetern hausen müssen. Das erschien mir sehr günstig, lebten doch die meisten Menschen damals noch viel enger.

Beim Arbeitsamt gab ich mich als ehemalige Sekretärin aus und erhielt nach längerer Geduldsprobe eine Stellung als Schreibkraft beim Schulamt des Kreises Rostock zugewiesen. Am 15. September sollte ich mit der Arbeit dort anfangen, bis dahin mußte ich umgezogen sein.

In der von den Sowjets besetzten Zone waren gleich nach Kriegsende alle Lehrer, welche der NSDAP angehört hatten, entlassen worden, sofern sie nicht interniert oder verschleppt wurden. Da man in der Nazizeit gar nicht Lehrer sein durfte, ohne durch Zugehörigkeit zu irgendeiner Parteiorganisation seine Linientreue unter Beweis zu stellen, dauerte es über ein Jahr, manchmal zwei Jahre, bis die Kinder wieder Unterricht bekamen.

An mich und einige meiner Freundinnen, die keiner Parteiorganisation angehört hatten, waren von der Behörde verlockende Angebote gemacht worden, uns zu Lehrern ausbilden zu lassen. Hätte ich meine Kinder woanders unterbringen können, so hätte ich das gern getan. Es war ganz egal, welchen Beruf man vorher gelernt oder ungelernt ausgeübt hatte.

Schon vor Gründung der DDR war im sowjetischen Sektor Berlins das Deutsche Pädagogische Zentralinstitut (DPZI) gegründet worden, welches nun das Erziehungswesen zentral lenkte, die Ausbildung der Lehrer und Ausarbeitung der Lehrpläne vereinheitlichte, Fach-Arbeitsgemeinschaften und Fernstudium einrichtete, Handbücher herausgab und die Jugendorganisationen indoktrinierte. In den pädagogischen Prinzipien richtete man sich dabei ganz nach sowjetischem Muster, aber da sämtliche vorhandenen Schulbücher an allen Schulen ausnahmslos eingestampft worden waren – denn überall war ein Hakenkreuz eingedruckt –, ergab sich die Notwendigkeit, daß die Lehrer zunächst ganz ohne Schulbücher arbeiten mußten. Jeden Montag früh erhielten alle Schulen – in welcher Region auch immer – Riesenpakete mit auf schlechtem Papier mit schlechten Vervielfältigungsmaschinen abgezogenen Texten, in denen die genauen Anweisungen für den Unterricht in jeder einzelnen Stunde jeder Klasse standen. Fragen, gewünschte Antworten, alles war vorgeschrieben. Den Lehrern blieb kein Spielraum, irgend etwas nach eigenem Ermessen zu gestalten. So ergab sich, daß ein Kind aus Rostock heute nach Dresden ziehen und dort die inzwischen angefertigte Hausaufgabe abgeben oder aber die vorbereitete Klassenarbeit mitschreiben konnte, weil die Kinder in Dresden den gleichen Unterricht, ja den gleichen Stundenplan gehabt hatten wie die Kinder in Rostock. Dies traf besonders für die oberen Klassen zu, da es natürlich viel länger dauerte, Lehrer für Mittel- und Oberschulen aus ehemaligen Kellnern und Frisören mit Volksschulbildung zu zaubern, als für die Grundschulklassen.

Aus dieser Not entwickelte sich eine unbeabsichtigte Tugend. Die Kinder spürten, daß ihre Lehrer selbst noch Lernende und die eigentlichen Herren ihrer Schule weder Lehrer noch Direktor, sondern die anonymen Herren im DPZI waren. Das bewirkte eine Solidarität, ja manchmal sogar Komplizenschaft zwischen Lehrern und Schülern, wenn es zu vertuschen galt, daß dies oder jenes nicht begriffen worden war. Ferner wirkte es sich überraschend positiv aus, daß die Kinder keine Schulbücher hatten, in denen sie zu Hause den Unterrichtsstoff hätten nachlesen können. Sie wurden gezwungen, in der Schule aufzupassen oder mitzuschreiben, was sie daran hinderte, Unfug zu treiben. Da alle Parallelklassen genau gleiche Unterrichtsstunden nach den Vorschriften der gleichen Formblätter hatten, bot es sich an, Wettbewerbe zwischen diesen Klassen zu veranstalten. Im Flur hing vor jeder Klassenzimmertür eine graphische Darstellung der Durchschnittsnoten von jeder geschriebenen Klassenarbeit. Das spornte natürlich ungeheuer an und führte zu der höchst erstrebenswerten und idealistisch-sozialistischen Einstellung der Kinder, nicht zum eigenen Ruhm und für die eigenen guten Noten hart zu arbeiten, sondern zum Ruhm der ganzen Klasse. Die Lehrer waren natürlich gehalten, diesen Teamgeist noch zu unterstützen, und so kam es, daß die guten Schüler dafür getadelt wurden, wenn ein unbegabter Schüler eine schlechte Note schrieb. Sie sollten den Kameraden gefälligst Nachhilfeunterricht geben, damit auch die Schlechten mitkamen. Judith und Nella, die beide sehr gute Schülerinnen waren, mußten sich also jeden Nachmittag um die weniger guten Kameradinnen kümmern, so daß die Schule ihren ganzen Tag bestimmte, wenn sie nicht gerade Klavier übten. Es gab bei diesem System kaum Autoritätsprobleme, und alle Kinder gingen gern und freudig hin, obwohl ihre Lehrer von Pädagogik eigentlich noch keine Ahnung hatten.

Nur einmal war aus Judiths Klasse, als ich noch in Henkhof war, ein Lehrer strafversetzt worden, und zwar weil er eigentlich etwas besonders Ruhmreiches im Sinne des Kommunismus beabsichtigt hatte:

Natürlich hütete man sich anfangs im DPZI davor, gleich mit der Tür ins Haus zu fallen und die Kinder unvorbereitet mit der »Tatsache« zu konfrontieren, daß ihre Eltern dumm und ungebildet seien, wenn sie noch an Gott glaubten. Daß Religion nur Opium des Volks ist, sollten sie allmählich merken, sonst verinnerlichten sie diese »Wahrheit« nicht. Der übereifrige Lehrer sagte jedoch unvorschriftsmäßig und nicht seinem Text entsprechend: »Glaubt ihr etwa noch an Gott oder den Weihnachtsmann? Es gibt keinen Gott, das ist Quatsch.«

Daraufhin flüsterte spontan eines der Mädchen: »Und es gibt doch 'n Gott!«

Der Lehrer tadelte diesen Zwischenruf scharf, woraufhin eine andere, schon lauter, flüsterte: »Und es gibt doch 'n Gott«, und ehe der Lehrer auf diese Unverschämtheit reagieren konnte, skandierte plötzlich die ganze Klasse, erst leise, dann immer lauter, bis es in lautes Schreien überging: »Und es gibt doch 'n Gott, und es gibt doch 'n Gott!«

Aufgeschreckt durch dieses plötzliche Massengeschrei, stürmte der Direktor in die Klasse, befahl Ruhe, die aber erst eintrat, als es klingelte und die schreienden Kinder die Schule verließen.

Wie gesagt, es wurden dafür nicht die Kinder, sondern der Lehrer bestraft. Sie sahen ihn nicht wieder.

Als Judith mir dies Erlebnis erzählte und betonte, sie selbst sei eine der ersten gewesen, die das gerufen hätten, staunte ich über die Glaubensgewißheit meines Kindes.

Mir war längst klargeworden, daß Dimensionen – die allerriesigsten, wie im Universum, und die allerwinzigsten, wie in den Atomen – nur relativ so sind, wie wir sie erkennen. Die *Wirklichkeit* Gottes konnte nur dimensionslos sein, und das ist dem Menschen von seiner Beschaffenheit her ganz und gar unvorstellbar. Mein früheres Fragen, *wo* kann denn überhaupt ein Gott sein, hatte ich aufgegeben und gelernt, Gott wahrzunehmen ohne jede Vorstellung. Wenn ein Atom relativ so groß war wie ein Sonnensystem, dann brauchte ich, um Gott zu suchen, nicht nach oben in den Himmel zu schauen, sondern nur in mich hineinzuhören. Ich hatte meinen Kindern gesagt, es sei verboten, sich von Gott irgendein Bildnis und Gleichnis zu machen. Wie das Licht aus der Glühbirne vom Strom, so komme alles Warme, Lebendige, Liebende, von uns Ausstrahlende von Gott, und was wir sonst seien, wäre ohne Gott so wenig wie eine kaputte Glühbirne ohne Strom. Judith hatte viel nach Gott gefragt. Jetzt hatte sie in dem Alter, als ich selbst den Glauben verlor, weil ich mir Gott vorgestellt hatte und sich diese Vorstellung als falsch erwies, in der Schule den Anfang damit gemacht, zu skandieren: Und es gibt doch 'n Gott. Das Licht, das meinem Kind aufgegangen war, wollte ich nun nicht mehr aus den Augen verlieren.

Das blaue Tuch

Judith und Cornelia waren jedoch durchaus keine Heiligen, und ungeachtet ihres Bekenntnisses zu Gott war es Judiths elementare Eitelkeit gewesen, daß beide dem Werben der kommunistischen »Jungen Pioniere« erlagen, als ich noch in Henkhof war. Diese hatten ein so wunderhübsches blaues Halstuch, und Judith gieperte danach, ein derartiges Tuch ebenfalls tragen zu dürfen. Kaum war Cornelia auch in Rostock und bereit, diesen Wunsch zu unterstützen und zu teilen, konnten die Schwestern, trotz meiner Warnungen, der Versuchung nicht widerstehen, den Jungen Pionieren beizutreten. Nur durch diesen Entschluß konnten sie ja in den Besitz des schönen Halsschmuckes gelangen. Einige Wochen sonnten sie sich in dem Ansehen, das ihnen das Tuch verlieh, weil sie ja nun auch keine Außenseiter mehr waren. Sie sangen mit den anderen Kindern das Lied: »Auf dem Lande Komsomolz, im Betriebe Komsomolz, überall Komsomolzen. Hei, ja, was sind wir doch für Kerle! Knorke, knorke, knorke alle Mann!!« Oder sie sagen: »Vor uns die Fahne rot, hinter uns der braune Kot«, ohne sich am Schwachsinn dieser Lieder zu stoßen.

Doch eines Tages standen beide Schwestern mit ihren schönen blauen Halstüchern auf einer Brücke über die Warnow, und plötzlich kam Judith die große Erleuchtung.

»Cornelia«, sagte sie, »weißt du eigentlich, daß wir sündigen, wenn wir dieses Halstuch tragen?«

Nella mußte passen, sie wußte nicht, was eine Sünde ist. Für sie war dieses blaue Tuch ein Zeichen dafür, daß sie dazugehörte, und daß sie modern und fortschrittlich war.

Judith sagte: »Nella, wir müssen dieses Tuch jetzt in die Warnow werfen. Sonst gehören wir nicht mehr zu Mutti.«

»Wieso, was hat denn Mutti damit zu tun?« staunte Nella. »Aber wenn du meinst, mir ist es egal, werfen wir es eben in die Warnow.«

Und so banden die beiden Kinder ihre schönen Tücher ab und warfen sie in die Warnow. Für Judith war das ein heiliges Opfer, das sie mir brachte, trotz der Ungewißheit darüber, was meine Grundüberzeugung eigentlich von ihr forderte. Für Nella war es das Bekenntnis zur Solidarität mit ihrer älteren Schwester und ihrer Liebe zu ihr.

Als ich davon hörte, schloß ich beide in meine Arme und sagte: »Ihr habt genau richtig gehandelt, was auch immer daraus für euch und für uns entstehen möge.«

Ich hatte Angst. In dieser Zeit geschah nämlich folgendes: Die Lehrer aller Schulen hatten die Weisung erhalten, ihre Schüler aufzufordern, zu Hause eine sogenannte »Friedensecke« einzurichten. Das bedeutete, die Kinder sollten ihre Eltern veranlassen, in der Wohnung einen »Friedensaltar« aufzubauen. Dieser Altar sollte aus einem Tisch bestehen, auf dem ein Bild von Stalin aufgestellt und über dem eine Fotografie von Picassos »Friedenstaube« angebracht war.

»Weißt du eigentlich, warum diese Taube so dick ist?« hatte Nella mich einmal gefragt: »Weil unter ihren Flügeln so viele Waffen versteckt sind!«

Meine Freundin war selbst in die Schule gegangen und hatte ihre Ablehnung, einen solchen Altar aufzurichten, damit begründet, daß ihre kleine Wohnung so überfüllt sei mit Pensionärinnen, daß auch nicht das kleinste Tischchen mehr frei sei und sie auch die Wände mit Regalen und Schränkchen bedecken müsse. Eine Mitschülerin hatte der Lehrerin jedoch ganz offen erklärt, ihre Mutter weigere sich, einen solchen Quatsch mitzumachen, so etwas sei verrückt. Stalin sein kein Gott und wolle nicht Frieden, sondern die Weltherrschaft. Daraufhin wurde ihre Mutter bei Nacht und Nebel abgeholt, wie früher die Hitlergegner, und der Mann der unglücklichen Frau tötete in seiner Erregung Judiths Mitschülerin und sich selbst. Für mich war es ein Glück, daß ich zur Zeit der Friedensekken noch nicht mit den Volkspolizisten in einer Wohnung wohnte.

Alltagsleben

Gemessen an der Primitivität und Härte der Lebensbedingungen im winterlichen Henkhof erschienen mir und meinen Kindern die Rostocker Wohnverhältnisse geradezu paradiesisch und als unerhörter sozialer Aufstieg. Auch Judith und Cornelia konnten sich vor Freude kaum fassen, wieder in einem richtigen Bett in einem richtigen Zimmer dicht neben Mutter und Schwestern zu schlafen.

Im Schulamt als Schreibkraft für den Schulrat des Kreises betrug mein Anfangsgehalt zweihundert Mark. Dazu kamen zweihundert Mark monatliche Pacht aus Henkhof, außerdem hatte ich noch Ersparnisse für den Winter. Ich konnte drei Jahre nach dem Einbruch endlich wieder ein Kleid anziehen. In dem verschlissenen Militärdeckenhosenanzug konnte ich nicht ins Büro gehen. Das Kleid nähte ich selbstverständlich selbst, wie alles, was ich und die Kinder seit Kriegsausbruch trugen.

Die Ernährungslage in Rostock entsprach 1950 etwa dem, was Tante Hedwig uns vom Westen im Jahr 1946 erzählt hatte. Man war in Gefahr, einen Mehlnährschaden zu bekommen. Sowohl in der Kantine als auch im Kindergarten gab es täglich drei Gerichte: erstens Nudelsuppe (Wasser mit Brühwürfeln schmackhaft gemacht und als Einlage Sternchennudeln), zweitens Nudelsalat, bestehend aus Makkaroni, die mit Essig und Salz und Zwiebeln zu einem Salat auffrisiert waren, und drittens als Nachtisch Nudelspeise, mit Süßstoff gesüßte Bandnudeln. Obst und Gemüse waren Mangelware, nach denen man lange anstehen mußte, Fleisch, Eier, Milch und Milchprodukte gab es auf Lebensmittelkarten in geringer Menge, aber anders als in Henkhof bekam man in der Stadt meistens, was auf den Karten stand, und nicht hundert Gramm verfaulten Fischkopf für entsprechend Fleischmarken. Da ich jetzt »arbeitete«, stand mehr auf meiner Karte als vorher, wo man meine Schwerarbeit als Faulenzerei bewertete. Trotz des mühseligen Anstehens vor den Läden genossen die Kinder und ich die neu gewonnene Möglichkeit, wieder einkaufen gehen und sogar etwas Feuerung kaufen zu können. Wir mußten uns nicht mehr im Wald durch Matsch und Schnee abplagen. Während die Kollegen sich bitter darüber beschwerten, mit dem bißchen Kohle ständig frieren zu müssen, empfanden wir Abgehärteten es als »mollige Wärme«, wenn es im Zimmer über acht Grad Celsius hatte. Nach wie vor blieben wir alle der Henkhofer Gewohnheit treu, uns abends vor dem Zubettgehen an- statt auszuziehen. Ehe wir dann in die Betten krochen, gab es auch bei uns die traditionelle Flohjagd, denn das durch die Flüchtlingsscharen und die Armeen nach Deutschland eingeschleppte Ungeziefer war auch 1950 noch nicht ganz ausgerottet. Auf der Straße sprangen einem die Flöhe an die Beine, da half kein Baden.

Daß wir in unserer Stadtwohnung wieder fließendes Wasser und eine Badewanne hatten, empfanden wir alle als unglaublichen Luxus und nahmen dafür gern in Kauf, die Wanne mit der Volkspolizistenfamilie teilen zu müssen.

Gewohnt an Meeresrauschen oder an das Toben des Windes in den Bäumen um das Henkhofer Haus, gewohnt an die winterliche Einsamkeit, in der ich manchmal mit meinem Spiegelbild gesprochen hatte, konnte ich mich nur schwer an den Stadtlärm gewöhnen. Nicht, daß viele Straßenbahnen oder gar Autos gefahren wären. In der Beziehung war Rostock immer noch so gut wie eine tote Stadt. Aber an fast jeder Straßenecke waren Lautsprecher installiert, aus denen pausenlos mit nie verminderter Lautstärke kriegerische Marschmusik erklang, unterbrochen von schneidigen, im scharfen, heldischen Militärton vorgebrachten sozialistischen Kampfparolen. Die Lautstärke verhinderte, daß man ein Wort davon verstehen konnte, infolgedessen fühlte ich mich in die Nazizeit zurückversetzt, wo der Kampfgeist der Bevölkerung ja auch ständig durch Lautsprecherparolen und Marschmusik angeheizt werden sollte. Genau wie damals steckte auch jetzt ein Viertel der männlichen Fußgänger in Uniformen. Teils handelte es sich dabei um russische Soldaten, teils um Volkspolizisten, deren Uniformen stark denen der ehemaligen SS ähnelten, und die meisten Kinder und Jugendlichen trugen die Uniform der Jungen Pioniere. Überall wurde stramm gegrüßt und strammgestanden. Gehorsam war oberste Sozialistenpflicht, alles war eigentlich wie früher bei Hitler, nur daß das Wort »national« vor dem Wort sozialistisch jetzt gedanklich durch »sowjet« ersetzt war.

Neu waren die riesigen roten Spruchbänder, die in nicht allzu großen Abständen über jede Straße gezogen waren. Auf diese Art der Werbung waren die Nazis nur bei großen Festen und Massenaufzügen verfallen, und neu war, daß die Poster von Ulbricht und Pieck nicht nur hier und da an besonders eindrucksvollen Stellen angeklebt waren, wie früher die Poster der führenden Nazis, sondern daß jede beklebbare Wand, Mauer oder Säule mit Dutzenden von Ulbrichts oder Piecks verziert war. Auch mir warf man eines Tages ein großes Paket ins Büro mit der Weisung, die darin enthaltenen Ulbricht-Poster an die Wände zu hängen. Erst wollte ich den Befehl verweigern, bis mir klar wurde, daß man durch Tapezieren der Räume mit hundert Ulbrichts diese Visage zu einem völlig wirkungslosen Tapetenmuster degradieren konnte. Ich klebte sie Nase an Nase, und niemand sah mehr das Gesicht.

Der Text auf den Spruchbändern war für mich und meine Kinder ein ständiger Anlaß für Amüsement. Ein Spruchband, direkt unter meinem Fenster über die Straße gespannt, hatte es uns besonders angetan. Es stand darauf: »Arbeiter!! Wendet immer kühner die Methode der wirtschaftlichen Zerspanung an!«

Wen sollten denn die Arbeiter *kühn* zerspanen? Den Klassenfeind? Was hieß überhaupt *zerspanen*? Die Neugier, was dieser Spruch und dies nie gehörte Wort bedeuten könnte, ließ mir keine Ruhe. Ich rief schließlich anonym bei der für diese Spruchbänder zuständigen Stelle im Rathaus an. Ich sagte scheinheilig: »Ich bin Arbeiterin. Vor meinem Haus hängt ein Spruchband, ich soll immer kühner und wirtschaftlicher den Klassenfeind zerspanen. Wie mache ich das?«

Eine kichernde Stimme sagte: »Ich verbinde weiter«, und dann erklärte mir eine Männerstimme, »zerspanen« sei ein Ausdruck aus der Metallindustrie und betreffe das Schleifen von Stahl. Damit nun diese Stahlspäne, die ja auch Volksvermögen darstellten, nicht unnötig vergeudet würden, sollten die Arbeiter etwas sparsamer, also wirtschaftlicher, abschleifen. Das bedeute der Spruch.

»Und wozu benötigen sie dazu Kühnheit?« fragte ich ehrlich verdutzt.

»Das weiß ich auch nicht«, sagte der Mann, »vielleicht schimpft der Meister, wenn sie gar nicht oder zuwenig abschleifen!«

Im Schulamt

Anfangs hatte ich mit meinen geringen Kenntnissen und meiner fehlenden Büroerfahrung Angst, mich zu blamieren. Ich bemerkte aber schnell, daß alle Kollegen und Kolleginnen, bis hinauf zum Schulrat, ebenfalls keine Fachkräfte waren, sondern Laien wie ich. Fachkräfte im Rathaus waren alle wegen ihrer früheren Parteizugehörigkeit entfernt worden. Nur am ersten Tag nahm ich mühsam in Steno ein Diktat des Schulrates für einen Brief auf, dann entdeckten er und ich, daß ich genausogut die Briefe selbst formulieren konnte, da es sich immer nur um einfachste Sachverhalte handelte, für deren Erledigung es genaue Vorschriften gab. Der Schulrat hatte so wenig Ermessensspielraum für seine Entscheidungen wie die Lehrer. Da wir dadurch viel Zeit sparten, wurde meine Hauptaufgabe, die eingehenden Stapel der Unterrichtsanweisungen vom DPZI zu sortieren, zu adressieren und an die Dorfschulen des Kreises zu verschicken. Ferner mußte ich die Stipendien an die Oberschüler anweisen.

Alle Kinder in der DDR lernten in den ersten acht Schuljahren dasselbe. Sie hatten viel mehr Fremdsprachen (Russisch) und auch mehr höhere Mathematik, als dies in bundesdeutschen Hauptschulen üblich ist. Danach wurden die Kinder von Selbständigen und Akademikern, vor allem Pfarrerkinder, aussortiert und von den weiterführenden Schulen ausgeschlossen. Die übrigen mußten ein Examen machen, welches wie das Abitur sich über Wochen hinzog und sehr gründlich war. Hierbei wurde entschieden, welche Kinder auf die Oberschule mußten (nicht durften) und welche die mittlere Schullaufbahn weitermachen sollten. Der Rest wurde, wie die Akademikerkinder, in Lehren geschickt. Weder Eltern noch Kinder durften die Laufbahn selbst wählen. Das entschieden nur die Noten und das Lehrerkollegium. Gab ein Schüler als Beruf des Vaters Bauer an, wurde er wie ein Arbeiterkind bevorzugt, weil die deutsche Sprachregelung, Kulaken Bauern zu nennen, immer noch nicht in die Hirne der Anweisenden aus dem Kreml gedrungen war.

Genau wie die Lehrlinge erhielten die Schüler, welche die Mittel- und Oberschule weiter besuchen mußten, monatlich Lehrgeld, Stipendium genannt, das zwischen dreißig und sechzig Mark schwankte und von den Schulnoten, nicht vom Einkommen der Eltern abhängig war. Judith machte später dieses Examen mit sehr guten Noten und bekam sechzig Mark monatlich. Als ungelernte Schreibkraft rangierte ich als Arbeiterin und war froh über die Scheidung. Hätte ich den Doktortitel des Vaters angeben müssen, hätte Judith trotz sehr guter Noten die Schule verlassen und ein Handwerk erlernen müssen. Die neue Elite sollte nur aus Arbeiter- und Bauernkindern bestehen.

Auf Tagungen, deren Verlauf ich mitstenografieren mußte, konnte ich meine wieder neu erworbenen Stenokenntnisse noch einige Male anwenden, dann waren mir die Phrasen und Sprüche, die dort geklopft wurden, so geläufig, daß ich Protokolle der Tagungen schreiben konnte, ohne überhaupt dabeigewesen zu sein. Es wurde immer und überall das gleiche, vorgeschriebene Zeug geredet, wobei sich die Leute angewöhnt hatten, ihre Ohren einfach zuzuklappen und nicht mehr zuzuhören.

Jeden Mittwoch früh von 8 bis 10 Uhr mußten sich alle Rathausangestellten versammeln und eine politische Schulung über sich ergehen lassen. Vortragender war jeweils ein Kollege, der den Text zu seinem Vortrag vorher schriftlich zugestellt bekommen hatte, aber kaum noch lernen mußte, da es immer die gleiche Phrasendrescherei war. Wer oben auf dem Katheder stand und seine Kollegen »schulte«, tat das sehr laut, sehr kriegerisch und ahmte dabei die Redeweise Hitlers, Goebbels' oder Görings nach. Das steckte einfach noch so drin, alle fanden es normal, wenn öffentliche Reden so tönten.

Einmal versprach sich ein Redner und schrie anstelle des üblichen Textes: »Wir müssen den Krieg bekämpfen, damit wir lernen, ihn zu besiegen«, die Worte: »Wir müssen *den Frieden* bekämpfen, damit wir lernen, ihn zu besiegen!« Ich sah mich schnell in der Runde um, wer mit mir losprusten und lachen würde. Niemand. Alles schlief mit offenen Augen, keiner hatte gehört, was da gesagt worden war.

Wie sehr das ewige Säbelgerassel und militärische Geschwafel, »kampfbereit« für den Frieden zu sein, auch schon die Kinder abstumpfte, sah ich, als ich einmal am Tag der offenen Tür einer Unterrichtsstunde bei Susi beiwohnte. Die Kinderfibeln und Rechenbücher waren gespickt mit militärischen Begriffen. Man zählte nicht Äpfel und Birnen, sondern Gewehre, Tanks und Panzer, westliche Politiker waren als Hexen und Teufel karikiert, und bei den Kindern wurde der Eindruck erweckt, nicht nur die Soldaten, sondern auch sie selbst müßten ständig wachsam und kampfbereit sein, um zähnebleckende Feinde, die auf dem Sprung seien, sie zu überfallen, abzuwehren. Die Worte »Krieg« und »Frieden« wurden den Kindern nicht als etwas Gegensätzliches nahegebracht, wie Feuer und Wasser, Schwarz und Weiß, sondern beide rangierten in den Köpfen der Kleinen unter dem Oberbegriff »Kampf« oder »Schießen«. Besonders für Bettys und Susis Generation, für die mit Ausbruch des Friedens die Russenzeit begann, mit der großen Hungersnot und den »bösen« Soldaten, und die deshalb gefragt hatten: »Mutti, wann ist denn endlich wieder Krieg?«, waren die Worte »Krieg« und »Frieden« zwei Ausdrücke für dasselbe. Da Susi mit der Ganzheitsmethode lesen lernte, las sie einen Text im Lesebuch: »Wir wollen alle Frieden« ganz flüssig »wir wollen alle Krieg«. Nicht einmal bei dieser Gelegenheit erklärte die Lehrerin den Unterschied der Wortbedeutungen.

Schlimmer als die Mittwochfrüh-Schulungen war der Zwang, immer wieder bei irgendwelchen politischen Gelegenheiten auf der

Straße marschieren und *jubeln* zu müssen. Die Rathausangestellten waren davon besonders betroffen. Sie wurden streng kontrolliert, und es war äußerst schwierig, sich davon auszuschließen. Besonders wenn solche erzwungenen Demonstrationen sonntags stattfanden, ärgerte ich mich, die diesen Tag unbedingt für ihre Kinder und die Hausarbeit benötigte. Oft genug mußten wir den Sonntag opfern, um auf die Dörfer zu fahren und Hühner oder anderes Vieh zu zählen. Nicht nur ich, alle meine Kollegen und Kolleginnen drückten sich, wenn es irgend ging.

Einmal sollte ein Politbonze am Bahnhof abgeholt, laut bejubelt und von Menschenmassen empfangen werden. Wir Rathausangestellten versammelten uns, wurden abgezählt und registriert, kriegten Fähnchen in die Hand und wurden angewiesen, wo und wem wir zujubeln sollten. Diesmal ging der Zug durch viele enge Gassen und Straßen zum Bahnhof, so daß einer nach dem anderen sich unauffällig verkrümeln konnte und am Bahnhof zum Erstaunen der dort bereitstehenden Ordner keiner von uns eintraf. Ganz einsam entstieg der Bonze dem Zug, ganz einsam rollte das Auto mit der Prominenz durch menschenleere Straßen. Dennoch stand am nächsten Tag in der Zeitung, was schon vorher formuliert und gesetzt worden war: »Unter dem ohrenbetäubenden Jubel der Rostocker fuhr der Politiker X durch die überfüllten Straßen. Alle, alle waren gekommen, ihn zu begrüßen!«

Was das Hühnerzählen betrifft, so reagierten manche Kollegen ihren Ärger über das verlangte Freizeitopfer an den Dorfbewohnern ab und zählten mehr, als sie vorfanden. Meine Freundin Ulla in Henkhof hatte für ihre Kinder ein überaltertes Huhn gekauft, das nicht mehr legte. Sie bekam von der Behörde eine Aufforderung, zweihundert Eier abzuliefern. Da ließ sie ihre Kinder vom geliebten Haustier Abschied nehmen, reiste mit dem Huhn nach Rostock zu dem betreffenden Amt und setzte es dort einem der Herren auf den Schreibtisch: »Sie haben mir geschrieben, ich soll zweihundert Eier abliefern. Eier zerbrechen so leicht, deshalb bringe ich Ihnen lieber gleich das Huhn. Da sind ja die Eier drin.«

Obwohl ich mich oft sehr darüber amüsierte, wenn Zeitungen oder meine Kollegen heuchelten und logen, daß sich die Balken bogen, und auch ich selbst gelegentlich zu dieser Notwehr griff, so fand ich es weniger zum Lachen, wenn die gleiche Verlogenheit auch von meinen Kindern gefordert wurde. Sie hatten in sich ja noch keine festen Kriterien, die ihnen sagten: »Hier darfst du, hier darfst du nicht lügen.«

Sowenig man sich in der Nazizeit dem Zwang entziehen konnte, den Arm zum Hitlergruß zu erheben oder mit »Heil Hitler« zu grüßen, wenn man sich nicht unter gut bekannten und vertrauten Menschen befand, sowenig war für die Kinder jetzt zu umgehen, bei gegebenen Anlässen den Ruf: »Seid bereit, immer bereit!« erschallen zu lassen, die Hände zum Siegeszeichen über dem Kopf zusammengeschlagen oder ausgehändigte rote Fähnchen zu schwenken. Schon in der Nazizeit mußte eine Gewissensfrage, ob man sich diesen öffentlichen Bekenntnissen entziehen sollte, gegen den eigenen Willen beantwortet werden. Im Drama von Wilhelm Tell kann ein Held den Gruß einmal demonstrativ verweigern und sein und seiner Kinder Leben *einmal* aufs Spiel setzen. Wenn aber im ganz normalen Alltag dauernd derartig läppische Bekundigungen verlangt wurden, deren Unterlassung von irgendeiner anonymen Person angezeigt werden konnte und niemanden beeindruckte, änderte man durch solches Heldentum überhaupt nichts. Es lohnte einfach nicht. Jetzt, da ich vier Kinder hatte, konnte ich mich dazu noch weniger entschließen als früher im tausendjährigen Reich. Nicht auffallen war damals wie heute die Devise.

Flüsternd, damit es die Volkspolizistenfamilie im Nebenzimmer nicht hören konnte, erteilte ich den Kindern Verhaltensmaßregeln, wie man mit so wenig Heucheln und Lügen wie möglich glaubhaft vortäuschen könne, man stehe ebenfalls hinter dem »Arbeiter- und Bauern-Staat« und der »glorreichen Sowjetrepublik«, unseren »geliebten Brüdern«. Die Scham, nicht Wilhelm Tell zu sein, wurde ich jedoch nie ganz los.

Ich hatte eine Weile gebraucht, bis ich die wahre Meinung meiner Kollegen im Rathaus richtig einschätzen lernte. Mein Chef, der Schulrat, den ich lange Zeit für einen wild entschlossenen und überzeugten Kommunisten gehalten hatte, entpuppte sich bei einem Betriebsfest, auf dem er über den Durst getrunken hatte, ohne dies selbst noch registrieren zu können, als unverbesserlicher Nazi, den nichts in seinen Grundüberzeugungen hatte läutern können. Ich hütete mich wohl, später auf seine Bekenntnisse anzuspielen. Vielleicht hatte er in seiner Besäufnis gehofft, in mir eine Gleichgesinnte zu finden. Jetzt kam es darauf an, ihn davon zu überzeugen, sein Geheimnis gut bewahrt und nicht ausgeplaudert zu haben, sonst hätte er mir gefährlich werden können. Die Kollegen, die gleich mir Zustimmung zum Sozialismus ostdeutscher Prägung nur heuchelten, waren deswegen noch lange nicht Gleichgesinnte, denen ich meine Meinung hätte offenbaren können, denn seit dem Erlebnis mit dem Schulrat erkannte ich bereits an ganz winzigen Bemerkungen oder Verhaltensweisen, ob die Gegnerschaft zum roten Regime aus nationalsozialistischer Grundüberzeugung herrührte oder prinzipiell gegen alles gerichtet war, was Menschenrechte verletzte, was amoralisch, gottlos, grausam oder verlogen war. Wer Stalin insgeheim haßte, Hitler aber insgeheim weiter verehrte, war für mich kein Gesprächspartner. Bei den radikalen Säuberungen hatte man nur diejenigen Nazis aus dem Land kehren können, die führende Posten bekleidet hatten oder allgemein bekannt gewesen waren. Alle Partei-, SS- oder SA-Unterlagen waren wie im Westen noch vor Einmarsch der Russen verbrannt worden. Es war in der DDR genauso einfach, seine Mitgliedschaft zu leugnen, wie in der Bundesrepublik. Leute wie meinen Vater, die sich freiwillig dazu bekannten, konnte man mit der Lupe suchen.

Ich lernte im Rathaus nur zwei wirklich überzeugte Kommunisten kennen, und die waren mir direkt sympathisch im Vergleich zur Masse der Kollaborateure. Das waren junge, treuherzige Gläubige, die ehrlich eine bessere Welt anstrebten, die niemandem etwas Böses zutrauten und für das Gute kämpften und die nicht selbständig denken konnten, sondern sich nur im Gelernten auskannten. Solche Menschen, denen niemals Zweifel kommen an dem, was Autoritäten ihnen beibringen, die nichts hinterfragen, kannte ich auch bei Kirchenchristen und bei Nationalsozialisten. Denen konnte ich nie böse sein, obwohl ich sie oft als willige Werkzeuge der Teufel erlebte.

Bei den Schulungen fand ich es immer sehr lustig, daß man behauptete, dialektisch zu diskutieren, um dadurch an die »Wahrheit« heranzukommen, während in Wirklichkeit Rede und Gegenrede, genau wie beim lutherischen Katechismus, einfach nur auswendig aufgesagt werden. Wenn bei der Äußerung einer These die Antithese nicht einmal gedacht, geschweige denn ausgesprochen werden darf, kann es natürlich auch niemals eine Synthese geben, die These und Antithese überwindet, und folglich konnte keinerlei Entwicklung mehr stattfinden. Gelegentlich stellten in der Schule die Lehrer voll Stolz die »freien« Aufsätze der Mädchen aus, damit sich die Eltern informieren konnten. Dabei sah ich, daß alle Kinder fast wörtlich das gleiche geschrieben und das gleiche als ihre eigene Meinung ausgegeben hatten, die sie sich durch die »dialektische Diskussion« gebildet hätten.

Die Tatsache, daß auch Funktionäre, nicht nur ich, in der DDR keinen Klassenfeind mehr entdecken konnten, führte zu einer geradezu grotesken Verteufelung der westdeutschen Bevölkerung und der dort Regierenden. Nur dort gab es ehemalige Nazis, nur dort lechzte man nach einem neuen Krieg und wartete nur auf den günstigsten Augenblick, um die DDR zu überfallen, nur dort waren alle Menschen verdorben bis ins Mark. Daß die Menschen drüben täglich wieder reicher und satter wurden, ja, daß sich dort so etwas wie ein Wirtschaftswunder ereignete, wurde als Folge hemmungsloser Ausbeutung und unsozialer Brutalität dargestellt, so daß es brave Bürger in der DDR gab, die tatsächlich glaubten, die bösen Kapitalisten in der Bundesrepublik trügen die Schuld daran, daß es uns hier so schlecht ging.

Natürlich durfte in dieser Welt, in der es wieder leibhaftige Teufel gab, auch der leibhaftige Gott nicht fehlen, und dieser Gott – verehrt auf öffentlichen und Hausaltären – war der glorreiche Held Stalin. War es relativ leicht, das Teufelsbild des »Juden« mit dem des »Kapitalisten« auszutauschen, da beide für viele Deutsche ja ohnehin schon fast identisch gewesen waren, so war es erheblich schwieriger, das jahrelang angebetete Gottesbild Hitlers durch das Stalins zu ersetzen. Das Bild des Oberteufels der letzten Kriegsjahre plötzlich als Gott anzubeten, das schafften oft auch gutwillige Kollaborateure nicht, und deshalb beteten sie im stillen Kämmerlein weiter Hitler an. Ohne Anbet-Zwang hätten theoretische sozialistische Gedanken vielleicht doch manche überzeugen können. Um die Vergangenheit zu bewältigen und das Verbrecherische des Nationalsozialismus und die eigene Mitschuld daran zu erkennen, war diese

Art von Umerziehung aber denkbar ungeeignet. Das Prinzip des Bösen blieb das gleiche, Teufel wurde durch Beelzebub ersetzt, nur lernte man jetzt die Kehrseite der Medaille kennen, nämlich nicht mehr die der »Herren«, sondern die der besiegten Sklaven. Dagegen half nur, sich möglichst schnell auf die Seite der Sieger zu stellen und die Farbe zu wechseln.

Haushalt

Was mein persönliches Leben betraf, so fand ich, daß Büroarbeit eine wahre Erholung sei, gemessen an all den früheren Strapazen, und daß es uns jetzt so gut ging wie kaum je zuvor.

Unsere alte Wohnung mit einer vierköpfigen Volkspolizistenfamilie teilen zu müssen ging mir wenig auf die Nerven. In Henkhof war es oft erheblich voller gewesen, ich hatte mit den vier Kindern auf vierzig Quadratmetern jetzt mehr Platz als dort. Ich konnte Ordnung machen und halten, und die fremde Familie hatte ebensoviel Übung darin, sich mit anderen Leuten friedlich zu arrangieren, wie ich. Man einigte sich stillschweigend, wann jede Familie was benutzen konnte, war liebenswürdig und höflich miteinander, schwatzte aber nie zusammen, borgte sich nichts aus und hielt auch die Kinder getrennt. Ich stand morgens um 5 Uhr auf, badete, putzte das Wohnzimmer, in dem ich auch schlief, richtete das Frühstück für die Kinder und die Brote für den Tag, und wenn alle vier geweckt, gewaschen und gezopft und die Schulranzen in Ordnung waren, wurde gefrühstückt, dann gemeinsam abgewaschen und die Küche geputzt, damit die andere Familie sie ordentlich übernahm. Um halb acht gingen wir alle aus dem Haus. Ich brachte die Kleinen in den Hort, die Großen gingen gleich zur Schule. Wenn ich um 18 Uhr zurückkam, wurde bis Ladenschluß eingekauft, wobei die Großen und ich jeweils in anderen Läden anstanden, damit wenigstens einer von uns etwas heimbrachte. Dann wurde gekocht, gegessen und abgewaschen. Flur, Badestube und Kinderzimmer zu reinigen war Aufgabe der beiden Großen gewesen, die ja schon seit 14 Uhr zu Hause waren. Sie hatten inzwischen auch Schularbeiten gemacht, Mitschülerinnen unterrichtet und, wenn noch Zeit gewesen war, Klavier geübt. Sie hatten jetzt beide sehr guten Klavierunterricht. Womit sie nicht fertig geworden waren, das erledigten sie abends, während ich die Hausaufgaben der Kleinen beaufsichtigte und sie ins Bett brachte. Spätestens um 22 Uhr lagen auch die beiden Großen im Bett, aber vorher wurde niemals versäumt, was ich auch in Henkhof sogar in der Saison nie versäumte, das gemeinsame Singen. Die Kleinen auf dem Schoß, die Großen so eng wie möglich an mich gedrückt, sangen wir so leise wie möglich, damit uns niemand hörte, aber mehrstimmig, einige der vielen Lieder, welche mir die Großmama als Kind schon beigebracht hatte. Für mich, der es immer noch heftig widerstrebte, laut Gebete zu sprechen, war dies gemeinsame Singen allmählich zu einem Gebetsersatz geworden.

Wenn dann die Kinder schliefen, wusch ich die Wäsche, hängte sie auf, bügelte, flickte, stopfte und nähte noch bis ein oder zwei Uhr und ging dann auch schlafen. Samstags kam die Familie schon um 14 Uhr wieder zusammen, und an den anderthalb Tagen des Wochenendes mußte alle liegengebliebene Hausarbeit, Fußböden spänen, wachsen und bohnern, Hauswäsche waschen, Fenster putzen, Kleider nähen usw. bewältigt werden, sofern ich nicht zum Jubeln oder zum Eierzählen abgeordnet wurde. Manchmal jedoch glückte es uns, zum Wochenende hinaus nach Henkhof zu fahren, wo dann die Kinder selig mit jedem Baum Wiedersehen feierten. Wir hungerten nicht mehr und froren nicht mehr, das einzige, was mir, wie immer, fehlte, war Schlaf.

Hin und wieder gab es für das Nähen der Kleider auch mal etwas anderes als Getreidesäcke aus rohem Hanf oder alten Fahnen. Beides kratzte die Kinder sehr. Die Säcke waren vermutlich das Ergebnis eines Planungsfehlers. Man konnte sie überall für Pfennige kaufen, alle Welt, besonders die Kinder, trug Hanf-Mode.

Es gab natürlich Nächte, in denen ich mich wegen meiner großen Einsamkeit bemitleidete und mich nach einem Partner sehnte, an den ich mich einmal anlehnen, von dem ich etwas Kraft abbekommen könnte, aber die waren selten. Gegen solche Anwandlungen ist ja bekanntlich Arbeit die beste Medizin, das hatte ich schon in Stubbenhof gelernt und bei Tante Hedwig gesehen. Auch sie war damals noch sehr jung gewesen.

Im Büro bekam ich bald mehr Geld und anspruchsvollere Aufgaben. Es stellte sich heraus, daß ich Organisationstalent besaß und Verbesserungsvorschläge machen konnte, die prämiert wurden. Mit Mitarbeitern und Vorgesetzten vertrug ich mich gut, alle waren nett zu mir. Die Kinder machten mir wenig Kummer.

Ein gefährlicher Besuch

Ich hatte Ulrich beschworen, niemals bei uns aufzutauchen, weil ich mit Volkspolizisten in einer Wohnung lebte. Diese Leute wußten mit Sicherheit, daß mein geschiedener Mann Offizier gewesen war. Ich hatte das angeben müssen, ehe ich einzog, hatte aber behauptet, mit ihm in keinerlei Verbindung mehr zu stehen. Ebenfalls war ganz gewiß, daß diese Leute jede sich bietende Gelegenheit ausnützen würden, mich anzuzeigen, wenn sie dadurch die Wohnung für sich allein bekämen. Immer noch wurden in der DDR Offiziere, wenn man ihrer habhaft wurde, als »Kriegsverbrecher« in die Gefangenschaft nach Rußland geschickt. Wiedergekommen war noch keiner.

Deshalb erstarrte ich beinahe vor Entsetzen, als eines Abends Ulrichs Freund aufgergt zu mir kam, um mir, nachdem er die Türen geschlossen hatte, zuzuflüstern: »Ulrich steht draußen in einem Gebüsch in Unterhosen und zieht sich dort um in der irrigen Meinung, man sähe ihn nicht. Ringsherum stehen schon kichernde Kinder. Wenn er keine Bleibe und kein Geld für ein Hotelzimmer hat, mußt du ihn schleunigst raufholen, sonst kommt es zu einer Katastrophe.«

Ich gab daraufhin dem Freund den Wohnungsschlüssel und machte ihn dafür verantwortlich, daß Ulrich von keinem Hausbewohner gesehen und so leise, daß auch die Mitbewohner der Wohnung es nicht bemerkten, in meine Zimmer geführt wurde.

Den Kindern teilte ich mit, der Vater komme, aber sie dürften nur ganz leise mit ihm flüstern, unter keinen Umständen dürften die Mitbewohner eine Männerstimme oder sonst etwas Ungewöhnliches hören.

So geräuschlos, wie ich das befohlen hatte, ging die Beförderung Ulrichs in den vierten Stock und durch den Flur der Wohnung natürlich nicht vor sich. Der »Arbeitsunfähige« hatte zwei Koffer und eine Tasche mit Sachen bei sich, die er aus Henkhof geholt hatte, und wollte nun in einem leeren dritten Koffer und einem großen Rucksack hier aus unserem Keller noch letzte Bücher holen. Dafür riskierte er sein und unser Leben. Aber im Westen eine Arbeit annehmen, die unter seiner Qualifikation war und die ihm möglicherweise keine Freude machte, damit er uns rüberholen und ernähren könnte, das tat er um keinen Preis der Welt. Er lebte lieber arm wie eine Kirchenmaus und überließ die Verantwortung für die Kinder mir.

»Ich wäre ja gar nicht zu dir in die Wohnung gekommen!« entschuldigte er sich. »Aber ich brauchte die Sachen doch endlich.« Von Henkhof aus war er mit dem schweren Gepäck zu Fuß die zwanzig Kilometer in die Kreisstadt gelaufen, er hatte zwei Nächte nicht geschlafen und nichts gegessen. Um nicht erkannt zu werden, hatte er sich Knickerbocker aus den zwanziger Jahren angezogen und eine Schiebermütze tief ins Gesicht gedrückt. Im Gebüsch hatte er sein Räuberzivil wieder in normale Kleidung umtauschen wollen.

Selbst in den Bombennächten und beim Einmarsch der Russen hatte ich nicht so viel Angst wie jetzt, als sich Ulrich in der gleichen Wohnung mit Volkspolizisten aufhielt, die meine Wohnung haben wollten, Tür an Tür!

Ich stellte ihm einen Eimer ins Zimmer, damit er das gemeinsame Klo nicht benutzte. Ich und die Kinder flüsterten, aber Ulrich rutschte immer wieder ein Männerton aus der Kehle, der im Nebenzimmer gehört werden konnte. Ich bestand darauf, daß er noch in dieser Nacht wieder abreiste. Ich mußte Koffer im Keller packen und ihn zum Bahnhof begleiten. Fünf große Gepäckstücke konnte gar kein Mensch allein tragen, einen Bollerwagen wie in Henkhof hatten wir in Rostock nicht. Damit er nicht jähzornig wurde und schrie, gehorchte ich ihm, denn seit dem Schädelbasisbruch bekam er bei Widerspruch leicht Anfälle.

Als die Kinder und, wie wir hofften, auch die Volkspolizistenfamilie schliefen, schlichen wir uns aus der Wohnung hinaus ins Treppenhaus, und Ulrich schleppte zunächst zwei Koffer die vier Stockwerke hinunter. Ich wartete so lange oben, bis er die nächsten abholte. Da hörte ich ihn unten bei der Haustür ganz laut sprechen und fiel fast in Ohnmacht vor Schreck. Er jedoch kam fröhlich wieder heraufgesprungen und erzählte mir später auf dem Weg zum Bahnhof, im Hausflur habe eine fremde Frau gestanden. »Ich hab zu ihr gesagt: Gehen Sie rein oder raus, hier können Sie nicht stehen bleiben, wissen Sie, wegen der Russen!«

Mein Gott! Bestimmt hatte man Ulrich angezeigt, als er im Wäldchen seine Kleidung wechselte! Bestimmt war das eine Volkspolizistin, die ihn überwachen sollte! Bestimmt war er bei den Russen schon gemeldet, und nun gab er Furcht vor ihnen zu erkennen!

Auf dem Bahnhof war es gespenstisch leer. Weit und breit kein Fahrgast, nur hier und da marschierte ein Volkspolizist mit geschultertem Gewehr über einen Bahnsteig oder sah man hinter einem erleuchteten Fenster einen oder zwei russische Soldaten. Alles, was hier in dieser Nacht überhaupt Augen besaß, konnte nicht umhin, Ulrich und mich mit unseren Gepäckstapeln zu bemerken und ausgiebig zu betrachten. Ein Volkspolizist auf unserem Bahnsteig fixierte mich schon von weitem und kam dann langsam nähergeschlendert. Als ich sein Gesicht sehen konnte, erkannte ich ihn als denselben Polizisten, der mich mehrere Male lange verhört hatte, als ich in die Wohnung wollte, und dem ich vorgelogen hatte, ich stünde zu meinem geschiedenen Mann in keinerlei Verbindung mehr, ja hätte nicht einmal seine Adresse. Sein Gesicht machte kein Zeichen des Wiedererkennens, auch ich blickte steinern geradeaus. Mir schien es eine Ewigkeit, bis der Zug kam und Ulrich endlich mit all seinem Sack und Pack aus Rostock hinausgerollt war.

Ich konnte es kaum fassen, daß die Frau an der Haustür kein Spitzel war und der wachhabende Polizist auf dem Bahnhof Ulrich unangetastet laufengelassen hatte. Offensichtlich hielt es kein normaler Mensch für möglich, daß sich jemand so extrem auffällig verhalten kann, der sich vor irgend etwas fürchten muß. Bei aller Wut, die ich auf Ulrich hatte, eines mußte ich ihm immer wieder zugestehen: Mut hatte er. Ich konnte ihm auf die Dauer nicht böse sein, denn bei aller Intelligenz war er wie ein Kind; außerdem, wer einen so fleißigen Schutzengel hatte, konnte kein schlechter Mensch sein.

Im Oktober 1951 gab es einen neuen Schreck. Meine Freundin Ulla rief an: »Komm augenblicklich nach Henkhof! Das Daublersche Haus wird grad ausgeräumt, weil dein Pächter angeblich republikflüchtig geworden ist!«

Ich nahm mir im Büro frei, vertraute die beiden Kleinen den beiden Großen an und reiste sofort ab. Ulla hatte das totale Ausräumen des Hauses gerade noch stoppen können mit dem Hinweis, daß ich die Besitzerin sei und sofort kommen würde, aber sehr viele Möbel, Geschirr, Gläser und Wäsche waren schon fortgeschleppt worden.

Wie war es dazu gekommen? Mein Pächter und seine Frau hatten nach anstrengender Saison Urlaub machen wollen und waren abgereist, ohne den Bürgermeister davon zu unterrichten, was ja auch gar nicht ihre Pflicht war. Irgend jemand hatte sie auf dem Dampfer gesehen, den Vorgang gemeldet, und schon am Abend kamen die Hyänen zum Rauben. Ich hatte seine Urlaubsadresse, telegraphierte ihn zurück, und gemeinsam gelang es uns, fast alles gestohlene Gut aus den Häusern im Dorf wieder zusammenzuklauben. Einiges wurde gutwillig, anderes nur mit Drohungen wieder herausgegeben. Nicht nur Gemeinderäte und ortsfremde Flüchtlinge hatten geklaut, auch Einheimische, die mich kannten und sehr gut wußten, daß ich jetzt in Rostock wohnte. Für sie galten in diesen Fällen die gleichen Gesetze wie bei Schiffsuntergängen. Was vom Besitzer verlassen war, war Strandgut und gehörte jedem, der es fand. Ehe man es der Polizei gönnte, nahm man es selbst.

»Nie wieder lügen!«

Als ich wieder zur Arbeit ging, bat mich der Schulrat um ein Gespräch:

»Das ehemalige herzogliche Palais in Bad Doberan wird in ein Internat für Schüler vom Land ungewandelt. Wir haben gedacht, Sie könnten die Leitung übernehmen. Es steht für Sie und Ihre vier Kinder eine ausreichend große Wohnung zur Verfügung, die Sie einschließlich Strom, Gas und Heizung frei haben werden, außerdem bekommen Sie fünfhundert Mark Anfangsgehalt bar, dazu volle Verpflegung für Sie und Ihre Familie. Vorbedingung ist, daß Sie zunächst einen vierwöchigen Kursus in Ludwigslust absolvieren, der dann später in Doberan in Abendkursen vertieft wird. Es wird Ihnen ja möglich sein, Ihre vier Kinder vier Wochen lang einmal anderwärts unterzubringen. Ich werde Ihnen dabei behilflich sein.«

Ich war sprachlos! In meinen kühnsten Träumen hatte ich nicht mit der Möglichkeit einer derartigen Karriere gerechnet. Ich wußte sofort, daß ich für so einen Posten sehr geeignet sein würde, weil ich Organisationstalent besaß, wirtschaften gelernt hatte und vor allen Dingen sehr gut mit Kindern umgehen konnte. Da wäre ja herrlich! Das würde mir großen Spaß machen, und alle Not hätte ein Ende! Doberan war ein so wunderhübsches Städtchen und so nah der Ostsee, wo die Kinder immer schwimmen gehen könnten! Und so nah bei Henkhof! Es schien mir fast zu schön, um wahr zu sein! Begeistert sagte ich zu und fragte nur der Form halber: »Ist da sonst noch irgendeine Vorbedingung? Die Kinder werd ich schon vier Wochen unterbringen können.«

»Nun«, meinte der Schulrat lächelnd, »natürlich müssen Sie in die SED eintreten, aber das ist ja wohl kein Problem.«

Ich schwieg, lächelte mühsam weiter, und der Schulrat erbat meine endgültige Zusage für den nächsten Tag. Ich sollte die Sache noch einmal überschlafen.

Wie eine Seifenblase so schnell war der schöne Traum zerplatzt! Wie schade! Wie schade! Daß ich daran nicht gedacht hatte! Jetzt sah ich mich in einem Schulhof morgens die rote Fahne hissen, mit den Kindern Kampflieder singen, in die Hände klatschen und »Seid bereit! Immer bereit!« rufen und stellte mir vor, daß ich in einem Internat mit meinen Kindern nicht einmal mehr flüsternd aufrichtig sprechen können würde, daß ich mich ständig bespitzelt fühlen würde, daß ich meinen Kindern beibringen müsse, Wahrheit zur Lüge und Lüge zur Wahrheit zu erklären, und sie lehren müsse, alle Verwandten im Westen zu hassen und Stalin als Gott zu verehren. Welch ein Jammer, daß ich dieses Angebot ablehnen mußte!

Nun aber tauchte die große Frage auf, wie und mit welcher Begründung sollte ich ablehnen, nachdem ich doch im ersten, unüberlegten Moment so begeistert zugesagt hatte! Den wahren Grund durfte ich doch nicht preisgeben. Der Schulrat, der selber seine Seele für seinen Posten verkauft hatte, würde meine Ablehnung noch weniger verstehen und verzeihen als die Kommunisten vom DPZI. Er hatte mich vorgeschlagen, und so kompromittierte ich ihn, wenn ich ablehnte. Was sollte ich nur tun? Nie wieder würde ich Gelegenheit zu einer beruflichen Karriere erhalten, wenn ich jetzt nicht zugriff. Ja, ich würde vermutlich sogar meinen jetzigen Posten verlieren.

Als ich das Problem abends mit meinen Kindern besprach, meinte Judith bettelnd: »Mutti, in Heidelberg kriegst du doch auch Arbeit! Fahr doch mit uns allen nach Heidelberg zu Vati! Wenn er uns nicht bei sich aufnimmt, kann er uns doch eine Wohnung besorgen!«

Ich, die es früher für ausgeschlossen gehalten hatte, daß ich als ungelernte Kraft mit vier Kindern beruflich etwas werden könnte, traute mir nach meinen Erfolgen im Schulamt jetzt mehr zu. Konnte ich in Rostock innerhalb eines Jahres von einer kleinen Schreibkraft zur Internatsleiterin aufsteigen, so würde ich auch im Westen irgendeine Karriere machen können. Wichtig war nur, daß ich mir das Theater gänzlich aus dem Kopf schlug und jede Arbeit, die mir geboten würde, annahm. Sicherlich würde ich nur als ungelernte Hilfsarbeiterin in einer Fabrik Arbeit finden, aber auch aus solcher Tiefe würde ich mich eines Tages wieder herausarbeiten können. Im Westen war ich doch genausowenig auf Ulrich angewiesen wie hier. Nur ein Zimmer mußte er uns besorgen, damit wir nicht ins Lager mußten. Alles andere schaffte ich schon allein wie hier auch. Für mich selbst würde es schwerer sein als hier, aber für die Kinder waren die ärmsten Verhältnisse im Westen besser als eine mit der Seele erkaufte Wohlhabenheit im SED-Staat.

In dieser Nacht reifte mein Entschluß, mich nach dem Westen abzusetzen. Es galt nun, die Dinge sehr schlau anzufangen, damit wir nicht erwischt wurden und ich ins Gefängnis kam. Zum letzten Mal mußte gelogen werden, daß sich die Balken bogen.

Ich sagte am nächsten Tag meinem Schulrat, ich müsse am Wochenende erst meinen Freund in Greifswald sprechen, ehe ich endgültig zusagen könnte. Mit dem sei ich so gut wie verlobt und wisse nicht, ob er mit dem Plan einverstanden sei. Noch lieber sei mir ja, zu heiraten und gar nicht mehr zu arbeiten.

Ich hatte einen guten Bekannten in Greifswald, der gern die Rolle des »Bräutigams« übernahm und mir auch zuredete, um meines Gewissens willen in den Westen zu gehen. Er hätte mich gerne auch wirklich geheiratet, aber ich sah, daß zwischen ihm und meinen

Kindern kein echter Kontakt zustande kam; und sie hätten dann ja auch nicht mehr ins Gymnasium gehen können, denn er war Pfarrer.

Am Montag verkündete ich dem Schulrat und den Kollegen als Sensation, ich hätte mich mit dem Pfarrer verlobt, er wolle bald heiraten, daher könne ich das Internatsangebot leider nicht annehmen. Hiermit wolle ich dann auch gleich zum 1. November kündigen. Vielleicht müsse ich auch in Greifswald noch eine kurze Zeit in einem Büro arbeiten, um mich dort einrichten zu können, dafür erbäte ich ein Zeugnis.

Man gratulierte mir, man machte mir ein Verlobungsgeschenk, man freute sich mit mir, daß ich trotz meiner vier Kinder noch einen Mann gefunden habe, und der Schulrat hatte Verständnis für die Ablehnung seines Angebotes. Wie man einen Pfarrer heiraten konnte, wollte allerdings nicht in seinen Kopf.

Nun galt es, wenigstens die allernotwendigste Kleidung und Wäsche in den Westen zu schicken. Ulrich hatte ja nichts als seinen Kram und Bücher. Wir würden uns die ersten Jahre ohne Hausrat und Möbel behelfen müssen. Die beiden Großen und ich mußten unauffällig und getrennt voneinander auf immer anderen Postämtern Pakete aufgeben, denn wenn irgend jemand zwei Pakete auf einmal in den Westen schickte, machte er sich sofort verdächtig, Republikflucht zu beabsichtigen.

Republikflucht! Was für ein Wort! Zu allen Zeiten waren Menschen aus ihrem Heimatland ausgewandert, wenn es ihnen dort nicht mehr gefiel. Ganz Amerika bestand aus Nachkommen von Auswanderern. Die DDR-Regierung war die erste, die das kriminalisierte und mit Gefängnis bestrafte!

Damit die Volkspolizisten in meiner Wohnung keinen Verdacht schöpften, erzählte ich ihnen, ich ginge nach Ludwigslust zum Internatsleiterkurs und anschließend nach Doberan. Das konnte ich mit den vom Schulrat erhaltenen Papieren belegen. Eine Verlobung mit dem Pfarrer hätte ich ihnen nicht glaubhaft machen können, da dieser viel zu selten nach Rostock gekommen war.

Susi zur Geheimhaltung unseres Fluchtplanes zu bewegen war ein hoffnungsloses Unterfangen. Strahlend erzählte sie den Hausgenossen: »Wir fahren jetzt nach Westen!«, aber da das Kind selbst glaubte, »Westen« sei eine andere Stadt, konnte ich erklären, Susi sei der Meinung, Doberan hieße Westen. Sie verwechsle eben alles.

Ich fuhr noch einmal nach Henkhof, um mich von meinen Freunden zu verabschieden. Auch meinem Pächter mußte ich Bescheid sagen, daß ich von nun an auf Pachtgeld verzichten könne. Das Geld in den Westen zu schicken war nicht möglich, auf einem Sperrkonto hatte niemand was davon.

Die Kinder verziehen mir nie, daß ich sie zu dieser Abschiedsfahrt nicht mitnahm, denn es war ja noch mehr ihre Heimat, von der sie sich, wahrscheinlich für immer, trennen mußten, als meine eigene. Es mußte aber alles geheim bleiben. Betty und Susi wären ihren alten Freundinnen gegenüber überfordert gewesen, wenn ich sie zu den notwendigen Lügen angehalten hätte. Jemand mußte aber in Rostock bei ihnen bleiben, wenn ich abreiste. So blieb nichts anderes übrig, als alle Kinder zu Hause zu lassen. Je undramatischer die Abreise vonstatten ging, desto besser war es für alle.

Im November zogen wir alle fünf zum Bahnhof. Jeder von uns hatte einen Rucksack auf dem Rücken, und ich trug noch zwei Koffer. Jahrelang würden wir fortan zur Masse der heimatlosen Rucksackdeutschen gehören, zum hergelaufenen Gesindel und Flüchtlingspack, wie man uns nannte.

Auf dem Bahnhof kaufte ich Fahrkarten nach Ost-Berlin und wartete auf dem Bahnsteig auf den nach Westen fahrenden Zug. Mit Entsetzen entdeckte ich gegenüber, wo die Züge nach Osten – also nach Greifswald – fuhren, zwei Kolleginnen, die dort auf mich warteten und mir zum Abschied noch einmal winken wollten. Oder waren sie geschickt worden, um nachzuprüfen, ob ich die Wahrheit gesagt hatte und wirklich nach Greifswald zu meinem »Verlobten« fuhr? Sekunden hatte ich Zeit, mir eine neue Lüge auszudenken, warum ich – erst einmal – in Richtung Westen fuhr: »Ich muß die Kinder für acht Tage zu Freunden bringen, damit ich mich in Greifswald in Ruhe einrichten kann.«

Ich überspielte die Frage, in welchen Ort denn, mit Freudenbekundungen über die reizende Idee, mich noch einmal zu verabschieden. Die Kinder, sogar Susi, hielten gottlob den Mund, aber mir klopfte das Herz bis zum Hals, als der Zug endlich losgefahren war.

Im Gesichtsausdruck der Kolleginnen meinte ich gesehen zu haben, daß sie den Braten rochen. Ich hatte im DDR-Sektor des Bahnhofs Zoo, dessen Bahnsteige in der oberen Etage waren, während sich unten der amerikanische Sektor befand, aussteigen wollen und die Kinder angewiesen, sobald der Zug dort hielt, sich alle vier an den Händen zu fassen und die Treppe hinunter in den Westsektor zu rennen, wo unten dann der Großvater stehen würde. Für mich selbst hatte ich mir vorgenommen, meine Koffer im Stich zu lassen, falls beim Halten ein Vopo so nahe war, daß er mich vor der Treppe erwischen konnte. Ohne Gepäck wurde es damals geduldet, West-Berlin für einen Tag zu besuchen.

Nun mußte ich umdisponieren. Waren meine Kolleginnen als Spitzel geschickt worden und hatten sie gemeldet, daß ich in Richtung Westen fuhr, dann standen am Bahnhof Zoo bereits Vopos, um mich und die Kinder in Empfang zu nehmen. Mit vier Kindern fiel ich ja auf. Ein Entrinnen wäre dann auch für die Kinder nicht möglich gewesen. Kurz entschlossen stieg ich deshalb mit den Kindern in Ludwigslust aus, das noch in Mecklenburg lag, weil in einem Dörfchen in der Nähe Freunde wohnten. Bei denen wartete ich erst einmal acht Tage lang ab, schickte den Inhalt der verräterischen Koffer in Paketen voraus und wurde dann auf dem Bahnsteig Zoo als unverdächtige Person nicht kontrolliert. Auch die rennenden Kinder wurden nicht angehalten. Glückstrahlend fielen sie auf dem westlichen Stadtbahnsteig dem Großvater um den Hals. Sie waren im Westen, in der Freiheit, in einer völlig neuen Welt!

Vier Wochen später saßen wir im Flugzeug nach Frankfurt. Als wir über dichten Wolken, die uns die Sicht auf die Erde verdeckten, in einen strahlend blauen Himmel blickten, staunten wir alle fünf, denn wir waren noch nie geflogen. Und dann sahen wir, daß auf den Wolkenfederbetten ganz einsam und allein in der Freiheit des klaren Himmels ein winziger roter Kinderluftballon auf und ab tanzte. Der abgerissene Faden, mit dem er wohl mal angebunden war, hing noch an ihm dran. Uns kamen die Tränen der Rührung über so viel Kraft dieses winzigen Dingelchens.

Wir faßten uns alle fünf an den Händen, und ich sagte: »So, jetzt schwören wir mal: Von nun an werden wir nie, nie wieder lügen!«

Und alle Kinder wiederholten mit mir: »Wir werden von nun an nie, nie wieder lügen.«

Die Frau in der Gesellschaft

Helga Häsing/
I. Mues (Hg.)
Vater und ich
Eine Anthologie
Band 11080

Bessie Head
Die Farbe der Macht
Roman. Band 11679

B. Head/
E. Kuzwayo/
N. Gordimer u. a.
Wenn der Regen fällt
Erzählungen aus Südafrika
Band 4758

Jutta Heinrich
Alles ist Körper
Extreme Texte
Band 10505
Das Geschlecht der Gedanken
Roman. Band 4711

Irma Hildebrandt/
Eva Zeller (Hg.)
Das Kind, in dem ich stak
Gedichte und Geschichten über die Kindheit
Band 10429

Sibylle Knauss
Erlkönigs Töchter
Roman. Band 4704

Rosamond Lehmann
Aufforderung zum Tanz
Roman. Band 3773
Der begrabene Tag
Roman. Band 3767
Dunkle Antwort
Roman. Band 3771
Der Schwan am Abend
Fragmente eines Lebens
Band 3772

Rosamond Lehmann
Wie Wind in den Straßen
Roman. Band 10042

M. Lohner (Hg.)
Was willst du, du lebst
Trauer und Selbstfindung in Texten von Marie Luise Kaschnitz
Band 10728

Audre Lorde
Zami
Ein Leben unter Frauen
Band 11022

Monika Maron
Flugasche
Roman. Band 3784

Johanna Moosdorf
Die Andermanns
Roman. Band 11191

Fischer Taschenbuch Verlag

fi 20 / 24 b

Die Frau in der Gesellschaft

Johanna Moosdorf
Die Freundinnen
Roman. Band 4712
Jahrhundert-träume
Roman. Band 4739
Fahr hinaus in das Nachtmeer
Gedichte. Bd. 10217
Die Tochter
Geschichten aus vier Jahrzehnten
Band 10506
Franziska an Sophie
Erzählung
Band 11861

Ronnith Neumann
Nirs Stadt
Erzählungen
Band 10574
Die Tür
Erzählungen
Band 11055

Maria Nurowska
Postscriptum für Anna und Miriam
Roman. Band 10309

Carme Riera
Selbstsüchtige Liebe
Novelle. Band 11096

Karin Rüttimann
Schwalbensommer
Roman. Band 4749
Warten auf L.
Sylter Winterballade
Band 10885

Marlene Stenten
Albina
Monotonie um eine Weggegangene
Band 10994
Puppe Else
Band 3752

M. Tantzscher (Hg.)
Die süße Frau
Erzählungen aus der Sowjetunion
Band 3779

Miriam Tlali
Soweto Stories
Band 10558

Johanna Walser
Die Unterwerfung
Erzählung
Band 11448

Charlotte Wolff
Flickwerk
Roman. Band 4705

Yvette Z'Graggen
Zerbrechendes Glas
Roman. Band 4737

Fischer Taschenbuch Verlag

fi 20 /12 c

Die Frau in der Gesellschaft

Chaika Grossman
Die Untergrundarmee
Der jüdische Widerstand in Bialystok
Ein autobiographischer Bericht
Band 11598

Imme de Haen
»Aber die Jüngste war die Allerschönste«
Band 3744

Judith Jannberg
Ich bin ich
Aufgezeichnet von Elisabeth Dessai
Band 3735
Leben lieben - Liebe leben
Aufgezeichnet von Renate Luthwig
Band 11386

H. Jansen (Hg.)
Freundschaft über sieben Jahrzehnte
Rundbriefe deutscher Lehrerinnen 1899 - 1968
Band 10635

M. Janssen-Jurreit (Hg.)
Frauen und Sexualmoral
Band 3766

H. Klostermann
Alter als Herausforderung
Frauen über sechzig erzählen
Band 3751

Katja Leyrer
Hilfe! Mein Sohn wird ein Macker
Band 4748
Weiberkram
Band 10872

E. Moltmann-Wendel (Hg.)
Frau und Religion: Gotteserfahrungen im Patriarchat
Band 3738

Kristel Neidhart
Er ist jünger - na und?
Protokolle
Band 4741

Fischer Taschenbuch Verlag

fi 404 / 9 b